稀見筆記叢刊

獪園

[明] 錢希言 著

欒保群 點校

文物出版社

圖書在版編目（CIP）數據

猶園 / 欒保群點校. --北京 ：文物出版社，2014. 11（2017.5重印）
（稀見筆記叢刊）
ISBN 978-7-5010-4109-1

Ⅰ. ①猶… Ⅱ. ①欒… Ⅲ. ①志怪小説-小説集-中國-明代 Ⅳ. ①I242.1

中國版本圖書館CIP數據核字（2014）第232922號

猶　園　［明］錢希言　著

校　　點：欒保群
責任編輯：李縉雲　劉永海
封面設計：程星濤
責任印製：張　麗
出版發行：文物出版社
地址：北京市東直門内北小街2號樓　郵編：100007
網站：http://www.wenwu.com　郵箱：web@wenwu.com
印　　刷：北京京都六環印刷廠
經　　銷：新華書店
開　　本：880×1230毫米　1/32
印　　張：19.5
版　　次：2014年11月第1版
2017年5月第2次印刷
書　　號：ISBN 978-7-5010-4109-1
定　　價：68.00圓

前言

有明一代，志怪小説並不發達，一些怪異神鬼的故事傳説只是散見於各種筆記中，不成系統。只是到了後期，才出現了專門的志怪小説，而以成書於萬曆年間的《獪園》爲其中巨帙，並可做爲明代志怪小説的代表作。

《獪園》共十六卷二十餘萬字，取例於干寶《搜神記》，分仙幻、釋異、影響、報緣、冥跡、靈祇、淫祀、奇鬼、妖孽、瓌聞十門。所記雖多爲晚明江南的故事傳聞，但對清代初年志怪小説，特別是蒲松齡的《聊齋志異》影響頗大。

即以《仙幻》一門爲例，集中收録了李福達、張皮雀、張金箔、閻蓬頭、尹蓬頭諸仙人的民間傳説數十則，均有可讀之趣。中國古代的仙人，自秦漢之際的海外仙人、方士仙人，至後世的服食仙人、士族仙人、丹鼎仙人、劍俠仙人以及金門羽客似的仙人，各領一時之盛。至於元明之際形成的「鍾呂八仙」，最爲民間所傳信樂道，但也可以説是仙人的最後輝煌，幾乎是中國神仙的終結了，却想不到在明末的江南民間，又來了這么一場以市井山人爲特征的仙人的廻光返照。从此之後，神仙世界真的是一蹶不振了，清代筆記小説中的神仙再也没有值得稱道的新貨色了，像《聊齋志異》中寫的比较精彩的《寒月芙蕖》、《鞏仙》、《單道士》等專寫神仙的以及像《偷桃》之類專寫術士的，幾乎全有借鑒前人的痕跡，而其中從《獪園》中取材的就不少。此外，《奇鬼》一門所載的鬼故事也很有特色，蒲松齡的名篇《王六郎》就是對《獪園》第十三卷中「討替鬼」五、六兩則的踵事增華。其餘諸門中饒具特色的故事和記載很有不少，多爲他書所未見。

作者錢希言，字簡栖。江南常熟人，因家難避地吳縣。主要活動於萬曆年間。與王穉登、楊漣、董其昌、屠隆、趙宧光等名士有交遊。有詩名，屠隆、湯顯祖諸公皆稱之，王百穀評其詩爲「後來第一流」，袁中郎至贊爲「吳中後來俊才，名不及諸公，而才無出其右者」。但他本人則科場失意，加之性情孤傲，與世多迕，游道益困，卒以窮死。錢牧齋是其從姪，爲買地葬於虞山。曾編所著爲《松樞十九山》五十六卷，計《西浮籍》三卷，《荆南詩》二卷，《桐薪》三卷，《織里草》一卷，《桃葉編》一卷，《樟亭集》三卷，《二蕭篇》二卷，《聽濫志》二卷，《獪園》十六卷，《戲瑕》三卷，《討桂編》二十卷。此外尚有《楚小志》一卷，《遼邸紀聞》一卷，又徵古今劍事作《劍筴》。其中《戲瑕》三卷爲雜考據，爲《四庫》著録，亦可讀。

此次校點是以知不足齋本爲底本，用國圖藏清鈔本參校。兩本同異，擇善而從，有些可能是錯字的，則用脚注做了説明。不當之處，還望讀者指正。

欒保群

二〇一四年六月

自序

錢子，虞之賤公子也。儀古人十一，常失古人十九。能家貧口吃如馬卿，而不能著犢鼻褌與保傭雜作，滌器市中；能見一世龍門李司隸如聶李寶，而不能坐砌下牛衣稱國士；能任達不拘、耽酒浮虛如阮仲容，而不能大盆盛酒、圓坐相向、直接羣豕來共飲；能文章諧謬、語言不節如陳暄，而不能俳優自居爲南朝狎客；又能失財敗事如陰子春，而終不能脚數年一洗。之人也，之行也，不曰天選，則曰天放。世儒動尊繩墨而賤龍蛇，斯其漏而亡當者歟？竊自笑生不媚世，犯詛朝那，然所遘豈盡秦嗣王、邵謦其人，所傳聞《久湫》、《亞（馳）［駝］》〔一〕之辭，未必皆合。海以内賢士大夫及我二三兄弟，亦或有一人焉，飲酒酹地祝延之者，何至三夢芻狗，並遭墮車折脚，一歲之中，數遇五角六張？往往若此。彼未嘗牧而牂生於奧，未嘗田而鶉生於窔者，操何術乎？噫嘻，是寧非造化小兒與之爲狡獪哉！夫造化小兒之狡獪我也巧矣，我安得不妄與之爲狡

〔一〕按《詛楚文》有《久湫》、《亞駝》諸篇。「馳」字誤。

獪也？於是署其平居所著之書曰《獪園》。

《獪園》者何？《松樞十九山》中稗家一種，志怪傳奇之類是也。則何言乎獪也？漢人以爲狡獪也，又謂央亡嚜杘。神禹理水，駐巫山下，雲華夫人授以策召鬼神之書，顧盼之際，化而爲石，爲輕雲，爲夕雨，爲遊龍，爲翔鶴，千態萬狀，不可親也。禹疑其狡獪怪誕，問諸童律。按《集仙録》所載如此，狡獪之名所由始歟？《神仙傳》則載：王遠、麻姑共至蔡經家，時經弟婦新産數日，姑求少許米來，擲之墮地，視其米皆成丹砂。遠笑曰：「姑故年少也，吾老矣，不喜復作如此狡獪變化也。」《列異傳》：小女折荻作鼠以狡獪。李延壽《南史》：宋廢帝欲酖害太后，令太醫煮藥。左右止之曰：「若行此事，官便作孝子，豈得出入狡獪？」齊少帝以蕭用之世祖舊人，得入内見皇后於宫中，及出後堂，雜戲狡獪，皆得在側。是「狡獪」二字，直當做戲弄義解。余取爲稗家目者，毋亦竊比於滑稽漫戲、劇秦美新者流，因是以求容於側媚之場乎？

夫稗胡可盡廢也。仲尼不語神怪，而（玉）［土］羊、〔二〕萍實，間抽緒餘，以至肅慎之矢，防風氏之骨，靈威丈人之落簡，沾沾辨對不已，非以奇小而勿言，何嘗勿

〔一〕按《韓詩》，魯哀公穿井得土羊，孔子曰：「土精也。」「玉」字誤。

爲隱哉。《山海》、《莊》、《列》，俑作厲階；《神異》、《洞冥》，觴舟始濫。浸淫及於《飛燕》、《列仙》、《拾遺》、《博物》、《搜神》、《述異》，下迨《酉陽》、《宣室》、《北夢》、《杜陽》，無不窮幽瓌，極玄虚，揑怪興妖，矜奇鬥艷，家黄車而户青史矣。

乃漢班氏獨黜小説家而不列於九流之中，將厭其迂誕不雅馴歟？然則《天乙》、《堯問》，削方墨筆，燕丹、宋玉之談，雖千不存其一，言彼皆非耶，可勝去乎？兩京以還，作者雲蔚，若魏文之《列異》，沙仲穆之《野史》，李隱之《大唐奇事記》，諸家即不盡傳於今，然而各有其書，豈唐以後人所能辦者。稗又胡可盡廢也！且夫稗至唐而郁乎盛矣，嚮亦絶焉。

唐以後非無稗也，人人而能爲稗也。唐以前皆文人才子不得志於蘭臺石室者爲之，率多藻思雅致，雋句英談。唐以後悉出老生鄙儒之手，隨事輒記於桑榆中而已。故其爲稗均，而其所由稗異也。何也？唐人善用虚，宋人善用實。唐人情深趣勝，爲能沿汍波瀾，宋人執理局方，惟事穿鑿議論。唐人以文爲稗，妙在不典不經，宋人以稗爲文，病在亦趨亦步。由斯以觀，非其才之罪也，文章與時高下，大抵然耳。蓋余自操觚時，習聞往君子之持論如此。

要之太史公絕代奇才，第稱自成一家言。言人人殊，期於成家而止，不唐與宋，則不成家，如是而爲唐與宋也，亦不成家，必有所以信今傳後者，此未易言，求之古人之心焉可也。余尚不能窺宋藩籬萬一，安能治唐而遽爲唐？夫以昭代諸公名能文章者，所述野史，燦然具備，皆不敢蔑棄典刑，而創其好於三尺之外，何論言不佞哉！采遺獻，食舊聞，核是非，該幽顯，大小必識，雅俗並陳，參往考來，品分臚列，而成是書：

聖哲之變，間出神仙。分身隱形，變化萬千。少見多怪，世遂不傳。爰徵靈瓌，煌煌斯篇。園《仙幻》第一。

維彼上人，利根法器。得大自在，神通遊戲。我佛如來，不可思議。一切顯跡，希有奇麗。園《釋異》第二。

受者爲果，作者爲因。形往影來，聲出響臻。崔浩被戮，庾信受身。現生他世，無環不循。園《影響》第三。

既語報應，何疑輪廻。王公卿相，從僧中來。平等闍就，伽藍甕開。俄頃靈變，疇云處胎。園《報緣》第四。

崇山幽都，強名有北。地獄變相，無有紀極。王者爲政，設官分職。一如世間，賞罰不忒。園《冥跡》第五。

山川社稷，間氣鍾靈。明神是憑，俎豆惟馨。穆穆上帝，赫赫雷霆。儼臨如降，格思冥冥。園《靈祇》第六。

何彼蘘妖，跳梁跋扈。祝史巫侲，式歌且舞。時無大沉，啼烟嘯雨。李核琵琶，亦爾簧鼓。園《淫祀》第七。

九經百家，侈言鬼事。蹠户搖枝，沉履竈髻。公孫應聲，伯有作厲。怪媚紛紛，不廢鄭衛。園《奇鬼》第八。

機祥氛祲，何國不兆。無惡爲妖，怪哉當道。蛇淫狐媚，精由物老。旌異研神，是稽是討。園《妖孽》第九。

聲色夢想，變幻倏忽。木石蟲魚，紛拏奇特。魚膾雖殘，雞肋可惜。後有作者，彌厥漏逸。園《瓌聞》第十。

園之目雖止於十，而其爲卷十六，其文已二十萬言。園成，新野馬使君仲良見而異之，歎曰：「昔賢集眾家而成書，編蒲緝柳，何力是恤。今則以一人之手，獨創於無所資承之餘，末流不波，斯誠難矣，是安可無傳？」遂任剞劂，因致水衡羡餘從事，余亦減産佐焉。後先經營，雖略就頭角，而力已不勝其詘，將天之所以益余疾歟！

雖然，余數歲之中，嘗見池平臺傾矣，嘗見陵夷谷貿矣，嘗見浮石沉木矣，嘗見豕負塗而車載鬼矣，又嘗見夏雨雪而冬造雷矣，紛綸葳蕤，怪怪而奇奇者莫可勝數也，夫孰非猶哉！且也草名荓，魚亦名荓；鳥名鵲，犬亦名鵲；璧名璞，腐鼠亦名璞；席名籧篨，偃人亦名籧篨；人叩頭，蟲亦叩頭；蕩舟之姬曰蔡，孺子容之兆龜亦曰蔡；漢家椒戚謂之五侯，山魈木魅亦謂之五侯；劉凝之答臨川稱僕，猩猩向人亦稱僕。噫嘻，天地間物理至不齊也，誰賢乎？誰愚乎？誰孅乎？誰醜乎？豈必西山之是而東陵之非乎？甚矣造化小兒之巧與人焉狡獪也，吾庸知造化小兒不以狡獪我者？錞于丁寧，贊其千秋，俾斯園無爲鞠草，推之挽之，皆使君力，敢忘所自耶？其又沾沾沈耳於巷，思闌入猶事未已，是積斂於生熟不盡之秋，三於朝而暮於四，余且自爲狡獪，於造化小兒乎何尤？余之罪淫矣，余之罪淫矣。癸丑冬錢希言記事。

總目

第一　仙幻……一
第二　仙幻……三三
第三　仙幻……六七
第四　仙幻……一〇一
第五　釋異……一三九
第六　釋異……一七一
第七　影響……二〇九
第八　報緣……二四三
第九　冥跡……二七一
第十　靈祇……三〇九
第十一　靈祇……三四一
第十二　淫祀……三七三
第十三　奇鬼……四〇一
第十四　妖孽……四四七
第十五　妖孽……四八九
第十六　瓌聞……五三五

目録

第一 仙幻……一
畫鶴叟……一
仙棗……二
壁上船……三
仙唾……四
枯樹遇仙……四
酒井……五
謫仙賣卜……六
醉仙人……七
椰冠道人……八
一味丹……九
牡丹十三方……九
頂缸和尚……一〇
華仲達遇女仙……一一
張叟遇仙……一二
紫衣白馬人……一二
鶴飛火中……一三
仙藥……一三
赤肚道士……一四
韓秀才……一五
畫扇仙人……一七
白玉蟾……一八

張三丰……一八
尹蓬頭……一九
高神觀道士……二一
閻蓬頭……二一
潘尚書遇仙……二四
王省幹遇仙丹……二五
火中仙像……二五
賣筆人遇仙……二六
落癭道人……二七
焚藥……二七
桃花道士……二七
搗衣石……二八
神仙魚服……二八
絳箋帖……二九
賭雷……三〇
卜築長春山……三〇
影娥川樓船鼓吹……三一
大茅君張譓……三一

第二 仙幻……三三

葫蘆藏世界……三三
卸足道人……三五
金水橋幻戲……三六
掌心雷……三七
吹雨……三八
一莖草……三八
字誤書草……三九
玄壇神……三九

夜遊滇南……四〇
劍叛……四一
盜獻黃絹囊……四二
魚戲……四二
畫屏女……四三
拂雲見月……四三
擲杯……四四
飛劍斬湖蛟……四五
移樹……四五
稅宅……四五
器鬭……四六
分廚……四七
送別揚子……四七
鶴背翁……四八
林道人指石……四八
太一星君授法……五一
江長老……五二
端和尚……五三
紫霞碧洞……五三
天醫……五四
折翮鴿兒……五六
鞋兒樣……五六
顧亭……五六
代草解頭文字……五七
金姬……五八
萬家牧牛兒……五九
帝索紫金梁……六一
世廟宮中仙戲……六二

偷桃小兒……六三
僧中幻……六四
劉刑部兒……六五
吳叟遇仙……六五
蒞任青城山……六六
雲中畫舫……六六

第三　仙幻……六七

青丘子……六七
花籃道者……七〇
捋鬚人……七一
玄符先生……七二
飛神武當山……七四
青谿道人……七五
夢召散冰珠……七七
魏左二公……八〇
西角頭幻戲……八一
南屏寺幻戲……八二
玉峰老人……八四
赤松子遺藥……八六
羅浮隱者……八六
馬西風……八七
白厓老祖……八八
范丫髻……八九
金竹……八九
紫溪先生……九〇
石梅道人……九〇
髯道士攝李月華魂……九一

楊太真……九二
桂花仙子……九三
陳朝後主妃墓……九四
沈休文女墓……九五
紫霄宮道人……九六
孔道人神算會禪師立命……九七
北京神相數……九八
第四　仙幻……一〇一
乩仙……一〇一
白雲潁……一〇六
雲門山人……一〇六
孫侍郎……一〇六
周明經降乩記……一〇七
神仙酒……一〇九
許生……一〇九
蛻仙……一一〇
廣仙……一一〇
蒲仙……一一〇
垢仙……一一一
夫子李……一一三
斗篷張……一一四
菜頭張……一一五
銅瓢張……一一五
白尊師……一一五
李大瓢……一一五
李半仙……一一六
草憨憨……一一六

翦頭仙人……一一六
樵陽子……一一八
玄洲子……一二〇
席生……一二二
衡陽山人……一二三
周箕……一二四
衣繡人……一二五
郭道士……一二六
白雲先生……一二六
孫道人……一二八
祝老師……一二九
彭幼朔……一二九
慧虛子……一三〇
利瑪竇……一三一
瞿道人……一三二
江生……一三二
神巫……一三三
蟠桃會……一三三
荔枝少年……一三四
賣薑翁……一三五
席生二……一三六
葛承奉……一三六
玉龍山傘戲……一三七
第五 釋異……一三九
隆菩薩……一三九
西域聖僧……一四一
慧廣大師……一四一

夜臺和尚……一四二
大智禪師……一四三
海潮寺病僧……一四五
南山和尚……一四六
遍融國師……一四七
花子觀音……一四九
淡薄苦松……一四九
幻空法師……一五〇
峨眉山異僧……一五一
響佛和尚……一五二
羅漢番僧……一五三
紫柏禪師……一五三
雲棲大師……一五五
有門法師……一五六
震溟尊宿……一五六
心光長老……一五七
僧如榮……一五八
僧如清……一五九
僧廣槐……一五九
僧廣如……一五九
僧大冥……一六〇
三塔寺漁翁夫婦……一六〇
錢氏子……一六一
京師婦人……一六一
陳道民……一六二
李倪兩木匠……一六三
錢貞奴……一六三
台州營卒……一六四

千善菩薩……一六五
西裏僧……一六七
雙宗……一六八
桃花庵長老……一六九
繆居士……一六九
張織工……一七〇

第六　釋異……一七一

金剛塔……一七一
法華塔……一七三
地湧寶塔……一七四
聖僧灰像……一七六
圓魚像……一七六
鼈腹比丘……一七七
雞卵……一七七
鐵蓮花葉……一七八
石蓮花……一七八
石龕……一七八
火中蓮……一七九
冰中蓮……一七九
臨安樹中像……一七九
大士鏡……一八〇
清涼石……一八〇
達磨影石……一八一
徑山寺嚇石……一八一
瑪瑙達磨……一八一
螺螄金剛經……一八二
塔影……一八二

石無量壽像……一八三
竹杖林……一八三
石中觀音……一八四
小本法華經……一八四
寫塔童子……一八四
冰中塔……一八五
爐中蓮……一八五
裙上觀音像……一八六
雉兒塔……一八六
破山寺幢……一八七
毘盧幢……一八七
法海寺畫像……一八七
江上鐘……一八八
殿角珠……一八八
豫章樹……一八九
重榮樹……一八九
跨海梁……一九〇
雷拔飛來寺……一九〇
千佛閣……一九一
天王寺緣起……一九一
獐朝白雀寺……一九二
寶林寺畫龍……一九四
天聖寺土龍……一九四
蛇化僧……一九五
僧再世……一九六
妙海二姑……一九六
水上僧……一九九
魚籃婦人……二〇一

靈芝寺降神……二〇二
夢見瓔珞……二〇三
錢塘溺……二〇四
香菩薩……二〇五
方塔……二〇六
第七　影響……二〇九
王御史毀寺報……二〇九
汪尚書毀寺報……二一〇
楊崑山毀寺報……二一〇
舒御史毀寺報……二一〇
張居士鞭佛報……二一一
王民部罵佛報……二一二
金箔朱焚經報……二一二
牛肉僧入道場報……二一三
焦典史沉僧報……二一三
曹侍郎伐樹報……二一六
崇德縣冤報……二一六
留明府遇鬼陣……二一七
劉廉察濫獄報……二一八
白金吾惡報……二一九
李氏妾妒報……二一九
陳烈婦爲厲報夫冤……二二〇
南禪僧食鱓報……二二三
欽氏子殺狗報……二二三
瑞光僧淫報……二二四
吳氏子冤報……二二四
定慧寺冤鬼相逢……二二五

吳省郎殺人報……二二六
南濠楊氏冤報……二二七
安慶人殺小兒報……二二七
賣油人殺小兒報……二二八
書生婦妒報……二二九
小韓負心報……二二九
諸葛氏負盟報……二三二
邵舉人冤報……二三四
王給事食犬報……二三五
蒸蜂之報……二三五
張阿招屠豬報……二三六
顧樂屠豬報……二三六
馮氏子屠牛報……二三六
天長縣化魚僧……二三七
修行人墮犬腹……二三七
薄明經爲魚……二三八
徐文長冤報……二三九
徐氏兄弟冤報……二四〇
新發潘家交報……二四一
來方伯濫刑報……二四一
第八　報緣……二四三
王中丞前身爲僧……二四三
楊尚書前身爲僧……二四三
陳典史前身爲僧……二四五
姚御史前身爲侍者……二四五
段民曹夢前生……二四六
王一鶚悟前生……二四六

劉指揮子記三生事…………二四七
趙增廣悟前生…………二四八
劉秀才輪回…………二四九
張明經輪回…………二四九
萬侍郎三世輪回…………二五〇
沈僉臬後身爲林家兒…………二五二
劉季子後身爲饒家兒…………二五三
假山鄭前生公案…………二五四
闍頭陀後身爲祁氏子…………二五四
周南甫再生…………二五六
韓氏妾三世女身…………二五七
豬死爲兒…………二五七
卞老再生…………二五八
童燦兩世爲僧…………二五九
華進士前身爲番僧…………二五九
王文成前身入定…………二五九
陸氏子兩世吹簫…………二六〇
諸老先生善逝…………二六一
張都憲前身道人…………二六七
蜀王子前身爲僧…………二六八
徐光禄兩世輪迴…………二六九

第九 冥跡…………二七一
陸文裕遊地獄…………二七一
徐生遇顧文康…………二七三
黄生遇顧文康…………二七四
蔣鱣錯名代死…………二七六
應山秀才入冥…………二七七

徐思省入虎頭城……二七八
朱總練遇金甲神……二八〇
金鐘觀冥中事……二八一
穆御史判冥……二八一
王觀察誤入牛皂……二八二
南濠錢氏子還魂……二八三
謝家殺蛇被訐……二八五
比部郎奪官償算……二八六
徐文敏誤入酆都……二八六
汪編箕入七重地獄……二八九
泰山使者取人魂……二八九
二王秀才爲冥王……二九〇
劉秀才入冥……二九四
飲馬橋鬼魂……二九五
屠兒前生公案……二九六
倪鐸誤替楊司理……二九七
顧偉見地獄變相……二九八
姚大理冥中辯答……三〇一
施秀才爲冥中花鳥使……三〇三
孫陳留三應冥數……三〇六
達上人入冥……三〇七
第十　靈祇……三〇九
紫陽真人……三〇九
水府神……三一一
插花李王……三一一
小姑神……三一二
周宣靈王……三一三

神記室……三一四
點鬼朱衣神……三一五
海瀆神……三一六
水府修文郎……三一八
玉圭神女……三一九
王府基夜行神……三二一
宮亭湖使者……三二二
乘龍神……三二三
韋蘇州……三二三
鳳陽神……三二四
雷神一……三二四
雷神二……三二五
雷神三……三二五
雷神四……三二六
雷神五……三二七
雷神六……三二七
雷神七……三二八
雷神八……三三〇
雷神九……三三〇
雷神十……三三一
雷神十一……三三一
雷神十二……三三二
雷神十三……三三二
雷神十四……三三三
花脚神……三三三
場中神……三三四
周孝子……三三五
白馬神官……三三六

洞庭君……三三七
三王太尉……三三九

第十一　靈祇
……三四一
龍神一……三四一
龍神二……三四二
龍神三……三四三
龍神四……三四四
都城隍神……三四五
郡隍神一……三四六
郡隍神二……三四八
郡隍神三……三四九
郡隍神四……三五一
關漢壽一……三五一
關漢壽二……三五二
關漢壽三……三五三
關漢壽四……三五四
關漢壽五……三五五
天帝一……三五七
天帝二……三五八
天帝三……三五八
天妃娘娘……三五九
三官神……三六〇
廣利王……三六一
張惡子……三六一
朝嶽神……三六二
財神……三六二
神兵……三六三

唐勝祠……三六三
牽牛織女……三六四
二十八宿……三六四
死後爲神……三六六
杏樹神……三六七
金碧山神……三六七
張睢陽……三六八
青龍白虎神……三六九
水母娘娘……三七〇
赤沙塘岸神……三七一
東嶽判官……三七二
第十二　淫祀……三七三
五郎神一……三七三
五郎神二……三七四
五郎神三……三七四
五郎神四……三七六
五郎神五……三七七
五郎神六……三七八
五郎神七……三七九
五郎神八……三七九
五郎神九……三八〇
五郎神十……三八〇
五郎神十一……三八一
五郎神十二……三八一
五郎神十三……三八二
五郎神十四……三八二
五郎神十五……三八三

五郎神十六……三八三
五郎神十七……三八三
五郎神十八……三八四
五郎神十九……三八五
游方五聖……三八五
樹頭五聖……三八五
花花五聖……三八六
圈頭五聖……三八六
簷頭五聖……三八六
宋相公一……三八六
宋相公二……三八七
宋相公三……三八八
插花馬公……三八八
二郎廟……三八九
金小一總管……三九〇
草鞋三郎……三九〇
百花大王……三九〇
楠木神……三九一
花關索……三九一
柱礎神……三九二
濟河神……三九二
絳冠紫帔神……三九三
盧狗大王……三九四
藤溪神……三九五
社公……三九五
山王……三九六
蘆王……三九七
牛王……三九八

蛇王……三九八
令公鬼……三九八
武婆……三九九

第十三　奇鬼……四〇一
靖江縣鬼戲……四〇一
攫金鬼……四〇二
瞽人遇靈鬼……四〇三
没頭鬼……四〇四
醫遇鬼……四〇五
看戲鬼……四〇五
鬼擊道士……四〇六
鬼籠……四〇七
牛魂變鬼……四〇八
百歲骷髏……四〇八
鬼足代薪……四一〇
討替鬼一……四一一
討替鬼二……四一二
討替鬼三……四一二
討替鬼四……四一三
討替鬼五……四一四
討替鬼六……四一四
討替鬼七……四一五
寄渡鬼……四一六
呼雞鬼……四一七
鬼哭……四一七
路鬼……四一八
鬼相戲……四一九

俞生遇鬼……四一九
竹林冤鬼……四二〇
蛇辯鬼冤……四二一
痘鬼……四二二
鬼相語……四二二
桃源澗遇鬼……四二三
甘夫人墓女妖……四二四
洞庭詩鬼……四二四
鬼登臺……四二五
畻塘鬼……四二六
關中鬼使……四二七
楓橋鬼使……四二八
鬼變化……四二九
孤山女妖……四三〇
焦家橋女鬼……四三一
鬼招飲……四三三
陳湖女妖……四三四
梅廣文遇落水鬼……四三五
華別駕耳中鬼……四三五
鬼生朝奉……四三六
張王府基三鬼……四三七
醉人兩遇鬼……四三八
鬼買棺……四三九
避煞遇鬼……四四一
靈山庵鬼燈……四四二
鬼磨漿……四四三
鬼産收生……四四三
趁鬼船……四四四

黃花舍人……四四四
第十四　妖孽……四四七
妖蛇一……四四七
妖蛇二……四四八
妖蛇三……四五〇
妖蛇四……四五一
妖蛇五……四五二
妖蛇六……四五三
妖蛇七……四五四
狐妖一……四五四
狐妖二……四五五
狐妖三……四五六
狐妖四……四五六
狐妖五……四五八
狐妖六……四五九
狐妖七……四六〇
狐妖八……四六〇
狐妖九……四六一
狐妖十……四六二
狐妖十一……四六四
狐妖十二……四六五
猿妖一……四六六
猿妖二……四六八
猿妖三……四六八
馬精……四六九
驢言……四七〇
牛天錫……四七一

豕妖一……四七一
豕妖二……四七二
雞怪……四七三
鼠竄……四七三
黄鼠精……四七三
蠶化爲美女……四七四
黄楊二官人……四七四
項家帳……四七五
箒精……四七五
拍板精……四七六
宅魘一……四七六
宅魘二……四七七
宅魘三……四七七
妖術一……四七八
妖術二……四七九
妖術三……四八〇
妖術四……四八〇
石妖一……四八一
石妖二……四八二
石妖三……四八二
石馬……四八三
金銀精……四八三
牀下狗……四八四
雞雛鼠……四八四
海嘯……四八五
畫牆……四八五
神掌化魚……四八六
紅沙煞……四八七

土煞……四八七
冰上花……四八八
第十五　妖孽……四八九
凶宅一……四八九
凶宅二……四九〇
人妖一……四九一
人妖二……四九一
人妖三……四九一
人妖四……四九二
人妖五……四九二
人產旱魃……四九二
人產夜叉一……四九三
人產怪物……四九三
人產蛇一……四九四
人產魚……四九四
人產銅法馬……四九五
人產百兒……四九五
人產夜叉三……四九五
人產雙鵲……四九六
人產十八兒……四九六
飛天女夜叉……四九六
飛天夜叉……四九八
疫鬼一……四九八
人屙一……四九九
爰居……四九九
人屙二……四九九
人屙三……五〇〇

人産五夜叉……五〇〇
人産蛇二……五〇〇
人産鰍……五〇一
人産犬……五〇一
地血一……五〇一
妖魅一……五〇二
妖魅二……五〇三
妖魅三……五〇四
妖魅四……五〇四
妖魅五……五〇五
妖魅六……五〇六
妖魅七……五〇七
獲鹿吟詩人……五〇八
亳州騎貍人……五〇九
歐陽氏壁影……五〇九
後宰門地影……五一〇
服妖詩讖……五一一
匠讖……五一一
語讖一……五一二
語讖二……五一二
日讖……五一三
歌讖……五一四
名讖……五一四
妖夢……五一五
雞籠……五一六
龍戰……五一六
龍鬭……五一七
龍陣……五一七

妖蛟……五〇七
怪鳥……五〇八
飛紙……五〇八
吹被……五〇九
羊毛瘟……五〇九
白氣經天……五〇九
風霾……五一〇
妄男子……五一〇
四川災異……五一〇
黑風……五一一
篲星見……五一二
大星……五一二
夏雪……五一二
雨豆……五一三
木稼……五一三
天鼓……五一三
地墳……五一三
地血二……五一四
地中兒……五一四
黨精……五一四
妖蛟二……五一五
巨人首……五一五
木牛……五一五
雨雹……五一六
冬雷……五一六
怪風……五一六
訛言……五一七
人變虎……五一七

犬登突……五二八
雞生兒……五二九
豬生象……五二九
呧吻共語……五二九
豖踞榻……五三〇
豖生人……五三〇
人變犬……五三〇
雷擊逆婦變獸……五三一
牛食人……五三一
疫鬼二……五三二
猖鬼敗亡日……五三三
第十六　瓌聞……五三五
費太僕夢棘圍詩……五三五
雞鳴山夜呼……五三五
海市……五三六
盜偷生……五三六
武夷山詩夢……五三八
車中女子……五三八
小黄旗……五三九
梁裂……五四〇
孔林聞金石聲……五四一
誤入蛇腹……五四一
虎食斗……五四二
夢得晝錦堂句……五四三
葉和尚……五四三
場中魁星……五四四
古長人……五四四

書生造夢……五四五
毛面人……五四六
三秀才異夢……五四七
孝陵龜瑞……五四八
溫涼指……五四八
石作雲霞……五四九
石中兔……五四九
石中蟹……五四九
石中金鯉魚……五五〇
石中松色水影……五五〇
石中山川人物鴛鴦海馬……五五一
醉石……五五一
相思石……五五二
松花石……五五二
白公石……五五二
洞庭石公……五五三
琥珀影……五五三
穴中飛鶴……五五四
雙紅鼠……五五四
五色土……五五五
鐵沙……五五五
沙化水精鹽……五五六
帝女化松……五五六
梅梁……五五六
鳳皇梁……五五七
木中吹笛人……五五七
雙頭牡丹……五五八
盆蓮作品字……五五八

甘棠樹……五五八
杭州四異……五五九
大榕樹……五五九
桂子……五五九
松花菌……五六〇
蒟蒻……五六〇
白楓……五六〇
木蕈……五六一
甘露降……五六一
芝異……五六一
蔗火……五六二
桂兆……五六二
雙鱗冢……五六三
米倉龍……五六三
龍藏雞腸……五六三
鹿有命……五六四
異魚……五六四
魚鱗屋……五六五
井中魚……五六五
鼠啣錢……五六六
蟲耳……五六六
食榧可治蟲……五六六
泥丸子治蟲……五六七
酒能生蟲……五六七
腹蟲有鱗角……五六七
湖山二異……五六八
宋襄公墓鏡……五六八
大勞山鏡……五六八

硃砂牀……五六九
雕工……五六九
古磁器……五七一
孟河口烟火……五七一
鬼工毬……五七二
玉陶令……五七三
白玉觥……五七三
兩古玉杯……五七三
玉魚……五七四
玉豬……五七四
玉樓臺……五七五
瑪瑙簪……五七六
梅花琥珀……五七六
水銀琥珀……五七六
石中龍戲……五七六
石屏風王維詩意……五七七
石屏風元人畫幅……五七七
小研山……五七八
銀橘杯……五七八
玉厭勝……五七八
獅蠻帶……五七九
張騫乘槎……五七九
竹蟾蜍……五七九

第一　仙幻

畫鶴叟

虎丘山後長蕩村，屬長洲縣，錢氏居焉。其家頗行善。嘉靖中，有號湧峯子者，少病目，兩眸赤如火齊。一日探親過滸墅關，凌晨整棹，行未半里，見岸上白衣老叟呼求附載。僮奴譁然，謂此地有盜，不知何所人，未便輕諾。錢君敬其老，亟命延之入舟。於時曉霧半褰，林容微露，促席相對，吟談豁然。錢君見老叟言論風旨異於常流，心益敬之，問：「先生欲飲乎？」曰：「可共飲耳。」酒至，則變爲紅泉。問：「先生欲飯乎？」曰：「可共飯耳。」及飯至，則又氣蒸如丹砂。舟中之人相顧驚愕，罔測所以。老叟因問錢君曰：「何以病目至此？」對曰：「疾痼矣，不能愈也。」老叟乃索篚箱中片紙，用指頭蘸桃花釀畫一鶴其上，授錢君云：「還家即供之家神堂内，無失也。」遽登岸別去。忽見隔林中湧出五色綵雲，捧老叟足，去地漸遠，凌空上昇，久之方滅。

錢君大駭，出作禮，遂命返棹。供養仙跡於神堂，晨夕炷香爐中，躬自參禮。自此積歲之目眚一朝頓除。家亦驟富，五十年間，起至鉅萬，錢君竟以壽終。忽一日神堂火起，屋廬蕩然，遍村人咸見其家火中飛出朱鶴一隻，冲天而去。王徵君穉登松下說此。

仙棗

吳縣東洞庭席生，晚年頗好道。獨行於莫釐峯下，遇道士行如飄風，忽顧見生，駐足而言曰：「此子骨清，可度也。」因出懷中一小棗授之，曰：「食此可不飢。」席生再拜，便取棗吞下。還家遂不思飲食，俗饌都不進。日覺身輕步捷，容顏悅澤，鬒髮如漆。家人多怪異之。

如此者二十年，一日市上行，與人爭忿。道士從傍見而怒曰：「將謂汝可度，由來嗔心未除。」摑其頸一下，小棗自口中出，旋墮地矣。道士拾去，賦詩一首，而行人記其末二句云：「從來凡骨難輕度，吹落蓬萊一陣沙。」席生還家，家人悉訝其皓首，始大悔恨，旬日之間，不食而死。趙明府一鶴所說。

壁上船

會稽毛公某，成弘間進士。性尚奇，好黃白吐噏導引之術。雖居外臺，羽流道侶日與周旋。爲廣東按察使時，偶檢司中舊文書，有一公案，是方士以煉丹失火，延燒民居，誣服論死，屈指歲月，將二十年矣。訊其人尚在獄，亟召出，與語大悅，立破其械，延入内衙。出袖中枯管，畫一小船於壁上，一人作張帆狀。莫喻其旨也。

公見其在獄久，曾無老色，心異之，每加敬禮，時時叩以大道。固不肯言，所談者皆玉清紫宸及瀛洲玄圃靈異之事，一一皆若經遊。嘗從布袍角中出藥一裹贈公，先以器盛水銀，投藥少許煎之，須臾發視，燦然成銀矣。公心益神之，諮受方要，亦終不能得。曰：「相公無仙骨也。」逼之不已，乃詣畫船處，呼船中人曰：「開船開船。」便登鷁首，揚帆而去。聽之，但聞壁間波濤淜湃聲，漸見帆角及檣杪隱隱漸滅，良久都亡所見，壁色如舊矣。

越數日，走差舍人從南昌來，見此人在滕王閣上，使寄語謝毛公曰：「宦味如此，可以歸矣。」識者謂此人非不能遁去，故示其變幻之跡於世耳。毛公惆悵恍惚，狀若發狂，悔事仙人不勤也，急爲洗獄，去官而歸。試其藥，行之歲餘，廣營菟裘，藥盡不給，竟以鬱致疾死。

仙唾

萬曆中，姑蘇城東馮秀才之母舅陸君，背駝而傴僂以行，無不呼爲駝子。一日遇青巾道人於市，手撫其背，唾痰在地而去。陸回首不見，曰：「莫非仙乎？」嗅其痰，芳香異常，即據地吞之，起而背已直矣。市人見之驚駭，知爲遇仙。馮生名時中。趙明府説。

枯樹遇仙

嘉靖中，山東曹州一破寺有老樹空腹，其大七八圍，不知幾百年物矣。一日有雲水道人來寺中乞齋，僧輟飯飯之。道人謂曰：「溷費香積，無以爲報，可索水一盂，爲和尚活此枯樹，可乎？」僧亟取水捧進。道人含一口，噀之樹中而去。才出寺門，欻爾不見。明晨起視此樹，則枝葉扶疎，叢生其上矣。後遂成美蔭，至今在焉。計野臣訪陳州牧，親過其地，説此。

酒井

浙東桐廬縣舊有酒井，相傳有道人過此地，詣一酒肆中，每取酒大嚼，嚼畢便去，曾不顧謝。釀家亦不言錢，禮而接之，雖數亦敬。如是且久。一日道人告別，瀉出漁鼓藥二丸，色黃而堅，如龍眼大，投之井中，謂主人翁媼曰：「勞君家數置美酒，無以報歘洽之勤，留此藥井中，可日得美酒供客，無煩釀造矣。」言訖而去。明日井泉騰沸，都變作澄醪甘醴，香味醇美，能醉人，踰於造者，俗呼爲神仙酒。

其家坐獲厚利，積累不貲，凡三十年，驟致巨富。而道人復來，闔門競拜，延入閣中，無不敬禮。道人從容問曰：「君家自此井以來，所入子錢幾何？」主人媼應曰：「酒則美矣，奈乏糟粕飼豬，亦一歉事。」道人歎息曰：「人心之不平至是乎！」乃蜒掌於井中，漉出舊藥一雙，顏色與三十年前投者無異，仍藏漁鼓中，酒氣稍稍而息，井復如故。釀家悔其失言，慚恚無已，自此生計蕭條。其井基至今尚在。此聞諸故老，不知其何年也。志載若耶溪傍沈釀川，山陰有勾踐投醪河，而獨無酒井。

謫仙賣卜

正德末年間，有卜者雙瞽，忘其姓名，寓江西南閶門外，善九天玄女課，占人災祥，無不神中。後因宸濠之亂，移妻子適嶺南，復寓廣州府前，鋪張卜肆，日止一卦，遂下簾。貧者亦不責其直。所居甚窘，庖突無烟，而每夜與妻子共食，陳列殽饌，時有怪珍，三人飲噉自若。鄰家窺見，疑其作賊，不敢叩而問也。

廣東布政司庫失金，大索窮追，遊徼偵得之，意此人所爲。及往搜僦舍，壁立如故，逮於官，官命裸身搜之。解腰纏中，得小錠，重一金，古質黯然，檢其字，乃是至元國號。衆愈怪異，拷掠具備，莫得其情，强收付獄不决。

歲餘，卜者雙目忽然復明，初無纖翳。獄中人咸神之。一日置酒獄中，召妻子至，因呼遊徼與獄卒同飲，語之曰：「吾玉京仙人也，有小過謫人間，潛於賣卜，限滿當還矣。失金乃守藏吏某所盜，今在某方某處大樹下。吾金豈汝藏中物耶？」言訖，持所飲酒杯，與其妻子從獄窗中飛去。邏卒皆醉，相視莫能牽挽。衆望見卜者端然安坐，與妻子俱騰五色雲端，杳杳而上，移時方滅。遙瞻禮者數百人，凡愚肉眼，自是信有神仙矣。官後驗得吏所盜金，果如其言。

醉仙人

萬曆中，浙東村落一酒家善於釀酒，寒暑無間，方熟時，香聞數里。一日天暮，忽有醉道士羽衣藍縷，狂歌而入，急索壚頭酒飲。主人曰：「公醉矣，吾酒方成未漉，遲明來可得飲也。」道士曰：「汝家有重災，須酒禳之，故見索耳。」言訖，即見酒房火起，內外奔救，並汲水灌之，烟焰愈猛，終不可滅。道士箕踞而笑曰：「不信吾言，今番費却大事也。」舉家叩頭求助。道士叱之令出，乃呼數十小鬼，命各持器具，挽缸中酒沃之，須臾火止，見群鬼皆汗流喘乏，頭焦額爛，次第揭瓿蓋作牛飲狀，酒盡方散。主人翁媼狼狽頓足而已。

及明起視，屋舍什物儼然如故，不見虧損，但所釀之酒盡耳，餘瀝在器，色如絳矣。人遂傳醉仙人夜過酒家。酒家翁媼大悔不留飲，詣市廣物色之，莫知所向。

椰冠道人

萬曆中，蘇州城東陸氏子，年十四，時與客遊石湖之治平寺。遇一椰冠道人於大樹下結趺而坐，見陸氏子，相視而笑，宛如舊識，於肘後解小葫蘆，取藥一丸，赤色，如黍米大，擲其口中，便吞下。客皆詑以爲妖，不離寺門，閃然不見，人始疑其仙也。陸氏子既歸，遂不思火食滋味，惟噉果核、飲浄水而已，身康無疾，神氣益清。

三年後，有丐者跛而過其門，蓬首垢面，惡瘡遍體，膿血臭惡不可近。陸氏子呵之出。丐者微笑曰：「尚記大樹下相會時否？不覺三寒暑矣。」陸驚認之際，恍若有悟，即遜謝之，揖而入。顧視甑中黄粱，都作盤桃花色，香氣殊常，遂奉丐者共食之。丐者曰：「吾不須食，須浴瘡也。」陸氏子趣奉澡盆，具湯請浴。既出，體如凝脂，無復瘢點。視其風儀質狀，儼是前時椰冠道人也。謂陸氏子：「少年何不從我遊乎？」其家懇求，悵然别去。家人有病疥者，以此水洗之，無不立愈矣。後十年，陸賈於燕京。後遇道人於酒肆中，追逐而去，遂不復還。里人沈顥見其事，亦别有記。

一味丹

吳郡某先輩六七歲時，有道人過其家，謂先輩云：「適來望氣，知君家當出福人。余有一味丹，不輕妄投，今將以貺君家矣。」先輩父子延坐於堂，道人就地爲大爐，指席上所有銅錫器具及雜鐵甑釜、瓷陶瓿，合杯棬錠柎鍉勺之屬，以次堆積爐中，傾一小葫蘆，取藥類粟，撚散其上。逡巡色赤，頃之去火，都成上金。舉家驚駭，降階再拜，叩頭陳謝。道人語先輩曰：「觀君喬梓骨相，皆不足以當此，非吾所能知也。」於是盡出其家人男女，羅拜堂下。道人因指先輩之母夫人某氏語曰：「是矣。」乃盡授其術。行之數年，積貲累萬，富甲吳中。後以壽終，術遂無傳。婁江杜君善談星，號龍海山人，親述此事。

牡丹十三方

嘉興府崇德縣去城二十餘里，地名趙郭，即古「語兒溪」上也。郭氏始祖，宋理宗朝御醫，得幸於上，一門之内，紆金曳紫，沐恩稱異數焉。其家曾遇一道人詣門乞食，食畢，合其碗於案上，衆莫能舉。郭翁啓視，有紫牡丹花一朵，共十三瓣，每瓣中藏一方，依法療病，遠近赴之如市。傳於子孫，今數十世，皆曰仙傳牡丹十三方矣。雲仍中近有學憲子直，父子並長者，與余善。

頂缸和尚

頂缸和尚，名真顛，不知其所止，亦不知其所自。善擊劍，得分身隱形之術，或云僧俠，或云劍仙。二十年前，雲遊過山陰縣，聞祝秀才良柱好道，喜延方外士，留止其家一月。出入往來，變幻莫測，前後左右，踪跡無定。日噉牛肉數斤及酒㪺亡算。頭上常戴一大五斗缸，且行且走，折旋如螘，觀者無不異之。

每當月明之夜，巢於樹巔，作曼聲長嘯。尤善超越，攀垣直上，捷若猿猱。然多坐臥於壁上，與人行，忽不見，已復在傍，人莫測其處也。

將去之前一夕，命置酒，酒至，連舉數大白，謂祝生曰：「吾爲若設戲，若爲我秉燭。」一生素有膽氣，便攜燭立屏風下。忽見杖頭一掣，劃然聲裂，有白氣長數十丈，狀如素霓，環繞其身，左盤右旋，蓬轉數廻，但覩衣色成規，倏忽失處。時門户皆鐍，求之不得矣。少頃，則依然坐於堂上焉。五更酒盡，明月西行，重門深鎖，竟不知其所之。

華仲達遇女仙

余友華善述，無錫縣人，住蕩口。少有靈質，喜談《黄庭内景》之事。弱冠時，嘗遇一仙姝夜降，容服端麗，世無儔也。自云與華生有夙緣，經宿而去。情好甚篤，題詩贈華云：「泠落珠簾二十秋，今宵重脱翠雲裘。仙郎漫著紅羅污，花蕊年年血淚流。」臨别，授華辟穀、煉氣諸方。華遂絶粒，閉閣獨處，室中時時聞異香，又數有笙鶴往來。因賦《懷仙》雜詩數章，嘗録以寄余。余摘其佳句，有云：「鏡裏舞鸞空有恨，釵頭飛燕已無蹤。永夜夢魂千里月，隔年書信數行星。」「至今别處依然在，夜夜明河瀉枕邊。」「丹霞有路身難到，青鳥能言信易通。織就雲衣如可寄，願添跳脱在其中。」皆有感而作，非漫言也。瑯琊王世貞、沛國劉鳳兩前輩常過其家，並見群鶴舞於空中，如迎送然，相與詫爲奇事。

張叟遇仙

張叟名易，號觀復子。兒時即慕神仙之術，閉門絕務，浪志長生。積十餘年，未臻玄牝。一夕，夢中有神語曰：「子好道若此，明日詣府學前，當遇異人矣。」張奇其夢，凌晨而起，趨至府學。遥望學門内有雲氣蓊鬱，隱隱有人。趨至其所，見一衲衣老父趺坐地上，神色毛骨，非常人也。張遽下拜，申弟子禮，叩其術。老父曰：「吾無術可以授子。」一叱去。明日復來，凡三度，乃指授其所修之要，張具領受之，再拜請至其家中奉齋供。遂同步而往，從行百餘步，瞥不復見，方悟仙也。明日更往跡之，無復雲氣矣，後寂無聞。張親話所遇之事於余云。

紫衣白馬人

正德年間夏九月，天旱不雨。常熟大和鎮田間戽水者七人，白晝見彩雲從西來，有一紫衣白馬少年，揚鞭在雲中行，次第過張墓橋，轉西山角，漸餘馬足鞭影，久之都没。衆喧呼從之，少年亦於馬上回首，疑其神仙故示異於凡目矣。

鶴飛火中

成化初，山陰祝瀚由會魁爲江西南昌郡守，博採奇術，精思服食。嘗從異人授得黄紙古書一卷，名曰《靈匱秘籙》，其本殘缺縻爛十數紙，是太上煉金丹隱訣，以爲黄白變化，咳唾可致也。乃謝病杜門，於郡衙造一藥爐，高數尺，依法燒煉，晝夜精勤，不離灶側，克期而成功矣。一日失守，爐敗，紫焰穿屋上，火烟四合，廨舍俱焚。家人輩驚走，所煉之物爛然流散於地。居民見火中有白鶴一隻，冲天而去。時會寇至境内，太守移病還山。其書至今子孫收録猶在。

仙藥

袁君一鯨，女未嫁，忽得翻胃病，歷求方藥不能效，衆醫拱手，骨立如削，厭厭待盡而已。一日有全真道人詣門請謁，云：「吾能療不起之疾。君家閨中得無有病者乎？」閽者曰：「主公有愛女抱疾，不接賓客久矣，疾亦非若所能愈也，請速出去。」厭斥久之，聲聞於内。袁氏内眷因命延入。初云：「吾寫一方救汝。」及書方畢，皆人間所不見之藥。内眷云：「吾家何從買此奇藥？」道人既憐憫，願出諸囊中，請以縑物酬焉。」既而云：「龍涎有處可買乎？」衆答無有，道人於是取囊中雜藥煉爲膏液，和作一小黑罐子，封固，云：「不須食，只日日嗅之足矣。」初嗅之日，膈間覺有一物漸漸吐出，皆老痰也。明日復吐一塊，第三日漸思飲食，至七日而匕箸大進，肌肉盡生，安好如常人矣。始知遇仙，望空瞻禮。其女未幾出嫁，至今尚存。亦趙明府説。

赤肚道士

閩中福州城内，昔年有一道士，常被髮佯狂，衣裳垢滓，游行市中。人視其軀腹如碧瑠璃，五臟畢露，洞然照見。兒童蜂聚而隨之，每捧其腹大叫曰：「撞我肚，撞我肚！」旬日間莫之有應。時因呼爲「赤肚道士」。一日歎曰：「我欲度人，人不來度，無如之何，深可悲哉！」遂去。後莫有遇之者。閩南陳司農訏謨譏關時説此。

韓秀才

韓清者，洛陽縣人也。幼好道，不修邊幅，常服氣煉神，遨遊雲水，自以爲樂。十歲操筆便成文章。有女冠自華陰山來，過其家，密授道要。因閉室精思，遂了深玄之理，漸能分身隱形，若左元放矣。雖遊學宮，傲然禮法之外，時時微露奇跡，人莫之測。以其褊率不拘，又好凌侮，多不與交。惟趙府君重方術，見清風骨明秀，知非凡流，深加禮遇。

府君嘗喪妾悲哀，燕居獨坐，思與韓生飲博消遣，清忽拱立於側。府君驚曰：「生從何來？」對曰：「蒙公見懷，敢不趨侍？」府君大笑，命酒數行，相與博戲。時春月庭中花開，清以手揉之，和入酒樽，頓覺酒味殊常甘美。外忽報吏廨失火，衆奔救，府君登樓共觀。清持杯酒，向吏廨噀之，火即滅，府君由此益敬異之，留宿談讌，彌日累夕不倦矣。

時清父某爲縣藏吏，偶引親故入藏，失金若干。縣令提吏夫婦並繫獄中。府君心知其無辜，欲釋之，令固不從。一日鞫訊其事，吏夫婦囚首跪階下，令敕門者無容秀才闌入。清忽立案傍，令踞見大詬，叱伍伯執之。左右素聞其神，共諫令，令乃烈聲問清曰：「若多妖術，能代父償藏金乎？不爾，當並受拷掠。」清曰：「唯唯。請借鼎釜。」及至，清取令案上錫硯筆架、承水瓷甌之屬，一一餖飣於火，虞其不給，命拾階下瓦甓聚積其上，出袖中汗巾，角解小囊，得藥兩粒，投火中。良久，紫烟鬱蒸，充滿廳事，啓視鼎釜，都成上金矣。謂令曰：「此神仙金，敵世間幾倍，償藏之外，可糴粟賑饑，無妄費也。」

令大駭，然以方士爐火之術，不足異也。問清曰：「技止此乎？」清曰：「未也。」引其袖一呼，須臾之間，傾出二女子，自階登拜，窈窕無雙，嬌歌妙舞，莫可形狀，轉身逼向令，令止之。清因取女子還納袖中。令又問清曰：「技止此乎？」清曰：「未也。」探其襟内，引出一龍一虎，風生雲起，哮吼拏攫，而爭前作搏噬狀，跳躍向令。令急止之。清復取龍虎，還納襟内。

令神色惶怖曰：「止矣，吾見子之奇矣，無煩更設也。」清曰：「猶未也，公無懼，聊以劇戲耳。」從左右索水。授水一盂，清持箸噀之，俄有塵起，烟霧晦冥，胥吏皆無人色。頃之塵斂，視其庭，已成大河，波濤洶湧。清乃拾地上樹葉作舟浮之，身登其上，父母亦共載焉，揮手別令，曰：「爲我謝趙府君，異日洞天相見也。」刺舟冉冉入雲，俄而漸滅。衆皆仰視羅拜。倏忽天霽，縣堂如舊。令具以聞府君，府君棄官而歸。

畫扇仙人

相傳有吳人許生懋者，棲心玄門，勤求燒煉，積十餘年無成。一日遊洞庭山，遇羽衣道士，飄若仙人，許生心訝其非凡也，跪而祈請丹術。道士出其袖中聚頭畫扇，倒拄石壁之下，畫中有大樹，樹下磐石，石上安一丹鼎，鼎邊貯缸，承水及薪炭之屬，傍有雙丫髻童子立焉。道士叱之，此童子即跪於鼎口，益薪添火。忽見紫焰上炎，鼎中如沸，斯須之間，報藥成矣。童子呈藥於道士，滅火立如故。道士取一小錠賜許生，因告之曰：「此爐中造化也。盜天地，役鬼神，非有積功累行，不可妄求。子仙骨未成，浮慕何益乎？五十年後尋我於華陽洞中矣。」言訖，袖其畫扇隱去。許生大駭，遂終身不談黃白之事矣。此積古所説，不知何年代也。

白玉蟾

吳城中街路徐生藥家，頗好道，羽流雲水，多造其門。於是玉蟾老仙，著藍縷敝衣，拄瓢策杖而過之。其家誠敬接奉，略無倦色。一日同游石湖之西，爲亡親營求葬地。吳兒行舟，慣斵石爲鼓，以壓於舟首，相沿如此。徐與玉蟾偕行至黄山下，岸側偶遺石鼓在地。玉蟾折葦一枝，戲擊此鼓，聲聞遠近，數十里外村民皆驚。審知其爲神人也，徐拜請不已。玉蟾遂爲覓地點穴而去。石鼓至今存焉。相傳大街劉氏墓在虎丘之西，其穴亦玉蟾所點，未詳何年事也。

張三丰

張三丰國初異跡甚著，正德中尚在，多遊雲貴之間。貴州有平越衛地，多深巖密箐，高神觀踞萬峰之顛，中棲羽流真侶。三丰居觀三年，每夕禮斗，常飛神周遊五岳名山，到處皆有靈驗。隆平侯、王揮使並黔中人，一日偕入觀中相訪。三丰方披破衲，結跏趺於佛座之下，二人不敢驚，屏息以俟。既起，延二人坐定，袖中出不托四枚，熱氣如蒸，裝於磁盤，置二人前。二人問從何來，答曰：「今日杭州西湖昭慶寺設齋講會，不覺歸遲。」常州顧山百姓周慶謫戍滇南，人呼之雲南八老，親見其異，歸而說焉。

尹蓬頭

尹蓬頭者，不知其名氏，相傳是明初人。與張三丰同時游行天下，人言久見之，亦莫測其年壽。至正德、嘉靖年間，尚在梁溪。

秦太學某號柳臺子，肄習南雍，拜爲師弟，約來年七月七日過其家。如期而至，囊中將有碎金二十七鐶。秦與其妻俱延禮之，跪而上食，呼爲大仙。隔日與秦談謔嘯傲，頗相狎昵。俄患遍身惡瘡，膿血淋漓，臭不可耐，舉家細小，無不厭惡。而秦廣求醫藥，治療殷勤，湯沐之具，必親承之。瘡日益甚，秦泣而告曰：「大仙病勢至此，將有不起之憂，其若之何！」蓬頭曰：「汝家有美妾，令其侍寢一宵，吾疾瘳矣。」秦不敢忤，退而語其姬侍曰：「此真神仙，非如世人但作淫事，卿爲我強一赴之。」妾聞言怖而却走。秦俟夜半，強負其妾而出。蓬頭從帳中語曰：「且負去，今夕不吉，俟吾更選日耳。」蓋試秦意，實無他也。

久之，瘡勢轉殆，呼秦語之曰：「疾不可爲矣，莫信世上有仙人也。但我死後，不免以喪事相累。汝可奉靈柩於中堂，設几筵，成服三年乃葬，庶盡師弟之情。」秦泣，唯唯而退，且行且訝：「師未傳道，遽焉溘先，吾家豈可停柩，終當寄於宅後三茅宮中安置耳。」一才舉此念，蓬頭已知。明晨謂曰：「幸吾此疾尚可起，不至歸骨於三茅宮中也。今夜得香草煎湯數斛，爲吾洗瘡，瘡自愈，無煩以他藥相療矣。」從帳中起坐，將身抖擻，瘡瘢下六七升。及入澡盤中，移時方出，膚若凝脂，髮皆變黑，容色如桃花。秦夫妻視而驚，闔門羅拜，齊稱肉眼不識神仙。

明日便去，數之才十七日也，下午復在金陵王揮使家矣。揮使有女病瘵，厓然待盡，出叩蓬頭。蓬頭曰：「與我寢處一宵，尚何病哉！」揮使大怒，欲摑其面。細君屏後趨出止之，謂揮使曰：「神仙救人，終不以淫欲爲事，倘能起病，何惜其軀。」遂許諾。其夜，蓬頭命選壯健婦女四人抱病者而寢，自運真陽，逼熱病體。衆見癆蟲無數飛出，用扇撲去。黎明輔以湯藥飲食，痼疾頓除。一家驚喜媿謝。遂還西川鶴鳴觀，乘石鶴而去。

先是，觀前舊有兩石鶴，不知何代物也，蓬頭乘其雄者上升，其雌者中夜悲啼。土人驚怪，爭來擊落其喙，至今無喙石鶴一隻存焉。

高神觀道士

高神觀在貴州平越衛山中，有道士居之。道士棋品最高，人莫與敵。一日有異人來，請對局，凡三日夕不決勝負。道士計無從出，潛禱於觀中所供西王母像前。其夜局未終，道士據案假寐，夢西王母傳示奕旨。醒而默記其下子，急呼異人共了殘局。道士隨手而應，下至第三著，笑曰：「尊師無活路矣，不免輸却一局棋也。」異人忽推博局離席而起曰：「靈山老母多言。」言已下階，聳身凌雲而逝。高承先傳顧山周慶説。

閻蓬頭

閻道人，不知何許人也，名希言，别號亦希言。其投刺，人稱希言，人與之書亦稱希言。頂一髻，不巾櫛，粗布夾衫，有裙襦，無袒服，履而不襪。爲人疎眉目，豐輔重頷，色正紫，肌肉充腯，腰腹十圍，叩之如鐵，彭彭然。得如來之一相，曰陰馬藏，秤之重可三百斤。行步健迅，雖少壯不啻也。盛暑輒裸而曝日中，不浴，窮冬鑿冰而浴。

又令人積溺缶中，浴之出，使自乾，嗅之殊不覺羶臊。所至驚異，目爲道人，又目之閻蓬頭，訛爲閻頭陀。

或坐不起，辭之亦不起，然未嘗以傲色加貴游。喜飲酒，量不過三四升，酣鬯自適，則歌道情曲以娛坐客。食能兼人，不擇葷素，但嗜蔬而安粥。人奉之幘則幘，奉之衣則衣，與之金錢則亦寘袖中，轉盼即付之何人手，不顧也。出則童子譟而從之，往往手甘果爲餉，故從者益衆。

問：「道人百歲乎？」曰：「亦百歲耳。」問：「且二百歲乎？」曰：「亦且二百歲耳。」問：「元時嘗爲某路總管乎？」曰：「某路總管耳。」或曰：「道人不過六十耳，何誑我爲？」曰：「是誑爾也，言六十者當。」又言：「道人豈六十歲人也？」曰：「即非六十歲人。」竟無以測也，絕不爲人道其所由得。

叩以延年沖舉之術，亦不應，惟勸人行陰隲，廣施予，勿淫勿殺，勿憂勿恚勿多思而已。頗好作有爲功德，於太和之均江建鎮武宮，宏麗甚。又於句曲東郭治馳道五十里，抵故乾元觀，左右皆植桃杏，春時若錦繡。謀於其徒，益斥旁畝，引山泉溉之成稻田，歲入米可三四十石，而觀獨有門及丙舍耳。

乃薄游金陵諸公，若李司寇、王中丞、王鴻臚及余。間過一二中貴人，欲成觀中諸殿閣，然不輕發言。後過一毛百户家，飯畢，謂其徒欲得湯浴。湯至，凡三浴而後爽然，命移枕蓐地坐，曰道人不嘗臥牀也。已，覺氣息微，始驚，問：「道人得無欲去乎？」道人曰：「既知之，何問？」遂瞑，趺坐不僵，浹旬猶暖，氣色休休然，汗沾鬚有若璣者。三日而入龕，七日而不移，至乾元觀，時時啓龕視之，蓋百日猶若生也。

道人游行人間者五十餘年，灼然著聲者垂四十年，出無恒嚮，話無恒言，宿無恒夕，忽然而來，忽然而去，無住爲主，無戀爲本，無相爲宗，其真有道者耶！弇山人曰：「道人以甲申之冬過我弇中，酒間忽謂余：『吾家山西，二十七八時行販燕市，足自給，有妻室矣，而淫，往往房室過度，成瘵且死。遇我師誨之坐功，得亡恙，且謂汝欲不死，亟去家毋問。時有一女，置之，今者都不憶吾血屬，惟憶吾姓閻。』度其時，蓋在嘉靖乙未、丙申間也。」按此傳出瑯琊王長公世貞所譔，希言節其文以著於説。

後希言與邵武守嚴瀔語，頗相符。邵武云：「曾見其暑天裸曝，兩目視日，移時不瞬，嚴冬扣凌而浴，起用巾拭，汗出如蒸。每言東去則望西行，初無定準。歲三日，其徒自金陵來，問何時發足，答曰元旦。艴然曰：「出家人五百里外步行三日到此拜年，有何急事？」即遣去不留。其平易如此。後希言又問中翰徐汝良，對云：「昔肄業南雍時，春官侍郎趙公用賢爲諸生祭酒。良隨侍郎同送閻蓬頭葬，從其篋中檢得羊皮度牒一張，上載勝國年號、官銜、歲月、花押，井井可據。侍郎推驗非贋造者。因知蓬頭實二百歲已上人也。」

潘尚書遇仙

新城縣春官尚書潘公晟，少爲諸生，家甚窶，婚娶之外，未嘗二女色也。當浙場鄉薦時，未榜之前五日，遇一道人，容儀俊偉，飄然若仙。公拜而問功名事，道人曰：「功名不須問，管取做到尚書。然子今科中後，便當遇佳麗矣。覓一器來，我乞汝藥。」公遂取案上瓷甌與之。道人出囊中紅粒，如芥子大，甚堅，撮與滿甌。公問藥何名，道人答曰：「此房中藥也，一生受用不盡矣。」公拜收藏其藥，忽失道人所在。

未幾揭榜，獲雋。其夕，主人之子婦貌極美，即出爲公更衣，留侍寢。公遂取藥試之，輒能經宿不敗。公自夫人而下，妾媵最盛，而新城伎女以至丐婦，亡問妍媸，並召入薦枕，俾晝作夜，極人間之欲矣。年八十餘，一日藥盡，遂病不起。

王省幹遇仙丹 已下十一條回道人遺事。

中街路王省幹，不知何代人，家近福濟觀，俗謂之神仙廟矣。歲以四月十四日齋供雲水，作麪數斛皆盡。時省幹方出，忽有道人詣門，從其婦乞水澡浴，曰：「但累湯沐，不須飲食也。」婦不能拒，乃從門傍空室，與澡盆授水，與之浴，畢，復食以麪。道人用椀置案上，倒合而去。家人取之，不能舉，益至數十人，亦如故。

其夜省幹歸，婦述以語之，乃一舉而啓，得藥丸並治風癩方。省幹以所留藥試服之，未半，身體輕壯，容膚光澤。遂依方治病，病無久近，治之即瘥。榜於門曰「遇仙丹」。乞者不遠千里。及省幹化去，將二十世，子弟行其方不甚驗矣。近重修福濟觀，太原徵君題疏有云：「壺中傳得一丸丹，海内爭求千歲藥。」即此事也。

火中仙像

歙縣烏石山下萬聖觀，有仙蹟，畫純陽像於廊廡間。先年回禄，四壁蕩然，而仙像在火，都不焦灼。明日，道士舉箒拂出，轉覺丹青黯耀，歎以爲奇。辛丑年親過其地見此。

賣筆人遇仙

華亭縣靈官廟東楮某，賣筆爲業。萬曆戊子年間，楮病瘵已深，醫藥罔效，尫羸骨立，僅存餘喘，皆目爲必死之徵，勢不可救矣。時南昌喻邦相爲松江太守，鹵簿威儀嚴盛。瘵者曝背於門，妻嫂翼之不能起。喻公遙望而憫之，禁前驅使勿呵辟，聽其自便。

一日，遇藍袍青巾道人，見瘵者狀貌，頗有矜憐之色，謂曰：「汝辦二十錢齋我，我活汝。」其妻嫂咸異之，遂依言付錢。道人持錢分施與靈官廟前丐者，便從指甲中剔出紅藥七粒，小於芥子，謂曰：「掐二粒水吞之，自當有驗。未愈，更服二粒，神可王矣，便以餘藥乞人。」妻嫂隨延道人入坐，以新汲井水浸藥，滴其口，少頃即躍然起，索飲食，扶杖而行。已更進其二粒，步履如常，無復困憊。於是闔家羅拜，叩其居止。曰：「吾向住姚廉察家，無他寓也。」

明日筆工妻子並詣姚宅中物色之，廉察大驚，因思中外初無其人，尋繹不解。忽夫人從屏後出曰：「得非後樓所供呂先生乎？」引之登樓，儼然藍袍青巾，與所遇容飾無異。闔門驚歎，傳爲美談。後楮家餘藥轉乞與許御史去。聞於宋孝廉。

落瘿道人

道人還經靈官廟，見廟中道士垂瘿如瓠，試以手撚瘿蒂者再，應手而落，頷下平復如舊，曾無瘢痕，市人競呼爲「落瘿道人」矣。是時觀者如堵，徘徊之間，忽失道人所在。

焚藥

越東有善箕召吕仙者，一人患眼疾經年不愈，請於仙，仙立授一方，令詣市取藥五六種，杵細焚之鈞州磁爐中。少頃撥其灰，得紅丸子一雙，遂如法服下，應手清凉，雙目豁然如初，曾無纖翳。更數年，其疾復發，此人又請善箕者告之。授方焚藥，無異前度，而紅丸不可得矣。爐灰傾出净盡，卒無以覓。再三哀禱，只云「藥在爐中」。後乃碎其爐足，宛然丸子在焉。神仙固無所不戲哉。

桃花道士

蘇州東城販繒家，有兒年十餘歲，近患腹痞，楚極，醫藥不支，身漸黄瘦。一日早起，有道士鬢插桃花一枝，負藥囊過其門，向西行甚急。兒甚異之，跡之，俱至福濟觀中。兒牽其衣，跪乞靈藥。道士曰：「汝病不須藥也。」命兒張其口，從囊中掣出鐵綫，刺其喉，探入腹下，鉗出一臠肉，兒亦懵然無苦。道士謂曰：「牛肉過傷，成此痞積，今便可終身輟食矣。」一腹平如故。言訖不見，後乃知爲呂仙降神也。人謂天與其疾，而仙顯其異矣。

搗衣石

吳人以四月十四日祀呂仙，年年如此，呂仙亦數數來人間。其年，福濟觀前人家施麪，有一丐者食麪畢，覆其器於中庭搗衣石上，眾不能舉，三日後始開。仙跡幻設，信有之焉。

神仙魚服

直塘一道觀中，有道録周靜清，法術著異。一日，龍虎山張真人來訪，周出迓之，偶一道人持酒囊以隨，將詣市沽酒。真人見道人，驚禮云：「此純陽老師也，何緣至此！」降階長跪。不顧而去。周異之，曰：「此吾侍者，執役觀中半年矣。」方悟神仙魚服也。命徒輩速延之入，則已出門不遠，見之在前，提酒囊徐徐而行，二三道士各跣足追之無及。如此移時，常相去十餘步，竟莫能跡。俄而風霧四起，咫尺不見，惟聞雲際笙鶴之聲，遂各罷還。

絳箋帖

黄九鼎爲北京監博時，夜夢人送絳箋帖子，有「呂喦拜」三大字。黄訝其仙，亟整衣冠出迎，倉忙中怳然驚覺。明日語其所知，所知謂曰：「汝第於一七日内，齋沐虔誠候之，必有異人至，慎勿怠事。」

黄是日齋戒，凡經七日，杳然亡跡，齋禁亦開。又將踰旬矣，一日忽有道人戴雙玉圈巾，走入臥内。黄亦頓忘前事，急命驅逐。道人怒曰：「我尚書閣老家往來出入，無所避忌，汝乃驅逐我乎！」黄趨出追之，不知所在。詳味「尚書閣老」四字中，又雙「口」在焉，始信真仙降而不悟也。其夕即夢一人來索前絳箋帖子，黄驚懼，遽檢還之而覺，悔無及矣。親話於余。

賭雷

有雷公方行雷，遇一道人至，挾而登酒樓，戲共賭雷爲樂。雷公曰：「雷吾所役使也，斯何難事，而汝能賭！」道人曰：「某亦習五雷之法。」於是下籌於案，互角勝負。雷公每爲道人所禁，行十得五，終莫能敵。道人引滿盡歡，雷公不得涓滴而罷。既去，雷公請其名，曰：「回去回去！」雷公作禮問曰：「莫非呂先生乎？」道人大笑，騰雲而上。雷公怒，命使者推霹靂車相隨，追之不及乃止。管可成説。

卜築長春山

歙何洪少隨父賈於杭，遂世爲杭人。萬曆中，兒旻疾篤，請姚江徐永召仙。仙至，乃純陽子也，題詩云：「三春柳外鶯聲好，啼落殘紅半樹花。分付杜鵑休叫月，一窗香雨濕輕紗。」詳其句，知旻不可爲矣。後六日，果死。洪悼兒，使永再致純陽子。純陽子曰：「死者不可復生，生者不當修福乎？吾儕厭居壺嶠，思憩人間。西湖之南有山曰長春，君家墳墓在焉，其爲我卜築於斯可乎？」洪稽首聽命，於是購材鳩匠，相地墓傍，而清江夾翠巘，造成高閣，其上亭焉，壘石飛梁，穿池種樹，層廊翼翥，雕欄繡錯，緑雲多駐，紫氣時廻，宛然欲界之靈都也。署額顔楣，並出仙筆。落成之後，肖像如生。凡刻仙籍者十餘人，而洪祖及祖母仙姑與焉。徐渭有記。

影娥川樓船鼓吹

影娥川在常熟縣城中虞山之麓，路由清權里而入，淺水一窪，不通舟楫。相傳琴流於此結原，所謂焦尾溪，即其地也。萬曆丙子正月十五夜，月色甚皎，秀才馬鳳挈同細君女郎輩踏燈往來，過此川上，驚見川中忽湧樓船鼓吹，簾内隱映貴人，皆曳雲霞日月之衣，雙鬟侍女，倚闌吟望。俄有青褶童子數輩，推篷而起，手攜絳紗燈上岸。鳳舉家驚異，急呼從人尾之以行。衆童子狀甚狡獪，縈回數步，便趨入船内不顧。須臾烟霧四起，咫尺晦冥，轉盼之間，都無所見矣。龔氏《松窗快筆》略記其事。

大茅君張讌

常熟城中虞山西北隅一帶，相傳其地爲三茅峯，舊建華陽觀，不甚崇敞。萬曆年間，火居道士李甲偕鄰人夜登虞山看月，憩於三茅峯側。欻見有張讌於峯之顛者，上不見天，皆五綵帳幄覆之，下鋪紅錦地衣數十重，羅列綺筵，丹碧交煥，金石競奏，絲竹互諧，聲隱隱出半空中。李初意是大僚筵會，徐徐引避樹下。俄望見席上列坐數人，神狀秀異，並玄裳縞衣，雲冠鞸綬，手執碧玉觥，笑傲自若。兩傍行酒皆丸髻小兒，黛鬟女子，侍衛百數，各有所執。乃大駭異，方知張讌者即大茅君，亦莫知坐上何人是茅君也。拉鄰人趨鳥徑而上，其行迅疾，漸覺彌遠，未至數十步，俄然驚散，衆真皆隱，但見流雲采霞，香風瑞靄，彌漫崖谷之間，白鶴數聲，廻翔其地而已，向之管絃羅綺，一無所覩矣。及曉，直上峯頭尋求，餘糧棄核，尚有存者，絕無影響，惆悵而還。

第二仙幻

葫蘆藏世界

山陰璩生，號衡陽山人，名自忍。居闤闠中，乃凡民也。目不知書，少年販茶入天姥山中，遇神仙傳授變化隱形之術、五雷請雨之法。試之奇驗，五符五咒，雨立注如傾矣。又通曉搬運之法，果殺蔬饌，所至無不畢致。分杯結霧，化竹釣鯔，無所不工，無所不曉。杖頭挂三葫蘆，大如杯。

一日醉後，謂眾客曰：「某有奇術，自古無者，今日請爲諸君設之，不足聞於外也。」眾欣然應聲曰：「敢不如命。」生遂解下三葫蘆，用五色綵繩三尺許繫之，組於席端，按亥、卯、未三方安置既定，指南邊者曰：「此第一天界。」指左曰：「此第二地界。」指右曰：「此第三人界。」於是揭三葫蘆蓋，使眾聚觀之，洞然無一物在，然後復掩却。璩生口中喃喃誦胡僧咒一遍，次第拽起繩蓋。頃之，第三葫蘆中陡然震動，見人馬無數，皆長二三寸，官寮將吏，士女老稚，隊仗音樂，提携負戴，迤邐從繩上行。至農賈漁獵之具，踵接肩摩，毛髮分明，細若刻鏤，雜然趨赴於第二葫蘆中。生口中仍復誦咒如前，咒畢，但聞其中鏘鏘然作銅鐵之聲，聞於外，又鬼嘯非常，須臾推出一隊，牛頭馬面，獄卒夜叉，奇貌鬼神，引罪人皆披枷帶鎖，現種種地獄變相，齊趕入南邊第一葫蘆中。生又復誦咒如初，忽見湧出天人玉女，珠旛寶蓋，玉皇香案在前，其後擁諸佛菩薩，帝釋龍神，及所乘馬駝獅象四足之屬，一一現形，莊嚴具足。其來如風，其去如雨，却走進第三葫蘆中。諸頂蓋一時悉下，寂然無聲。抖擻葫蘆，復收挂杖頭，視之都亡有矣。

璩生後棄茶業，辭家入四明山去，不知所終。張君去非親遇其事，說云然耳。

按《原化記》載嵩山潘老人懷中一葫蘆子，牀帳席幕，凡是用度，悉納其中，無所不受。夜則於空室内陳列，時有見者。又《酉陽雜俎》載劍門負笈老翁，盡取侯遹妓妾十餘人投之書笈，負之而趨，走若飛鳥。又遂州村民於世尊前能自作阿彌陀佛，宮殿池沼，一如西方，男女俱集，念佛而已。詳璩生伎倆，豈嵩山、劍門、遂州之流乎？不然，其理莫曉，非所云不可思議者耶？

卸足道人 已下二條皆金箔張事。

國初金箔張者，山西平陽府人也。世造金箔爲業，人呼之爲「金箔張」。其子二郎，聰儁不凡，少遇仙流，受以《鹿盧蹻經》一卷，遂得乘蹻之術，閭里駭其所爲。一日，有羽衣人過其門，曰：「家師亦挾小小奇術，二郎不棄，明日遣騎相迎，到敝莊觀之。」黎明，果有兩童子各乘一龍，自雲中下來，復牽一龍來迎。三龍繫在一處。有頃，二郎乘龍，龍獰甚，昂首不伏。童子出袖中軟玉鞭鞭之，二郎乃騰身而上。行數里，至一山谷中，花木繽紛，陂陀連接，泉石幽邃，洞壑杳冥。倏忽眺望之際，俄達茅庵矣。二童子先入庵啓報，羽衣人亦已在門，傳呼延入。見一道人，龐眉古服，坐匡牀之上，雙足却挂壁間，相去猶尋丈也。二郎欲拜，道人曰：「且止勿前。老漢久卸膝蓋骨以自便，倚足於壁，不踏世上紅塵矣，今日不免爲郎君一下牀也。」於是揮手招壁間雙足，自行前著膝上，輻輳如常人。遂下牀具賓主禮，呼室中童子煮新茶供客。茶至，則一無首童子也。道人責曰：「對佳客乃簡率如此乎！可速戴頭來。」童子舉手捫其頸，遽入室，取頭戴之復出，供茶如初。致席於地，坐談良久，命治具款郎君，膾青龍肝爲膳。二郎媿謝再三。道人曰：「屠龍是家僮常伎耳，郎君莫怪。」須臾，見童子牽一青龍於階下，引短劍斷龍首，龍亦蜿蜒就屠，先剖其腹，次取其肝，切肉作膾，聚肝其上燔之，爪牙鱗角，俱棄於地。少焉登俎，五采爛然。二郎疑不敢食，道人連啗數器，擘龍肝食之都盡。

二郎覩其風貌，聽其話言，莫可測識，自謂世之所無也。因留侍數月，盡其術，然後告歸。送出庵門，忽風起塵揚，天地晝晦，俄而清霽，道人與茅庵都不見矣。四顧皆黃沙白草之鄉，無復花木陂陀、泉石洞壑。訊之，乃在大同渾源州北嶽恒山下。步行旬日，始得還家。

金水橋幻戲

平陽張二郎，嘗與客同詣水邊，見群魚游泳。客問：「此魚可作羹乎？」二郎曰：「可。第君所須幾頭耳？」客限其數，二郎便丸泥投水中。頃之，有魚長尺許者鱗鱗躍岸，果符前數。

二郎嘗聞濟源靈湫之奇，親詣觀之，知其伏機所爲，歸而效焉，穿一池，亦能出物，人以爲巧。高皇帝聞其術神，召見便殿，問曰：「爾有何道術也？」二郎奏曰：「臣能開頃刻蓮花。」時方二月，春陽媚和，乃出袖中一小銅鉼，注以凈水，須臾見五采雕雲彌布殿闕。於是請上御金水橋觀之。二郎解領巾内一小玉合，倒出石蓮子七枚，遍撒水中，俄見荷葉田田，漸大如蓋，倏焉菡萏挺生，芙蕖交映，花香遠馥，芳風藻川，過而矚者，咸謂神仙幻出矣。

久之，二郎翦雲藍紙作小舟，吹落水面，具奏曰：「此採蓮船也。」上曰：「卿能駕以行乎？」曰：「能。」便竦身登舟而發，復具奏曰：「臣少習於吳，能爲吳歌，請爲陛下奏清燕之娛。」曼聲初引，林容颯飛，韻溢陽春，玩深淥水。朝貴相與聳聽，宮嬪爲之駐愁。歌竟往來，蕩漾花叢之間，衆中遥見二郎妻子僮僕悉在此舟共載，更唱迭和，嬉遊水央。是時聖情大懌，龍顔和暢，趣命出金帛賞賚。忽有飄風從東南來，烟波騰沸，雲霧晦霾，人舟荷花都無所見。

掌心雷 已下五條皆張皮雀遺事。

張皮雀既得胡風子術，日賣掌心雷里中。群兒每持一錢與之，便以朱書「雷」字於其掌心。兒趨鬧市中，揚言曰：「雷來矣！雷來矣！」舒掌即作殷殷之聲，騰於空中。市人仰觀青天，無不駭異，久之漸漸而止。

吹雨

一日張皮雀行玄妙觀門外，見洗白家曝衣帛在市，呼之曰：「煮茶來吃！」其人不應。便書一符吹去西北角，驟雨如傾，點污衣帛，使其家明日重洗。

一莖草

張皮雀嘗與諸少年戲賭，同看市行女子足之大小，就地拾一莖稻草横置之，女子行者誤視爲溝，競褰裳而跨之。又戲謂諸少年曰：「吾欲此女憑肩而行，何如？」復擲莖草於地，女便舉手憑之。人問女何故而憑道士肩。答曰：「吾自不知何故也。見大溝，溝傍有枯樹，遂憑之而過矣。」

字誤書草

張皮雀好飲酒食狗肉。適民家建醮，衆道士飛章告玄，向空上焚，只候皮雀登壇。皮雀大醉而來，謂衆道士曰：「速收醮筵，雷火且至，緣所上之章有字失體，復草書，上帝大怒，咸被棄擲，且命火部譴其不敬矣。」衆道士云：「未嘗誤也。」皮雀忽於袖中出所焚之章示之，宛然凈本，封題印署如故，字誤書草，一符其言。有頃雷電駭空，自北而至，飛火環其廬，焚燒盡矣。

玄壇神

張皮雀常畜一雞於玄壇祠下。皮雀出門，謂玄壇神曰：「鬍子照管家畜，莫被人攘去也。」一鎖其門，以鑰挂門上而出。里中無賴少年闞之，便竊啓視，攘雞在抱，欲出不能，但於庭際旋繞，左衝右突而已。伺皮雀歸，哀鳴祈之，笑而釋去。人問少年：「汝既攘雞，何以不走？」答曰：「身如被縶，欲逃不得。」後遂莫敢犯焉。

夜遊滇南 已下十三條皆李福達事。王徵君穉登竹墅席上談。

嘉靖初有李福達者，扶溝縣人也。故爲千侯。能分身散影，役使山魈，坐致行廚，興騰雲雨，飛砂走石，靈奇幻設之事不可勝紀，世莫知其授也。是時大獄始定，閣臣張、桂二公秉朝政，以其妖妄惡之，械繫甚堅，使獄卒共守。而報京城内外戲場聚處皆有福達，又驚傳玉河橋酒館中有一福達，常與道士對談共飲，看驗無差。二公不信，命悉縛來。力士縛得兩人至，餘皆遁去，擁至廳事前，伏於階下，起而細視其貌，乃是兩政府中老蒼頭也。二公大怒，將加拷掠，都昏昏如醉夢中，不知身所由出。及使人視械繫處，真福達故在也。命秘其事，不以上聞。世宗皇帝方好神仙，親召福達至，遣中官破其械於五鳳門外，欲留供奉内庭。二公密奏不可，乃止。福達僅獲免死，謫戍雲南邊衛矣。

故事，遣戍必有兩步健守押，以防逸去。李謂步健曰：「向某所以不遠遁者，爲此業報未償。今償畢矣，汝曹相逼，意欲何爲？」步健曰：「公神人也，何敢他阻。但無以復命，亦當獲譴，欲得雲南文信爲憑耳。」李曰：「此易耳，不足憂也。」乃選旅舍主人家，求靜室一所，周遭扃鐍，封護無隙，告主人曰：「吾中夜入靜，慎勿喧動。」因勑兩步健宿户外守之，誡曰：「無妄窺，禍及汝曹矣。」步健受教，屏息而寢，不敢謦欬。中夜，但聞人馬馳驟之聲，若衝濤破浪然，莫測所謂。凌晨啓扃，李於袖中出雲南都司文憑收管，一一具備，符信宛然，緘封猶濕，授之。兩人各各拜謝而去。後客有從滇中販藥回者，見一酒樓壁上詩，後署云：「李福達從軍至此。」

劍　叛

先是，李千侯福達爲家奴上書告變，遂搆成大獄。上不之誅，遣戍徼外，李因隱身之江南。後陰以六丁驅役之術縛歸叛奴，從蘇州玄妙觀所寓道房内穿一坎，深尺許。有甲士率叛奴立於坎中，釘奴首足。李身衣黃袍，戴金盔，南坐握固，據兩膝叱其奴曰：「速死無他言！」奴乞命號呼甚慘。李從袖中拂出白氣一道，如匹練然，旋繞其奴髮際，須臾形漸縮減，如火煬膏，食頃，頭顱俱没，坎中悉化爲水，毛髮不存。李徐起，滅燭就寢。觀中道士穴壁窺之，悸幾死。

盜獻黃絹囊

初，李福達過蘇州，寄託楓橋金氏。金氏者，賣古器人耳，不甚禮重。李殊怏怏，即赴常州武進縣，住於錢巷楊七郎家。李善縮地術，心欲有詣，身即輒至，不俟整楫駕舟，常令鬼擔臥具而行。胸前掛黃絹囊，囊中貯素書二卷，雖盛暑勿脱，臥起常不離身。

一日，楊家六郎伺其浴於河，竊而藏之。李登岸，見囊失去，笑曰：「當令盜者自獻。」乃白座客：「某不免對諸君作造次矣。」因整衣冠，兩手握固而坐。頃之，六郎雙睛垂於睫外長尺餘。叱曰：「捉阿郎下階。」六郎即自投階下，頭面搶地，求哀咽絶。其弟代爲叩頭謝過，曰：「肉人無知，幸見矜釋。」出其囊呈還李，却使六郎自納其睛，經時復故，因責其歸，致酒果贖罪。前後咫尺，至暮不達，度所行已逾數里。六郎亟返，拜懇求恕，乃釋之。明日攜酒果極備珍膳，致敬如弟子禮矣。

魚戲

楊六郎、七郎爭戽池水取魚，三日而水涸。李福達謂曰：「明日將羹鮮魚飯客乎？」二人匿謝曰：「並無有也。」李知其欺之，夜召奇形異狀小鬼百數，去其梁笱，擲瓦拋磚，風雨大作。池中有魚千頭，悉跳出外塘，一無獲。黎明起視，漲平如故矣。楊氏舉家羅拜祈哀，李意解，仍遣詣池上。及至，諸魚紛紜踴躍，還入如故。由是禮待殊常，朝夕參禮焉。

畫屏女

毗陵某衣冠家，嘗邀李福達飲。中夜設畫屏於堂，屏上有美女一十七人，李一一呼之下地，令其歌舞於前，獨留一人守屏上。歌舞畢，次第叱之登屏。衣冠驚駭不測，深加敬禮。按《仙傳拾遺》載：廣陵人張定，從道士授變化之術，每見圖障屏風有人物音樂者，以手指之，皆能飛走歌舞，言笑趨動，與真無異。今據李君所爲，神仙戲術，不可厚誣矣。

拂雲見月

千侯李福達客常州楊家時，方中秋，會有數客同在六郎家飲。其夕霽月澄瑩，雲無纖翳。主人謂客曰：「今夕何夕，月出皎兮。」李起溺階下，潛於簷角拔下一瓦，可三寸許，復就座飲。忽有黑風暴雨，沾濕盤筵，數客不樂，迸散而去，李却與客還詣七郎家索飲，月明如故。明日，七郎過六郎家，六郎謂曰：「昨宵與客共飲，方羨月色大佳，忽風雨驟至，客與主人皆不樂，爲之罷席。」七郎大驚曰：「昨宵月明如晝，吾輩竟夕談笑，安得風雨事乎？」六郎因知李之所爲矣，乃曰：「今宵須從李先生乞月賞也。」李曰：「有是乎？」座客皆喜。其夜方設席於庭，陰霾不散，李向空以袖拂之，少頃雲收霧霽，清光洞然，主客再拜而謝。據此，則梯取、紙刻之事，《酉陽》、《宣室》所並載者，信而有焉。

擲杯

李福達遊太湖，王文恪公子招飲於舟，由湖口經明月灣下，公子出金玉酒器以侑觴。李每飲畢，輒取杯擲水中，擲之殆盡，舉座皆失色。公子知其術異，獨不爲動，李亦談笑自若。及濟中流，忽有赤金鯉魚數十頭躍入舟中，呼使者烹之，既剖腹，則所擲玉杯金斝一一在焉，夜檢視，百不失一。

飛劍斬湖蛟

李福達過太湖，蛟挾其舟，風大作。李怒，飛劍湖中斬蛟。少頃，見一蛟死，浮出水面，湖水盡赤。李命庖人取而鲊之。

移　樹

上海朱尚書恩家，前門有大槐樹二株，下可蔭數牛。尚書惡之，問李先生曰：「樹可徙乎？」李曰：「何爲不可！」其夜風雨晦冥，雷霆震吼。凌晨起視，則二樹已在後門矣。舉家怪愕。福達去後，此樹依然在前門舊處如故。遠近目睹詭異，不測其然。董翰林其昌聞諸故老，向希言說。

稅　宅

李福達一日到蘇州城中稅宅，遍閱數處，輒憎湫隘。僧人怪之。李曰：「卿莫管，我所挈細小什器頗多，必須寬敞始得。」僧人以爲戲言。後看下一大姓空宅子，前廈後堂，洞房連闥，意甚樂之。與稅賃畢，李便入宅，從容袖中摸出小石函，縱横不離數寸，凡衣服、飲食、牀褥臥具、屏障、几席、釜甑一切資生之物，盡從中出。又於函中掣出婦人男子凡數輩，皆其妾媵使令。又有十餘小兒，皆衣五綵。儈人震怖，便狂走。李笑而不言。久之將行，還復掣此婦人男子小兒諸器玩，一一悉納石函中，仍袖而去。此石函有人相試提之，重不能勝。福達啓閉飄然，若持毛羽。江南豪貴贈遺數千，或受之以濟貧乏，或封而留之。所至懷一函一袋，行止自隨而已。於是悉悟福達爲遁仙異神矣。

希言常疑陽羨書生、太元道人、嵩山潘老、劍門負笈諸說，以爲文人愛奇，架虛鑿空而成文。頃萬曆甲寅六月五日，在華亭董翰林坐，遇豫章黄企石至。黄之先人嘗爲福達弟子。數歲時，隨其父入吳門，親覩異跡而語於人。即知理之所無，事之所有，以斯舉驗，更何致疑，固無書不可盡信也。

器　鬭

最後福達客黄浦上朱恩尚書家。朱公好道，禮爲上客。或廚傳稍有不飭，李知是內人慢之，咒其室中器皿服玩，使鬬擊庭下，所曝筐筥，一一歷階而上。內人悔過乃止。

分廚

福達居朱家月餘，尚書戲令李君作主人，應曰唯唯。然一無所辦，第邀尚書至園亭登席，咄嗟之間，雕盤玉俎，從空下來。已而尚書歸第，推求其故。家人云：「今日內眷釀飲，擊鮮在釜，以次失去。」尚書笑問所失之饌，一一皆筵上物也。諸女郎恨李作惡，相與大詬。李聞之，每日俟釜中饌熟，必分取其半。閨人愈忿，諷尚書送之去。

送別揚子

尚書置酒舟中宴別，舟行累日，還復在門。後直送至京口，渡揚子而去矣。朱公歸，怏怏不樂，恨留李君不篤也。諸女郎共喜李君之去，約伴同遊後園，賞花方樂，驚見福達復在山亭外徐步而來，且吟且玩，未嘗去也。大駭而散，終無奈何。朱公愈加尊敬，未幾竟別朱公遁去，稱不更還，亦不言所適。後遂無聞，或傳其劍仙上升於天矣。

鶴背翁

弘正間，西川王維賢刑部過青城山，親見峰頂有兩老人，皆跨白鶴，一自東來，一自西至，相逢下鶴背而揖。從容談笑久之，復上鶴背，揮手告别，各各昇雲而去。是時紅霞覆地，異香馥空，蜀人皆言真仙所降矣。余邑前輩楊儀禮部素不信玄怪之談，聽王君言，始遂傾心，著有《高坡異纂》行於世。

林道人指石

萬曆中，福建延平府有林道人者，不察所從來，亦莫知姓氏，俗呼爲林仙人。從純陽祖師受指石成金之法，能令頑石瓦礫、草木諸藥，人間所有之物，應手而變，不事煉合。然其術以救濟貧乏爲主，未嘗自潤也。沙縣王别駕某罷官歸，頗樂方術，延之於家，禮待甚渥。

常有貪夫求其術不得，每於僻静處恐脇備至。時延平守下車旬月，深嫉此輩，貪夫陳狀訐之。守怒，急遣分捕，而林已在門矣。遽令召入，林秀眉美髯，姿出格外。守望見，心異之，詞色稍和，謂曰：「若有何術，能立就乎？」林語曰：「貧道非爐火術，亦不幻惑貴人，但以振乏絕而已。公既欲試，惟所命耳。」守即戒左右取水銀一大錠，計重二鎰，與之。林因請水一器，投水銀其中，用手揉之，少頃澄水已成好銀。守大驚，亟呼銀工就地爲爐，依法燒煉，果竟不變，乃厚禮而遣焉。

雲間董翰林其昌，辛卯歲爲送其座師田侍郎一儁喪還閩中，偶會林於別駕席上，知其術神，告主人曰：「林尊師真有道者，聞其指石之術，可試以爲樂乎？」別駕爲請於林。林曰：「此小事耳，惟學士取一物爲驗。」時七月十三日，炎海新秋，梧桐落子，董遂取盤中梧子一粒授林。方茶次，林便投入茶碗，隨所指立變爲銀，徐徐以匙行碗，挑銀梧子出。舉座驗之，無不駭愕。董曰：「梧子化爲銀矣，銀獨不可復化爲梧子乎？」林接取，再納茶碗，良久出之，故是梧子也。如此者三。林曰：「此真銀矣，五百年後不復變也。」董乃藏諸袖中，因爾致敬。於時延平官僚咸欲就林傳術，卒不肯授。從容謂翰林曰：「某之術通天地，役鬼神，非其人不妄授者。觀學士神骨非凡，有少道分，當不靳指示。但某常拯救人，以陰功及物，須藉學士高文流傳閩中，請從此他逝矣。」

董慨然許諾，中夜思維：「吾爲此人立傳，萬一事敗，豈非名節玷乎？且天生其昌，寧能藉黃白之術以濟世哉！」明日遣家監進得持輕吹二端、織成履子一緉，送林留別。而林已逆知其心事矣，乃迎而語之曰：「而主昨許爲吾作傳，夜半生疑，然仍遣幣致敬，終不失爲長者。」卒受其禮，謂曰：「某亦欲附薄儀報謝之，望少待。」忽於脚下碾一斷瓦，約重十二鐶，急取紙包裹，以授家監，曰：「聊用奉酬學士。然慎勿於途中開視也。」家監唯唯謝辭而去。及抵行館，董發其所裹，上金燦然，宛是斷瓦之狀矣。

林所居深山邃谷無人跡處，往來城市，每客別駕家。別駕平生好燒水銀，寂寂無驗，見林神異，自撲泥中禮拜殷勤，董不爲動也。林每從山中出，日費數金，並以濟乏，皆成於俄頃點化，亦不過多。忽一日駕柴車還山，役夫跪而請曰：「仙官濟人之功廣矣，如某輩貧入膏肓，忍不援手一救耶？」林爲之動容，令求一片石。役夫就地選取大者，秤之重七斤八兩，林嘆曰：「嗟乎！福薄之人，何以當此！」役夫叩頭再四。林不得已，強舉一指指之，即脫其腰纏來固縛，戒不得妄動，抵家後方可開也。役夫行至半途，覺腰中極冷，疑其有異，因輒開視，乃是七斤半白鹽耳。詣市鬻之，得錢八十文，僅酬一日之勞而已。

董嘗從容叩其大要，曾煉一神，不委何名，欲呼之，用右掌食指書神姓名於左掌中，指背止二字，神立至矣。自言讀《黃庭内景》，别有指歸。每於靜夜，密呼五臟神姓名，其神自出，宛若人形，並長寸許，行動如常，衣色精采，其分明者，容髮皆具，是神無病。如或一臟受疴，則此臟之神颯萎不振，急召使入，忙用點檢功夫，逡巡再呼之出，便不復爾。

又善回精法，秘不傳人，大抵皆泝流還嬰之術，與世俗所談小異，董亦不欲授也。又言呂翁蹤跡近多在幔亭峰下，常溷僕夫樵子之中，故時人莫之識也。今當往送寒衣，旦夕且去。董瀕行，再使人物色之，林已飄然不知其所適矣。銀梧子上有星黶，類梧子形。里人范爾孚請以救母，遂留不歸。其所贈小餅金，朱氏太夫人亦請去煎湯，所救多愈。吳兒咸言神仙點金可以療疾矣。甲寅六月五日，在董氏戲鴻堂聞説。

太一星君授法 馮月潭遺事。

玄妙觀馮月潭，學太一月孛請雨法，未得妙理，積志累年，精爽未格。一日，有漁婦爲星君所憑，裸形走入觀中，授以秘術，術遂神，建壇依法爲之，斯須雷雨四集矣。

按月孛即彗星也，其神裸形赤脚，右手持劍，左手提一人頭。相傳法官用月孛法禱雨，令侍者持鮮花鬻於市，市中婦人有買花者，月孛即附之而至，裸而登壇。法官用左脚踏其地户，被髪持劍誦咒，咒未畢，雨大注。其人邪心一起，此星君即用劍倒斫之。故手中提人首者，即法官首也。西天王堂有唐年塑像。春秋時，有星孛於大辰，梓慎占火在宋。而秦始皇時，彗星再見。

江長老

桃源江盈科爲西川副使，其族人有江長老者，受良常山上真秘法，靈異著於楚西沅湘之間，目爲散聖長老。能取生雞卵二十枚，置臼中杵之，雞卵紛然躍起，復入臼中。如是者數四，無一損壞。嘗以符術行里中，時有孕婦難産，長老摺一小符，先焚爲灰，和湯水與患者吞之，立時即産，其符黏於兒顱門上而出，宛然不燒。衣冠家有失物者，乞問所在，輒被用術擒獲。由是賊黨恚恨長老，跡於蛇兒埡口，共執而捶殺之。隔日賊詣屍所，但見芻藁一束，擣如敗絮而已。急覘之，長老高臥寺中，無恙也。賊相率奔竄，至今桃源城中不敢爲竊盗之事。

端和尚

同時有端和尚者，亦善道術，而伎倆終不及江長老。一日於通衢廣衆之中，兩人較術。端取袖中手巾，擲地化爲白蛇，蜿蜒如雪。江便擲僧帽於地，化爲玄龜，伸頸吐氣，口中生火，立殺其蛇。每共試法事之不勝，端慚恨，乃潛遁焉。親聞江副使説之也。按唐人崔進士妻擲一領巾過，作五色綵橋，劉綱唾盤中成鯉魚，樊夫人唾盤中成獺食魚。向疑其不經。今傳説桃源二僧如此，聽者皆以爲稀有之事矣。

紫霞碧洞《真仙通鑒》載李白爲東華上清監。

正統間，嘉善姚綬字公綬，别署丹丘子。栖心山澤，想像雲烟，中年始成進士。既選入爲監察御史，絶不留意名宦，便託疾告歸。一夕，夢有大賓過其門，御史屣履出迎，望之則鶴氅雲冠，道貌秀異，真神仙中人也。既坐定，請其姓名，對曰：「我即唐朝李白，今爲紫霞碧洞主矣。」覺而驚異。

凌晨，與客泛舟溪上，見有兩農夫漉取河泥溉田，同舟相鬨，一人堅握其掌不肯開，一人欲攘其掌中物不得，以此爭競。御史遽命使者款曲勸解，索其所握之物視之，乃一鑄金圖書，上爲博山爐形，識其文，皆鐘鼎古篆，極精且工，是「紫霞碧洞」四字也，復刻「李白」二小字於左方。時御史方話其夢於座客，遽獲斯異，舉座傳玩，歎以爲奇。於是厚出粟鏹，分償其值。御史賦《夢遊仙吟》以紀盛事。優遊林下者又十餘年而終。

往常見一書，載白樂天子龜年，一日於嵩山東巖下遇李白，曰：「吾與汝父皆仙矣。」出一軸素書授之，曰：「讀此可辨九天禽語、九地獸言。」後試之委驗。又《委宛遺編》載杜少陵與李青蓮輩並優遊江湖，稱散仙。其說不知何據。近華亭縣西門外謝家有客夏生者，善召仙，時時請李太白至，題云：「憶當年沉香亭下玉妃嬌態，至今神蕩，恨高力士在傍，不得一撲其面耳。」今觀姚先生事，因知供奉真爲地仙不死矣，采石騎鯨之說，信有之乎！

天醫

吳人張叟，究奇門六壬、陰陽緯候、還真煉氣之要，無不精徹。家奉斗母，間爲親戚祈禱疾病，俟斗母許救，約以某日某時命天醫至焉。或見形往來，或空中授藥，或示異夢中，或附耳而告。凡童男童女見之尤真，不獨病者接寤而已。

一日，齊門王氏女得疾沉重，懇延張叟請於斗母，期是日酉時天醫下降。至晚，坐客六七人同登小閣子飲酒，咸望見窗外一少年，才長二尺許，戴金綫冠，著古色帔，背負藥葫蘆，眉目鬢髮，歷歷分明，自樓簷飛下，竟趨赴中堂，直抵患者所。既試刀圭，便失所在，疾亦漸瘳。又嘗降於閶門顧家，則緑衣古貌，容飾不同，親戚咸共睹焉。服其藥者異香滿口，或用鍼，便覺患處通快。然斗母不許，終莫能致天醫矣。

近數年來，張術亦不復驗也。張云：「天醫有十三科，今在天曹屬陶、許兩真人職掌。」余於西湖之上曾見天醫祠，果祀陶、許於中焉。按黄氏《蓬軒别記》載：景泰中，豐城侯李公之母目盲，命術士袁生召天醫行治，縳高架於李之壺閣前，置玉器其顛，每夜分李自登視，輒得藥，不數日復明。又讀陸氏《庚巳編》，記弘治中鄉民顧謙家所遘，亦云金冠緑袍，室中懸藥葫蘆累百，自稱曰天醫。今吴興善鍼灸者凌漢章，尚傳其術，然則感格之理未可云無。

折翮鴿兒 已下四條皆林酒仙遺事。

林酒仙嗜食鴿兒，出作佛事，命侍者燔鴿以待。侍者分其一翮而食，及暮，酒仙醉歸，責之曰：「汝何爲竊食吾鴿，不畏戕物命乎？」侍者曰：「和尚食鴿數百頭，不慮傷生，乃慮某以一翮傷也！」酒仙張其口，飛出一折翮鴿兒，在地能行。至今繪折翮鴿兒於祠下。

鞋兒樣

酒仙出坐東禪寺門前，看人迎新婦，鼓樂導引甚喧。酒仙跡之至婿家，伺其婦出車，捉而嚙其頸者再。衆大噪，群手格止之。酒仙曰：「惜也，更嚙一口無恙矣。」其家推求其故。酒仙曰：「此女子翦《華嚴經》爲鞋兒樣，罪不可逃，命合嫁夫一年後雉經死矣。」歲餘，果無故竊索自縊，兩索結皆斷，如人嚙狀，復紐第三結，不可解，乃死。

顧亭

居民有顧亭，驢磨爲業。敬事酒仙，每見其醉倒街頭，便掖以還寺，連年如此。一日酒仙呼亭謂曰：「汝某日當有重厄，可早至，我爲汝禳之。」至期，結壇中庭，朱衣絳節而立於上，令亭伏案下，垂氈障之，戒使勿動。少頃，震雷飛電，崩騰駭空，如有搜索之狀。忽聞雲中神語云：「辟支佛臨護此人，不得不赦。」霆火俱散，陰翳廓然。酒仙起謂亭曰：「免矣。然汝得不死，歸當棄驢磨業，造橋寺前，以功滅罪也。」後橋成，因名顧亭。

代草解頭文字

萬曆初年，雙塔寺前毛翁者，東浙人也。有子鳳起，爲秀才。毛翁每日清晨入酒仙祠炷香虔拜，默而祝曰：「他日佑兒成名，當重新像宇。」後辛卯科，鳳起應浙江鄉薦，主司命「才難」一節爲題。鳳起見題生疎，懵然若睡，恍惚間有青衣少年連聲呼之曰：「速起速起！某奉上真命爲卿代草文字，趣繕成無誤，今科定作解頭矣。」誦聲如流，七篇立就。鳳起寫畢，遂絕聲影，不敢增損一字。放榜之日，果領解，符青衣少年言矣。捷至，吳下同社朋友皆相顧吐舌，以爲怪異。蓋每常結社分題，毛先輩時名遠遜諸君故也。

其年浙場主文柄者乃溫陵李學士，一覽取納，稱賞再三，目爲神助。鹿鳴宴畢，命撤所插黄金花賜之。於是監臨、提調諸公競割以遺解頭，傳爲盛事，不知其果是神人降筆矣，咸謂酒仙挈維之力。故吴人語曰：「欲作解元，先拜酒仙。」顧别駕、徐光禄共説。

金姬

《常熟縣誌》：「金雞墩，在縣西北二十五里。世傳偽周渡江，妃死，權殯於此。」然訛「姬」爲「雞」，因妄言金玉之氣化而爲雞，時時夜鳴其上矣。按金姬本山東李氏子，名金兒，明敏妙麗，誦古今經史及仙佛百家之書。父李素得張明遠之秘傳，精於卜筮，悉以其術授之，遂臻玄妙，父不及也。士誠之有江南，多其幄算功焉。既自立爲王，厚賜姬，加號册立。

姬至舟中，屏去盛妝，啓其故箱，出瓣香焚之，向天列拜，長跽私祝。衆環視莫測其意。須臾，閉目奄然無語。父母驚赴，抱起呼之，已絶息矣。士誠哀慟不已，乃厚葬之虞山下。

後士誠謀取江陰，久不下，因感金姬先見之言，加封爲護國洞玄仙妃，命饒介之譔文，周伯琦書篆，刻石。其夜，姬示夢於妃劉氏，極言士誠運數之將終。果符其言、歲月。未幾，亂軍發姬塚，屍已脱去矣，棺中惟銀泥黄袷裳、紫綈絲履存焉。世傳姬本劍仙之流，尸解上賓，未嘗死矣。

萬家牧牛兒

牧牛兒者，鄞縣萬都督家客傭僕也。都督名表，别署鹿園居士。明嘉靖中，歷官至南京後府。篤好方書，頗臻玄教，羽流道侣，時常往來。偶因宦轍所經，假僕於市，得一人焉，其名曰小張。雖供傭作，豐神朗然，性態落拓。其家不甚憐之，亦不知其所能也。

後都督被論列歸鄞，恒以服餌吐噏爲事。莊居近四明山中，一日遇故所善營將某，忘其名，詣莊相訪，都督欣然延禮，言談杯酌，極相投契。居月餘，營將偶出，見小張在牛背上，丫髻布衣，有輕薄之態，心異之，試問：「知道否？」曰：「君初未知道，問我何爲？近日與主公所談，某竊聽之，皆非道也。」營將因乘間與語，參微入妙，相顧驚莫測。及叩以至要，曰：「能相師則可授以一二。君無仙骨，豈宜妄傳。」營將遂設拜，執弟子禮甚恭，於是略授以術。營將將別去，握都督手謂曰：「公家有異人而不識，乃從方士問道，吁，可悲乎！」都督曰：「何人？」曰：「牧牛兒小張，非常人也。」都督大笑，終不之信。

其夕，小張遂稱疾，從都督乞一棺。都督復大笑諾之，曰：「能化去，則真異人矣，何難一棺。」明日晨起召小張，則以五更忽然暴卒，須臾臭敗。左右具白都督，都督嗟異，悔謝不及，遽令人市棺，殮而瘞之莊北土岡下。

將半年矣，都督遣幹力入都門，路出東齊，天陰晦，漸失路不由本道，心甚怪之。乃詣一處，崖谷深邃，花木秀異，徘徊肸蠁，忽聞經聲，遂循聲而往，有茅庵在深塢中。排户入看，見焚香案上，雲冠紫帔而誦《黄庭内景篇》者，即牧牛兒小張也。幹力怖走，謂遇死人。小張曰：「吾得道人也，豈肯死將軍之家？適有謫事，須保傭雜作乃可以禳，今限已滿，故來此隱居耳。」因問都督動定，謂幹力曰：「主公命汝詣都授書四函，諸貴人並已不在。某官出補外任，某官病故，某官已乞骸骨歸里，今日出都門矣，某官奉差走塞下。總不須往，徒勞無益耳。」幹力不可便辭，出門信足行數十里，才得上京大路。問樵人，云約其處，乃是東海勞山，蓋地仙也。

比至都，諸貴人果皆不在，一如小張之言。結束行李而還，具白其事於都督，言小張見在不虛。都督大驚，立命左右開其墓，棺中只有牛鞭一根在焉，餘更無别物，始信小張尸解去，不死矣。都督手勒封題，兼致信物，復遣此幹力入東海勞山，却尋舊路，都亡所見矣。吳人章藻少遊都督之門，親述非謬。

帝索紫金梁

高皇帝嘗燕坐樓中，忽見一人冉冉自雲端下，近視則羽衣道士駕鶴而至也。金冠星帔，駐於欄楯之外，拱手而奏曰：「天帝建白玉殿成，缺一紫金梁，遣臣詣陛下乞取。其長丈餘，剋日來領。」言訖，翻然飛去。上心異之，然未之信也。越旬日，上坐便殿，道士復來，曰：「陛下不信臣言，天譴至矣。天已勅雷部將於某日下擊殿角，以警陛下，得無驚聖躬乎？」言訖又去。無何，果有雷擊奉先殿角。上甚驚，遽勅工師範紫金爲梁俟之。梁成，道士仍從雲中下來。上謂曰：「已成金梁矣，汝何計能移之去乎？」道士笑曰：「臣受帝命，何難歸一木於天上哉！」乃取其梁横置所乘鶴背，叱鶴一聲，其鶴騰起，道士乘之而去，遂飛入雲中，須臾不見。

世廟宮中仙戲

世祖皇帝方屬意神仙之事。是時方士羽流，盛陳禍福，廣説妖祥。有楚人胡大順，獻《萬壽金書》一卷，稱呂祖所撰，得之鸞筆。且言：呂祖授大順三元大丹，用黑鉛取其中白，名曰先天水銀，鍛之則成清霞玉粉神丹，服之不老。

一日，上移仗於西内，夜坐庭中，御幄後忽獲一桃子，鮮艷殊常。左右咸見桃從空中墮，上喜曰：「天賜也。」修迎恩醮五日。明日，復有一桃墮焉。由是宮中皆喧傳西王母所降瑶池席上蟠桃。其夜白兔生二子，未幾壽鹿亦生二子。上諭春官尚書謝玄告廟，旬日之間，中外官僚無不上壽稱賀，宰臣賦詩紀瑞，章奏紛飛於御前矣。天顔大悦，飄然有驂鸞控鶴之思，手詔裁報，賞賜不可校數。或云祥符瑞應悉是人造，宮中戲劇多爲此狀也。

偷桃小兒

弘正中，杭州雙溪公爲廣東左布政，生辰讌客，大會官僚於廣州藩司。聲樂畢陳，歌舞遞出。忽有幻人詣門，挈一數歲小兒求見，口稱來獻蟠桃。時冬月凝寒，索一大青磁盤，捧出仙桃二顆爲壽，鮮艷異於人間。項公曰：「桃何來？」曰：「此西王母桃也。適命小兒詣瑤池取之。」公曰：「我今日會客最盛，凡十有二席，能爲我更取十枚各嘗之，可乎？」對曰：「上清北斗門下有惡犬，猙獰可畏，往往欲殺此兒，甚不易得也。」公強之再三，乞重賞，乃許之。

命小兒抱木棍長二尺許者十數根，一根之上，信手遞接，兒緣木直上，登絕頂，冉冉動搖，觀者怖恐。幻人吹氣一口，須臾木頂生雲，小兒竦身乘之而上。已而身漸入雲中，倏忽不見。頃之，擲下簪子、鞋、扇等物。幻人高叫：「速取仙桃爲相公上壽！」又頃之，見蟠桃墜下，正得十顆在地，連枝帶葉，顏色鮮美。公得而分遺，遍席寮寀，無不驚嗟。

幻人仰望雲端，良久小兒不下，忽聞犬吠雲中，狺狺之聲若沸。幻人頓足大慟曰：

「吾兒飽天狗之腹矣！」一言未畢，果見小兒手足零星自空而下，斷肢殘體，殷血淋漓，最後落小兒首於地上。其人復大慟，慟畢，强舉肢體飣餖，提其首安之，初無痕跡，復乞重賞。諸寮且愕且憐，厚出金帛以酬之，各贈已踰百金。

幻人得金，便取兒屍，急收拾入布囊中，負於背而去。明日有人於市，更見此偷桃小兒還在，知其術所爲矣。

僧中幻

廣州城外村寺，有少年僧甚富，多私民間婦女，幽房稚齒，無不羅致。幻人聞之，即取所攜偷桃小兒咒焉，化作美女子，容貌可十四五歲，衣雖藍縷，色艷動人。一日雨後，天向暮矣，攜入寺中，叩富僧之門，特求寄宿，云：「孤貧無依，乞食至此，老妻又病於旅店，欲急往相看，暫將此女寄宿一宵，明日便來迎取。」言訖，負襆疾走。

富僧見女子，驚喜若狂，乃藏於密室，啗以酒膳，誘之淫亂。食畢，先置女子幃中，然後閉門滅燭，解衣就寢。捫其體如冰，亟取火視，則魘然死矣。五更後，幻人挾其病妻同來取女，看見女死，五竅皆流鮮血，群聚慟哭。鄰伍案驗其事甚真，共欲縛之於官。僧再三乞命，至償三百緡乃止。

其夜幻人忽遁去，衆不能待，即以棺盛女屍，瘞後園中芙蓉樹下。及舉棺甚輕，發視之，惟有笤帚一枝而已。覓幻人夫婦，已不知所往。後復有人見之都門。

劉刑部兒

閩人比部員外郎劉庭蕙，在燕京邸中時，其兒可三四歲，日侍母夫人食。一日有奴之平則門，忽見兒穿百結懸鶉，同兩丐者坐地。駭問之，兩丐者逸去，奴遂抱兒歸，闔家驚訝。母曰：「兒才共食，何遽作此狀乎？」父亦曰：「我適從內來，見兒與母共食，安得至此！」即令婢僕於內覓之，不見，是午共食兒蹤跡杳然，都亡所有，第以衣鞋擲僻處耳。大駭，詰其故。兒曰：「兩日前立於門首，被兩丐者持去，堅留不放，兒憶家腸斷矣。」方知在家共食者蓋其神魂也。此數年前事。

吳叟遇仙

蘇州山塘吳梅卿，生時龜背雞胸，不能俯仰。一日有全真過門，出囊中大膏藥二片與貼，不求一錢。自是胸背俱平，至今不老。

涖任青城山

世廟時，顧文康鼎臣扈蹕出狩，途中夢遊西山，聞呵殿聲。見所具威儀多霓旌羽蓋，不類大寮。既至，則仙官衣彩雲帔，乘蒼鹿以行，視之，乃徐禎卿也。問何往，云涖任青城山。問何職掌，云典仙班禄籍。弇州公亦稱顧太保三夢廸功爲第二殿帝君也。

雲中畫舫

隆萬年間，常熟縣百姓張乙，採石虞山之顛。俄望紫雲一片，自西南隅氤氲而至，鼓樂之聲，殷地駭空。見彩畫花舫數座，次第蕩漾於雲端，中有仙姝數十人列坐珠簾下，綃帔霞裳，容華絕世。兩傍持篙往來者，並黄帽長鬣人也。江濤之聲，渺在銀漢。久之，其雲度城而東，舫亦漸漸隱没。張仰視移時，目所未覩，不覺驚仆巖下，食頃乃甦。

第三　仙　幻

青　丘　子

青丘子者，不知何所人也，俗或呼之爲青丘先生。隱於武當山，遊行天下已久，見者終莫測其年代。

嘉靖間有丹谿生，姓王名生，好尋名山，博采方術，有高蹈遐舉之想。偶因秋晴，遊蹤誤入一山谷僻處，見林壑深秀，隝徑幽委，不覺愛翫忘歸。遂窮其跡，踐丹危，履翠險，或下或高，且數十里，隱映若有洞門。洞在斷崖絕磵中，水流花開，風氣如春，似非人跡所至。徘徊良久，忽聞洞中酣睡之聲，披榛竊視，一白髯老父枕石而臥，鼻息如雷，狀貌奇古，而衣冠杖履瓢囊並仙家裝束。生察其非凡也，屏息竦立，伺其寤，急趨下拜。老父驚問得入之由，具告所以。賜胡麻飯與之食，謂曰：「世人不信神仙。汝能冒險至此，真可教矣。然兒之先不聞有七世祖王重陽者乎？」生曰：「父母早喪，親族凋殘，莫知祖先踪跡矣。」老父曰：「吾即王重陽嚞也。兒好道，以明年八月十五爲期，待我西蜀琵琶峰下。今日方與南宫列真期會此境，騎衛須臾即來，汝乃凡夫，穢濁未除，必遭仙譴。可速尋歸路出去，遲則虎狼立至，無噍類矣。」生便叩謝而出，踉蹌下山。微聞簫管寥亮雲端，疑是群仙赴會洞中。奔馳不及，逾五日始得達家。詰之於人，其先代果有重陽尊師，道成仙去，生則其雲孫也。

生自飯洞中胡麻，腹常不饑，顔色益少。轉盼間，明年中秋近矣，遂與家絕，結行李而渡江。然不悉琵琶峰在蜀中何地，憂惶靡寧，莫知所届。一日，忽聞舟中同伴朗吟七言詩，詩中却有此峰名在。亟問其處，吟者曰：「此即巫山十二峰之一也。」生喜不自勝，旅懷頓放。有頃，舟過巫山下，因告舟人，脱帆登岸，與同伴各各謝别而去。求尋其峰，積日始到。至中秋前一日晚，露宿峰頭，以候仙駕。遲明，望見淩空跨鶴而來者，白髯老父也，就地瞻仰作禮。父見生已先在，笑曰：「此兒大佳，真有心之士哉。但汝骨格未就，因緣尚隔一塵。今生止可學劍仙之術，游戲人間。吾非汝師，汝師是青丘子，見住武當山中，却歸往尋，必得其真傳矣。」生臨别拜辭曰：「不審青丘先生居於武當何峰，願先生垂告。」老父曰：「六株松下一茅庵，即其居也。」乃辭出山，復附他舟入楚。

才經信宿，已達江陵，尋復抵於襄陽之武當山下。負囊獨上，緣蹬躋攀。日向晚矣，忽見岩前蒼松六株，果有茅屋數間在焉。烟蘿四合，仄徑微通。叩其門良久，始遇童子出而延入。仰視青丘先生，秀髮龐眉，倚樹而嘯，謂曰：「爾祖王重陽使汝來也？」拜罷，趣遣沐浴，畢，令住庵後浄堂中給使。堂中有藥鼎，高數尺餘，周遭封固，紫燄光騰，照耀林壑。生至，第教以守鑪看火，添縮薪炭，不得擅離妄視而已。每晝則有玉女持稠膏一筩，投鼎中攪和之，鼎中聲類霹靂。夜半則有青童復持稠膏，依前沃入，其聲澌淒如舊。此堂之中，玉女二人，青童二人，更番直應，日以爲常。生偶問及鼎中何物，皆笑而不對。先生已具知之，愠怒訴責，便欲驅逐出門。衆相跪請，乃止，後遂不敢發問。

久之，丹鼎成矣，出其金液，計可六百餘斤，分而爲二，又析之至七八斤而止，移貯大磐石上搗之。晝作夜息，漸漸而薄，因成鐵片。擇甲午、丙午諸日鑄成六劍，懸於絕壁之下，以飛瀑濺激其上，日月之光華燭之。歷經旬朔，劍質始柔。此六劍各有名目，先生舉其一畀生，令童子開其腦後臂間藏之，亦無所苦。却令齋心七日，盡傳擊刺之秘。命生往青城山中結茅棲止，誡無妄用其劍，第一不得作世間非爲事，自干天誅。又以其四分授二青童二玉女，其一自佩。於是使生下山。

生往青城山，一年後又却來，尋至，則室廬如故，門户緘鎖，寂無人在。問山中道士，道士曰：「青丘先生去且一年矣。」生慟哭而還。忽行過荆南，見先生混跡丐者之中，乃相隨同去，不知其所之也。世傳《丹谿生鑄劍經》僅二十五紙，即是青丘所傳古本矣。有人曾見此書。

花籃道者

隆慶年間，常熟縣西北區船底橋徐家，其先施船爲橋。有耕夫徐四郎，晨起負鋤出門，見一道者，秀眉長鬚，持曲竹杖，杖頭挂藤絲水火籃，籃中盛帶露百花，詣門從四郎乞施新履。四郎曰：「某田家止有草屩，敝則棄之，將何奉乞？」時四郎有女未嫁，年可十七八矣，病黃，喜食茶葉草紙，面浮腫若金色。方映門而窺，忽聞四郎拒道者言，遽止之曰：「父生辰將近，見私製緑布履子一雙爲壽，夜來燈下方成，今當撤以施道者，須再製無難耳。」四郎見履新好，不肯施，其妻傳玩，亦有難色。獨此女在房内固請施與。四郎強持出以贈道者，道者曰：「聞君有女病黃，當爲治之。」因脱下花籃，摸出一小青餅子，内有膏，色碧而瑩，挑兩匙於瓷甌中，教其所服之法，謂曰：「服此不但萎黃可祛，便當一生無恙矣。」其女出拜謝之，道者竟留履子於門，不受而去。女令其父急持履子追送之，四郎挾履奔馳，見道者徐徐而行，常在面前二十步，追不能及，顧盼之間，亦失道者所在。遍訪前村鋤田人，並云不見，方知仙也。四郎罷還，舉家懊歎。女急取沸湯調藥飲之，奇香滿室，俄而下赤頭蟲如指大者百餘，其蟲並有鱗鬣爪甲，積歲之屙頓除。明日於鏡照之，容色美好非舊矣。此女嫁於人，尚在。高承先記其事，爲人説之。

捋鬚人

王吏部穀祥之曾祖電目翁，異人也，精於相術。早起行過張王府基上，遇見一全真箕踞大樹下。王翁訝其道貌殊凡，數佇目看之。全真語曰：「汝看我何等人耶？」王翁曰：「神清骨清，好像仙人。」全真起而捋其鬚曰：「老子莫胡説！」欻去，遂失所在。時翁年近七十，鬚眉皓白，及遇此人而歸，兒女皆失笑。亟取鏡視之，其上寸餘手捻處已變爲漆黑矣。後亦竟不改色，以壽終。據太原徵君云，是國初王仲光事，非電目也，《烟霞小説》記誤，未詳孰是。近見一書，載善相遇仙人捋鬚者，號偏鬍子，姓許，後人終南山。

玄符先生

玄符先生，別署寒陽子，自幼出家雲水，受谷神子之真傳，發明内要，凡修身延命之術，無不研探。窮年累月，坐破蒲團，乃得氣凝脈住，神明洞然。後遇習虛子傳受净明忠孝性宗派頭，因此猛參知識，當應代補元之任，游行人間，以度志士。然人莫窮其年壽，亦不測其住處也。

嘉靖中，有婺人胡清虛者，家於樊池，號樊池子，少爲縣小吏。故少保績溪公宗憲擁旄浙右，權震天下。清虛給事幕府，傳呼使令，頗稱敏捷。是時鯨波清，海宇謐，少保頗興髀肉之歎。一夕沉醉，倚胡牀而大言曰：「世界承平，將高鳥盡而良弓藏矣。」回顧左右，獨清虛立於後，驚訝曰：「汝在此耶？」明日，密緘手札半幅，敕清虛亟往投錢唐令，乃是授意於令，使其杖殺清虛。令精察人也，發緘覽畢，納諸袖中，瞪視清虛，爲人端雅，憫然顧之。遂屏兩傍人吏，召而訊曰：「汝得何罪於幕府，今使我杖殺汝矣。」清虛應對從容，顏色不變，告令曰：「實未嘗有毫髮忤犯也。豈昨宵醉後之失言乎？惟某得聞，獲譴死矣。」因具述以告令。令曰：「是矣，汝可速改姓名遠遁，不得復還家戀妻子也。」清虛涕泣拜謝而去。明日令入見少保。少保問其人在乎，令曰：「斃之杖下矣。」

清虛既脱斯難，狼狽出杭城，易姓游江淮間，思尋訪名山，遇異人。凡數載，一無所遘，流離顛沛，苦不可堪。後聞少保已薨，事遠人亡，乃復還浙之婺州。問其家骨肉，淪喪都盡，故居已再易主。驚顧之際，不勝悲凉。因訪親近之居鄉者暫依棲止。偶於觀星臺下見一老人，赤脚蓬頭，布衣瓢飲，視其鬚髮皆鶴，而貌如桃花，知是仙流，傾心歸向。叩之，乃即玄符先生矣。老人曰：「我故寒陽子也，欲度世間有心人耳。汝歸鄉戀戀，俗情未除，豈可求長生之道哉！」清虛叩頭誠祈，願終身爲隸於左右。老人知其志篤，許而留之。遂挈入湖平山中，草衣精舍。不數月間，又攜之浮蘭江，登爛柯山。直至閩中，尋金粟洞。復經廬陵之玉笥山，南度庾嶺，過襄陽，到武當山上，止於紫雲，回，又還廬山火廠。游歷數年，諮受道要，蚤夜精思，無所不到，始得發明性命歸源之奥，所傳皆清浄工夫也。數年間，有人見玄符先生與樊池子於蜀中，兩人如孤雲野鶴，容色不改，皆云未嘗死也。

飛神武當山 裴慶遺事。

世知肅皇之代宜降神仙。蘇州裴慶者，織機爲業，因婦有外行，棄之行乞，夜宿於憩橋巷中。一日乞食而還，時吳城大雪數尺，忽見路傍一處蓬席之上，輒無分寸，其氣如蒸。怪而疑之，竊啓視，則六七丐者在焉。慶便入拜，稱曰：「下界愚民，稽首大仙。」衆丐搖手笑曰：「子癡矣。吾屬乞兒也，何知神仙事乎！」慶再拜叩頭不已，伏地如故，强乞破甌中殘瀋啜之，以舌舐盡。歸而身輕如飛，攀牆援樹，幾欲凌虛直上。鄰里聚觀，叩以方來禍福休咎，言無不驗。合郡肅敬，如事神明。

有親故入楚，登武當山，禮玄君，路遇慶下山，輒附信物將歸。此人後還，訊其家，云寄至已久，驗其日，即此人下山日也。鄰里咸謂慶終日行乞在吳市中，又曾到人家，何曾遠出？走視儼然，方知武當山中相遇，是其飛神所至矣。又張真人嘗遇之武當山上，問姓名，答曰：「我姑蘇裴慶也。」真人視其足躡虛而行，異之。至姑蘇，求覓不得，慶已在驛夫中矣。真人跪請不已，乃踞上坐，劇談至夜分，始隱去。後夏閣老言再應召北上，來叩慶。慶曰：「陛下賜汝一車斤。」夏誤斤爲金，時以爲妖妄。後乃知夏公當斬，故拆其字示之也。

世宗皇帝下詔訪求慶。一日擔街頭破草鞋，壘成小洞，方廣丈餘，端坐其內，扃塞洞門，吐火自焚其身。吳城居民共見烈燄中，裴仙人騎白鶴一隻昇天而去。

青谿道人

嘉靖初，有青谿道人，諱智，失其姓，書中稱弘農，疑姓楊也。善九轉還丹之術，自云得南海王神仙斗篷祖師之真傳，後又受旨於衡山清風子，皆不知何時人矣。

山陰祝生良柱，少年嗜黄白之事，棄家隱臨安石鏡山下，依其母舅高氏以居。羽流道士過其門，無不流連款接。嘗從方士學煉丹，遂鑄鑪鼎，爨薪鼓鞴，以爲黄金咳唾可致，積數年而終無制伏工夫、下手妙理，丹卒不成。其後母舅自楚中罷官歸，祝往謁之，偶見敗篋中一鈔本方書，糜爛殘缺，不滿三十紙。其理深玄，鑪中造化之真機，燦然大備。印之平日所得，亦略相符。祝生自幸見所未見也。

嘗因會客，談及獲書之奇，座人驚曰：「願聞其說。」生曰：「某母舅高公名尚桂，嘗爲湖廣德安府應城縣尉。時京師布令天下，懸圖購募妖僧曾廣。高公職掌巡捕，都御史委之緝獲，責期必得。一日過遠鄉市鎮上，見有全真道人醉倒路傍，遂命停車，遣人推求廣形面上眉心有黑痣一點，令驗之非是。令津邏遍身搜摸，曾無寸資。問之酒家，云此道人常日以銀一小錠止重七分來買酒肉湯餅，恰夠一日之費，其明日亦如之。今早誤付兩錠，某倍與之飲食，以此大醉，其鼾如雷。高公命左右共呼之而不寤。有人於其胸前檢此本，乃是蟲蝕文字，中多眼科方，兼畫人眼形於上方，不計其數。高公不知何書，收貯行李，因語酒家主人云：『此全真酒醒，便可留住店中，往還以半月爲期。』主人唯唯而退。高公既去，道人亦醒，不問亡書之由。酒家以官人有令，固留之。道人云：『若然，則汝出酒餚供我，我已無金矣。』酒家不得已，款待如故。忽見梁上失去彘肩一肘，疑是道人所竊。主人翁媼交謫於內，道人聞而大怒，詬責主人，惶恐無地。隔一日，道人忽腹痛而死，尋即臭爛蛆流。主人翁媼恨不自勝，市櫕僦舉，聚集鄰里，瘞於鎮南之平岡頭。半月後，高公奉差還縣，道經市鎮，召酒家至，烈聲罵曰：『命汝收留全真，何爲縱之，令其使酒亡狀，辱我於道上乎！』主人泣曰：『飲食湯沐殯葬之費，並出明府所賜，苦不敢言。』高公曰：『昨過大洪山下，全真向吾馬前大罵而去。遣伍伯收之，追不能及，奈何以死相誣？』主人云：『現埋此地。』高公遂召鄰里，發棺視之，不復見屍，棺中惟一彘肩，已腐臭不可近矣，即是酒家前日所失者，方知其託形而去也。」

按其書末云「世廟十年，劍榿市西弘農青谿道人智譔」。有彭祖蒸臍方、呂仙助容丹、造逡巡酒方、神仙延壽丹、還少丹、打老丸諸方，不可盡述。其金丹妙訣及歌，文多不録，録其詩一首。詩曰：「一粒金丹透碧天，黄公姹女結因緣。五行制伏分天地，八卦昆侖列聖賢。造化一團爐内雪，乾坤千朵海中蓮。世人識得如斯語，隨我來朝玉帝前。」

夢召散冰珠

萬曆丙申年間，有越中士人，不記姓名，蓋落魄不拘少年也，嘗讀書山中。一夕，夢黄衣使者來召，云是天帝有旨。隨其行，爲風烟擁而去。逡巡便到帝城，乃在最高山絕頂上。宫殿鬱鬱如雲氣中，采繡雕鏤，不可名狀，屏風壁帶，悉繪鳳鸞。傍有數百仙童玉女，皆丸髻綃衣，執幢節而環侍。階前花樹，並琅玕珊瑚之屬，丹枝翠葉，交燦於庭。見金案上有大碧玉盤十副，其中悉盛冰珠，瑩徹有光。帝坐紫綈帳中，傳呼甚肅。召玉女兩人捧玉盤出，命士人立殿前磐石上，取冰珠撒於下方。士人視其汁可數斗許，心計無奈何，急用右手握而撒之。夢中自覺凜慄殊常，肌膚生粟，手指欲墮。帝勅左右垂火精簾於殿門，以障其後。簾既下，則衣裳中漸有煖氣，而寒威解嚴。久之，撒未半，聞天雞鳴，俄而下界之雞亦亂鳴。士人求歸甚哀。甲士怒叱，被推仆懸厓之下，陡然驚覺，右手五指凍落如斬，楚不自勝。時天向曙，童子開門出視，則積霰盈庭矣。其年冬，江南吳越間大雪數百里，江河膠結，舟楫不通。

士人既廢其右手，飄然有棄家雲水之想，不復以世事掛念。竊慕西蜀山川，適有親故宦遊其地，因探而往焉。舟行至蜀，日晚維梢。士人見春光韶媚，山氣幽佳，躍而登岸。微窺鳥徑，誤入其中，真仙境也。於時澗花襲馥，風籟瀉空，烟雲濯鮮，泉石互激。徘徊愛玩之際，不覺攀躋深矣。舉頭忽見大樹下有女郎二人，對坐石上，神姿端妙，絕世少雙，邂逅士人如舊識，相謂曰：「郎君非紫皇殿前散冰珠者乎？」士人曰：「唯唯。」懵然未曉何人，追憶夢事，慘傷之極，因出其右掌示之。二女郎曰：「無苦也。兒有軟玉，請爲郎君續成。」遂出五色綵囊中白玉一片，質甚柔。兩人解巾角小刀子齊手切玉，勻作五條，短長類指大，削空其中，倉忙琢之。見下刀如泥，俄而指就。令士人合眼，須臾以五穴孔續入斷指，瘢上傅以神膏，滑如飴。有頃連接，都無所苦，屈之成節，按之有聲，遂堅固不脱也。二女郎令士人開眼，笑而謔曰：「將不弄假成真耶？然吾玉不可妄得，是上清希世之寶，價倍世間溫涼指。子勤修道，庶足以當之也。」士人再拜謝别。二女郎各緘所剉玉屑一裹，餉之作糧，殷勤送出谷口。

士人廻顧如夢，但見荒厓斷壁，向之靈境，都無所睹。遇一行脚僧到，問地何所。僧曰：「此岷山之第一峰青城山下，道書所謂第五洞天也。」問何遽汗流若此。僧曰：「六月不汗，待何時汗乎？」士人驚異，具述登岸歲月，已逾二年。又問親故宦跡，離任且久，狼狽附他舟而還。時方盛暑，日含裹中玉屑，味極清涼，而飢渴之想頓除矣。士人途次無聊，尋思二女郎容貌，宛是當年夢中所見玉女捧冰珠盤者，始悟神仙續指，非凡人也。夢於彼而遇於此，異哉！自爾右手之屈信舒卷，無異左手，但漠然不關痾癢矣。後求尋道流，共入天柱山去，不復出。方外芥舟道人具陳其事。

魏左二公

萬曆初年間，有河南人魏公，失其名，號廓庵道人，年可七十餘矣。其徒左公，名兼，號荊山隱者，北直隸真定人也，年少於魏數歲。兩人時時遊京城，皆莫知其甲子。通於變幻，奇怪恍惚，不詳何來。

山陰祝秀才父號鳳皋子，素好步虛隱形、長生洞視之術。入京訪舊，遇見二公，私奇之，然未信也。一日，三人相約出遊西山絕勝處，所行道非所曾經。半途中，二公盡發其行李還城，時日向暝矣，但聞鳥聲，不逢人跡。祝頭上烏巾輒爲旋風吹去，惶惑殊甚。二公相語亟行莫慮，兩人挾之疾走，忽轉而北，又轉而西，指盼之間，不覺隱隱有人家燈火，指謂祝曰：「此非絕勝處乎？」既至，則石梁跨磵，屋宇森沉。叩門良久，僮子始開。見一少年紫衣公子，下階延三人升堂，坐定敘話，頗加敬焉。具茶畢，邀入中堂，則雕欄繡箔，紅亭碧樹，水出洞口，雲生樹中，蓋靈境也。詢知魏產洛中，左燕人，祝越人，即戒行廚，設三大都會飲食，水陸珍奇，無不畢陳。又命出女伎奏樂，音皆清雅。祝諦視向所失烏巾，宛然挂於胡牀角，心大驚疑。公子命侍兒送巾還客。酒罷，備湯沐浴，陳設衾裀，亦極炳煥。祝中夜睫不敢交，明日天未曙，促裝出門，不告主人而去。方行十餘步，二公引祝登高岡，令其回視，笑曰：「夜來觴酌之地安在？」祝遙望周遭，惟見丹崖繡嶂，灌莽荒烟，向之樓閣臺榭，一無睹矣。祝念昨宵之事，不知何等，低徊良久，默然而行。

魏公懷中出小棗，長寸許，與祝囓之，覺了不飢。復令閉目，兩人各於衣袖中共摸出三蹇衛，形如紙翦，取水噀之，遂化成真驢，馳於路側。兩人跨之，使祝開目，亦乘其一，行甚迅疾。忽如睡醒，不覺已及順成門矣。二公於是呼驢至前，復取水噀之，其形漸漸縮小，次第走入袖中。祝目擊其術，始大駭異，雖深加敬重，竟不測靈怪之理焉。左又善鑪鞴術，試之神奇。鳳皋子別去數年，後有人見之華陰山中，兩人常先後同行，或云尚在世間不死矣。

西角頭幻戲 已下二條皆曾廣事。

萬曆初年懸圖購募妖僧曾廣。後聞曾廣是道非僧，實有奇術，世之隱遁仙人也。初未嘗聚眾舉事，乃左道淫邪之徒，聚眾舉事而敗，偽託其名，以鼓愚瞶耳。及收真曾廣至，訊驗不服，司法官強伏其辜。詔下官吏衛士與伍伯，持兵仗者數百人，將廣詣西角頭就戮。看者圍繞數千人，徘徊之間，漫起青氣數十丈，横亘天半。衆齊仰望，隱影而去，惟繩縛存焉，不知廣之所之。京師震驚。

忽刑部守門吏奔告尚書，堂上有曾廣倚柱而嘯，手作反接狀。衆聞惶怖，於是禁衛巡徼，蜂擁而入，果得廣，衣飾狀貌無異。尚書大怒，促左右百騎押付市曹，不待時而決。及出部門，蹶然倒地，掖起細認，乃即守門吏之父也。守門吏詰問之，父自唾其面云：「本在室中炕上假寐，不知何緣到此。爾何故領爾許人來縛吾。」衆察其精神，猶矇矇如睡中。

時江陵當軸，聞其事躂之，密令出他囚論死者戮於市，取首以獻朝廷，秘而不言。三日後，有人更見廣在順成門外看戲劇，且頻上酒樓吟詠自若，見者終不敢言之。厥後稍稍泄於宫禁，天子冲聖，亦悵然知廣化去不死矣。

南屏寺幻戲

杭州西湖之净慈寺，一名南屏。七八年前有書生四人，肄業僧舍。忽一日，見遠方道士荷杖而來，道貌奇古，鬚長尺餘，黑如漆。與之語古今舊事，無不通曉，共相驚歎，留於僧舍食之，與一室自啓閉。

晝出夜還，凡經兩月，求去。因語四書生曰：「貧道久寓於此，費諸郎君薪水不貲。今方告歸，悽眷如何！明日請張筵作別，兼有薄贈。」衆皆笑，心計道士不持寸貲，何由設讌召客？謬許之。至明日，天色且晚，視道士猶未返寺也，共以爲妄。頃之至矣，然了無作主賓意。四書生謂道士曰：「某等枵腹以待師之盤筵，不卜晝，當卜夜乎？」道士曰：「無憂也。乞郎君將琴書盡數檢束，虛其室，鑰以俟之。」時謂善戲之言，益不信，具如所教勾當訖。

俄而道士與四書生携手閒步，不覺行至雷峰塔下，徙倚半晌，忽謂四書生曰：「計此時薄設將畢矣，盍反乎？」衆應聲而還。入寺，隱隱聞笙歌鼓吹之聲，不知何等，漸近則即其室也。啓户視之，綺筵羅列，水陸畢登，器物金銀犀玉之屬，目所未覩，歌童舞女，遞進於前，幕帟茵憑，華煥無比。四書生大怪之，竟席不安，罔敢下箸。道士飲啜如故。夜半方散，道士乃撤其銀器，分遺四書生曰：「用酬向來雅意，不足謝也。」

四書生即便下拜，啓曰：「不審尊師復何姓名，願垂告示。」道士曰：「郎君寧不聞世上有曾廣乎？」曰：「聞之。」道士曰：「我即廣也。」四書生曰：「江陵購廣戮於京師，廣則死矣，何至今日尊師復稱爲曾廣耶？」道士曰：「妖民爲亂，誣及某耳。某不出世，人不知曾廣矣。夫得仙道者，後天地，彫三光，一切數災厄所不能害，況兵刃之屬耶！爾時某既隱形而去，江陵知不可得，遂出一獄中死囚斬之，以立威聲，欺天下耳。某則曾廣之本身也。憶長安市中游戲，不覺五六年來，真如夢境矣。」語畢，四書生復下拜曰：「不知尊師是神仙也。寧有變幻之術指示吾曹一二乎？」道士曰：「唯唯。」即下階負牆而立，却逸入壁中去，莫知所向。

衆相聚看壁，移時回顧室中，向之盤筵歌舞寂無見矣。視所撤器，皆燦然真金，益大駭愕。明日，報杭城傅金吾家讌客，伎女無故仆地，病如中瘧，怪風驟起，客皆迸散。迨至夜分，伎女方寤，席上失去銀器多少，懸賞捕賊。四書生急渡江，變易其器，無從踪跡。有人親見書生祝説之也。

玉峰老人

玉峰老人，姓王，失其名，不知何來。嘗僦居京師象房側。楚人兵部王員外止之官邸中，叩其秘，黄白之術最高，餘惟以交接補導、取精玄牝，不失人間之樂而已。數娶小妻，並好女，輒棄之。經歷四方多年，人皆奇其不死。諸少年嘗搆之以禍，長吏械收，繫諸請室。時比部嚴郎中知其有術，力爲之庇，得從輕釋，流海外，官鬻其妻孥。郎中陰令補值領去。

其後郎中爲閩南太守，挂冠歸吳門，曾遣人推求踪跡，老人直至吳下。郎中益奇待之。諸公書幣相屬，略無所受，旋亦告別。視其襆中不畜一錢也，而資斧未嘗困乏，有所得，復散賜與貧窮者。然老人多變怪之事，能撮土掌中，捻之即成銀。

居京師時，遇相識人至，向地拾小泥塊爲丸，用紙裹好送之，曰：「無他相贈，將意而已。」其人還自邸舍解出，裹泥已變上金，光燭一室。人家或請老人會同飲酒，見盤中所飣梧子榛松之屬，戲裹幾粒，以貽親知，隨核大小，悉化銀珠矣。若還貯於盤中，復如故。

噫！自古神仙能煎泥成金矣，未聞有靈幻如此乎，固非常智之所及也。玉霞子語余云：老人每出，不持資糧，還居京師，則飲食居處、妻妾僕從皆事豪奢，與富人無異。不出三年，數易其處。人以道叩之，則曰：「我無道也。」世傳其一百五十歲矣。長安諸貴人甚尊禮之，而不得一言。楚人祝石韋受其傳，嘗曰：「玉峰老人豈止二百五十歲乎，是周秦以上人也。」玉霞子又云：「此人忽老忽少，顏色一日三變，早起則枯瘠若窮餓人，少頃則龐髮秀眉，常如童子顏色，午後則轉爲美少年，可二十左右許。」人皆以爲得老彭補腦還元之術，以此見駭於世矣。

赤松子遺藥

相傳福建將樂縣玉華洞中一石函内，有五色石丸，光瑩圓潔，大如梧桐子，不可算數，俗傳是仙人所遺藥丸也。有道者得入而取之，旋取旋有，相傳至今未嘗闕乏。肉人往取，多不能出。按玉華洞在天階山下，赤松子采藥處也，豈即松子所遺藥乎？

羅浮隱者

萬曆近年間有一道人，云自嶺南來，號羅浮隱者。數往來江南諸貴人家，飲酒噉麪肉如常人，而獨無溺矢。諸貴人使從者潛守覘之，竟日不見其溺，亦未嘗如廁也，無不驚異。後將西歸羅浮，至京口，宿於食店。店人惟供設諸商販人，而不顧隱者。隱者戟手大罵，遂出杖頭錢，別買餚膳，取酒一斗，連噉恣嚼，凡盡數器而臥。此店人忽稱腹脹，如廁洞下不止，展轉告急，幾不自持。諸商販人共驚異之，登樓見隱者方枕一酒壺眠熟，疑其咒術所爲，再三呼之，乃起坐。衆曰：「主人腹疾，先生豈有藥治之乎？」隱者大笑曰：「吾飽食，故遣無賴代起溺矢。與作小劇耳，令他日更莫慢客也。」於是諸商販人爲之謝過，須臾，店人腹中平復如故。

馬西風

馬西風者，不詳何自，或云得道仙人也。永新彭明府少好道，不樂爲縣，解官歸。雲水羽流，居常滿座。

一日，有花籃漁鼓道士闖入其室。彭遽起延坐，徵姓名。道士曰：「我馬西風也。藉甚道名，願承眉宇，故來覲耳。」彭顧左右進茶。道士曰：「貧道從武夷山來，攜得旗槍數葉，烹方熟，請出奉餉。」取懷中葫蘆瀉之，香茗二碗，甘洌殊常。兩人飲罷，彭顧左右置酒。道士又曰：「酒亦貧道所有，是湘水造成酃醁酒也。」別注一壺如鶴股，傾之不竭。搬出葫蘆中肴核種種，並珍怪之食。彭大驚。至暮告別，固留之，不可，曰：

「子所交者，非吾侶也。能從吾遊，請以明晨會於某坊，可乎？」彭許諾。道士忽擲杯梁上，化爲雙燕，飛鳴啾啾。衆咸駭視，回顧座中，已失道士所在矣。

彭自以得遇真仙，大喜過望，通夕不寐，辨色而興，如言訪之。道士已先在坊下，顧而謂曰：「子真有心哉！」趣與俱行。行可數十里，才至一幽絕處，泉香石翠，花媚草靈，望見繡嶂丹崖，高出天半，彭心訝其非世間也。忽起家念，告道士曰：「某來時未與妻子言别，師能容我暫歸乎？」道士長息而語曰：「信哉凡夫之難度也！子歸則歸耳，何云暫耶？」彭叩頭遜謝。道士出囊中紅霞米二升賜之，誡曰：「煮三粒作湯，可療百病。勤行施捨，慎勿秘惜。米盡，則子遷化之期也。」言既瞥然隱去。

彭乃悵惘還家。以此米施人，最多靈驗，壽至百餘歲，米將盡矣，呼家人治具，邀親昵賓游，讌會數日，沐浴衣冠，與衆辭别。俄聞堂中起異香，香風普越，遂端坐而化。楚人王兆雲記其事甚核。

白厓老祖

白厓老祖者，雲南真定府人，故軍民司土官也。能取水銀呑服之，運自己真鉛真汞，内煉成丹，經三日吐出，每兩加赤銅三錢銷之，燦然上金矣。此丹銀與外丹假借藥物火候工夫者不同，第不知五百年後變否耳。

閩人陳履吉，或稱是故尚書，嘗棄家從白厓遊，隱於雁飛三頓嶺，即關索嶺。至今尚存。

萬曆年間，檇里朱九成時在彼，因詣白厓問道。白厓憫其游薄，思以拯濟，令致水銀一兩。九成既市水銀，三度進之，一一噏而吐還，還時已成小餅，甚堅如石，碁子許大，果好銀也。後所求太多，怒其貪，叱而遣去。是時老祖受沐府供養，計年八十餘矣。

范丫髻

范丫髻者，不知何人，結廬武當香爐峰下。

金竹

金竹者，常熟縣西湖南人也。常夢遊一處，沿溪數里，桃花爛開，風景幽奇，夐異人世，溪行盡處，有高山峰巒秀拔，儼然畫圖。山之曲，石洞在焉，其中嘉木交蔭，美箭成林，掩映樓臺，都隔流水，視其阡陌路衢，又皆宛若舊識。竹心怪之。俄入一茅廬，房櫳甚潔，堂中有春帖子一聯，題曰：「流水桃花仙路杳，白雲紅日洞門長。」細玩之，怳是竹前生手跡。既寤，便大慟，與家人及鄉里別而去，不知所之。萬曆間，曾玄中有爲諸生者，特往踪跡，見之於終南山。張秀才應遴説。

紫溪先生

柴紫溪先生者，崑山縣人，大京兆柴黼仲兒也。生四子。其年四十三歲，一日之間，三子相續而亡，獨存幼者，尚在繈中。因兹痛憤不勝，便棄妻子出家，竟入終南山。家人每歲饋餉不絕，後盡却之，誡云：「此中但少沙糖，二三百歲老人多嗜之，相爲致少許，餘無所須也。」其家載糖果數車給焉，至則分遺山中道侶。後以爲煩，亦併却絕。停數年，繈中兒已長大，爲諸生，特詣終南。先生見即謝去，明日，人與庵皆不知所在，兒無以尋求焉，自爾絕跡。余師耆宿章程説之。

石梅道人

弘治間，常熟有陸大參公潤者，爲溫州守，有聲，御史爲之豎五馬坊於門。少時，閒行至虞山下，遇一道人坐青荷葉上。傍故有枯梅一株，此道人立咒之，開花滿樹。潤大驚，拜之，遽折一枝以還。有頃，失道人所在。明日與朋游共往看花，亦無所見矣。其地遂名石梅，在初平石之西。亦章程先生說。

髯道士攝李月華魂

萬曆庚辰，北直隸順德府理刑署中書記王沼，家居鄉墅，落魄花柳之間。有角妓李月華者，京師教坊，色藝雙絕，因避仇潛居墅上，與沼往來情濃。沼常服役府城，多歇道觀，遇雲水髯道士，姿狀高古，姓名不定，亦在觀中旅泊。

一日天暮，月光皎然，沼貰酒與道士歡飲。迨夜分矣，忽思月華，欲詣其家，暫與道士取別。道士曰：「夜已央，君不能去也。且李娘此時赴側近貴人家陪宴，某爲君邀至，可乎？但不得妄與酒飲，飲則敗吾事矣。」約束殷勤，沼亦許諾。道士乃以手按沼頭著壁，閉其兩目，口喃喃讀咒文。咒已，方使開目，趣炳炬照屏風外，見月華冉冉自樹影中來，形貌妝束，宛如平生，手攜琵琶而至。便命促席並坐，弄弦成曲，彈出《湘妃怨》，凄然竹枝嬝嬝之聲。道士起而長嘯，引以相和，其音清越，如黄鶴唳空，漸遠而沒。月華於座上數目王郎不已，沼亦凝睇久之。私視其懷中琵琶，乃紫檀槽邏，背刻「潯陽秋」三字，宛是李家故物也，訝不敢言。彈竟，已是四鼓，月華告歸。既行至步廊下，沼強持一卮往灌之。道士怒曰：「若病狂耶！頓忘前誡乎？」連催月華下階，推仆於地，化爲烟氣而滅。

沼怏怏益怪其事，目睫未交。際曉，還訪月華，不辭道士而去。及門，月華尚未起也。視琵琶歷然在壁間，問其晏眠之故，曰：「夜來夢中見天使追去，玉虛宮仙官命録奏樂，驚不自持，卿何爲亦在座，得無以人命戲乎？」方知所攝者李姬之魂也。沼惋怛移時，重訪道士，杳不知所跡矣。海寧陳太常與郊，時爲順德理，話於座人。

楊太真

毘陵胡郡丞澄，自言家中書舍夜數有奇香異光，仍聞管弦歌舞聲，就視都無所有，但見花陰月影而已。如此者經旬。其後家人於隔牆引梯而望，隱隱見堂内銀屏珠箔之下，坐一神女，容姿曠世，侍衛者二十餘人，皆麗色，乃大駭，足戰而下。明日開户寂然，舉頭見七尺絹素屏風上，有畫《楊太真唐宮夜宴圖》。問之，張平山畫也。衆僉謂曰：「是矣！」撤去收篋中，其夜遂絕跡。《青瑣高議》載宋人秦子履所譔《溫泉記》，以今徵之，似非荒唐。

桂花仙子

錢塘一士人，少年狂蕩。其妻早亡，獨居廓處。偶於市中購得唐解元絹畫《桂花仙子圖》一軸，懸之書齋，日夕倚案瞪目注視，念欲得佳耦如圖中人。凡園有花果，必採擷以薦。

一夕，有女郎年可十六七，容顏妖麗，裳衣輕妍，從月色中來。士人詢其居止，笑而應曰：「家在牆東。」士人心意東鄰無是女也，但貪慕豔色，狂不自制，擁之入帷，妖態橫生，曲盡歡昵。凌曉趣辭去，定昏之後復來，自是夕夕無間。每至則室中起靈香，枕席皆芬。時說蓬萊閬苑之事，士人頗訝異之。

經數旬，而內外親表及臧獲輩竊竊倚聽，穴壁而窺，乃絕代姿首，世所無也。驚爲狐魅之屬，乘士人他出，陰引南昌道士來治之。道士吐匣中青蛇遍索，因指此圖謂曰：「非爾爲祟耶？可嘗吾劍。」忽應曰：「身是崑崙山女，與此郎有累世因緣，是以暫諧繾綣耳。卿有何禁術而欲制我乎！」復語其臧獲輩曰：「君家如此行徑，不可留矣。」其聲若出畫中也。語未畢，道士裂睛上視，持劍自抵其胸，反走出門。家人忙怖號叫，急謀焚毀此畫。俄頃盡晦，忽有怪風暴起，雲埃四合，彌漫一室。移時朗然，閱其像神如洗矣。隱隱漸失所在，久之，空軸而已。里中數歲小兒，並見綃衣神女羅襪行空而去。

士人歸，驚詢其事，方悟神仙之遊。臂妝衣香，氤氳不散者經月。悽戀宛轉，凝望無聊，廣延畫師好手數十家，重寫其真，莫能有髣髴。於是乃止，終身不復琴瑟焉。

好事者賦無題數章紀之，余記其一詩云：「玉京仙路杳冥冥，鳳折鸞飛去不停。泣盡雲軿何日返，教人遺恨失丹青。」此於唐小説中真真避劍及黃花寺壁寧王畫馬化去之事，千載合轍矣。豈解元之畫神妙通靈一至是乎！張文煥秀才親見其事，説之。

陳朝後主妃墓

萬曆中，江南大旱之歲，丹陽縣開家湖水涸，居民刈藁其中，鍤下鏗然有聲，深之三尺，掘得一古石函。函中有沉香棺木，懼不敢發，仍覆焉。其家五子，延姚江老生爲師。密謀於老生發之，既剖，見棺中一美婦人，開目却活，肌膚容貌，儼然如生，殉物形製，都非近世有，而指甲與髮纏繞遍棺矣，惟衣服觸風成灰耳。自稱是陳朝後主妃，葬於此，鍊形千年，命合更生，不知今何代也。談説亡國時事，歷歷可聽。欲振衣而起，衆以爲魅，乃推刃戕之，歎息而絶。

推尋其墓之側，有古碑在，老生驗之，果然。後爲鄰讎所發，縣令取丹陽志考求其地，委有陳後主妃墓焉。悉以劫賊論，至抵死。幸老生碎其碑，事遂寢，而沉香棺没入庫中，至今尚存。蓋修太陰鍊形之術而功滿當昇者也。

沈休文女墓

萬曆庚寅年間，吳興西塞山中一大古墓，山民發之，十餘日乃開。中有石誌，識是梁昭明太子妃沈休文女之墓。既得梓棺，遂破焉，見一好女子顔面如生，被髮長數丈，旋繞其體，金冠繡裳，如王妃服製。插髻有大白玉簪，長可徑尺，紫磨跳脱，宛在臂間。急呼曰：「某得太陰鍊形之術，數千年已滿，今日旦暮活矣，慎勿傷某體膚，將重報汝。」一盜不聽，急攘其臂間跳脱不得，因斫數刀，臂斷遂絶。得其中實玩可萬緡。

是夕，感夢於縣令，祈求理寃。令即余友袁君光宇也，遣吏往驗而已，竟不收問，其事遂寢。盜發棺者，無疾而死。袁君旋擢爲尚書郎，治河張秋，以河徙懼罪，一夕暴死，人咸以爲陰譴云。

吳人王徵君穉登嘗賦《吳興竹枝詞》以紀其事。詩曰：「沈休文女昭明妃，陵谷千年事已非。盜發墓門取寶玉，生時花貌葬時衣。」有工字研，爲袁令取去。玉簪今在嘉禾沈司馬思孝家。王先生曾見之，白如脂肪，云是道簪，非婦人飾也。相傳西塞山脉所綰結最高處有娘娘廟，莫知所始，妃墓在焉，娘娘即妃是矣。

紫霄宮道人

萬曆初年，有一雲水過吳門，自稱紫霄宮道人。膚革如鐵，足跣不著履。每夜露其頂危坐中庭，時方積雪凝寒，了不爲異。其隨行弟子海雨，善行草，説是楚諸生。或云道人即玉虛子也，姓李，能於掌握起風雷，造集仙樓於武當山中。昔遊長安，春官侍郎韓世能師事之。後隱去，莫測所終。陳旃説。

孔道人神算會禪師立命

滇南孔道人，不得名。修髯偉貌，飄若仙者。得邵子《皇極數》正傳。雲遊江南，至嘉興縣，舍於慈雲寺。

時秀水袁黃儀卿，因早喪父母失學，將棄舉業爲醫。適遇道人於寺中，敬而禮之。道人語曰：「子仕路中人也，明年即補邑諸生矣，何不肄業？」袁告之故，引之歸家，試其數，每言小事，無不畢驗。遂起名場之思，謀於表兄沈稱。稱言：「郁海谷先生在沈家設帳，送汝寄學甚便。」袁遂禮郁爲師。道人爲袁起數，縣童子試當十四名，郡試七十一名，督學試第九名。明年赴考三處，名數皆合。復與之卜終身否泰，言某年考第九名，某年當補廩，某年當貢，貢後某年當選四川一縣令，在任二年半即宜告歸，五十三歲八月十四日丑時當終於正寢，惜無子。袁因筆記於小書之杪，常私省之。

自此以後，凡遇考校，其名數先後皆不出孔公所懸定者。獨算袁食廩米九十一石五斗當出貢，及食米七十餘石，屠學憲即判令補貢。袁心疑之，後果爲署印楊君所駁，直至丁卯科落舉。未捷時，袁頗有藉甚之譽，殷學憲檢浙場備卷，歎曰：「五策即五篇奏議也，豈可使博洽淹貫之儒老牖下乎！」遂依縣申文推補貢，連前食米計之，果九十一石五斗也。袁益歎孔公之神，竊自計曰：「豈其然乎？」由是淡然無求，終年靜坐而已。後遊南雍太學，訪雲谷會禪師於棲霞寺。禪師授以立命之説，教之力行善事，無被孔先生算數拘縛，以爲義理之身，自能格天。又教持《准提咒》，不令間斷，持得純熟，於持中不持，於不持中持，到得念頭不動，始獲靈驗。袁偉其言，拜而受教，是日改號了凡子。蓋悟立命之説，而欲不落凡夫窠臼耳。明年，秋官考太學科舉。道人算定第三，忽考第一，其言不驗。而秋闈中式後，行善事如故，竟生子登第，授寶坻縣令。五十三歲時安然無恙，後官至禮部郎而歸，平生休咎，毫無驗者。袁因著《省身録》示其家兒，竟以壽終於家。

北京神相數

武宗朝，江陰大豪周撫字安卿，家財百萬，廣結朝貴。入貲太學，因赴舉詣京師，聞西山真空寺老僧神相，與駙馬、隆平侯三人一等粧束，聯騎而行。既至，老僧迎門，三人拱揖而入。僧相駙馬曰：「金枝玉葉，帝子姻親。」相隆平侯曰：「胙土分茅，勳臣之胄。」後相至撫，歎曰：「富長者，可惜可惜！好匹大紅羅，只是尺頭短，君可至四十二矣。」時年三十有六，撫聞斯促報，急理歸鞍，部署家事，以待死期。至是歲，果無病而亡。恨失老僧姓名也。

世廟中，京師有神數馮瞎子，開肆長安街上，初不知名。時新鄭相公高拱方居首揆，掃門無客，馮忽詣相府前，踐溺其下，虞候數十人蜂擁而至，訶是何人，共相責問。馮舉首云：「莫攔阻我，相公三日後且去位也。」衆以爲狂。新鄭偶在堂上聞此説，默然不言，戒左右善遣之。果三日而聖怒不測，下罷相之命矣。新鄭既出順成門，急使人四出追覓馮瞎子。時馮已束行李候立道傍，曰：「相公無憂，不出三年家居，尋當召還政府。某送相公至家，仍伴來京也。」新鄭抵家才三年，果有後命，馮與俱入長安，廣蒙薦引，致數萬金而歸。此太原徵君説。

第四 仙 幻

乩 仙 已下凡二十事。

世之言乩仙者多矣，如余少時目擊，則近信而有徵者。然或以爲紫姑神，或以爲詩鬼。余時與名賢達士各窮其異，即非上清高真，必皆南宫仙客。筆端韻語，靈氣奕然，録之以廣井魚之聽矣。三十年前，與沈廉訪之子椿年秀才肄業秦陂山中。秀才，余姊夫也，極好扶鸞，其族雪帆子所傳授者。後兩沈生皆少年夭死，遺有符咒書本一箱，並是蟲跡鳥篆文字，黄素書，古漆軸，余悉取而焚棄之。今所記降乩之詩僅十有七首。乩仙嘗爲余寫蘆花仙舸卷子，題《百字令》長句及五七言短歌，盛誇一生禄命，後竟不協，亦不能盡記憶矣。所降仙人皆有别號，一曰絳雪洞天使，一曰黄石公，一曰安期門下鶴喙仙班，一曰虎觀使，一曰知幾子，一曰醉仙，一曰鄧元岳，一曰周岐鳳，女仙曰羅襪仙子。

絳雪子下壇詩 已下皆七言絶句。

絳雪紛紛點翠苔，忽傳青鳥信音來。蒼星已遲玉關口，接餉蟠桃齒頰開。右一。

絳燭緋羅吐燄奇，謫仙齊賦下壇詩。明晨奏草玄元殿，奪得東方宮錦帔。右二。

羅襪仙子即事

隔簾燒燭爛如銀，隱映繁星出絳濱。獨韻三山鶴背笛，吹殘人世幾紅塵。

鶴喙使自題 已下皆五言絶句。

洞裏日修真，紅泉滌世氛。酒醒棋一局，不遣世人聞。東方朔告漢武帝云：臣往取東北地芝草，乃隔紅泉不得渡。

知幾子下壇詩

春光到百卉，余方醉瀛洲。一聞香篆結，跨鶴洞庭秋。

羅襪仙子命余出交梨火棗題賦

仙家愛梨棗，采之餉群真。絕勝金母桃，結實空千春。

又題梅月小景

月色何佳哉，乘烟駕鶴來。梅花香雪裏，百鳥韻齊開。

鄧元岳詠寶劍贈錢子

豐城有靈劍，飛入虞山阿。劍上星斗文，向子胸前羅。

絳雪子還蓬萊山

五雲擁蓬萊，雞唱玉樓開。鐵篴一聲曉，琪花落滿臺。

又題虞山七檜

虞山冷紫烟，星檜七枝傳。龍蛇影落地，冷然吸丹泉。七檜之傍有葛洪煉丹井，故云。

虎觀使辭壇詩

更籌已報四，雞唱又過三。鸞輧在前路，跨鶴歸烟嵐。

安期門下鶴喙仙班别署鶴上先生，自題其乘鶴像 已下皆四言絶句。

聲振穴寥，羽擊三清。乘之一去，九見泂瀛。

周岐鳳下壇詩

久墜人道，纔登仙跡。俛仰塵世，已成今昔。

黄石公畫黄石圖，因題贊於石中，以贈錢子

穀城之巔，下有黄石。天地不朽，此石不泐。欲鑒吾照，爰徵兹筆。

又題圯橋墮履圖，贈錢子

欲樹奇蹟，先死競心。圯橋故事，永爲良箴。

座中後至一仙，云適從蓬萊山醉而至也，署曰醉仙，索筆題酒酣放歌一首，但記其首四句

我居白玉十二之金城，面面羣峯拱而立。下有萬頃桃花波，點作醁醽供一吸。

餘不能記。凡此皆信筆而成，運乩如飛，味其玄韻，研其妙旨，自非凡下陋才所能構合也。夫詩鬼故自有之，如周岐鳳自云成化間人，往往署名曰江湖散人。《庚巳編》、《志怪録》並載其降乩語，不獨余所目見矣。

白雲穎

婺源潘璽卿士藻，號雪松居士。成進士後，有乩仙白雲穎者嘗隨之密室，嘯詠相屬。潘自謂與御風者遊矣，記其《題嚴州建德縣唐寡婦詩》二絕，云：「砧杵不成眠，嚴寒午夜天。衣裁無絮著，課子當金錢。」「比肩難作雙，並蒂空留核。欲識霜閨心，嚴灘一片月。」

雲門山人

陸雲門，太原徵君婦翁也，曾爲秀才，能詩，貌清癯。余嘗識之太原齋頭。後以壽終。近里中有扶乩致仙者題詩畢，請問姓名，遂署曰雲門山人，而其詩亦清逸有韻致，仿佛平昔之作矣。

孫侍郎

天官侍郎孫公繼皋，謝世一年矣。近梁溪某大家，以他事召乩仙降壇，則宛然侍郎筆也。書云：「吾與諸神共游龍泉庵，偶過此。寄語寒家，京師消息將至，吾已有蔭有贈矣。」不十日，而北信至，果下蔭贈之典矣。侍郎平生不談性命之學，而神清韻雅，玩采遊玄，真世上逍遙仙官也，宜乎靈爽不昧，遂凌紫霞。吳司教親見其事，爲余説之。

周明經降乩記

萬曆甲寅秋七月二十日，南濠王一統秀才於家設壇召仙，仙至，則女仙劉采春也。乩題云：「余在蓬萊山飲九醞酒，焚蘭荃香，與李郎圍棋。適白鶴雙雙，鼓翼而來，稱有能詩者在座，欲賡歌耳。」問李郎爲誰？則「采石江頭捉月人」也。問在座能詩，則蔣君鉉字伯玉其人也。問：「劉采春非唐朝閨秀乎？」則題「雙燕不知腸欲斷」之作，已又題「不喜秦淮水」絕句。題罷，各問功名事。答語類古讖文，迴環讀之，義不可解。因自序其家世，歷履顛踣，云：「兒本浙西錢塘人，劉元之第四女。阿母陸媪。善音律，好讀書，且能詩賦，盛有文彩，搊箏鼓琴，藝無不絕。在唐時有《劉内子草窗集》行世，板留在山子王氏。至元初兵起，帖木兒百花率其衆來攻虎林，而此草遂燬於烽燹，不復傳矣。兒十歲時，即能於阿母膝上口占成詠。年十八，已著詩名。唐匡世者，京都富豪也，聞兒名，厚遺金繒，因媒妥娘，強納聘於家。予與家慈從屏後窺之，直銅臭耳，以死謝之而去。後二年，乃歸狄郎。狄郎風儀才調，並神仙中人也。偶於路傍彼此目注，遂荏苒同心焉。兒年二十五，而阿母長逝，摧隕無狀，不知有生人之樂。便委家事於弟大德，而身與狄郎逃入深山中。遇異人，授修性煉形之術，食松柏實，身軀漸輕，時亦能乘虛御風。最後遇赤松子、王子喬諸神人，隨與俱去矣。」其說詳委甚繁，茲不曲載。

乩又忽動，降書云：「『錯教婢子上簾鉤』，此非蔣生詩乎？」問：「仙姑何以知之？」答：「周汝宗道。」一統笑曰：「汝宗，吾良友也，上賓之事有之乎？」曰：「汝宗已任玉清宮掌記矣。」一統問：「汝宗可致乎？」曰：「可。」於是更焚符咒。頃之，箕運如飛，云：「弟周胤昌白：往與二三兄弟結欣賞社，相愛相親，情逾骨肉，方欲周旋左右，奈生不逢辰，遘此長別。上有高年兩尊，中有良友密親，下有孤兒寡婦，一生事業，了無究竟，可悲可痛。弟今在玉清宮掌文書。近聞劉母病甚，寄聲昌伯，且托致謝陳允清。」已，又言：「中相國今得生天曹矣。」一統問汝宗：「天上有酒飲乎？」答言：「上帝一日賜三盃，然勝人間三升矣。」疾書有事欲去，言已寂然。

劉母則同社劉昌伯母也，今方疾篤負牀，允清上舍爲周君營葬事，贈孤嫠，敦義甚高。而申少師公果以十九夜寢疾而終，既殮，頂猶溫，識者知其升天無疑。始驗乩書之不謬焉。王子、蔣子並別有記，采其異者著於篇。

神仙酒

亡祖駕部府君，夙慕至道，別署宗陽子。每歲遇四月十四仙誕日，必就家展回仙像，以名花美果薦焉。常半月之前先釀白墮於牀頭，俟其熟，壓以成獻。戊子年，缸瓻中嘈嘈作桃花乳，命余侍飲。余敬問其故，府君教云：「神仙過門則酒赤也。」余從沈生扶鸞請仙，夜既半，席間所薦之酒悉變爲丹霞。後余移寓郡城，種花池上，亦常造酒祭呂翁，啓視缸，而竟成珍珠紅矣。家人以爲仙過不祥，後竟無他。又壬寅年冬，浙東丁望雲家蒸秫釀酒，忽作絳色。異之，已視甑中，則一層朱一層白，相間至底，尤可怪。

許生

許生，不詳名字，善召仙，能於乩上點藥化石爲金，翦燈花煎出黃金白銀，種種甚奇。

蛻仙

武夷山接筍峰下幔亭塢中，有歷朝以來蛻仙共十有四人，居民供養，藏諸石龕中。每歲大旱，迎歸其家，禱雨立應。賽謝畢，明日將具簫鼓送還故處，則蛻仙夜半自歸塢中石龕，不失位次，其靈異往往如此。

廣仙

武夷北山有水濂四十里，行至山麓，攀援而上，如在半空。逶迤又過濂道院，遥見一龕石罅中。訊之道士，曰：「此嘉靖十年廣信府蛻仙也，俗呼『廣仙』。其貌清癯，肌如脂，目如電，皮毛爪髮宛若生者。有御史某來訪其處，題曰『昇仙』。」高君承先自閩中歸，述其事。

蒲仙

蒲仙者，不詳何許人，或云即上海高橋朱乞兒也。少爲人傭保，俄辭主人，行乞里中。冬夏無衣，露處人家籬下，雨雪不侵。取蒲囊五六領，連綴而裹其體，因呼之爲「蒲仙」。嘗在嘉興城東角里街上出入往來，不擇浄垢。每天將雨，輒臨水自浣其蒲囊，以是徵驗。里中有疾病，摘蒲施之，煮湯服下立愈。或有母患癱瘓，往叩蒲仙乞藥，便撒溺於地，令其刮溺泥煎湯進母，如言亦愈。衆以爲神。

一日過湖州村落，入人家乞食。其人已入山販茶，蒲仙在其家食畢，因熟臥於簷下，氣息如蒸。抵暮，索筆題「蒲仙臥此一日」六字於壁間而去。及販茶人歸，云：「今日入山遇二虎，幾不免，踉蹌而還，見蒲仙於塢口，挾兩狸置於肩而出，安得臥此地乎？」後乃悟山中見者是其飛神，所挾之狸即二虎矣。歲餘竟不知所之。

垢仙

垢仙者姓劉名黑黑，東齊人也。萬曆三十年間，由泰州渡江來游虞山，止泊無所，衣服滓弊，狀若風狂，號爲「垢仙」。每行市中，群犬競來徵逐，俗又呼之爲「狗仙」矣。路遇邑丞導從，箕踞相視。丞怒，命左右執而笞之。衆驅逐出界，遂入姑蘇城，坐於北寺前香華橋下。晝曝夜露，蓬首穢形，見者咸笑焉。每風雪連旬，市人慮其已死，就視無恙，氣蒸汗流，然未之深信也。

太原相公聞而來訪，禮貌甚恭。時公方有家事，憂不能決，詣請問，忽高聲叱曰：「何不速了却！」一會上方特旨召公再入政府，兼敕撫臣勸駕，公屢辭不許，因從容質之。忽又高聲唱吳歌兩句云：「朝裏官多壞子法，姐爲郎多亂子心。」自是吳中知有垢仙，跡之者衆矣。

歲餘，忽不復見，尋求在齊門外陽涇橋，後往太倉，最後到松江黃浦。老幼圍繞之，便走入蘆花叢裏，穴地而坐，委曲隱蔽，不火食者經月，時時取生魚噉之。村民共以爲神。華亭朱進士國華方舉於鄉，造而請焉。垢仙曰：「汝是庚戌進士，慎勿多言。」朱叩其道不已，曰：「吾有弟子方接頭，在蘇州城東，可就而問也。」忽一日，無病而卒。村民火其屍棺，髑髏燒赤，大如火毬。停數日，有人見其坐泖灘上，折蘆一枝，掠水而去。

方接頭者，城東織機人，曾出錢施垢仙，垢仙授以道要，因委妻子出家，相從俱去。亦能晝曝赤日，夜没於水，盡得垢仙之術。與其徒潘酒保、周文秀等七八人往來雲間，俱宿風露中，餐霞吸瀣。朱進士、張孝廉諸君共爲買地齊女門内，造老君廟居之。

事在四十二年也。

一説垢仙常自稱張明珠，談人間事無弗中者。催刈北禪寺前麥，不信，旬日間雨滂麥爛，不及收割。婁江王夫人卜女娠何祥，舉其陽示之，左右毆擊。後果生男，迎歸園亭供養。重門深鎖，忽失所在，推求野外，復載而還。趙祖美問謁選何官，叱曰：「爾當先做壽官。」一趙三月病卒，方驗「壽棺」之言。渡劉河，自沉於水，以爲死矣，停數日，復在黃浦灘上。後忽稱病暴亡，村民以蘆席裹屍，棄之河濱，風雨漂溺，不知所之。停數日，又復在岳王廟前。王小選士騏相從問道，多通宗旨，竟莫能測。常呼方接頭爲堯夫而不名。方居吳中獅林寺，一日殿廊下見空中葉墜，拾視之，師手筆也，悟當行矣，急詣上海參謁。撫其身，肌滑如脂，誤以爪傷，血出皆白乳。化後，有人見之泖上，凌波而去。

夫子李

夫子李者，曲阜縣人，傳是故衍聖公也，禪封爵於其子，遂變姓名入武當山，草棲於玉虛宮。穆宗皇帝嘗遣人物色之，詔歲給廩粒，命中貴人供養於山中。今上登極，至今恩典不廢。一日，李忽語中貴人曰：「吾久留此山，糜費國家資糧，無益於事，明日往雲南去也。」中貴人曰：「師今年老，舍此而遠遊，不以奏聞於朝，可乎？」曰：「要行便行，安能待王命下耶！」中貴人陰使道士守之，其夕僞病死，深相怪歎。明日給棺盛殮，葬之於欏木岡。岡形長七十里。後三日，有人見李在山下酒家，持盃倒飲，自云將往雲南。怪之，問曰：「師是夫子李耶？猶在乎？昨傳山中送葬者，何神人耶！」李大笑，掌其頰曰：「少年莫浪説。」於是潛遁而去。衆詣中貴人，具言之，不信，陟岡發棺，惟一緉草履子存焉。

斗篷張 亦稱蒲團張，負一蒲團，重數十斤，上下嶺阪如飛，故得名。

斗篷張隱武當山蠟燭澗，修行山中。猿猴常採名花異果釀成美醞，獻於斗篷，名曰「猴酒」。蘇州山塘吳梅卿入山求道，斗篷賜之一盃，醉經三日。其後斗篷過吳閶門，從梅卿乞齋，梅卿出家醞一罌，重七十斤爲獻。斗篷曰：「某今獨飲，不敢累諸君相陪也。」於是裂去罇泥，褰裳而踞其上，少頃，口呵出氣三口，遽起還視，其甕空無滴矣。

菜頭張

菜頭張者，山東人也。故世胄後，爲裨將，棄官雲水。喜噉生菜頭，俗呼之爲「菜頭張」矣。

銅瓢張

銅瓢張，陝西人也，未詳氏族。故嘗爲右方伯，雲遊湖海，以大銅瓢自隨，因而得號。

白尊師

白尊師者，相傳是白香山後裔。以其勝國時人，或呼「白元人」，訛爲「白猿神」矣。結廬天台白玉庵，舊名衲陀。道行高古，閻頭陀師事之。

李大瓢

李大瓢者，住茅山，授變幻術，百三十歲矣。

李半仙

李半仙者，徽州人也。由太學爲貲郎，後棄家，隨閻頭陀雲水。出無瓢囊，亦不見其所。常攜帶藥物，惟善採人身中元陽，應手成藥，粘鬚觸頰，立能返黑還童。人以是異其神變，呼之爲「半仙」矣。住茅山，年九十三歲。

草憨憨

草憨憨者，雲南人也。有道術，後不知所之。或傳武當山瓊臺觀側有憨憨道人，東甌何白嘗見而問道，未委是一人也兩人也。

翦頭仙人

陝西延安府葭州深山中，有翦頭仙人，斷粒不食，日飲净水三甌，以爲常，矢溺俱絕。間用法水療民間疾苦，甚有靈驗。其水止取一滴，滴入净瓷罐中，攜歸則盈罐矣，煮服之，應手而愈。由此遠近稱神。

有司上其事於延綏開府鄭汝璧、榆關大帥李如樟，數遣官吏入山敦請，車騎旁午於途，不至，最後以裨將往，強之出山。既達榆林城，時萬曆甲辰冬十月，西北極邊地且凍矣，衆見仙人氣如蒸，面有微汗。視其貌，可十六七歲少年，身披百結衲頭，首戴七星帽，以七金鈴綴於帽檐，故曰七星，又用金圈束其額，金環貫其耳，髮皆鬒黑卷起，一如頭陀之狀，俗因呼爲「翦頭仙人」。仙人見中丞、元戎，抗手長揖，敘世間賓主禮而已。揖罷，不登席坐，便結跏趺於地。叩其胸中，古今事無不暢曉。二公大驚，幕下賓僚無應對者。

時有東浙四明人吳一鯨頗稱博洽，方客中丞幕下，中丞命往質難之。仙人與吳生酬論，邃古以還、六合而外之事，吐納如流，傾湫倒嶽，一鯨聞所未聞，中懷悅服，口屈不能置對。衣纓跗注，咸謂仙人周遊八垓，淹貫千古，言非孟浪，皆爲誕章，誕，天也，出《漢書》。雖張茂先之博物，梁杰公之談奇，蔑以尚矣。

偶論宋史及咸陽冤死岳家父子事，仙人輒大慟，淚下如雨。明日復語及，又慟如初。座人或徵時事，不對，叩以國家運數，僅答「尚綿遠」三字，餘不肯言。

是日，中丞移仙人於城西玉皇閣住，外雖深加欽敬，陰使人守之，日惟供水三甌，他無所需也。軍民求法水者絡繹喧填，門如霧市。俄而法水不給，仙人索紅棗代之。開府、大帥各送棗二石至，遽命置於閣下，不須昇上。乃召病者登閣取棗，仙人出棗於袖中，次第給散，其下八筐之内，空無有矣。

中丞益奇待之，常來參禮。因屏左右，私質其姓名年紀。仙人默然，不得已強應曰：「姓周。」晝夜環衛於閣上下者百餘人，是夕逸去，不知所之。衆皆惶懼，二公相顧失色。

數日後，撫帥兩府内各見空中墮下名刺一束，中有「周三畏拜謝」五大字，餘並空紙。因知三畏是宋朝賢臣，相傳秦檜先曾命其勘鞫武穆之獄，三畏棄官入山，後乃使万俟卨羅織而成，仙人即三畏之本身也。夷考正史，不見其説，豈五百六十餘年未嘗死乎？後榆林人服其棗者終身無病，爭繪小像，龕事於家。初，仙人乘白騾而來，遂畫乘騾之像焉。

樵陽子

樵陽子，姓雷氏，名化緣，或云孔文進士之孫，西川大足縣人也。初生時，有僧乞食於母門，遂名之爲化緣。生二歲，父母相繼死，育於安縣民陳和家。十餘歲，陳夫婦亦相繼死，展轉寄養於灌縣之青城山下童老家。童老家亦貧，無以自食。化緣衣破腹空，寒色可掬，日日入山採薪以給灌縣人。人見化緣負薪下山，輒持一升半升粟來易，化緣盡所負，與之便去，亦不爭較。往來出入，艱苦不辭，連年如此。

一日天大雪，誤迷失道，陷絕壑中，積雪可六七尺許。望見蒼崖古木，若在雲霄，忽有白鬚老人荷拂而來，引之起，同行亂石間。至一大樹下，相與盤憇。少頃，又一紫衣老人，修眉便腹，策杖於前，亦來共坐。三人常齗黄精生餌之，漸覺不饑，耐寒輕健。如是者累月，二老人忽指大樹下而告之曰：「此是子前身脱化處也。」出囊中一神枕，若履子大，授化緣枕之。化緣既覺，憬然而悟，遂起坐於石上，歎曰：「大奇大奇！」於是二老人下地作禮而拜甚恭，尊之曰「樵陽子」而不名。後灌縣人驚傳其事，皆呼爲樵陽子矣。

徘徊之間，忽失二老人所在。化緣自此誓不出山，終日結跏趺危坐大樹下，耳中隱隱聞隔谷鳴琴之聲，或時聞人語。窮而跡之，寂無有也。又數月，人有逐伴入山採樵，遇見化緣，敝衣蓬首，形如枯木，頽然識是童家負薪兒，相與大怪異之。

事稍稍聞於灌令。灌令景君，愛奇之士也，暇日屏車騎，與二三賓客左右徒行入此山中，涉溪登嶺，攀頓忘疲。乃至大樹下，具問所由。化緣曰：「某前身託此樹中，今乃得復形爲人耳。」令遂命伐樹。操斧未下，忽樹中聲震如霹靂，火生其腹，劃然洞開，見遺蜕焉：身著布衲，髻頂鐵冠，腰系黄絲縧，猶未爛，頭枕一劍，劍柔可繞指，髮垂覆額，已長丈餘，指爪盤旋，環其足矣。尋復於蜕傍得石匣，匣中有券，其文字皆古篆，丹砂所書，循環反覆，竟不曉其義理。景君與賓客左右各各驚歎而還。遂下令制龕，以奉樹中遺蜕，築庵居樵陽子。灌縣百姓翕然敬事之，以爲師。數年前來遊江南，自梁溪至姑蘇，届於武林之西湖，俗流多不識。梁溪士大夫稍有一二接遇之者，然其見衣冠大僚士族子弟，亦不爲禮，所酬對甚簡，只教人於心地上領悟宗旨而已，世莫能窺其詣也。未一歲而還。譚中丞秉鉞西川時，嘗爲樵陽子建大通觀於青城山下，至今尚存。

玄洲子

玄洲子，姓衛氏，莫知其名，洛中人也。貌奇偉，身著破衲頭，又自稱一衲道人。

嘉靖中，山陰朱生啓賢爲太學生徒，家饒貲財，廣延方術之士，道人常過其家。時諸學士大綏林居，其長郎寢瘵積年，衆醫治之，皆云不及活。道人謂朱生曰：「吾能起之，但惜囊中藥盡，止存六分，可延六年算耳。然吾與語兒溪上一角妓往還情屬，謀欲擅之，非百金莫辦。子爲我居其間。」朱生曰：「藥能活人足矣，愼勿言六年事也。」遂往告。學士曰：「出百金，以延吾兒旦夕之命，尚安惜哉！」

趣延道人至，深加接遇。道人入臥内，褰其幃而視之，驚曰：「氣息奄奄，元神散矣，明日五更且死，奈何！」急索婦人稠乳半杯置案上，即於肘後摸一小銀壺盧，傾出神藥兩方寸匕，色紫而細，研其半，投入乳中，曰：「服此三分，當蹶然而起。若下牀足不著地，再進其半，行如飛矣。」患者鼻端聞此奇香，啞然作聲曰：「莫不有仙人相救乎？」左右應之曰：「果仙人藥也。」急命進，強灌入喉，以舌舐而盡之。有頃，見其體在衾中漸能蜿蜒，俄而求食，與之薄糜，復盡。良久，遽起坐，便欲下牀，而兩足橋然，果不能下。於是左右奔告道人，更求其半進之。方設酒食之具於西廳事前，長郎忽憑侍者肩，直詣廳事，謝受更生之恩。道人遂留坐中同飲。飲畢，其家出金八十兩，繒綵十匹，再拜酬贈而去。

朱生於途中私詢其藥何名，道人曰：「此即仙家九轉大還丹也。李少君所謂鉛錫投和而黃金克成，刀圭入喉而凋氣立反，弊方猶然，況其上者。」朱生曰：「六年之説然乎？」曰：「戲耳。此藥固能長生也。」還家懇請其方，道人曰：「知子好道，奈何靳之。」乃脱下破衲頭，折其背縫中丹書一卷，有金字一行，曰「許旌陽尊師石函記」。付朱生，令於净室齋心三日，寫其要訣，寫畢收藏如故。

明日將之語兒溪上，因告別朱生，復贈道人三十金。生雖受其真秘，然不能修用，復以其書授之玉霞子。此道人娶妓爲小妻，俱入羅浮山中去也。

席生

席生者，號小棠散人，不記名字，廣平之曲周縣人也。少爲肥鄉張金吾家狎客。聖標之先將軍幸之，常令侍飲，不離左右。忽委妻子出邊關外，雲水數年。一日挾兩翦頭胡雛歸，張氏不知其奇也。

家有讌會，童子攜銀壺溫酒，席生遽奪其壺，投諸井中。僮子泣訴於主人，舉家詬駡，以爲病狂。席生曰：「無草草，請於爨下索之。」衆共走爨下布覓，無有，忽聽釜中有湯沸聲，徐舉其蓋，則銀壺宛然，湯中酒已溫矣，瀉之不少涓滴。旋復命左右取酒，盛滿壺中，用紙丸塞其壺口，去壺蓋，倒合席間，亦無涓滴漏出。於是遠近驚傳，無不大怪異之。行廚諸物，水陸畢致，以空衣承之而得，惟金銀不可取。然一著其手，雖鎖鐵櫃中，已在其懷袖間矣。每當月明之夜，輒呼酒大嚼。召群鬼舁輿擔篋而出，周遊名山，不止一處。既歸，取鬼所擔篋發之，出其地土産之物，以徵於座人，咸莫測其理也。

久之，復走塞下。遇虜至，軍中大戰，賴席生陰遣神兵驅虜，虜潰而退。大司馬嘉其功，署爲京營小將。中貴人聞之，日夜誘説，逼之傳術。生固不肯告，中貴人怒，因其昔年有挾胡雛事，乃使人上書誣告，搆以交通外夷之罪。有司驗無實跡，止於遣戍遼陽而已。尋遇赦還北平，告親故，言當入衡山祝融峰下合軒轅九鼎丹，成然後出。自此杳然無聞。

衡陽山人

衡陽山人璩生，善五雷請雨法，不用設壇禹步，但拈片紙，立書五符，口中誦五咒，雨大注矣。叩其術，乃從北方真武借來，初非自天而降也。璩生坐致行廚，亦不用符咒，以衣從席下受之，或索椀楪，下承珍果美饌，羅列滿前，座客無不醉飽得意而去。

周　箕

周箕南甫，夙志學道，樂誦《道德》、《黄庭》、《陰符》諸經，精勤不怠，而未獲窮其指歸，但能焚香窗下，日誦千遍而已。

曾遇異人授希夷睡法，自云睡中常作遊仙夢，名山洞府，無不歷焉。曾飛神至青城山中，過懸崖絶澗凡十餘處，烟雲鮮媚，花木繁榮，異獸珍禽，能歌善舞。詢其地，曰此太上老君説經處也。周生親遇老君，叩頭陳乞。老君爲解「谷神」二字，義奥言深，周生跪而受之。且誡以早來此間。見石案上置古經一軸，字如鳥跡，署曰「玉清秘籍」，不及考問而返。服膺玄教，至今不忘。

當其睡也，每五六日或七八日方覺，家人莫敢呼也。如此數年，漸能絶粒咽氣，經月不食矣。丙申中秋，余遇周生於西湖片石居。生布席斷橋之上，以酒爲勸，劇談痛飲。至夜分，月向西行，余醉倦思寢，遂入寺。黎明遣問周生，尚以石枕其首，單衣鼾臥風露中，氣如蒸，莫測所自。

衣繡人

楚西荊、澧之間，有一異人，著七梁冠，身衣錦繡，容狀甚奇古，腹如斗大，鬚長尺餘，若五十許人，皆呼之爲「醉叟」。隨行惟一弟子，手攜黄竹籃，籃中盡貯乾蜈蚣、蜘蛛、癞蝦蟆及一切蟲蠆之屬，人或窺之，無不駭走。問其所蓄諸毒何故，答曰：「天寒賴以佐酒，此物亦不可猝致也。」

市中童兒爭覓毒蟲數十種，見異人飲時，悉以乞與，皆擘而生嚼之，如得未嘗嘅。其蟲之極細小者，輒浸杯中，頃之與酒俱盡。蜈蚣長五六寸者，則夾雜以松柏枝葉，去其鉗，生置口中，赤爪猙獰，蜿蜒鬚髯之際。觀者股栗，咸大怪之，多有惶怖逃去。異人恣意飲啗，似有盈味。嘗曰：「蝎味最美，惜南方所無。蜈蚣亦佳，味又次於蝎。蜘蛛則以小者爲貴。諸蟲中惟蠆不可多食，多食悶人。」

一日之間，常過十餘家飲，更不穀食，盡日沉酣而已。或於古廟中醉臥三日五日，或宿人家屋簷下，口中常提「萬法歸一，一歸何處」八字，行住坐臥，斯須不忘。言人往事，率多奇中。人以苛禮相苦，便欲出門，及置酒，又復欣然，乞一醉然後去也。小選袁中郎赴官，曾見異人於沙市，自後莫知所之，中郎爲作《醉叟傳》。

郭道士

北京神鶴觀道士郭蓬素，好道，積功累行，辛勤有年。六十歲時，遇一異人至，蓬素欲乞長生之訣，曰：「未也，更二十年後，吾當點化汝，今且先尋外護。」一時富平孫尚書方在臺中，郭聞名，便往詣之。尚書許而未之奇也。其後蓬素八十歲，異人復來，曰：「吾度汝矣。」究其術，皆房中補導，名爲接命。後入西山養火半載，山居觀中，鬚髮返黑，面如二十少年，京師人無不驚異。尚書便作禮而拜，深加敬事，得其術一二焉。郭今尚存。

白雲先生

辛卯年，於燕市酒樓遇一異人，龎眉美髯，神姿清古，方岸幘揮扇。望見余在隔坐，亟呼同席對飲。視余啣盃蹙額，便曰：「此酒豈中江南人飲，莫想蓮香白吃否？」余曰：「蓮香白即吳下亦少，那得到此中？」異人曰：「易耳。俟少間客散，爲子設之。」趣呼酒傭汲潔净井水一大壺來。須臾水至，異人便於肘下囊中取出粒藥，狀若枸杞子，擲壺中，用綿紙封固，謂余曰：「少待。」

頃之，座人皆星散矣，余便問：「先生從何處來？」異人曰：「適從終南山來，偶攜得白雲一縷，請出贈君。」復於囊中掣小葫蘆，周遭紙絹封裹，呼余鍵其樓窗，用手次第揭開葫蘆，有雲如篆烟，嬝嬝上騰，逡巡漸作紫色，氤氲旋繞，布滿室中。食頃，其雲穿窗隙而出。急命余開窗，曰：「酒熟矣。」啓視壺中之水，盡爲芳醪，不覺芬人齒頰，連呼大白浮余。又曰：「莫學俗子，飲啞酒不歡也。」袖中出木刻婦人置席上，長可五寸許，眉目分明，手足能動，服飾窈窕，宛如生人。令其持杯至余前勸飲，便叱使跪求盡杯，如不盡不起。少焉，急收入袖中，曰：「恐客中春心蕩也。」

余時偶攜得李蓬頭星書在袖，因出甲子呈異人看，第稱曰：「郎君好踪跡。」固叩之，則曰：「他日聲彩極振，但目前尚有重厄耳。」余謂：「蓬頭算中焦狀元，名赫都下，先生曾識其人乎？」異人笑曰：「那得識，此輩是囈語漢，不足聽也。」酒盡別去，請其姓名，不言，第書一「雲」字於余掌中。余笑曰：「名號豈止一字乎？便當呼公爲白雲先生也。」不離店門，倏忽相失。明曉重詣其地消息之，不可得矣。余由此遂決歸計，不半載，母死，身遘危疾幾殆，一如異人之言。

孫道人

孫道人，不知何所人也。常披髮佯狂，遊行市里，形骸垢穢，未嘗櫛沐。叩其術，明於補導之要。能飛沙撒土，吹入人家屋子中，無不以手掩目，開盤中器物，簌簌有聲。又能嚼墨噴人，忽黏肢臂上，雖重裘之内，斑斑悉成點誌。又能搬運市肆中物，於袖引出鮮鯽鯉諸魚數十頭，付廚中烹以共食。一日裾下忽作羊鳴，乃出一牡羊，羊遽欲走，遂牽於市賣之。

乙巳春，董學士入楚督學，泖上諸君送之，共觴酌閶門外范家樓上。道人來，衆求試法。乃撮出福橘十四枚於袖中，分而嘗之。余亦在座。後一日過余里門，爲小妓所侮。孫顧視賣桃人擔云：「借汝一桃。」遂拾以擲其面。妓者右頰立時赤腫，如桃大焉，楚不可忍。還復哀祈，乃索杯水，咒之，三噀其腫，漸消，都亡所患。

祝老師

祝石韋有異術，楚人尊之曰「祝老師」而不名，蓋高道者也。應城楊給事漣，少讀書大洪山中，寢瘵經年，骨消肉盡，自分不起矣，遇師出刀圭之藥起之。後疾再發，師不得已，復畀藥如初。訓誡諄切，皆至言要道，給事病由此漸漸得瘥。師覺其神王，趣使復修公車之業。擔簦赴舉。既獲雋，又勉之計偕，誡云：「汝功名在三口裏。」莫測所謂。

後鄉會主司是孫如游、董復亨、劉文琦三人，果符「三口」之兆。給事自進士擢第後，於世味泊然。選授常熟縣令，政績大著。暇日與賓遊話，言，必及神仙之事云。或云彭幼朔即石韋也。庚戌仲春，邀讌署中說此。

彭幼朔

近雲陽有百歲仙人彭幼朔，一號江甑甀，一署祝石韋。昔年楚中所稱祝老師者，或云即其人也。又嘗改姓爲鄒，時時變易，無有定名。彭於黃白之事已得手有年，所至妻妾子女，輜重隨擁甚盛。所傳者云是先世彭祖之術。由是遠近衣冠貴介，無不傾動，奔走其門，拜而叩之，如真仙矣。及問其術，是服氣之法，功夫密密，不容間斷，只在七日間打成一片，而其法主於自然汗吐下以爲驗，汗以去骨節中病，吐以去胸膈中病，下以去腸胃中病，真氣勝則邪氣自除，依而行之，其人無病而汗吐下，不知所由也，然大抵皆養性交接之術。嚴邵武言。

慧虚子 亦稱宜真子。

虞山龍城山人，姓孫氏，住塘市，挾致鬼之術，逆説民間禍福休咎，無不有驗，遠近傳爲真仙。初鍊鬼得章生日闍，云是閩中解元，少年夭死，立願相隨。孫氏舉家事之，呼曰慧虚子。

其術使人先書姓名及意内事於紙上，另置一空紙於案，密封浄室中，三日後啓視，則空紙上報如所祈，龍文鳥篆，無所不工。又或擲龍眼、荔枝之類於地，俾其人自拾，諦視之，一果實耳，劈開，則所報之箋在焉。或設鐘鼓於仙壇上，無故自鳴，如有人持筳以擊狀。見者大怪，因是人赴之如市，數百里外皆來。

嘗報王小選士騏科名云：「直至牛無頭，然後羊生角。」後果以壬午科發解。鑿鑿如見，言皆神異。夢石老人是孫姻家，居止相接。據云小樓與孫宅並，每夜穴壁孔窺覘，見孫披髮裸體，啣刀跳擲，用五色繩子數百丈圍於壇外，須臾户牖拉然，暴鬼颯至，作呦呦之聲，因知其所鍊果是靈鬼，不獨一慧虛子也。

利瑪竇

利瑪竇，大西國人，遊於中華十五年矣。衣服語言，飲食禮樂，無不中華，但不娶耳。彼國無佛法，亦不通儒教，第奉天主爲尊。其像是一婦人，手中所抱者即天主也。婦人像若西王母，而繪彩之色絢爛非常，望若七寶莊嚴者。然既以其像進聖母，張壁凜凜，便敕收藏於庫。其所進自鳴琴、自鳴鐘，皆按刻漏而鳴，若吾中華有自鳴更鼓之屬。天子甚異之，賜賚無數，日給殨錢，因養之京師。

瑪竇他所制自鳴鼓吹未進上者，尤奇，一撥關捩，衆樂皆鳴。今京師市中有製成出賣者。所攜經籍皆梵字，其印裝之巧，紙筆之精，中華所不及也。瑪竇慧性絕倫，雖數萬億言，一覽而得。人謂其胸有成案，故能然。據云學識字如造屋然，疑即吾儒以一貫萬之義矣。往嘗刻廣輿地圖於金陵，用五色以别五方，中華幅員，大如彈丸黑子。庚戌年夏，中疫臥病，服參而死，始知其無他道術，是外夷中一異人也。

瞿道人

戊申年間，宰輔婁東王公薦一方士於族姪侍御家，姓瞿，籍金華府，共稱爲瞿道人。常挂花瓢於肘後，及持天台藤杖，嬉遊山水間。道人有一刺函中，以素紙封絳箋一條，於内械題甚固。衆苦請開之，不肯。後竊取以視，乃是「庚戌狀元韓敬」六字。其時求仲尚名敬求，未有改也，觀者咸笑其狂誕，不知韓敬爲何人。至庚戌春，報會元是韓敬，見者方以爲奇，有頃，求仲果發狀頭，乃始驗。其術之神，真如芙蓉鏡下矣。

江生

壬子年五月中，有楚人江生過吳門，挾某貴人書往謁吳淞帥府。舟經葑門，遇相識偕某衛尉過其舟，持一縑爲贈，求看年命，略批行止。江曰：「不得暇矣。」强之，出甲子置案上覽焉。江大驚曰：「幾誤公事！不出今日，當有大災！」衛尉悒忿而去。是夜所掌運糧艘過吳江城下，失火焚燒略盡，賠費不貲。

神巫

東浙金、衢之間，俗事鬼信巫。巫多黠者。開化縣太末山中有一神巫降神，能手持利刃，自屠其腹，巨斧斫胸，跣足行火磚上，口含沸油噀人，著人體膚立見糜爛，而其口都無所傷。或時狂叫登山，手拔大竹，揉作繞指柔，以自纏縛其體。其異如此。屠隆禮部少時讀書山中，目擊之。

蟠桃會

嘉靖初年，有優伶十人，不知何處來，嘗過楚之常德，寓鄒溪市鎮上，搬演歌舞，妙絕一時。市人競相稱賞，徵逐聚觀，遂無虚日矣。後忽告歸，市人厚以金帛酬之，強留搬演。其夕至四鼓，重點《蟠桃慶壽》雜劇。羣伶命市人置一大甕於劇場中央，八人裝爲八仙，次第走入甕中，曰：「請了，衆弟兄們！同下海赴蟠桃會去也！」良久不出，止存司鼓板者二人，故起而揚言曰：「你們應是醉倒瑤池上，往而不返耶？須往視之。」

持其鼓板，亦走入甕中不出。市人取甕視之，空無所有，竟不知何往矣。江大理與袁吏部同在吳中爲令，席上親説之也。

荔枝少年

有方士設帳賣藥於河南開封府前。常見一烏巾少年，以賣鮮荔枝爲事，稱自閩中來。時方暑月，衆訝其南北路遙，何由至此。少年云：「得善藏之法。取樹頭輕紅，摘入新瓷罌中，用火酒沃之，投以他藥封固，雖經萬里外，色不敗也。」市人輳集其處，競出高價買之。中州人生不識此異味，朱門白屋，無不徧嘗。

如是者數日，方士疑少年非市販人，察其神狀，類有道者，且荔枝顔色日益美好，常滿器中，如才折下，益大可怪。因蹤跡其客舍，在一酒肆，方士遂賃隔壁半間宿焉。中夜聞有聲，穴壁竊窺，見少年取大瓷鼎盛土，出銅筯一雙，耨之甚熟，種荔枝核於内，頻用鴛鴦手輕拂其上，口喃喃作胡咒語。咒畢，便躍身梁上，以一脚挂梁倒睡。有頃睡覺，自梁而下，見鼎中之核森然挺生，轉復滋長，少頃開花，俄而結實，天向曙則已纍纍紅熟可餐矣。連枝帶葉一一翦下，剉其樹焚之。及明，攜之而出。

方士大驚，伺其休暇，市美膳醇醪進焉，祈求傳示。少年曰：「君不聞能開頃刻花乃神仙事乎？若無仙骨，學之何益！」指方士帳中藥，問何名。答曰：「烏鬚膏也。」少年因解襆中，取青藥一袋，細如巨勝子，其色翠净，授之曰：「吾藥一粒，可和君一罐，獲此足了一生，無煩白土畫地也。請自此別。」遂去，不復見。

方士投藥中試之，一點如漆，能令黑者不再白。周王聞其術異，延入府中，以金帛賞賚之。遍游朱邸，無不貲給，此人終身用藥不盡矣。

或云少年仙術，得之則隨菓可種，不必荔枝，鼎中之土皆大丹也。神仙變幻，信而有焉。按《列仙傳》載，宋人寇先好種荔枝，食葩實。馬自然種瓜席上，引蔓生花。若少年者，果得仙之道乎，抑善戲耶？

賣薑翁

相傳衡州有賣薑翁，莫詳姓氏。嘗荷薑擔賣於衡湘間，三十年來，顏如花，鬢如漆，未嘗改色。人多怪之，未之奇也。

一日，遇道士於市上，却謂翁曰：「某有黄白秘術，非其人勿妄授，叟豈有心者乎？」翁默然不應，但取擔中薑一塊含口中，少頃吐出，變成黃金。道士驚遁去。爾後翁亦不知所之。聞之積古，並忘其年代也。

席生二

席小棠嘗客龔司馬錫爵家。一日邀龔飲，把袂并入書齋中，破壁而進，龔自身不覺已在大空宅子高樓上飲。飲畢下樓，回顧乃是長安酒肆，馬上人物色得之，龔莫知其所以然也。董翰林其昌説。

葛承奉

楚府黃門葛承奉，失其名，得道者也。能燒水銀爲黃金。凡武昌境中古刹佛圖、仙宮道觀之屬，無不捐貲修補。所到村邑，見有瑜婆坊寺、靈圉神儀，無問金木土石，若染若碧，並即布捨粧飾塗治，後先費以數萬，悉出於爐火中。

楚王聞而怪之，欲從受方。備加搒掠，神色如常，終不能得。曰：「奴婢自竭身資，願與衆生共成福緣，何知黃白事乎？」逼之不已，屹然端坐而化。楚人競相哀歎，曰：「葛黄門願力已大，正當生天上耳。」或又疑其尸解矣。王穉廓客武昌，親覩傳説。

玉龍山傘戲

常熟縣湖南金竹秀才，字子虚，少有拔俗之韻。嘗館於李氏，其所居枕虞山下，時時闢館之後扉，登眺徘徊。每當月朗風清，曼聲長嘯，戛於雲表。而平生絕不喜談人間事，衆呼之爲「癡秀才」矣。

偶過福山，劉神廟中道士徐壺隱新搆雲房，乞其歌詠，磨墨瀋以待濡毫。亟命唱題，壺隱遂以「壺中日月長」五字次第命之。金手不停揮，立綴五絕，語多玄勝，誇賞藝林。

嘉靖三十年間，倭亂初平，金悵然不樂塵世。一夕夢見其前身之所處，恍惚舊遊，便捨妻子出家雲水，稱不更還。後數年，金有相識人居相去里許，適解軍之雲南，事畢將歸，道經玉龍山下。傍有草庵，際暮投宿，望見庵主綸巾羽氅，據繩牀盤膝而坐，細視之，乃里中金秀才也。顔色轉少，鬢鬖如青絲。因攝衣下拜，通鄉里姓名，且告其家中消息，云：「郎君亦爲邑諸生矣。」金笑曰：「不才之子，何足道哉！」給與錢數十文，令詣村店進少酒啗，仍來安宿。

解人既獲醉飽，其夜寢於庵内繩牀之側。初就寢時，見金取其襆中傘張之，用兩手搖轉不停，如此竟夕，似夢非夢，耳中但聞海潮洶湧之聲。凌晨寤而起視，身却臥於揚子江岸西津渡口。推問岸上擔夫，已是鎮江府東郭門外矣。自暮及朝，瞬息萬里，怪莫測其所由。尋憶昨宵所經蠻烟瘴雨之鄉，真落夢境，乃歎息絕思也。視傘室中有附書數行，寄語家人，云：「浮蹤浪跡，絕無處尋，勿更以爲念也。」自是人知金已得仙矣。又寂絕數年，有人見之於終南山。孫太學胤伽記其詩句甚詳，茲不備載。

第五 釋異

隆菩薩

隆菩薩者，即永隆禪師也。洪武中出家長洲尹山之崇福禪寺。初爲寺僧，逍遥放縱，似顛似癡，不爲同流所重。一日火焚其殿，禪師忽謂衆曰：「早晚錢塘江上當有大木客過，將往募焉。」衆皆笑之，諷其負襆而去。

至則果有江右大商王友諒，巨木千章，蔽江而下矣。禪師遂從之乞木，友諒不允。俄頃之間，颶風暴作，柎筏縱横，諸木起空中，自相鬭擊，墮折江濱，漂流四散。友諒計無所出，急向空中叩頭請止，因懸賞格，以募能歸木者。禪師立江岸呼曰：「汝肯悔過發歡喜心，我當歸之。」友諒乃許捐其半以助修寺。許訖而江濤頓息，木亦漸還舊處，鉤連如故。觀者始知禪師是非常人，頂禮而拜。

友諒語禪師曰：「吾木甚鉅，易捨而難致，奈何？」禪師曰：「莫憂，但喜捨足矣，木自安穩至也。」友諒遂分所捨之木置臥一處，但見其木次第没於江心，若有鬼神牽拽之者，不曉所謂。

禪師還寺，亟命集衆僧齊來舁木，乃用巨綆汲向井中，先後逐根挽出，適符其半之數。遠近神之，爭共施捨，寺遂重興。

其後洪武二十五年下度僧之令，沙彌至南京者三千餘人，禪師預焉。中有冒請度牒者，忤犯龍顔，上怒，悉命加戮。禪師乞焚身以救免衆僧，上允其議，敕中官、武士衛其龕而出，即至雨華臺下。禪師出龕，望闕拜辭，仍入龕中，題一偈子，又拈香一瓣，書「風調雨順」四字授之中官，告曰：「煩語陛下，遇旱請以此香禱雨。」於是端坐瞑目，口吐三昧火出，自焚其身。一時士女作禮悲哀，見白鶴數群，舞於龕頂。上乃赦三千僧不誅。

時方大旱，即命以禪師所遺瓣香送天禧寺中禱雨，雨大降。上嘆曰：「此真永隆雨也。」因製《落魄僧詩》以嘉之。至今吳人稱禪師爲「隆菩薩」。取木之井，猶在方丈内。二廟御碑巍然尚存。而王友諒之（聞）〔文〕孫世爲木商，住天寧州上，不替其業。

西域聖僧

䑸的達者，西域聖僧也。洪武中來朝闕下，馬足所踐，地湧金蓮。高皇帝奇待之。時的達與真人張宇皆侍從焉。帝令二人較術，謂宇曰：「朕聞西域某國有玉龍可取，試爲朕設壇召將取之。」真人遂受召作法。的達止求盂水置前，結跏趺坐而已。約以三時返命，俄逾六日不至，帝心已懈，命罷之。宇惶恐無地，於是奏言的達破其術。帝大笑，復謂的達曰：「上人既能禁之，亦能解之乎？」的達曰：「此最易事。」呼侍者取盂水瀉於地，有頃諸神至矣，以次入見，對云：「取得玉龍，行抵流沙，忽見洪濤漲天，遂迷失道。六日後水退，始得渡，而玉龍竟沉於沙中，失所在矣。」帝不悅。的達便從懷内探出玉龍以獻，帝駭以爲神，賞賚無數。

慧廣大師

慧廣大師，俗姓姚氏，名讓義，常州無錫人也。年三十，從師披剃出家，法名真緣。遍參名山老宿，歷一十六年，得念佛三昧。萬曆戊戌夏四月，師東遊渡江，卓錫明州之阿育王寺，親覩舍利光中現釋迦文佛法身，師遂誓焚身以報佛恩。即從寺中普請衆僧，求施薪藁，人與一束，壘而爲棚。告衆僧曰：「二十五日是吾捨身之期也。」至日，師取香油塗身，結跏趺坐於柴棚之上，端然不動，合掌而誦佛號，足下火燃，俄成灰燼。大衆咸見有五色祥光自師頂門上起，光中現出菩薩金身，其長可二尺許，晃然四照，燭地亘天。頃之，映雲而滅。於是道俗士庶，塡滿谿谷，雨淚悲啼，讚歎頂禮。屠小儀隆親見其事，作傳示余，余至，不及遇勝緣矣。

夜臺和尚

夜臺和尚，不知氏族鄉土何出。嘗居五臺山獅子窟，帶索藍縷，幾不蔽身。每夜赤脚持木魚誦佛，遶遍東西南北中央諸臺。山虎群擁而至，五色龍伏於鉢中，號「夜臺和尚」焉。

亦嘗游吳越間，姑蘇、華亭，踪跡殆遍。嘗以鐵琅鐺鎖其項，曳之於市上行，重數百斤，蜿蜒里許，其去如飛。人以其落拓，無恭敬之心。或有施一錢兩錢者，或有施飯與之食，食畢，人家收其食器，覺有異香，疑之爲神。忽去忽來，不知夜臺所在。

萬曆辛亥年，乘船經盂河口。於時秋濤甚壯，曉霧初消，夜臺忽謂同舟客伴曰：「吾將歸矣，大眾聽取。」遂翻身撲入江心，端坐浪花中數十里，揮手謝眾。久之，與海潮俱没矣。客伴大驚，躃踴悲號，合掌作禮，比及舉頭，又見夜臺履空而去，有慶雲承其足，冉冉向西，移時乃滅。即知聖賢之溷俗，龍蛇難辨，豈所謂阿羅漢遊戲神通、得大自在者乎？

大智禪師

禪師名真融，法號大智，湖廣麻城人也。貌黑而窪，頗類蓑衣真人。自伏牛、五臺、峨眉、九華諸大道場，咸刱飯僧之所。至萬曆八年，復過南海，卓錫於補陀之後茶山塢中，峰名光熙，地名千步沙。初時止結小草庵，不甚廣，壘土爲兩禪牀，一以坐臥，一以棲挂褡僧，壁間供觀音佛畫像一軸、長明燈一琖而已。

遠近道俗，共相飡仰，風飄露笠，至者如雲。常見禪師著破衲頭，荷鋤剗草，慕其苦行，無不傾心。朝野聞之，爭共喜捨，航粟鏹而至者絡繹海上，五六年間，遂建成大叢林。净室殿堂，窮極土木，莊嚴煥曜，金碧琳琅。郡守吳安國改庵額曰海潮寺。

三十四年，今上遣御馬太監党禮賜所建寺額，以護國鎮海爲名，香火之盛，與補陀前後爭勝矣。

吳中大姓某氏，刱就華嚴樓於家，將木瓦匠工一併載去建之。康時萬等又捐貲造印《妙法蓮華經》二十四部，送寺中供養。琅琊王公世貞爲説偈一首護持。其爲善信欽奉如此。

禪師時有所言，靡不奇驗，由是道俗咸敬之。嘗在禪牀上入定，忽呼諸弟子曰：「大衆今日齋供船到海岸邊也，速出迎取。」弟子輩往海口，果見江南大家載送米幾百石、銀幾百兩。施主見僧徒來接，莫不駭以爲神。

臨化之日，囑付其弟子曰：「汝等受十方供養，不修功行報答檀越，最難消受。急須一心辦道，無有異志。得粒粟一錢，必同堂合爨，庶不負吾蓽簵開林之恩。從此不出十年，此寺尚當火災，其不免乎。若天然化去，荼毘畢，汝等便舁吾遺像，供其庵中，令此庵不寂寞也。須熟記取。」

至萬曆四十年冬，天然亦化去矣。擇以十一月十八日，衆共送龕於山側荼毘。弟子記禪師臨化之言，其夜即與群僧舁師厥像供養於天然庵。明日十九，寺即延燒，樓殿山門，悉成灰燼。禪師先覺之明，至是大驗，無不向空作禮，謂爲聖人云。
相傳禪師是普賢再來，故神通如此廣大。初遊杭州之雲棲，時蓮池宏大師出家未久，徒輩崇奉，乃設上中下三等齋供，以上等供師，其餘待客接衆，並得中下食。禪師見而怒曰：「如此作事，爾後只可閉門吃飯，何用開法席乎！」拂衣而出。宏大師聞而慚愧，追之不及，遂戒弟子罷設三等齋供，至今雲棲不開正門，爲肉身菩薩説破也。

海潮寺病僧

萬曆壬子冬十一月十九日，海潮寺中火起佛樓，須臾遍滿宮殿。時有一病僧臥韋馱尊天像下，此像是大智禪師裝塑，高可數尺，忽作人語叱病僧起，曰：「火來也，尚不速走乎！」病僧不覺躍然而起，答尊天曰：「我馱老爺出去。」韋馱倚之而行，其去如飛，病僧初不覺重。俄而移置出門外，得不火。明日，七八人舁之，不能舉矣。病僧沉困之苦，逡巡頓蘇，筋骨強健，逾於平昔。
古德相傳，韋馱尊天以十二童真梵行不交，天欲成就正果，現將軍身，而爲世間弘護佛法，所謂南方天王韋將軍是矣，宜其神通不可思量者歟。

大智禪師存日，每遇庫房齋糧缺少，便握一撮秫米於掌中，擎一浄水椀向天尊像前啓請，曰：「十方大衆，在寺修行，今齋糧不給，願菩薩感供。」咒畢，師擲秫米數粒於口，次第取水含嚥下之。如是一晝夜，不嘗飲食，不出三日，便有齋供船到。嗟夫，非禪師道行之高，何以致人天感應若斯之異者乎！顯神病僧，尤爲奇特，蓋與金剛之假力於北齊稠公古今合轍矣。

南山和尚

南山和尚者，法名真金。形軀短小，傳是北地人，不詳氏族鄉土所出。神力超越，世莫測其由，蓋萬廻、杯渡之流也。

嘉靖末年，東遊入吳郡，見北寺佛圖火廢，所在荒蕪，慨然興鼎新之志。於是大顯神通，震驚道俗，常以騰踔爲戲。使木工從塔頂插木搭架，上造盤車，凡諸磚瓦土石，轉盤而上。捧繩一團，長計百餘尺，施關捩以貫之木首，將一繩頭抛下，啣入口中，咬定繩結，次第徐徐收起，身足離地，望空而升，直達第九級鈴簷之上。自西至東，自南至北，上下馳走如飛。少年角力，聚馳塔下，喘促汗流，終莫及也。又於其上舞輪升竿，弄丸白打，無所不爲，捷若猿猱，疾同鷹隼。常用一脚倒挂於簷角，良久，起行如故。有時插一木出簷外數尺許，騰身立於木杪，以手障目，作望海夜叉形相，宛然無二。又能入佛殿中，蹋壁横行，蜿蜒數百步而止。看人逾萬，毛豎股慄，歎希奇事，發歡喜心，爭先踴躍，咸共布施，金銀錢帛指鐶釧釵之屬，出而施者，不可稱量。

後因匠食不給，出募齋糧，製一大缽，盂中可容數石米，造雙輪車盤出街上。婦女雲集，小兒塵擁，聞户外推車聲，便知南山缽至矣。每日滿載而歸。不數年間，衆緣既湊，佛圖重建，金雘煥麗，窮極一時。和尚以後便留住僧坊，將所餘木石搆立精舍於寺後，今之退居是也。

經積三十多年，壽七十餘化去。臨化之日，囑其徒以二缸盛尸，埋於寺後土岡之下。弟子依言而殯。後尋遺骸，莫知所在矣。奇踪詭跡，頗難記録。故老每述其道行，輒肅然起敬焉。

遍融國師

遍融者，陝西人，或訛爲「卞容」，以俗姓名呼之。長面，頷下垂，額有肉墳起如珠，兩耳覆其肩。身長九尺三寸，音吐如鐘。住廬山修行六十三年，有猿獻果、鳥傳松之異。

隆慶元年，出山行脚到西川峨眉。一年遊於金陵，在水西門沿家跪而托鉢。魏國公迎養於家。又一年，始詣北京興龍橋茶亭挂褡。又三年，仁壽太后迎養於千佛寺。自是多出入禁中，京城内外無不尊之爲「卞容國師」矣。

主上幼冲，江陵秉政，貶斥佛教，惡其惑衆，收之付獄。在獄七日，大顯神通。凡獄中所用銅鐵杖械桎梏之屬，並是高皇帝時所鑄舊物，無故摧裂。天子心異師冤，有詔赦出，仍留寺中供養。時萬曆九年事也。

其從來靈異，莫可備紀。每入定，僵立四十九日不仆。凡西方安養國土，清浄香海，無不神遊遍歷。及出定，則高聲誦佛而來，還向宫中具説蓮花境界，有如臨見。聖母聞而改容。嘗入宫講經，留賜齋供，外傳寺中復有一卞容登座説法，人莫測其游戲也。至萬曆十一年秋八月，師欲辭世，乃自吐三昧火焚身，端坐五色雲中，舉手謝鄉里而化。化時一百七歲矣。

花子觀音

花子觀音者，北京人也，不知姓名。常帶索襤褸，跣行乞食，因而爲號。嘉隆間，千佛寺金剛脚下修行。人初不肯信之。皇上登極，仁聖太后奉像教，召而見焉，頗加禮敬。善知人間未來事，發言多中。朝貴因詣之，以决禄命焉。每將行乞入市，伽藍神先爲感夢，由是都門士女甚見信崇。其聲如洪鐘，自巷坊達於宮禁，散施金錢，常得滿手。忽一日詣闕謝恩，仰天吐火，自焚於朝門外，立成灰燼。衆咸駭異。上嘆曰：「花子觀音今日駕祥雲去也。」萬曆九年事。

淡薄苦松

苦松頭陀者，不詳鄉土。隆慶中，草棲於五臺山側。善驅龍咒虎之術。常挂一大銅瓢自隨，有五色神龍游泳其中，不知者觸之，興風作浪，走石飛砂。師咒之，至於鐵樹下，五臺山鐵樹，歲以六月十九日開花。然後寧息。京城内外，常飛神出入往來。萬曆九年六月十九日，忽詣皇極殿前叩頭謝恩，傳聞禁内有詔宣入，欻失所在。上初不信，敕遣使往五臺推驗之，使還，具奏報云：「苦松師於六月十九日化矣。」上大驚。時年九十三歲。人以其一生操行精苦，呼之爲「淡薄苦松」云。

幻空法師

法師名圓果，號祇園弟子，稱爲幻空法師，鳳陽衛守陵指揮使也。少即棄官學道，出家於五臺山，從秀禪師披剃。淹貫經綸，頓悟真如。東遊至於蘇杭，登座説法者二十餘年，天花晝下，繽紛如雨。講席之盛，所未嘗有，實自師而始也。

嘉靖三十三年，浙中倭亂，杭城被圍。績溪胡宫保公宗憲聞師道高，命監司延請出山，領兵退賊。時師卓錫於杭州古蕩之佛慧寺。使者至，具述開府監司仰望之意甚殷。師坐青紗帷中，從容語使者曰：「我久不持兇器。過此三日，賊自當退，無憂也。」使者不可，褰幃而觀，欻忽不見，及下幃，師又端坐，語言如初，再啓視，寂無影跡矣。於是大駭，不敢强而去，還報監司。監司以其事聞於開府，相與歎以爲神。果三日而賊報退矣。軍士咸見雲中有神兵數千人擊走倭奴，倭奴皆踉蹌奔竄，圍遂解。杭城生聚獲免於兵燹者，皆師力也。

佛慧舊有虎患。有一斑斕白額騎於香積廚邊牆上，沙彌百餘人咸怖而散走。師提繩牀，坐隔牆竹林中，咒之，虎不能下，急作叩頭狀。師叱曰：「業畜！爾後再來嚇小沙彌，不放汝還也。」復咒如初，虎便翻身撲地而去，明日遂絕虎跡。

師道貌奇偉，面相滿月，大於斗，聲如洪鐘。每拈花微笑，則宛然與彌勒無異。臨化之日，囑付弟子曰：「藏吾棺於寺後，俟十年後荼毘。」果示寂十年，而麗御史下車杭城，不容寺中停柩，悉命焚棄。僧徒聚薪於野，舁棺至，忽自起火，灰燼無遺。道俗來觀者千人，咸見白雲中現出西方景，果有七重欄楯、七重羅網、七重行樹、七寶池、金沙地、樓閣宫殿，並是金銀、瑠璃、玻瓈、硨磲、赤珠、瑪瑙之所嚴飾，池中開出青黄赤白蓮花，白鶴、孔雀、鸚鵡、舍利、迦陵頻迦、共命之鳥，種種奇妙，與《佛説彌陀經》所載無有差別。俄而天樂震空，移時方滅，始知師之神異有不可思量者焉。

峨眉山異僧

異僧，西蜀人也，不知其姓氏。出家於峨眉山，道行高潔，宗律兼通，聞其名者，莫不染漬風流，飡仰玄味。萬曆中東遊渡江，止於吳下，見皋橋張承祖好善，受供養於其家。

承祖其年病熱而死。死去時，急奔出閭門外下塘，見一徽商大宅，與黑衣者四人同入門，適有一器在地，其家置羹瀋於中以飼犬者，見四人取噉，承祖覺喉中渴甚，亦取噉之，須臾而盡，不知其身已投犬胎託生矣。

是日異僧中夜入定，覩承祖託生因緣，趣披衣起。待天明，携禪杖徐出閭門，物色徽商家，驀直走入中堂，果見牝犬乳五子，毛色皆黑，矇瞳未視，獨其一徘徊囁嚅，遶於僧足，如有祈求。異僧叱而謂曰：「業畜業畜！何故墮落此中！速隨我還家矣。」運杖力擊其首，犬踣地而斃。及異僧返，承祖已甦，具説身墮犬胎中，賴師拯救，得出迷津，命妻子設禮望僧拜焉。於是傾家追福，闔門鍊行，以終其身。僧後忽去，不知所適。

響佛和尚

南海有一方僧，每夜登補陀山顛，高聲誦佛，響振林谷，雖風雨雪霰之夕，端坐誦之如故，人遂呼爲響佛和尚矣。曾遊吳中，止於報國寺，許久方去。莫知其名號鄉國也。

羅漢番僧

姑蘇城南報國寺，萬曆辛亥年七月中元建盂蘭盆齋時，有羅漢番僧至。自西域于闐國人，名尊住鎖南，道行甚高。寺僧便相敦請登座，放燄口法食。此番僧能以一小鐵鍋，置炭火中燒赤，用左手三指擎之，更令取沸湯貯滿其中，却含其湯於口，噀衆人頭面上。其水清凉沁肌，曾不焦灼，衆莫測其神通也。人問：「師有術乎？」曰：「有。」問：「可學乎？」曰：「可學，但汝無信心。」

紫柏禪師

禪師名真可，號達觀和尚，蘇州吳江人也。聰穎出類，才辨不凡。少爲虎丘山寺行童，後居嘉興，結茅郊外。始落髮爲沙彌，俗未之奇也。一日行過城南書舍，有老生朗誦《毛詩》中「生芻一束，其人如玉」之章，即作禮求解其義，老生具告之故。是時沈侍郎思孝，以比部建言，朝野推重，家方有喪。師便取稻草束而齊之，詣門行弔。衆相驚異，稍稍物色其廬。

初不識文字，後借人經論觀之，悉曉義理，博通旨趣，率爾酬對，皆造禪宗。由此縉紳士庶，無不翕然歸信之矣。師遂以傳佛心印爲任，鉗槌棒喝，瞬目揚眉，應機騁辭，深微鋒出，兼提念佛法門，以榜鈍漢。雖經行無常處，所至知名，緇俗供事者不可勝數。

余游荆南，過一村坊，小庵中有坐關老衲，念佛之聲甚高，因與問訊，不答。同遊者謂余云：「渠念佛忙，無工夫答客。」余徵故，答云：「此僧是庵主，近日達觀住此庵一月，臨去，僧求指示。觀便叱弟子將此僧反背起，正南而立，觀因五體投地，設四拜禮，每下一拜，高聲稱南無阿彌陀佛。拜畢，乃告之曰：『我去後，汝當作如是念佛。受吾四拜，不速懺悔，永墮無間中，無出頭日矣。』」此僧悸汗，不知所出，遂發精進勇猛心，悉以衣鉢之資置大豆十石，置前爲記，晝夜不敢輟聲，常恐豆之不盡也。」據一事觀之，師之老婆心熱若此，豈得以俗見凡情窺測其道行耶！

慈聖皇后深加恭敬，賜以金襴紫袈裟，師自是出入禁中。未幾，遂及於難。臨化，高聲稱念「救苦觀世音」者三，端坐而去，兩鼻下垂肉柱，長徑尺餘。皇后製錦繡寶幡百幅送其葬，幡上並織「南無紫柏禪師」六字。余從（蓀）〔孫〕谷見師畫像，真如滿月，疑是佛果中來。而師平居所著詩文，率多了悟語，絕無窠臼。自石門文字禪已來，斯爲玄妙也。語録行世，惜未見焉。

雲棲大師

大師俗姓沈氏，名袾宏，字佛慧，號蓮池和尚，杭州仁和人也。弱冠舉邑茂才，不樂儒業，立願出家。然其厲行甚苦，經論宗旨，多所博通，無不研玄洞微，兼總條貫。

隆慶末年，行脚至五雲山下，得宋伏虎遺刹，愛其地幽寂，繩牀瓦鉢，燕坐頹牆敗壁之間。時塢多虎患，山下人家環村四十里，歲傷於虎者不下二十人，羊豕之屬無算。師乃大發慈悲，諷經千卷，設放瑜伽法食津濟之。自此虎不爲暴，居者行者，悉賴以安。歲大旱，師禱於山中，甘雨四集。

村民異而德之，樂輸財力，助興廢址。雲棲故先吳越王香火，至是百年榛莽之區，一朝煥然還舊觀矣。四十年來，簪纓縫掖，圓頂方袍，染高風而食理味者，參禮供養，半傾東南衣冠氏族，至有違家背室，結廬塢中，熏蒸大師之教。非德行之高潔，何以致此！

師道貌清古，語音朗暢，平生不設講席，不處高座，恥以道德驕人，卓然名聞利養之外。末年齒德並高，與人酬對，只以念佛法門爲善誘。而閒居著述，兼明性宗。所著有《彌陀經疏鈔》、《緇門崇行録》、《禪關策進》等書數十種，鋟行於世，信知弘興佛法，爲古德再來也。

有門法師

有門法師，名傳燈，一號無盡，太末人也。出家天台之高明寺。少精鍊戒行，學識高出道流。嘗撰《天台山志》，甚有禪藻。發心造楞嚴壇於山中，用諸品香，和其泥，搗成塗壁，經費浩繁。又繪十二大菩薩像。所至講席如雲。萬曆己亥，新昌縣石佛庵請師講《大彌陀經》，天樂迎空者凡七晝夜而散，聞其聲者千人。其時石佛住持守庵道人坐化而去。沙彌空相，聽講還吳，具述希有。

震溟尊宿

尊宿失其名，法號震溟，北地人也。辨慧絕倫，精持戒律。曾遊迦毘羅國。此國是釋迦文無誕生之地，有緇無俗，與中華相去十萬八千。尊宿往三年，盡傳其國梵音真言，歸而流化東土，新學後進，多所依皈，持咒者皆受其教焉。

心光長老

長老法名如瑞，號心光，常熟人也。幼失怙恃。行脚補陀、五臺、雞足、峨眉、九華地水火風四處，歸於吳門。夜大雪，向楓橋人家投宿，疑其爲賊，厲聲拒之，毆擊相繼。復投一家，然後止焉。如瑞啓問主人：「此地側近有叢林乎？」主人曰：「有一正覺庵，已廢久矣。庵基尚存，無人興建。」如瑞乃籲天而誓曰：「吾當重締此庵，接供十方，無忘今夜雪中之苦。」

於是端坐持咒，迨曉即起，而踪跡其故處，所有衣裝，悉變易之。先編籧篨作棚，立其中，供佛誦經，晝夜不輟。人稍稍有聚觀之者。其夕，吳縣袁明府宏道，夢與長洲江明府盈科並駕出楓橋迎接御史，忽見岸上有一白鬚老父，身著緑衣，揖袁明府而告之曰：「我吳中枝指道人祝允明是也。帝命爲正覺庵伽藍神，助心光和尚重興道場。公有文名，煩作一記。」既覺，異其事，明日語於江。三日後，報新御史按臨，二公果出楓橋迎候。袁明府召里正而問之曰：「此地有正覺庵乎？」對曰：「有之，但廢久矣。今有一外方僧來結棚募化，尚無人作緣也。」袁復問曰：「其僧得非名心光者乎？」又對曰：「不知何名，心光乃其法號也。」二公相與驚歎，果契夢中之言。因推江明府撰文，共捐羨鏹捨施。由是道俗奔輳，遠近爭輸，助造殿堂，兼築精舍，竟貲財，窮土木，不逾三載，遂成大叢林矣。

袁後擢爲天官員外郎，具奏其事於闕下，詔改庵額曰「敕賜慈泰護國禪寺」，施經一藏，遣中貴護送至寺中，别創藏經閣貯之。易荆榛灌莽之區而爲金碧琳琅之境，皆長老力也。先是，袁明府移病還公安時，擇日飯僧，其夕復夢祝京兆來，謂曰：「願遲一日設齋，明晚尚有一僧來也。」屆期果心光長老自吳門至，遂改設同飯。京兆之兩感異夢，斯亦甚奇，今爲寺中伽藍神，奉香火之薦焉。

僧如榮

已下五人並雲棲座下法衆，蓮池師立傳，余採而著於編。

如榮，俗姓金氏，法號大賢，杭州海寧人也。壯業屠沽，爲豕所嚙，遂感悟出家縣之北寺。後歸雲棲，時年六十矣。晝作夜持，精勤不怠。萬曆九年，生日設齋飯僧，長跪如來猊座前，厲聲「願生西方」者三，衆環繞念佛，合掌吉祥而逝。

僧如清

如清，俗姓阮氏，法號法源，紹興上虞人也。初出家於西湖龍井寺，後入雲棲。鋭志念佛，誦《法華經》，六時禮拜。萬曆十一年得疾，沉綿者數月。既革，忽聞堂中念佛聲，瞿然起坐，中夜合掌注視金容，奮迅翹仰而逝。

僧廣槐

廣槐，俗姓陳氏，法號東林，金華浦江人也。少從事行伍間，後遂委妻子落髮於清水庵爲僧。慕雲棲，發大誓入山修行。既受具進菩薩戒，信力堅貞。至心持《金剛經》，中夜諷誦，寒暑不輟。臨終，諄諄以「及時念佛」爲囑，盡散衣鉢齋供衆僧，斂容而逝。

僧廣如

廣如，俗姓來氏，法號本真，紹興蕭山之世族也。二十九歲出家雲棲，聞蓮池師亟贊伏牛，鋭然向往，遂受具進菩薩戒。砥礪苦行，端莊自持，破碎衲頭，形同土木。而性至孝，母年八十，到山中來看廣如，病不能去，師爲縛小茅於寺側，俾終養之。廣如私減己膳奉母，不令師知也。母既亡半月而疾作，亦逝。逝之日，呼大衆檢取衣裝，買名香異果，以供其師。從牀躍起，安坐竹繩牀中脱去，撫其首，猶挺然直也。

僧大冥

大冥，俗姓朱氏，法號照空，嘉興人也。自幼目失明，兄欲教之算術，照空不樂爲術士，願事空王。兄爲送之出家，即歸雲棲，誓鍊行以終身焉。師以其盲，遂命名曰大冥，而字之照空，冀其盲於目不盲於心也。爲人醇謹，奉道精勤。後又爲家人以事逼歸，遂留不遣，大冥忽忽不樂，遂成疾。已又住大聖寺，將一年，疾日益篤。蓮池師偶過朱涇訪船子和尚遺跡，路經大聖寺，大冥病中色喜，求附載還雲棲。才入寺門，合掌向佛及諸比丘歸涅槃堂，遂巡化去。

三塔寺漁翁夫婦

嘉興府西門三塔寺前，舊有漁船十餘隻停泊其下。近年間，有一漁翁與其媪，並八十多歲人，捕魚爲業。忽於歲除之夜，沽酒烹魚，召諸子孫列坐船頭，共飲爲樂。飲罷，漁翁忽謂其媪曰：「阿婆，我今夜好歸去也。」言訖，泊然而化。老媪隨應之曰：「老漢慢走，待吾同行。」須臾瞑目，亦坐亡矣。明日子孫盡鬻其漁具，得錢數百貫，付三塔寺僧，建梁皇道場，設放瑜珈甘露法食凡七晝夜，懺除積愆。於是折竿裂網，棄業改行。寺僧來王徵君座上説之，忘其歲月矣。

錢氏子

萬曆中，長洲永倉錢氏子，失其名，弱冠爲秀才。忽一日閒行，過村坊僧舍，見案上有《圓覺經》一卷，展閲其半，歎曰：「西方聖人之言，精妙一至此乎！儒門所不及也。我當棄儒業歸向其道。」還家便取衣巾焚訖，辭别父母妻子，復投僧舍，研尋經義，頓悟上乘。一日無病坐而化去。

京師婦人

京師有婦人，夫婦持齋，並爲人念佛，得齋襯錢度日。自鄉徙於京城，歲餘，忽患病半月，思得一新浄白衣送終。夫既貧窘，無力裁製，適有女冠過門，持白衣施之，甚新浄。婦人得衣，頗有喜色，便坐而亡。鄰里募木造龕荼毘之。此萬曆壬子秋事也。王太學家齊至京親見其事，不記姓名。

陳道民

道民姓陳氏，法名明覺，吴江人也。自幼持齋。嘉靖二十六年，投祇園法師爲弟子，許其在家出家，不與落髮。明覺六時功課，口不離佛，爲里人誦經禳災，頗有徵驗，人多敬信之。

四十二年，杭州昭慶律寺開戒，覺往受焉。至萬曆十五年九月中，安然無病，預知亡期，詣諸道友門告别。至十七夜，其婦方篝火絡絲，覺向婦拱手作别。婦頗以爲訝。覺紿之曰：「睡去也。」婦便相隨入房，見其坐牀角上，脱兩鞋與襪，以帶并縛之，笑曰：「今朝與汝作别，明朝著不成矣。」婦亟呼其兒女移燈看守。中夜念佛聲絶，便化去。

至三七之中，其子夢雲中猛將神下來，急索明覺文憑。子未之悟。明日起視箱中，則受戒之牒宛然在焉，禮懺焚牒。是夜復夢其父來別，囑以戒衣挂樹頭風化，不得火焚，匆匆束裝而去。

李倪兩木匠

數年前，蘇州閶門内有木匠，姓李氏，雖爲工人，自小慕念佛法門，後亦竟持長齋。人與工值，不問多寡。暮年自製一龕子，無病詣其女家告别，云某日某時當去。至期坐龕中，僱人舁之而出，索火不得，乞一枝綫香，吹氣三口其上，火光繞龕，須臾成燼。

其時又有南城倪木匠者，住五龍堂前，念佛持齋，爲人施造佛寺。亦製龕子，無病詣諸道侣作别，還坐龕中，翛然而化。鄰里驚歎，爲之荼毘。

錢貞奴

吴興有農家婦人錢貞奴，性好潔，不與人殊。既嫁於農家，凡蠶桑織紝之事，悉不肯爲。少不悉文字，往往談人休咎，頗多靈異，里中呼之爲「聰明娘」。一夕，無病呼家人具沐浴，既訖，便對鏡妝梳，告其姑曰：「兒乃弁山土地神妾也。昔因忤主獲罪，謫謫人間，今限已滿，復來相召，不可留矣。」語畢，端然長逝。

又十年，其夫亦卒。姑乃延寺僧禮懺，以資二人冥福。道場初起，其夜姑夢貞奴著淺黃衫子而來，謝曰：「兒喜見滿地蓮花，靈香繞室，承姑禮懺功德，非久當脱鬼神趣，證生善地去也。」姑覺而異之。明夕，又夢貞奴謂曰：「昨所見蓮花皆化爲青蛇，此功德無用矣。」姑覺而復異之，徵其故，坐中一僧是酒肉沙門，溷觸道場故也。聞於沈顥。

台州營卒

嘉靖甲寅年間，東齊戚將軍繼光由副將分部台州。時有營卒病死，感夢於婦曰：「冥中功果，惟持《金剛經》福力最大，卿試爲吾告於主將，親爲誦之。」繼光雖居戎幕，頗好道，平居常受持《金剛經》。既聞卒妻所陳之牒，信其靈談，遂爲焚香佛室，至心持誦。誦至半，忽有僮子自外行茶至。繼光微示不用意，麾去其茶。是夜卒婦復夢其夫曰：「主將爲吾誦經，極其精誠，奈經半增出『不用』二字，故功德未免唐捐。卿再詣之乞靈。」其婦明日又具牒，白見其夢如初，繼光始悟茶至之言，即復虔誠改誦。

誦畢，就佛前回向，怳見此營卒跪謝於庭，須臾聞稽顙聲，形遂滅。又明日，卒婦來謝曰：「兒夫夜復見夢，賴將軍誦經功行，得超鬼趣矣。」

千善菩薩

千善菩薩者，四川敘州彭山縣田家女也。生而端潔，志慕空玄。女紅中饋，性所不閑。親戚往來，一無聞見。常欲捨俗出家，父母不許，嫁之前村某氏子。夜則夫婦雖同寢處，每燈滅後，忽見牀中湧起牆壁，互相間隔，其夫不得輒近。如是經月，稍稍聞於姑，姑未深信，夜就看之，因留伴宿，燈滅而壁湧如故。姑驚起，千善笑曰：「安得牆壁間隔，是君家心有窒礙故耳。」及明，則牆壁皆不見矣。又如是者兩月，夫族目之爲妖，相與陳訴於縣。

縣遣吏追驗其事，委無異詞，命錮之深山石洞中。洞方廣不踰尋丈，甚黝黑，似寢息處而無烟爨。既送千善入，即用磚塞洞門，惟留寸餘一竇，以磚甃成，時其啓閉，不遺粒米，冀絕其食而死。隔數日消息之，宛然端坐其中，却通光明，無所苦也。

千善家母兄憐惜，裹棗栗相啗，而千善鼻間詡詡有氣，不復思人間飲食，因謝去。

其兄越三月再來，啓視，則容光炳曜，神采煥發，洞中供佛像，燈燭湧空，異香芬苾，明如瑠璃，天華滿席，不知所從來也。其兄問千善曰：「汝住此，豈有天人供養乎？當以何時白異宼耶？」千善曰：「遇桓而開。」傳其言於外，衆皆往伺，舉俗同見，於時遠近莫不嗟異。

既三年矣，適有浙江山陰縣人徐觀察名桓者分巡西川，按臨其地，聞而親入山中驗之。千善忽謂觀察曰：「郎君方有大厄，避仇於丹陽道中。」越二日信使至，果然。時徐君夫人崇信内典，遂下令毀洞門，求千善奉事。千善曰：「某有罪譴，未滿愆期，不可出也。」徐曰：「然則何時滿限乎？」曰：「遇寧而滿。」徐遂不敢強之出，復塞洞門如故。未幾，徐以遷轉去，尋病，歸山陰。倐忽四年，其事都忘之矣。

又有一觀察姓寧名瑞鯉，赴任浙中，由敘州經此山洞，人言有聖姑居此洞中，寧遂往問，云：「某之官赴浙，師不靳指示乎？」千善曰：「無他指示，但爲我稍一信與徐副使可也。」寧既入浙，特過山陰訪徐，道其事。徐乃悟，急遣人入川中迎千善。計其巖棲絕粒十有八年矣。

抵浙之日，萬曆辛亥歲也。明年春，浙中吳方伯用先，延千善入武林，緇流數百，捧香花，提燈燭，引導至藩司，供養三月，闔門欽敬。至是，日噉蔬果如常人，惟不矢溺而已。叩以禍福，無不奇中，杭城事如神明。後復送還山陰徐宅，白黑皈依、奔波過江者千人。又一年，千善忽示微疾，語徐曰：「某將逝矣，必仍歸骸骨於西川。」徐夫婦備加慰藉。千善曰：「死生去住，亦細故耳。吾終後不須製龕，可置一大桶坐我其中，於外加銅箍數圍。三年後箍斷送歸，無誤也。」徐果置桶具如所教。千善曰：「望多將燈心草爲茵，是名軟草，坐此功德無量矣。」經理既定，沐浴更衣，便入桶中，合掌安坐而逝。道俗來看，令念般若贈行，由是旅衆競呼之爲千善菩薩矣。癸丑夏，西川旅泊和尚敘此因緣。先是壬子秋，希言客方伯幕下，具所諳聞也。

西裏僧

明萬曆年間，海宇寧謐，邊陲晏然，九譯來庭，千里却獻。時有西域異僧利瑪竇者，航海梯山，來朝聖君，貢自鳴鐘、長明燈、天主繪像。内宮珍重，終莫測其製也。於是天子異之，非時引問，命四夷館賓焉。將授一散職官，瑪竇辭不敢拜，但服中國衣冠，往來公卿縉紳之家，共相酬對而已。

時同舟而濟者凡八十一人。庚戌之夏，瑪竇病疫，卒於京師，而此八十一人亦後先命過。止存二人，流落吴越間，並年近百歲，眉長尺許，環穿耳上，輕健如未老人，衆呼之爲西裏僧矣。後此二人結廬杭州之錢塘門内水溝橋下，言人禍福，最多神驗，有難解事，叩之立解。累年不舉烟火，而好事相訪，設具相留，間出珍膳異果，啖者莫不玩味忘歸。又能用勾股法以測天地高深廣遠之數，凡所推步，一一無差。其術與陰陽五行家稍異，或云即周髀算法。大抵方爲數始，圓爲數終，圓始於方，方終於圓，得其理甚無難也。上海徐翰林光啓，昔言嘗授數學於瑪竇，其理以一貫萬，疑即此法。

雙宗

雙宗阿師，不知何郡縣人。萬曆辛亥自北地來，渡海禮補陀大士，遂卓錫虞山之東皐小庵，停三宿，端坐脱去。時方八月，秋暑未消，三日而捫其體，猶香也。鄰人高乙數推仆之，屹然不動，悔謝作禮。一時善信，驚聞讚歎。至七日龕成，即於庵後荼毘。是日有僧在府城金昌館前，見師頂笠西行，訊之，云自虞山東皐庵中來也。孫胤伽作傳。

桃花庵長老

桃花庵長老，失其名。持齋喜飲，飲不過數酌。爲人誦經畢，夜歸，自取牀頭所藏甕醅，傾一小樽溫之，飲已，滅燈而寢。年八十，預知亡期，誡其徒勿出。是日僧衆悉出，其徒獨留。長老沐浴，具袈裟，市一新草鞋著之，曰：「西方路上，會須走得快也。」便端坐示寂。

繆居士

常熟縣居士繆玄，館於沙頭王家兩歲矣。齋中供觀世音菩薩像一軀，虔修淨業，日以爲常。萬曆癸丑春，玄祝釐天竺而還，忽見菩薩座下迸出綠笋一枝，半月長近丈餘矣。又十餘日，露梢解籜，橫亘屋梁，漸穿入椽罅中，長枝下垂，短枝鉤上，結成翠色寶蓋，覆於菩薩之頂。看人無數，至今尚存。

張織工

蘇州城東織工張甲，傭織爲業，歸即持誦《往生咒》不輟。一日，鄰人籠伏雌而來，寄哺雞卵一窠，置於窗下。停數日，甲夜夢十二小兒詣門謝云：「某等罪業深重，墮畜生道中，賴長者咒力，悉獲度脱，往生人間。」言已，各各稽首而去。甲寤而怪之，舉其籠甚輕，啓視，則十二雛皆空無有矣。居士沈顥述。

第六　釋　異

金　剛　塔

金剛塔者，相傳是文殊大士所製，梵僧自西天竺攜來，宋人勒之於石。其塔一面，上下七層，經文總計五千六百字。每塔一層有七「佛」字，以六「佛」字寫於欄杆柱頂，而中間「佛」字即畫佛像一軀在塔門內，以充供養，作一「佛」字讀。其中央第四層，恰寫到「如佛塔廟」四字，則畫一小塔作塔心，連此「佛」字並畫像五軀算，便通共有四十八佛矣。此七層皆然。

其就地而起者，是第一層。門內經文起結，偶然對並，天造地設。左則「如是我聞，一時佛在」，右則「皆大歡喜，信受奉行」。却從右至左，横寫「金剛般若波羅蜜經」八字於上，以「金」字接結「行」字，以「經」字接起「如」字，起亦可諷，結亦可持，所謂首尾相應、本末貫通者矣。

又第一層柱頂有「佛」字，門内無「佛」字。後人因畫釋迦文無説法，須菩提跪聽，左右兩金剛侍立擁衛，輳成一段公案，而於塔頂尖上却寫一「塔」字。其餘欄杆、大柱、瓦縫、琅瑺、鐵缸、鈴子之屬，並繕經文，燦然具備，迴環反覆，尋始要終，自像教已來，最爲奇麗也。

如斯製作，並出西方聖人之巧思妙算，豈凡夫常智所能遘合者乎！吳人章藻摹石精工，甚爲名流所重。嘗於萬曆戊戌年夏月夜，夢空中有白鶴一雙盤雲而下，集於其家庭樹。少頃變爲二童子，言曰：「某奉文殊菩薩命，自五臺山而來，請公勒金剛塔者也。」藻時亦不曉所謂，但拜而謝曰：「上真有大神通，故能化鶴而來，化鶴而往，數千里外，行若屈伸臂頃。某則肉人下愚，安能縮地游獅子窟乎？」二童子曰：「無憂也，當授公以化鶴之方矣。」遂驚悟，心異其事而不言。不旬日，吳江人周祇得紫柏禪師所遺宋刻舊本，流紋水綫，大半模糊，字跡依稀，亦莫可辨，命章君逐一摹畫，積月乃成，而疇昔之夢於斯踐矣。

雲間陳徵君繼儒聞其事，賦詩贈曰：「十指齊含海印光，筆頭三昧豈尋常。文殊囑付金剛塔，夢裏親傳化鶴方。」余得一本，是己亥春章藻爲無別融禪師所摹，非周家本也。

法華塔

金字法華塔七軸，每軸青絹金書。其塔一面，上下凡十三層。就地而起者是第一層，簷角左右各四鈴，鈴上寫一佛字。塔基欄楯，皆《法華經》文也。而中間塔門，却以金繪釋迦文無佛一軀。

第二、三層亦如之，但第三層簷角少一鈴，便少一「佛」字。第四層中間不畫佛像，將經名一字抵之。以「大乘妙法蓮華經」七字次第填入，每軸填一字，挂壁上橫看去，便知第幾軸矣。至此則簷角之鈴止有二，佛字亦止有二。

自第五層至第十三層，簷止一鈴，鈴止一「佛」字，中間塔門大「佛」字四，小「佛」字五，亦無畫像，餘皆經文填滿焉。塔頂兩旁並挂簷鈴，亘以鐵琅璫四串，左「佛」字八，右「佛」字八。

其經文起處，「大乘妙法蓮華經第幾」共九字，從魚鱗瓦縫中一直書下，便以經文橫寫右旋。假如第一卷，則起「妙法蓮華經序品第一」，旋於相輪左鐵琅璫之上，餘可類推。其經文結處，直在塔基之下矣。逐層經文，皆填滿無餘。或第六、七卷中字數減少，則勻作稀疏行款於塔下三層，朗然可誦。而七軸之中，惟第四軸三層中間塔門内寫「皇帝萬萬歲」五字，抵佛像一軀，蓋爲此軸挂於壁中央故也。不書歲月，亦無年代，奇麗之物，金剛塔而下所不多見者，非聖僧異人，莫能下一籌矣。疑是西天竺尚有梵書軸本，而宋朝人譯出，始作金字小楷書。絹色亦甚古，必非近代製作也。婁江駕部郎王志堅家物，施於胥水庵中雲居誌長老收藏供養。癸丑中元，余獲入庵瞻禮，歎未曾有。

地湧寶塔

明州鄮山阿育王寺有舍利寶塔，是從地湧出者。塔狀青色，似石而實非石，高一尺四寸，方廣七寸，露盤五層，挺然四角，四面開窗，中懸銅磬。晉武帝太康三年壬寅，僧慧達行至其地，中夜聞地下有鐘聲，即刻木爲剎，標記其處，三日乃見聞鐘者，疑此磬之聲也。繞塔身上，並是諸佛、菩薩、金剛、聖僧雜類等像，狀極微細。注目諦視，乃有百千像現出，面目手足悉皆具備，真神工聖跡，非人力所能締造也。

按《塔寺記》云：「慧達遊行，望見越西山川千里有異氣色，因就禮拜，果是先阿育王塔之所也。定知必有舍利，乃聚衆掘之，入地三丈，得石牌三，下有鐵函，鐵函中復有銀函，銀函中復有金函，盛三舍利及爪髪。乃於此處造一塔焉。」據記中所載如此，第稱三函盛三舍利，而不言舍利寶塔從地湧出，當是非曾親到其地，目擊斯瑞，故漫然記之耳。

及余考天台沙門傳燈所撰《舍利塔現緣起》，慧達是并州離石縣人，俗名劉薩訶，生畋家，弋獵爲業。得病死，死時見梵僧語曰：「汝罪重，應入無間泥犁。緣汝前生入吾道場隨喜，曾結小緣，今日幸遇吾到，且開示汝以懺洗之路。今洛下、齊城、丹陽、會稽並有古塔，及江海中浮出石像，悉阿育王所造。汝可披剃南行，求舍利寶塔，懺悔業愆，得免此苦。」薩訶作禮而謝，遂蒙放還，因爾復蘇。便改畋業，委妻子出家，如言南行。行至會稽海畔山藪間，精誠求覓，莫識基緒，悲哀煩惋，投告無門。忽一夕，遘斯希有奇特之事，乃知我佛現大神通，不可思議。遂於其地募建阿育王寺，香火繁盛，至今尚存。其塔中時時放出舍利神光，有緣者常得見之。

聖僧灰像

豫章宗室朱奉國多炤家，有像教精舍，中供灰佛一軀，高可徑尺，其質堅緻白凈。傳是西域聖僧，將入涅槃，詣樹下，口吐三昧火，湧身自焚。僧徒杵其骨爲細末，和以旃檀諸香粉而成像。奉國得之秋官尚書王公世貞，尚書得之學士李公維楨，轉相函送，流傳無窮。余爲説偈二百八十八字，勒石舍中。

圓魚像

閩人何璧，戊申五月客於杭城，適金中丞家招讌，過之。庖人羹圓魚既熟，剖之，見一肉觀世音，首戴巾帔，象白衣裝飾，眉目衣褶皆如畫，右手下垂，左手中按，足踏芙蕖一朵。座客無不驚惋，遂命覆羹。然則唐人猪牙臼觀音又不足稱稀有矣。壬子四月晦日，譚小觀察席上談。

鼈腹比丘

萬曆丁未年，遂昌縣民宋甲，河中射鼈，得一極大者，重八斤。烹之，從釜中湧而起，因取巨石壓其釜蓋。諦聽之，如念佛聲。甲不信，熟而剖焉，中有一比丘端坐，手握牟尼珠，方袍圓帽，嶄然如新。觀者動萬，甲駭而棄之山中，未幾病疫，發狂而卒。

雞卵

里中某乙嗜雞卵，每日不能缺。一日壘卵於釜，令其婦竈口益薪。忽聞釜中作人語如沸，婦因逼前聽之，乃齊聲誦「南無阿彌陀佛」。久之漸高，婦懼，急滅炊出卵，用水沃之，具以語乙，誡令終身輟食焉。松江唐詢家烹雞，忽火光出釜中，視之，有未產卵化觀世音菩薩像，身坐蓮花。自是詢家誓不殺生。據此二事，則唐敬宗朝宮中雞卵念「南無觀世音」，唐文宗朝蛤蜊中現菩薩像，皆非架空之說矣。

鐵蓮花葉

高皇帝命信國公定寧波後，即遣往補陀山，有意燬滅其寺。舟次招寶，忽海中有鐵蓮花葉擁出水面，燦然作練金色，光燭上下，魚龍交沸。信國公舟不及渡而返，奏聞於帝。異之，即命官修葺殿宇。敕命到日，共見大青牛浮海而至，吞嚙鐵蓮花葉，其聲如雷，舟始獲濟。至今落伽山五里有蓮花洋、石牛港，相傳國初以此得名也。

石蓮花

萬曆十六年大旱，南海水涸。估客泊船其下，洞見海底，皆白石磷磷，如象如馬，如蓮花，如島嶼，歷歷可觀。一人急持斧鑿下而斲之，得白石蓮花一枝，葉作緑瑠璆色。

石黿

又一人得白石觀音於海底，上有黿如補陀巖狀，雕鏤精細，不知何來。後歸閩賈。

火中蓮

嘉靖中，有民黄瑩家，火爐内熾炭中挺生蓮花五朵，朵六瓣，中紅外白，枝長六七寸。曹旭家烹茶，内亦開蓮花七朵。故老相傳，是庚戌、辛亥年間事也。

冰中蓮

近日有江陰復禪師者，道德高重，學侶共推。常寫《法華經》，寒暑無間，積歲乃成。既罷寫，擲其筆於池中。時方臘月凝寒，忽有蓮花一朵自冰中吐出，亭亭直上，見者以爲奇特之應矣。師遂改法號爲冰蓮道人。夏孝廉樹芳師事之，親炙其異。

臨安樹中像

甲辰年，臨安縣山北村民斧樹作薪，中有徑尺觀世音像，眉目衣飾，宛然如鏤。高封公欲得之，不遂。至今供於村中爲香火。

大士鏡

瓜州民某甲夫婦供養觀世音、文殊、普賢三大士像，朝夕參禮，精勤不怠。萬曆十三年，其像後三鏡中夜忽放大光明，遍照一室，如是者三夕而滅。近辛亥年間，蘇州葑門内某乙夫婦，亦虔供觀世音。其像後一鏡，忽有雲鶴盤旋其中，久之，見紅白青蓮花，斯須復現帝釋諸天形相。市人群聚而觀，喧傳者衆。旬日之間，神光遂絶。斯亦稀有之瑞，不概見於載籍者矣。

清涼石

五臺山中臥佛洞邊有一石，名清涼，縱横不甚廣，僅可布兩氍毹。老僧云：「此千人坐也。」一廉訪李公維楨過而異之，時方軺車入山，遽命鈴下威儀辛苦，並呼僧雛竈養俱集，前後得百十有四人，一一登石，以僧持木魚稱佛號爲導，繞石三匝而下，尚有容足處也。按李公《五臺遊記》云：石色青，長十有五尺，廣半之，不甚方圓，亦有訛缺，不能平如砥。其下二石支之。置盂水焉，童子距躍曲踴，則水蕩搖。或曰可容四百人也。

達磨影石

嵩山少林寺初祖洞旁，有達磨影石。其石影酷似人間所繪初祖像。有理學先生迷執不信佛法，使人刮其影，影愈分明，不能盡乃止。袁小選中郎説。

徑山寺嚇石

徑山寺有嚇石，上不著天，下不著地，以綫曳之，可以經過。會稽大龜塚上一石亦然。此皆事之所有而理之所無也。

瑪瑙達磨

閩人何璧，遊西湖昭慶寺，見肆中挂一瑪瑙念珠頭。日中照見有達磨祖師在焉，頭戴僧巾，身披水田衣，脚踏蘆葦一枝，鬚眉鬢髮皆鬈，儼然胡僧貌，與人間所畫無異。

螺螄金剛經

相傳唐朝王待制，不記名里，精持《金剛經》不輟，積有年矣。一日自川中下漢江，暴風欻起，波濤洶湧，其船將次就没。舉家惶怖。待制不得已，將平日所持經函捧向江心而祝之曰：「豈老龍王欲取吾經，故相試耶？吾當出此經奉施可也。」言訖，遂舉經函沉之於水，風亦漸息。既得濟，待制追憶失經，鬱鬱不樂。還至金山下，見船尾百步許有物如毬之狀，出没水中，須臾漸近。急命停船，諦視之，是螺螄一隊，幾數萬，結成大團，浮至船傍，蜿蜒欲上。待制呼左右撈取，劈而開之，乃前所沉《金剛經》宛然在也。漢江至於京口相距二千里而遥，梵夾寶函，不濕一字，蓋昆蟲之異，以龍象故而共護持焉，人弗若矣。待制驚喜不自勝，遂拜而受之，召寺僧作佛事，津濟螺螄而去。常閲《廣記》中載《金剛經》報應事百有三則，獨漏此段公案，何也？因著於篇，以補唐人小説之缺。

塔影

常熟縣城東有崇教興福寺。宋建炎四年建寺塔，止四面，謂之方塔，俗遂呼爲東塔寺。徐光禄第四郎所居，正在東塔巷中。有客嘗登其樓，見照壁上倒挂塔影數百座，其人大怖而下，呼主人共觀，莫測所謂。此數年前偶聞，以後不知如何。今其宅已歸蕭氏矣。牛首山獻花巖祖堂内塔影，閉户則見，宛然倒挂於慈尊繡座前。

石無量壽像

明萬曆年間，吴城東華嚴寺，故孫吴大帝廟基。寺僧輒見眢井中夜現神光，使人掘深二尺，漉出石無量壽像首，高三尺許，形相端嚴，惟無有身。檢其銘勒，篆赤烏年號字様，識是孫吴時物，最爲古矣。至癸丑歲，里中楊應春捐貲，命工斲木爲身，造成金像一軀，連華趺通高七尺，處於寺中供養。

竹 杖 林

吴縣西洞庭包山寺旁有竹園，傳是宋朝呆庵禪師臨化時，手插一枯竹杖於庭，後遂漸生枝葉，長數丈，鬱然成林。

石中觀音

楚宗室家藏一黄石子，如掌大，日中映之，有白衣觀音像一軀在焉。眉髮瓔珞，相好成就，中似嵌空，搖動如活。王穉庸見之。

小本法華經

董翰林其昌曾見吳興沈通政子木家小本《法華經》，紙甚薄，是宋代宣和間物。止三十葉，《蓮經》一部在焉。字如粟大，而分别可識，書法整潔，非世所見。紙色經久，如舊鮮明，未詳何人抄寫也。通政殁，長君藏於家。

寫塔童子

蘇州城西寶林寺，相傳不知何代，忽有十三歲童子無何而至，云欲得浄室寫經。寺僧以别房待之。就索紙筆，寫《法華經》。以半幅高麗繭紙，畫作七級浮圖，一級一卷。紙長四尺許，廣可尺半，而經文六萬餘言盡在焉。數日便了，仍留寺中供養。童子不知所之。里人陳文綱云曾親見此塔，字如麻大，緻密分明，其下左方題「行童東海王師光寫」，一行年月，不盡記矣。今歸蕩口華氏。

冰中塔

常熟陳莊靖公瓚，爲給事時，以直言忤世宗，廷杖闕下，削籍放歸。歸後杜門謝事，一意修西方浄業，晝夜六時，持《彌陀》不輟。今天子登極，詔復公故爵，由是不數載間，超遷至秋官尚書矣。萬曆戊子秋七月，公病革。彌留之際，誦佛益莊。故事，京師大臣自三品以上，暑月賜冰。既置冰於公榻前，衆忽見冰中湧出七級浮圖，欄楯鉤綴，窗檻玲瓏，檐角頂輪，無不周備。移時而冰勢漸消，塔影漸瘦，其頂尖亦漸微細。頃之，報公氣絶。一時幻跡，寂無所覩矣。瞿䱜使汝稷、嚴太守澂適在長安，相與共奇其事。

爐中蓮

莊靖公女陳氏，嫁於孫，今太學胤伽之母也。家常熟城西山塘涇上。先是，有楚尼來里中，以西方之教倡化朱門，夫人娘子歸信甚衆。陳氏平居見莊靖公奉佛，亦奉佛，既嫁之後，持誦益虔，在家常設觀音齋。萬曆五年六月十九，齋會畢，焚紙錢於爐，灰且冷矣，移置佛案之下。爐中忽挺出青蓮花一枝，形如菡萏，乍吐尚含，翠色欲滴，其下莖微有刺。於時中外姻黨，無不讚歎。三日後，爲一姙身婦人觸之而萎。西川敘州僉臯陳禹謨，其同産兒也，嘗爲余言。

裙上觀音像

黄氏僕母者，常熟罟里村媪也。平居持齋念佛，了無他異。有子爲黄觀察時雨家僕。萬曆甲寅秋，媪年六十五歲矣，疾篤將逝，索一新裙不得，便命取所常著舊藍裙，曝之於庭。其裙衣裏十二幅，須臾現出十二面觀音像，各幅變相不同，咸具竹林鸚䳇之致，經一晝夜化去乃滅。遍村人皆見之。

雉兒塔

雉兒塔在半塘寺，傳是晉朝生道人虎丘説法，野雉來聽，明日誕生爲城東某氏兒，肋下有雉翼尚存。兒後出家半塘寺中，化之日，寺僧造石幢葬之，因名雉兒塔焉。宋學士濂前生血書《法華經》，至今尚在寺也。

破山寺幢

常熟縣破山寺，今名興福，有唐人刻尊勝咒幢二座石，斯爲古矣。寺即常建題詩處。

毘盧幢

蘇州閶門内專諸巷城上有專諸墓，與要離墓相近。萬曆年間，專諸墓壞，居民起出石幢一座，高僅三尺許，上蓮華，下雕礎，四壁各刻毘盧遮那佛一軀，三面並作思憶相，一面撤手。不知何代物也，今歸寒山。

法海寺畫像

趙居士宧光，嘗偕黃山人習遠同遊洞庭東山法海寺，見其殿堂之左棟間懸一巨篋，訊之老衲，云：「軸子在内，自入教以來三十年矣，未有開展，不知何法。」居士不聽，使數人百計發之，既下，衆共展閲，乃是陀耶入泥洹畫像也。天龍八部、人非人等皆號啕躃踴，悲慘莫可名狀。其圖方廣各二丈餘，一幅素爲之，簽上題「平江府造」四字，而無歲月，鑒爲宋政和時物。於是率同游作禮於殿庭草間，歎未曾有。

江上鐘

江陰縣廣福寺，今名觀音。屢廢於火，復建於嘉靖年中。寺既成，無鐘，僧將募鐵鑄造。一日，黄田閘口居民忽見江面上有二巨鐘浮來，怒濤濺激，聲聞數里，鐘上各棲一鸜鵒，連呼曰「觀音寺裏鐘，觀音寺裏鐘」，如此者數聲，遠近駭聽。居民即取其一，送至寺中，其一振聲如故，復從上流隱隱浮去，不知所之。故老常説此異於人。

殿角珠

西川一破寺，殿角常夜有光如鏡，驟見者疑爲明月影也。寺僧怪之，數梯而窺焉，或訝寶氣，將設計穴取。一夕，迅雷大震，龍掇之而去矣。或云蜘蛛常抱夜光。

理不可曉。

豫章樹

諸暨縣一老人，三十年前行於郊外，憩磐石上，傍有大豫章樹。忽見風擊其顛，一子墮下，諦視之，漸有萌芽意。老人倦怠，枕石而臥，才覺則芽已長。怪之，拾小石子識其地而去。明日走視，已長數寸。又明日，高幾尺許。與賓客共往看之，隨視而長，頃刻及人，七日之間，遂成大樹。老人記其墮子之年月日時，戲從一術士布算之。術士曰：「此支干是王者之命，惜作無情物耳。」二十年而此樹已大十圍。適某村坊佛寺火焚，寺僧募緣重建，殿成而無佛，居民伐其材，裝觀音佛一軀，萬人朝禮，乃知草木無情而有命矣。語曰「豫章生而七日成林」，信非妄也。

重榮樹

常熟福山寺中有一大銀杏樹，相傳是千年物也。寺既火，此樹枝葉萎瘁。後殿宇鼎新，復吐青葱之色。居民謂之「重榮樹」云。

跨海梁

常熟縣北行三十六里有福山鎮，鎮在海濱，寺名大慈。中有轉藏殿，極大，相傳轉藏一回，可代誦經百卷，故四方善信遊其寺者，無不轉藏。

嘉靖甲寅年，殿燬於燹。至隆慶中，有僧募化重建，改其殿額曰「西方」。木瓦之費，已苟完矣，獨缺正梁一根。居民葛甲夜具舟楫，將往郡城買梁施寺。侵曉，忽見海口有一巨木浮來，視之，乃是香楠，蓋良材也。使人起之於岸，亟召匠工計度，不爽尺寸，其殿遂成。道俗長幼，咸來觀矚，呼之爲「跨海梁」矣。乃知佛力廣大，加崇信焉。

雷拔飛來寺

廣東博羅縣城外有飛來寺，創立甚雄，不知其所由也。舒州貞俊禪師曾有密語，謂「此寺飛來，終當飛去耳」。忽一夕，天呼地吼，殿宇搖動，遂爲暴雷拔去，蕩然無有遺者，僅存東南一角而已。僧俱露立，相顧莫測，果契禪師之讖矣。老衲方明上人慧素能詩，欲募化重興此寺而不成。或云當有巨蟒大蜃之屬長養於中，竟載此寺而之他國，未可知。傳其地即初唐詩中「清遠峽」也。

千佛閣

虎丘千佛閣，傾圮不可爲，遊者無不仰歎。殿學申公發大願力，捐貲鼎新，衆亦樂助。一日，有匠人持斧鑿詣寺，自云能整齊之，請具香燭花果紙鏹，羅列數百餘燈，夜與同伴三四人，閉户丁丁不輟，及曉，錙銖不失尺寸，巋然如故矣，仍索厚緡，辭謝而去。

識者謂匠本凡人，偶爲神物所憑而然，如古者般、倕之流，其神不死，往往下降人間，成就釋道二門勝事，非有他也。一云是異僧來敲正之，非匠人也。其僧是越東人，尚在。今蘇州玄妙觀、三清殿亦有遠方匠工來，一夕而煥然舊觀矣。

天王寺緣起

蘇州府治東有東西兩天王寺，相傳唐大曆三年間，托塔李天王白晝顯形其地，居民見而神之，爭共募造，寺遂獲興。中有熾盛光王佛、毘羅觀音諸像，其二十八宿，猶是唐朝夾紵舊物。石韋駝尊天跡最古矣，至今尚存。

獐朝白雀寺

吳興白雀寺，唐年刹也，今爲西越名藍。頃歲重新道場，香火之盛，他叢林莫與比矣。觀音殿前，往常有虎來朝，亦不爲暴，寺僧多怖而逐之去。後遂每日有一獐來作禮，云是虎所使也。

寺中有李公垂石，長可二尺餘，頗具孤峰一片之勢，仄之可用爲枕。其上刻字三行：「長慶甲辰三月辛巳餘英孟郊來訪竟陵陸霄翁曾觀」凡二十有一字，埋没草萊，今歸快雪。

相傳此寺是唐宰相李紳公垂所建。初未有寺時，一高行上座結草爲庵，李紳秀才與上座爲方外之交，便借庵中肄業。時近新秋，緒風送凉，林容如洗。李欠伸思寢，施枕榻間，謂上座曰：「師打坐片時，某欲睡去也。」上座乃結跏趺，於窗下觀之，見李方就榻而寢，鼾聲如雷。頃之，頂門内忽走出一小緑蛇，長可二寸，蜿蜒下榻，環繞於溺器之側。已漸緣入溺器中，半晌而出，出則延首向階下行，行至大溝之内，悉是泥淖，有丹黄二葉，委積其間。蛇於葉底盤旋不已，久之，乃上大銀杏樹，直躋樹頭，徘徊不下。上座恐其忘返，徐舉錫杖擊樹枝，蛇便逶迤而下，急尋歸路，依然入室登榻，走入其頂門中。須臾之間，李生寤矣。師喝云：「郎君何久不起，作何夢乎？」李起而對曰：「樂不可言。初，睡中渴甚，夢至一處，有大城門，頗極壯麗。某入其中，四顧皆清流碧湍，非人境也。見其水色湛然，欣然就浴，因試飲之，如沃醍醐甘露矣。少頃即出，復至一大堤之上，邂逅美麗女郎十數輩，或著金泥帔子，或衣絳袖繡襦，綽約輕盈，飄然仙侶。方調笑間，舉頭見仙山樓閣，若在烟霄，女郎輩趣某往遊，遂去。既登峰頂，清沁肌骨，疑在閬風山前。耳中聞雷霆聲，急下山，不覺驚醒。」上座因知緑蛇爲李生夢中之身，其所遊歷，皆惡境也，於是具説所見因緣以開導之。李大悵愕，遂於佛前弘誓發願：「若我他日富貴，必興佛法，建幢此中。」李後擢進士第，武宗朝拜相，捐貲數千，寺遂鼎建，名曰白雀，上座則開山祖師云。此段公案，《廣記》諸書所失載，故拈出之，與管珍秀才所説同，《無錫志》記誤。

寶林寺畫龍

閶門内有寶林寺，唐年刹也。正殿梁柱，雕繪盤龍，門外有水一池，石梁跨之。夏月居民曉起，入寺追凉，驚見群龍下飲於池，鱗甲張起，如欲振躍。奔走告人，黯然風雷之聲，不知其所矣。市人皆見檐廡間烟霧絪緼，其礎上猶有泥滓萍藻，若經水淋洗者然。是日蘇州城中震雷暴雨。

天聖寺土龍

吴興天聖寺，先朝古刹。殿上東壁有管夫人畫竹，西壁有趙承旨畫水墨雲山。前有大池，其左右兩棟間，各塑綵繪土龍一條於上。萬曆中，老僧曉起拈香佛案前，見二龍下飲於池。僧大怖，語其徒衆曰：「土龍飲水，大是怪徵，兹地其當陷乎！」龍飲畢，仍各歸棟間，而兩尾則已交互相啣，非如舊矣。寺僧聞於郡守，守不信，即駕車來觀，驚歎其事。命取紙筆，題「錯龍盤殿」四大字，刻木以榜於殿上。未久，此兩龍便挾風雨飛去，不知所之。今所粧飾者，又後人所補，非舊物也。

蛇化僧

杭州鎮海庵，在草橋門外敵樓東。相傳此基故是化智廟也。國初時忽有一僧，自稱姓葉，來此募緣造廟。廟垂成矣，僧忽謂衆匠工曰：「明日吾出募緣，午間有一貧子來看，須分酒食飲食之。若飯畢將去，急挽其袂，直云此飯乃十方施主錢財，難以消受，請爲我助一工。」

到明日，果有貧子至，衆工悉如所教。此貧子不得已，甃成一紙爐而去。臨行謂衆工曰：「葉長老所募金銀甚多，日可斗量，不信，俟其入浴時從窗罅窺視，當驗吾言不誣耳。」

此僧歸，見紙爐甃成精美，歎曰：「公輸子下降人間，肉眼迷離，都不識却也！」及暮，僧入缸澡浴，衆工依言覘之，乃一大白蛇，鱗甲燦然，光燭一室，須臾仆地死矣。豈蛇之有願力者乎？

廟後爲屠中丞拆毀，改作社學，建於錢塘江口。今川僧滿勝遂於基上建庵焉，號曰鎮海，與西陵諸山隔江相對，祝鼇補陀者必經其門。

僧再世

北直隸真定府老僧死去，托生於塞外，能知前生事，自幼至長不忘。嘗因互市，求歸鄉里，上官不許入關，乃復還北。官與之移，交真定，索其故居僧舍中經函、念珠置處，其徒某、法名，一一驗訊無差。仍令通事傳遞，給還故物。此人遂倡化於彼方，諸韃受其教者，咸加崇信，念佛持齋，如中華法侶之盛矣。

妙海二姑 已下五條皆觀世音事。

施氏，尤生錫綬之妻，長洲人也。孝順舅姑。萬曆丁未年間，忽患膈症，積治不損，日就尫羸。至十月初九日，天色向晚，強起，用帕抹首，立於門側。忽有道姑東來，過其門，數目施氏，從之乞茶。施氏延請入門，送茶飲訖，問道姑從何方來，曰：「吾居南海，有事偶到此耳。」因謂施氏曰：「娘子災重，想難久長。」施氏即説所苦。道姑曰：「此關倉膈也，法在不治。吾見汝夙有善根，當爲治之。」於衣帶上解出黑色丸子甚堅，教施氏於臨臥時噙化口中，疾當自愈。因問：「娘子幾歲矣？」曰：

「三十二。」問：「食齋乎？」曰：「十三歲時持齋，廿二歲又開，至廿四歲更持，七年後復破戒。」道姑歎曰：「此是魔王上身，故不能堅久耳。今疾愈後，仍須持之。我書一符於汝額上。」即出朱筆於袖，向施氏眉心畫一小符，隱隱肉中，初無痕跡，曰：「從此魔王不至矣。」施氏作禮而謝。道姑曰：「何勞鄭重。他日有便，尋吾於南海可也。」問：「南海廣大無邊，不知尊師家安在乎？」曰：「汝過南海，若問妙海老爺，無不共曉。」即送出門，轉盼間已不見矣。

尤生歸，施氏語之故，驚曰：「若言南海，得非救苦觀世音乎？」其夜施氏如言服藥，明日遂進飲食，綿篤之疾，一朝頓除。明年戊申，偕其姑劉氏同到補陀瞻禮，才入寺門，便見「妙海宮」三大金字榜於殿堂，始悟菩薩之靈應焉。

其年九月十九日，施氏早膳畢，坐於中堂，又見一道姑，手持棕拂子排户而入，合掌問訊曰：「娘子乞吾齋糧半升。」施氏亦合掌答之。道姑便問：「在家女人能受戒乎？」施氏曰：「我固持齋人也。」道姑遂口念彌陀，因宣四句偈曰：「彌陀口裏念彌陀，不識彌陀爭奈何。這句彌陀參不透，輪回那得出娑婆。」施氏問：「姑何處人？」問：云：「湖廣人，住枯松塔裏修行。自己功行雖已圓成，止有一點度人心未了耳。」問：

「娘子年多少？」答云：「三十三歲矣。」道姑歎曰：「汝有五短相。」屈其指云：「日月三光短，父母相遇短，手足短，夫妻緣短，六親緣短。」旋於袖中出簿籍一册，黄素裝面，中間字皆篆文靛色，閲罷，謂施氏曰：「汝陽算止二十九歲，如何多却四年？」又揭册中一葉，點其首曰：「是矣，因汝昔曾行三善事，故延至今日。一者汝於十五年前捐資鑄金像一軀，二者嘗施經板一塊，三者萬曆三十年十二月初九見路傍飢寒人舍飯一甌。有此三善，獲延三載。又緣曾遇肉身菩薩點化來，故不即夭死耳。」施氏具説妙海因緣告之，心計此姑雖衣飾容貌種種與前不同，而雙瞳秀異，宛是昔所遇者，因合掌下拜，哀祈拯度。

道姑曰：「能便相隨枯松塔裏修行乎？」曰：「舅姑老，無人侍養，不能去也。」曰：「裝一爐香來。」走視廚下，已無火。道姑曰：「不須裝，吾攜得一瓣在此，可取一甌浄水來。」水至，用棕拂子梢微微灑之，浄其坐處，俄而出一竹籃，中有三足鼎如蜀山窰色，可七八寸許，鼎中復有小爐，其製與鼎無異。撥之，中有奇香，氤氳茀鬱。却貯浄水於鼎中，插花四種養之，一杏花，二芙蕖，三紫荚，四紅梅，紅白相映，各可四寸許。花上棲燕雛一雙，蛺蝶一對，啾啾栩栩，飛鳴其間。施氏見之大駭，請其故。道姑曰：「此鼎乃兜率宫中希世之寶，天人見贈，非世間物也。」於是命施氏法名，名曰本賢，旋即授之三戒：一戒斷絕夫妻恩愛，二戒破除無明煩惱，三戒割棄貲財業緣。仍令籲天立誓，有發願文數十言，不録。輒舉手向施氏髮際微掠一過，抽得青絲一簇，綰作小髻，付之曰：「待汝夫君歸，將此髮十五莖遺之，便可謝絕，早辦修行。」施氏復合掌下拜。忽風起揚塵，舉頭而道姑已滅，不知所之，香爐花鳥都無有矣。施氏計其結褵之歲月，恰是十五年也。西方聖人顯奇現瑞，固自不可思議哉！非所謂見優婆夷身而爲説法者耶？龍街父老共傳其事。

水上僧

江陰顧山庵西房有一行童，俗姓曹氏，隨其師太虛莊長老出家，自幼持戒精嚴，嘗誓捨身以報佛恩。所積粒粟銖錢，每轉施於里中窮餓者。

萬曆庚戌，行童年三十矣。二月中，莊長老往南海補陀進香，行童苦欲相隨，便令擔襆而去。既泛海至梅岑山，瞻禮觀世音金容。行童默於菩薩座前發誓，願捨其身。俄而舟出海口，到大蓮花洋，颶風暴作，波濤洶湧。行童遽合掌向空而籲曰：「將此身心奉塵剎，是則名爲報佛恩。」言訖，便向波心跳入，舉船無不驚閧，撈救不及，知無奈何。頃之，日漸晚，風亦漸息。長老還山，傳語里巷，稱爲異聞，便選日與衆僧廣修佛事懺洗之。

經三月餘矣，七月中，行童忽夜歸叩門。衆僧疑駭，以爲鬼也，拒不肯開。説觀音神力護持之故，衆咸不信。問：「莊長老安在？」内應曰：「往玄墓山古心法師筵下聽講，汝亦可詣彼一聽，好超度西方去也。」行童忿然出，竟投玄墓。

時莊長老方作夜課畢，留燈閉户，端坐轉經，忽聞行童窗外喚聲，心亦訝其爲鬼，叱而問曰：「汝已捨身，當尋善地中證果去，何得遊魂入東土乎？」行童於隔窗具述所經，曰：「弟子實人也，未嘗作鬼。初跳洋時，忽於下流數步外見一胡僧，深目巨顙，體狀魁碩，著赭布袈裟，自水上乘一船板而來，口稱『吾度汝』，載之而浮，輕疾如駛。前望見一座山，山漸高，某問何名，曰周山也。倏忽之際，已及淺沙，引而登岸，達於山下。某顧視胡僧衣履都不濡溼，心異之，不敢問。挈某同叩岸傍人家，有女人出應曰：『我亦佛子，但夫出外，不敢留客。』指鄰近村舍中，『是漁家，有男子在，汝可往投。』至則果有男子啓扉，便求寄宿。須臾，欻失胡僧，追覓亡見。其家推詢緣由，共相怪歎，知是菩薩顯跡世間矣。即取蘆藁爇爲地爐，與某熏衣，煮蔬具飯，某得不死。明日，送某於周山鎮海寺，從首座披削，教習諸品經咒。今已學成梵音，頗明經理。忽思父母，亦念本師，求歸故鄉。庵中不納，故特尋訪到此，請和尚急開門。」莊長老即收留之，挈還顧山庵。父母見而悲喜。繇是遠近緇俗，翕然皈依，一時道業，傑出流輩。高君承先質而説焉。

魚籃婦人

姑蘇章藻嘗寫《普賢行願品》及白衣大士經像，勒石施於開元寺。功願未滿，萬曆辛亥年，忽病瘺下，自夏徂秋，轉加綿篤，又嘔血常及數升，分必死矣，囑妻孥處置後事。

西鄰管珍秀才，好道之士，頻來問疾，見其肌肉雖消，而兩目尚有神光，慰勞之曰：「君病當不死，但發心寫經崇像，必有神人來相救拔也。」章於枕上首肯而已。是日八月初一，其明晨，章忽索進飲食，使人邀秀才而告之曰：「夜夢甚奇。初見有五鬼，頭抹破碎，身著藍縷，捉某至一荒郊，將衣巾履襪盡數剝去，惟存裸身。此五鬼復將自己破碎藍縷挂於某身，各各奔散而去。某心甚惶怖，逢人控訴。忽見市中有粧畫佛像店，店人引而語曰：『無苦也。公之服飾悉在此三間屋子中，請自檢取。』既至，則履襪巾帽之屬在東廂，衣服又置西廂，堆積甚多，不校其數。而中間一室有高廣禪牀，梵僧端坐其上。某便合掌作禮，請其名，不答。傍有侍童應曰：『此法華大師也。』令某速出。既出，見其南有一亭，亭有白衣婦人，珠翠滿頭，提魚籃而立，後有孩子相隨。某向前揖拜，告以褫衣之故。此婦人便取魚籃中楊柳枝，將某頭上破碎挑去。忽悸而醒，此身如濯清泠淵矣。始悟救吾苦者，即觀世音也。」由是得生，旬日病起，衆相歎異，堅行其志願焉。

章年近七十無子，自爾崇信像教，禮拜白衣大士。壬子除夜，復夢白衣大士座前印香盤結成一「子」字，以篛簇之。明日是癸丑歲朝，其妾免身，得雄。

靈芝寺降神

西湖靈芝寺，吳越香火，有觀世音木像一軀，高可七尺餘，相傳是行脚募化所造，造成而去，不知是何處人也。妙好莊嚴，最爲靈應。吳方伯入寺中訪余，嘗見而讚歎。

但殿基在正殿之後雙銀杏樹下，爲杭州蕭秀才所據。秀才不信佛法，架屋其上爲書舍，經十餘年矣。比丘無力興復，權以此像供養在正殿三世諸佛之下。

余寓其寺，瞻禮興嗟，即時爲比丘題募建殿緣疏。疏既成，比丘將出募，先持示秀才。秀才執科舉未定爲辭。不數日，府榜落名，嘔血二斗，垂死，舁而歸矣。

一日解後，會稽管公子可成來，余留之飲。管具説所夢云：「某昔年曾借寓蕭氏書舍，其夜夢有梵僧降神，敕令速去，不去，明日將有大禍。夢中取某書劍授翦頭奴裝而出門。既覺，異之，遂不果留。某別去之夕，有豐城人來宿其內，中宵暴亡。然某所挾止書一篋，劍三尺，無餘長物，恍與夢中所見相符矣。」

吁！白足慈尊，肸蠁昭如，乃若此之明驗乎！昔捨宅爲寺者何人，儒生不能反一袈裟地以安猊座，橫罹陰譴，曾弗之悟。悲夫！

夢見瓔珞

高居士承先，常熟人。嘗爲余言：萬曆辛卯年，張太僕鼎思延館於滁陽。四月八日，傳是如來降誕之辰。某與親識同遊至黃草窪。窪中有小茅庵，一坐關老僧數目某，謂有善根，勸之持齋念佛。時瑯玡山中有唐吳道子石刻觀音像，某領老僧言，便請一幅持歸，供養於官衙書舍。

其夜即夢身墮茫茫大海中，水從西流，四望無際，頭出頭没，相將溺矣。忽見西北角有黄石砌牆，高可三尺，心計此當爲岸，而一時不能即達，無如之何。又見東北角柳樹下有一童子，如七八歲兒，合掌而招。某見其水急甚，不得不從西北極力掙到岸邊。忽有穿耳胡僧推上於岸，回視其僧，倏忽又變爲瓔珞菩薩，隱入水中而去。某已知大士現相救人，於是高聲稱念南無觀世音，悸汗而醒。自此發願，每朔望誦《心經》十卷，觀音聖號百聲，如是者二十二年矣。

錢塘溺

蘇州皋橋張叟，素崇像教，喜施僧食。萬曆辛亥年春，將詣南海補陀瞻禮觀世音，挈其孫八歲小兒以行。既達杭城，擔囊渡江，不取道於西陵，求寄載下海船，意在速濟。時海船已鱗次江頭，待潮平而發矣。張叟欲乘一船，其小兒忽見此滿船人悉被繩縛手足，急從後牽衣止之，向阿翁敘此異事。叟大駭，遽依其言登岸。及再換第二船，其小兒復敘所見如初。已又登岸，更求第三船附之，問此小兒，目中已無所見，曰：「只前兩船怪異，餘並安然。」叟意未決，有二人立於船首大呼之曰：「弗乘彼而來此，此船甚穩，無虞也。」逡巡，又若有人自後推之，遂挈小兒登船附焉。祖孫兩人坐方定，訪呼者推者，並已不見。

日暮潮至，雪浪如山，而前兩船所載並尼嫗僧徒之屬，舟人不善迎潮，應時淪没，緇俗男女溺死無一存者。張叟所附之船獨全，與數十人俱濟。

越三日，仁和縣令出江口點巡没死人屍，每一方僧腰纏中各有兩大錫錠，小刺刀子一枚，驗是釣淫之具。信知闡提無賴，爲菩薩所不救也。張氏感悟，折節空門。杭城人目覩僧事，而未委八歲小兒所見之奇矣。

香　菩　薩

嶺南沉香至賤，凡有官廨公座，皆香所雕。市人製沉香佛像最精工。有妖髡數十輩，命工刻沉香觀世音菩薩，其外裝成丈六金身，而空其中腹，施以關捩，並藏刀斧戈矛之屬。往往駕像以出，幻惑男女，因而殺人劫貨，掠取處子之有容色者，行房中之術。先截好髮，剃作沙彌狀貌，與著消瘦衣裳，教之梵唄，淫穢舟中。每泊都市鬧場，木魚聲響，流俗士女爭往禮謁，金錢粟帛，抱負而至，往往不下千人。

萬曆癸丑年間，浙東某貴人歸裝經海，輜重悉被劫掠，舉家百口，一時並命，獨擕其少女而去。女迫於威勢，勉強從焉。時舟停京口，齋供雲集。鎮江守公某初下車，忽然夢見白衣婦人詣前白狀曰：「妾腹中晝夜不寧，楚毒甚矣，官人何方相救？」既寤，心怪其事，升堂而問左右：「境中得毋有婦女枉濫者乎？」邏人從傍進曰：「近日河下有香菩薩，從者如歸，足新府君之聽，他不足問也。」守公立命駕車出郭，搜其舟中，盡得奸宄。見諸沙彌十餘輩姿媚柔雅，驗之，悉有乳，皆前後所劫良家女子也，呼寃沸天。於是決殺妖髡，蕩滅其黨，江左稱爲神明。督撫中軍向陳嘉謨説。

方塔

常熟城中東塔，爲一邑之鎮。有宋建炎初，僧文用募造，功未及半，化去。至咸淳中，僧法潤撤其遺構，改建方塔，四面九層，巋然壯觀，與他處浮圖迥異矣。或云法潤即文用再來也。

去縣治東十五里，有水一窪，舊名塔潭。每當天色開霽，纖雲無痕，潭中倒影九層，歷歷可數，少焉縱横上下，忽有數十塔影，凌亂波光中，恍不可辨。此其理殆莫測。

先年徐光禄振德季子故居在塔寺前，其家北樓壁縫中現出塔影無數，見者詫爲怪異，豈未觀之潭上乎?余别有記。

一僧房在塔東南隅，中有小屋，周遭漆黑，而上置匽窗，窗中隙光射壁，宛然一小塔也，此更奇矣。

相傳塔頂常有黄衣仙人偃臥其上，白晝多見之。龔氏《松窗快筆》載其説頗詳。

第七　影　響

王御史毀寺報

城東齊門内大宏寺，宋延祐中賜額，即古慶壽寺也。與王御史（憲）〔獻〕臣第宅臨近。御史耽情丘壑，與李長沙、文待詔諸公交善，而平生不信内典，因拆毀此寺，以廣園囿。命惡少挽仆佛、菩薩、天王諸像於地，用刀刮其面金。左右強諫不從，須臾之間，梵軸縱横，僧徒奔竄，蘚碑剝落，蓮社荒凉。

其後不數月，御史身發瘋癲，癢不可忍，手持刀自刮其皮，皮盡至肉，肉盡至骨，舉體綻裂，腥血淋漓，旬日而死。所造之園名拙政，喬木千章，皆寺中故物也，爲吴下之甲焉。死後其子不能守，竟鬻於衣冠家矣。以此觀之，則釋氏因果報應之理豈虚也哉！

汪尚書毀寺報

新安城南有披雲峰，峰下有太平十寺，《應夢羅漢》，唐僧貫休所畫，其像至今尚存。嘉靖初，有婺源汪尚書鋐，因占風水，將造墓其上，於是拆而毀焉。剝像焚經，千年之香火一朝蕩然矣。旬月之間，尚書中惡疾，皮肉消盡而死，妻子皆相繼亡，家業殆盡，墓遂無成。往年余爲寺僧題疏募修殿堂，新安賈人子莫有起而應者，今不知如何。

楊崑山毀寺報

嘉靖中，崑山縣令姓楊，失其名字鄉土。崇信理學，不遵像教，拆毀報國寺爲魏恭簡公祠堂，像亦剝壞。無何，罷官還，中途舟覆，家口盡没於江。此公無病發狂，自去其皮，未及門而卒。

舒御史毀寺報

蘇州城東積古有萬壽寺，先朝所建。每歲長至、履端、聖誕之辰，守令衛尉而下，先一日例用習儀，必於斯寺。嘉靖年間，一日有二三廣文偕惡少子弟入寺中，僧徒迎候稍遲，啣之。適閩人舒汀爲御史按臨蘇城，此公專崇理學，不事梵王，遂聽澤宮之議，立時拆毀，改爲長洲縣新學。先期下令，責令養濟院要繩索萬條，不曉何用。既具，夜半召集役夫軍士數千人，一齊到寺，卸瓦摧梁，焚經仆像，僧徒三百衆並逐於外，繞車號泣。惟三世佛牽拽之不動，乃是當時其地有合抱銀杏三章，匠工即就地削其枝葉，裝塑成佛，樹根猶在土中，盤亘千餘年矣。御史計無奈何，命左右齊手刮其金，金盡乃止。後御史得亞父之疾，楚極號叫，骨肉爛盡而死。廣文惡少家口並相續淪亡。陳覺元親睹其事。

張居士鞭佛報

可一居士張敉，少讀儒書，不信佛法。有人送古銅彌勒像一軀，居士受焉，按之於地，鞭至八十乃止。後甲辰秋八月，居士夜爲盜所殺，身被數十刀，楚毒號呼，徹於遠近，盜割其陰乃絕。馮廉察語余曰：「此誠經中所稱見報，今生作之即今生受之，不可不記，以昭鑒誡焉。」近傳葑門錢氏子怒其亡父奉佛，製小枷以加於金像之頸，雖有名賢勸化，終不聽信，未知後來報應何如也。

王民部罵佛報

王洪顥，西安三原縣人。平生不信天地陰陽、仙佛鬼神，著書罵佛妖妄不經。爲洛陽令時，已毀佛寺數處。其後擢民部郎，榷稅北新關，嘗爲大言以欺世云：「我他日來作都御史，必先填取西湖，悉種桑柘，然後拆毀靈隱、昭慶、净慈諸大古刹，改爲書院，送與士夫開講。」又不信冥中有閻天子。時黄田曹汝亨，其同年友也，爲譃辭以應之曰：「此公不宜犯，他將來與兄算賬，何以處之？」舉座聞之，無不大鬨。不數日，洪顥中夜發狂號叫，腹脹如甑而死，遍體皆作青紫色。當時莫不以爲有報應焉。萬曆辛亥冬事。

金箔朱焚經報

蘇州皋橋朱及，以錬金爲業，人呼爲金箔朱。曾有一西蜀僧來，持金字《華嚴經》一部寄其家。别去累年，杳無影響。朱聽信左右，取火焚經，煎其金錬爲金箔。年餘，家道日漸旁落，未幾得疾而殂。此目前近事也。

牛肉僧入道場報

楚中有僧號荊山和尚，善星命。昔年來寓半塘壽聖寺東房，旦出市肆中飲酒數升，噉飯數升，牛肉數臠，至暮醉飽而歸，率以爲常。時值中元，寺中造盂蘭盆齋，設放瑜珈甘露法食。此和尚從外裸袒入道場，葷酒之氣，觸忤諸佛菩薩，即爲護法伽藍神所擊，立跪而死。次早人共往看之，雙手猶擎向天而跪如故，莫不驚歎，回心向善。

焦典史沉僧報

典史姓焦，失其名，常州江陰人也。縣小吏出身，後任楚中某縣，尋以能名，遷他府知事。行離縣三四程，偶逗舟江上，邂逅一南僧，自蜀江來，求附載。舟人不許，僧因吐情告典史曰：「貧僧橐中有募化金六百兩，將往補陀山設道場，爲觀世音建幢樹刹，公幸附吾而南，此功德載其半矣。」典史曰：「此好事，無不可者。」遂與偕行。行復三四日，典史忽萌毒念。一夕顛風大作，竟推此僧於江中，胠其篋，果六百金在焉，悉入私帑。隨隱其事，自謂鬼神莫知。

曉起，見此僧從水而出，直來案前索命，撫其背曰：「君不特攘吾金，且害我命已矣。是金乃十方所施，必終不爲君有。從此與君形影相依，不能捨矣。」自是無晝不見形，無夕不感夢，夢即驚寤，目既瞑，復夢如初。凌晨起坐，其僧已先在側，且云：「吾獲訴於上帝，帝大怒，將命戮汝父子。」其聲甚厲。典史心中憂懼，不知所出，遂得大病，寢興不安。所至驛遞，維舟其下，延請僧道追薦冤魂，而薦亡疏中又不敢直書其故，惟有叩頭流血，默禱悔過而已。

逡巡抵家，病日益劇，願將此金廣做佛事，誓不留分毫橐中。諸凡禳謝，無所不營。而此僧爲人而至，常大呼曰：「功德何益，還我命來，要六百金往南海去也！」或來自屋上，或走出壁間。爾後常見其據牀而坐，負屏而立，不恒厥處。已而左右皆見，驚而散走，僉曰：「和尚來也！」百計哀祈，僧終不聽。

時典史歸且一年有半矣，裝中金亦垂盡，精神沮喪惶怖，轉不自支。忽一日，亡僧持刺直來詣門相訪，闌入中堂，閽者拒云：「主入病劇，不能對客矣。」僧叱云：「吾非尋常客也，必欲見汝主人，試告之。」典史方負牀呻吟，妻孥環聚而泣，已覩僧形見前，復聞僧通姓名於外，大駭云：「索命鬼變幻如此，吾必無路活矣，不如速死！」遽投牀下，奪刀欲自殺。家人急抱止之。如此者三，取繩縛其手足，倉卒之際，不覺僧至前矣。

僧謂典史曰：「某乃人也，非鬼也，君勿疑，速屏去妻子，當告之故。」衆相率出避。僧曰：「去年游魂於風浪中，分必死矣，忽見觀世音自空中降，持一燈熒熒然，引入蘆漪，幸遇漁舟得相拯脱，萬死一生，免於魚腹。某六百金雖爲君有，且復募化，已足其數矣，將之補陀，償此夙願於觀世音前。過江陰，知君病所由來，故須一見，爲君釋盃蛇之疑耳。」典史曰：「雖然，金已盡，即四壁所有，不滿數鎰，何以償吾師負？終當俟之來生矣。」僧笑曰：「吾初無意索金，君何出此言。」舉家列拜，欲制方袍帽履相遺，固却不受，僅享其飯一餐。使人跡之，果乘南海舟而去。自爾之後，鬼形遂絕。

典史疑終不釋，語言倒錯，如失心人，少日而殂矣。典史止有一子，爲江陰秀才，學藝已成，方應孝廉舉，以親喪不赴，無故白日走江干，跳怒浪中以死。絡繹往救，尋失其屍。僧歸自南海，聞而歎息久之。此萬曆中酉年間事。噫！自古冤鬼爲厲者亦多矣，此則未嘗死，而菩薩神通，幻出奇鬼形狀以嬲之至死，一何狡獪也！

曹侍郎伐樹報

侍郎曹公時聘，治河濟上，以太夫人内艱還獲鹿。里中無水，居民出錢買大家井水。公遂鑿十四井於家，汲者絡繹不絕，而陽宅地形，從此殘破。其宅旁有老柏樹一株，故老相傳爲千餘年物。公檢曆擇日，將伐取其材。是夜，公夢樹神託形爲緑衣老人，詣門告曰：「吾壽已千餘歲矣，明公無遽相害也。不聽，陰譴至矣。」公明日起而訝曰：「樹果有神乎？此必無之理也。吾志決矣。」其夜老人復見夢如初，曰：「必伐我，將滅而家，先殛而子。」公大怒，睡中叱之去。明日早起，亟召匠工持斧執鋸，立時伐取，樹中血流，地爲之赤。未幾，長子孝廉死，公與夫人相次而亡，一門之内，無噍類矣。

崇德縣冤報

吳中衣冠爲西越某縣令，縣有大盜，城社數十年，莫能得。衣冠籍没其家財累萬，又斃之杖下，家無少長，悉決殺之，慘毒之聲，聞於街巷。隱其事，以爲人莫知也。

一日，衣冠賀年入郡城謁觀察使，乍登舟，便見此盗與妻子數人，皆身被縲絏囚服，藍縷行於道上。問左右，咸無見者。久之，微聞鎖械聲漸近案前。自此舉眼即至，往返百里，髣髴常在於其側。衣冠心甚不樂。

返縣之日，復遇百姓叫屈稱冤，擁車而入，各裹神馬於磚，亂擲縣堂之上，都莫能制。進衙後，即見鬼卒押此盗家口，立於門傍，晝夜見形不去，或牀前，或屏後，奴婢皆驚而走。衣冠遂病瘡於頸，透其喉，痛楚備極，七日而殂。

留明府遇鬼陣

晉江留明府震臣，先年令常熟，極有吏才。但法尚嚴峻，嘗枉徵財課，百姓瘐獄中、斃杖下者十而九矣。又拷掠之慘，至手足指墮。於是虞人歌之曰：「落指君子，民之父母。」後遷曹郎去。

未幾，奉差南還，將之閩，道經吳下。舟中得疾，因入城借寓求醫。而余姻家徐光禄適有空宅，張典於蒴金橋，明府遂寓焉。其時暑月，居人鄰近者夜乘凉，方就枕，咸聞街中若數百人語聲，相催而過。急起視，月尚未午，自門隙覘之，則皆獰厲鬼物，怒目戟髯，或著鎖械，或披藍縷，怪狀奇形，莫可名狀，始知非人也。頃之，候徐氏門開，遂擁而入，其黑如烟。及曉，報明府卒。

劉廉察濫獄報

明浙西廉察使東齊劉庚，青州壽光縣人，登隆慶戊辰第。爲人剛執不阿。萬曆乙巳年間，海寧太常少卿陳與郊家奴在外興生，值衛巡官格鬬，巡官死。長君太學實不與聞，有司坐罪家長，論抵下獄，輿議頗稱枉濫。是時廉察爲政，略不哀矜。

太常一夕夢其先祖，手執一紙文書來告曰：「冢孫之獄，劉侯所成，吾得理於上帝矣，尋當不食而死也。」太常寤而異之。適外傳廉察有病迎醫，醫出而語人曰：「膏肓之豎在焉，胗其脉，是祟脉，不可爲也。」廉察病中髣髴常見一老公，氊巾白衣，長可七八寸，從屋而下，行至案前。每當食時，輒跳至胸上，坐而據之，食以此不下咽，日爾羸瘦。後月餘，不起。杭城人多知此事。嘉定何秀才與許生説。

白金吾惡報

萬曆中，留都金吾右衛白衛尉者，不載其名，歷世濟惡。衛尉生而穎異，巧習刀筆。後成武進士，爲營將，而刀筆益善，人以爲天道無徵。一日，忽患牙床腫痛，其楚毒不可忍。痛數日，齒遂動搖不牢，漸將脱落。衛尉命家人以次取下，每取一齒，出一大蛆蟲，鱗甲猙獰可畏。久之，齒蕩然矣，僅存齦齶，猶能自嚼其舌，舌爛至盡而死。識者以爲切齒之怨，衆口所詛，報當如是爾。吳人錢允治聞其事於都下客也。

李氏妾妒報

長洲縣治後平橋東老胥李祝恒，以刀筆爲事。妻妾二人。妾先與妻不和，妻暴死，咸疑是妾所殺。萬曆癸丑年春，妾忽患陰中痛，不堪其苦，久之挺出二物，狀並如蛇，時時昂首於外。細視之，喙目備具。或云是人面瘡。醫曰：「是肉鰍也，喜食肉。」因取肉試之，便啣肉而進。每日盡肉四兩，痛才定矣。

鄰人輩咸勸諷經洗懺，多方以禳之。其家素不信佛，今具如所教，乃建齋七日，禮懺精勤。法席既終，痛苦如故，悶絶者數四。因令女巫視之，巫於妾前方抱琵琶鼓舞，良久，忽聞簾下有切齒之聲，初遠漸近，巫驚而起，至者李氏大娘子也。舉家惶怖。俄而空中靈語謂家人曰：「某爲長室，罪不至死，何故横見殘害！理於帝所，得託此瘡，以雪冥恨。雖有三昧法水，安能洗此積憤耶！」其聲甚厲，宛如平生。妾自此後常髣髴見大妻在於其側，禳謝竟不能止，號呼歲餘，至明年甲寅夏四月而死。是月十八日，希言與秀才管珍同過處士錢允治，具説如是也。

陳烈婦爲厲報夫冤

錢日省，嘉興海鹽縣人，住半邏村，家豐族盛，入貲爲太學生。其地近接海寧縣，因與海寧陳氏姻連，陳太常與郊之長男諸生祖臯者，日省從女夫也，經義最高，知名庠序。烈婦實祖臯之妻。

萬曆乙巳冬十二月間，嘉興衛滿指揮捕鹽硤石，販人據岸投石，碎其首，立死。太常父子皆不與聞。會烈婦母喪，遣奴曹在硤石治祭，有采指揮夙共太常怨，欲搆於上官，遂興大獄，罪當坐長男，竟論祖皋抵死。獄且具矣，烈婦悲慟，計不知所出。日省使其從子朗生，夜傳語往説烈婦曰：「汝夫覆盆，吾力能營救之，但事勢危迫之秋，非傾橐委仗，無路雪冤。汝豈有意乎？」烈婦深相傾信，立捐鏹三百緡及奩中物金鳳釵、珠步搖、銀幔鈎、紫磨條脱之屬，雜繒采寶玉稱是，盡付叔弟二人，不問出入，隨隱其事。

日省鄉居，往來城市常舍於海鹽城隍廟中，既挾重貲，略不周旋，却與朗生潛往廟中，分擘財物。發篋燦然，喜動聲色，竟爲道士隔牆窺見，突扉闖入，攘金二餅而出。日省跡之不及。道士往告於族人沈儒宗。儒宗又無行青矜也，遽走入廟，嚇攘其半。明日白之於官，官遂案贓拷訊，不禁鞭捶，強自誣伏，而儒宗及滿家賓客並相引證，鍛成大辟，祖皋有口，終莫自明。

烈婦聞之，不勝憤恚，以頭搶地，晝夜哭不輟聲，曰：「吾陷夫君，歐刀絜棺，尚何面目見舅姑！不能白之地上，終當白之地下耳。」入户反闔，縊於屋梁而死。縣令聞而大驚，旌其門曰孝烈。海寧黎獻，莫不隕涕，呼之爲陳烈婦矣。

未久，日省方在家料理行裝，將赴京夤緣爲郎，準擬皆畢，忽顧見烈婦囚首敝衣，帶從鬼使六七輩，來家紛鬧，認是海鹽縣亡過手力，姓名皆籍入城隍廟中者，張目攘袂，如有捕捉之狀。問侍從，並無見，心甚惡之，少日無病而死。

又未久，烈婦形見於儒宗家，作諸靈怪，索金徵命，煎逼萬端。一日，忽坐其妻某氏妝臺前，對鏡籲嗟，似若稱屈。叩之，答曰：「妾錢氏也。汝夫太忍，攘吾金矣，又織吾夫之罪，致妾枉死。怨氣上達，聞於帝庭，今獲理矣，要當斷汝家種。」自爾之後，徵逐如常，儒宗妻因此得病。一日，烈婦形見，仍帶從日前鬼使六七輩，手持鐵鋃鐺鏗然有聲，遍室搜擒，拉攞牀帳。凡諸内外長幼舉家八口，以次殂歿，不及一年，妻某氏亦死。每一人死，則曰「陳家娘子來也」，室中終夜相驚。

儒宗惶恐叩頭，向陰魂懺悔，頻爲設食。烈婦曰：「何勞如此，詈我百金，坐夫大辟，豈是壺餐所能禳免！」儒宗跪而請曰：「今當出此攘金，爲娘子装塑佛像，追福生天，不亦善乎？」哀求千數，烈婦良久方許之，因辭去，霍然不見。隔數日，儒宗匍匐亡妻喪事，哭弔紛紜，頓忘前約。晨坐，輒聞户外詬罵聲，見烈婦褰簾而至，怒曰：「許君出攘金裝像，獲免追録，何故遲延，以我不能殺君耶！」言已遂滅。儒宗變色流汗，應時併工裝成金像數軀，供養於家，朝夕懺悔。骨肉喪盡，餘有一二子孫，不勝淪落之感焉。

太原王徵君穉登爲作《陳烈婦傳》，有云：「誰謂巾幗不能爲厲鬼乎？」傳成，兩家果有此報，徵君向余稱述如此。後金生請記無忘焉。自古枉死三尺組下者載記甚多，烈婦一何靈異若斯也！

南禪僧食鱓報

蘇州南禪寺禿師雲峰上人者，酒肉沙門，不習經典，廣求滋味，無慚愧心。平生嗜鱓魚，每食鱓，或生剝，或沸羹，或斷其頭，日辦烹殺。萬曆戊午，火焚滄浪亭後僧廬，禿師衣鉢亦在焚中，因入内搬徙囊篋，烟迷不能出。人見其昂首牆上，蜿蜒偃轉，與釜中鱓魚無異，咸以爲殺生之顯報焉。

欽氏子殺狗報

蘇州欽氏子，不載其名。少漁於色，嘗得媚藥方。其法取雌雄兩狗交時，用利刃斷其陰，出以治藥。藥成，乍試御女，中夜得病，作狗嘷數聲而死。欽與畫家王中立周旋，王所傳説。

瑞光僧淫報

蘇州盤門内瑞光寺僧如蘭，不持律戒，畜養園婦爲妻。萬曆癸丑年春，爲人攬送菩薩像一軀至五臺山，寄載運糧船上，如蘭共守而去。見船人婦艾而有色，日夕調戲，穢言狼藉。將及其私，忽爲運糧衛尉所覺，怒蘭淫邪，立加叱逐，併菩薩像舁置東昌河濱。左右諷之不能止。如蘭計五臺路已漸近，因雇生口前進，隱匿奸謀，將報山中人，共決致像之策。才登驢背，便見陰神從空而下，以戈矛刺其兩肋，應聲流血，痛苦不勝，悶絕於地。良久，所患處因爾成瘡，日漸洞開，爛出兩肉腎，膿血與腹相通，及家而死。當時莫不以爲有果報矣。錢允治説。

吳氏子冤報

長洲縣平橋沈幼文，工於摹石，稱高手。其子長郎本立，亦善箕裘。萬曆丁未，長郎忽思遠遊，將挾薄技干齊東都御史黃公。幼文以子不識道路，託婿吳士廉合伴同行。

既遍江淮，復遊邊塞，兩年間，計會剞劂之資不下三百金。與廉單船寄載南還，行至瓜步，廉利其資蓄，忽萌異謀，遂於揚子江頭，推長郎墮水而死，盡擅其橐，將書剳簿籍一一燒滅。

幼文夢見長郎被髮裸形，浴血而來，寃泣不能自勝。訪於客伴，竟無究其跡者。廉自以逆謀氣阻，不見丈人，潛住妹家。其妻往會，適見紙灰在地，又庭中晒出白練衫、月色裙子、青鑲錦半臂、流蘇香纓汗巾、小刀子，悉認是弟長郎故物，心疑之，密而不言，泣告於父。幼文力孱口訥，情知是婿所爲，不能訴官申雪，追加痛憤，設祭招魂而已。

至癸丑夏四月，廉挾貲出賈，仍過揚子江口，低頭便見長郎影於水中，相拖入水，須臾，失性發狂，自投洪波而死。

定慧寺寃鬼相逢

萬曆年間，有姑蘇城東少年某乙，嘗從其伯父入京。伯父死，流落不能歸。因得疾沉痼，忽遇新安賈人某甲憐而拯之，力爲營辦醫藥，少日遂痊。乙便相隨不去。甲以其人敏給可使，傾心相託，簿籍管鑰，出入其手。行販至於涿州，乙忽起惡念，將甲謀害，擠之急流中，擁其貲千金還姑蘇，驟爲富人，莫知所自也。

其年葑門内定慧寺中元作蘭盆法事，津濟幽魂，傳有西裏高行法師至寺，僧延請登座放食。遠近緇白觀者數千人。有往來少年之門者，侈爲勝事，挈同往觀。乙心雖疑忌，初不欲行，已自度世間必無真鬼，竟與之偕。才入寺門，已見新安賈人先在矣。乙遂發狂大叫，作賈人語曰：「我何處不尋汝到，汝却在此！今番放不去也！」急走僧廚，攘刀自屠其腹，抽出肝腸臟腑，擎於掌，以示衆人，無不怖走，遂仆於地而絶。

其夜，賈人之子復夢其父來説報寃事。明日直詣少年家，檢其簿籍管鑰，宛然如故，貲財封記尚存。鄰里推驗無差，子遂據有其業。乃知天道好還如斯，寃報速而慘矣。

吴省郎殺人報

萬曆近年間，毘陵吴氏大族某貴人，爲省郎時誤斃一裁工於獄。數歲，請告還家，裁工亦魂隨之返，乃與其家爲祟，白日見形往來。貴人病如中惡狀，日漸沉綿。

一日，信州張真人舟過毘陵。浼所親往白其狀，懇求禳制之事。真人曰：「余正一明威之法久不傳，即燃香燒甲，亦無驗矣。請轉祈於郡城隍，以伺其便。」及焚符書法，城隍立命出牒逮治。俄而冥卒受牒，廣索於吳氏不得，又遍地搜訪，凡十來日，乃遇裁工於小君山廟中，曰：「處處尋不得見，却在此耶！」叱起就擒。裁工怒曰：「吾盆覆積年，今方得理異冤於上帝，帝命君山之神爲我昭雪。此人福盡災生，旦暮且攝至矣。見形於其家者，即所差鬼使。吾待罪於兹山，未嘗去也，何與城隍事，而以真人之命制我乎！」冥卒不得已，持牒還白所司，報於真人。真人曰：「名聞於帝，非吾力所能回也。」其夜貴人竟卒。

南濠楊氏冤報

南濠楊氏，開生藥鋪有名。其子先春，獲舉於鄉，楊遂用勢力謀得其鄰馬氏宅。馬氏亡婦形見如生，時恒在屋梁上住，張目攘袂而駡。楊死，甲寅冬，子病，又見馬同逼去。

安慶人殺小兒報

安慶府某縣中有某甲，早死，而貲産甚饒。遺孤方在繈褓，母嫠保惜非常。其叔亡賴，輒思謀害，蜂目豺聲，頗驚視聽。一日跪告其嫠曰：「吾今悔悟改事嫂矣。兄所遺子，猶吾子也，當竭其力撫字之，願嫂無他疑。」嫠謝曰：「叔有此心，妾夫爲不亡矣。」自是深相接待，各無異志。孤年且六歲矣，一日叔於側近河頭造船，攜其姪同往。小兒拾得零星木屑還家，戲蓋小房，如是者再四，同出同入，略無防範。一夕去而不返，急取火往覓，斧劈其腦，仆於途矣。

明日訟於府，府下其事於理，理不能決。值上巳祭丁，理將赴文廟，起呼家人具食。燈燭之下，忽有一小兒跪於案前稱寃，流血被面。理問曰：「是某氏兒耶？」應曰：「然。」曰：「是汝叔謀害乎？」應曰：「叔也。」理點首諾之。其日祭畢，即召叔對簿，具服其辜。旬餘後早起獨坐，又見此小兒來謝，視其面已無血矣。閩人王某見爲府理刑，親與黃州牧九鼎談。

賣油人殺小兒報

蘇州盤門外某甲，賣油爲業。此人常肩油擔往來城中一大家，見四五歲小兒頭戴金珠帽兒，頷下鎖銀項箍，臂垂紫磨跳脱，身衣文葆翠纓，計可直數十金，便萌惡意。常袖果核與食，出入戲誘，如是經時，家人亦不防範之。

一夕，賣油人忽見兒獨在門，抱之而去，潛於僻處褫剝衣飾殆盡，竟絕其吭，藏屍眢井中。父母失兒，尋覓無路，晝夜悲啼。賣油人行却得計，幾年之間，家亦驟富。妻生一子，宛與大家所生無别，亦至四五歲。時夏月天暑，賣油人移枕簟當風而臥，兒拔其髻中銀簪，戲刺當胸。賣油人方眠熟大鼾，不知也，睡中誤謂青蠅所集，舉手一拍，簪貫心矣，即便絕不復活。兒遂長成，擅其貲業。許生國光嘗見其翁，説之。

書生婦妒報

近日吴城有大家女，嫁於某書生爲婦，妒甚。嘗怒媵婢與書生私通，取木秤一根，穴入其陰，婢竟以死，莫有發其事者。居數月，此女陰中生一肉蛇，楚割異常，時時昂首向外，用手捫之，復縮而入，醫藥罔效，遂死。

小韓負心報

小韓者，杭州人，少年美豐姿。暑月裸裎，膚膩如雪。父亡後，與母孀居。其母善製紙鏹，日翦數百，供里社祭享之用，餬口而已。未久，母亦死，韓遂流落無家。

一日，偶立於陝商鹽店之下，見有算簿在案，店中人不閑算術，前後昏錯，致主人翁屢叱之。韓遂代爲布算一局，從容下籌，甚有條貫。主人翁驚視再三，見其衣服藍縷，曰：「以子骨相不貧，奈何困悴如此，豈謀之拙乎？子來店中爲我司其出入，即終身可成就矣。」韓大喜過望，訊知此翁即關中鹺賈賈老也，家於杭城，積貲四十萬，侍妾數人，有妻與子居關中，歲通信耗以爲常。

賈老既得小韓，視如己子，甚於骨肉。韓亦父禮事之。每食則數妾皆來侍坐，韓亦與焉往來出入，略無嫌疑。輩中有幸姬年稍長者，小字荆娘，容色豔麗，風態動人，兼善於治家，一見小韓，遂屬意焉，而事賈之心怠矣。韓雖年逾弱冠，猶未近女色，始諧繾綣，曲盡於飛，時時隱入室中，兩情相得，眷戀少雙。歲餘，家人不之知也。

已而荆娘有娠，免身生男，模樣與小韓無二矣，衆始覺之。賈老又極愛此兒，常抱出店中戲韓曰：「人皆謂此兒類汝，意汝所生，果否？」韓面發赤，賈亦微笑而已。

首尾三年，所得荆娘囊蓄數千金，喻山河，指日月，誓心不娶，願畢一生之歡。後韓忽萌二志，竟置別室於外，娶得某家女婚焉。荆娘聞而大恨，涕泣不食，沉綿枕席，冤忿彌深。韓自以負盟慚恥，避不入內，常託事故。一夕設計召至，荆娘怒甚，嚙其頸肉者三，長慟號哭，嘔血數升而死。中外聞者，無不唾韓之薄倖矣。

荆娘死後，輒見夢爲祟。同時男女婢使十餘人，又無故相繼經死於室。韓反嗾其怨家訟賈老於官，多方布置，計斃之獄中。官察其枉，雪之。賈老出獄後，房帷若掃，悒悒不樂，又數見怪異往來。韓教他客諷之西歸，至是四十萬金貲業，一旦爲韓氏有矣。

明年，賈老命其長子來杭營算什一，韓復百計誘惑，與爲花柳之游。後陰使人誣以不法事，有司追提急迫，中夜遁去。而韓自謂用計之得，鬼神所莫知也，廣張典庫，縱畜少艾，遂爲杭城富人。

一日於官巷口過，忽見香車中一美人，妝飾甚盛，褰簾而語曰：「負情儂尚在乎？」左右望之，酷類荆娘，既近，乃真是也。出簾捽韓領髮，同還所居，及門，韓脱身疾走入內，荆娘隨踵而至，登堂詬罵，氣壯如生。復招集前所經死之鬼十餘輩，晝夜作耗。常自持韓臂指嚙咬掐捩，楚毒萬狀。韓開眼便見，計無所出，但以手掩其面，向天私祝，願盲雙目。荆娘遂唾其目，目無故自盲。嗣後韓神理惑亂，狀若病狂，左右咸見冤魂之氣纏結其身，竟暴卒。卒之日，適賈子復來，泣控於官，官將貲業盡數斷還，而並典庫，少艾亦歸賈子矣。張文煥松陵舟中説此。

諸葛氏負盟報

浙人諸葛一鳴，秀才時讀書杭州靈隱寺中。一日步至冷泉亭下，見石上坐一老翁，狀貌清奇。與之語，甚玄遠，訊其故，云：「吾待小孩子至，即行矣。然渴甚，子爲我覓漿一甌飲之。」諸葛即從擔上買鮮藕一枝奉上，曰：「以藕代茶可乎？」老翁從容嚼藕畢，日向暝矣，謂諸葛曰：「所期不至，奈何，當從子借宿一宵矣。」諸葛貪其高論，欣然挽歸僧舍，置酒張燈，談笑忘倦，設榻於隔壁室中止之。

心訝其爲異人也，燈下穴壁以窺，見案上所閲者，新浙江舉子榜也。諸葛方知老翁是天神，亟款門求進，跪於燈下，叩頭不已，曰：「肉眼不識大聖，死罪死罪！但不知今科榜中有某姓名否？」老翁曰：「子當於後科獲雋，無憂也。」諸葛固懇曰：「某苦志已久，既有科名之分，何靳不先與之，復使某待三年，且老矣。惟願神人爲某高下其手。」老翁曰：「固也，但陰注陽受，天曹已定，吾豈能獨私於子耶？」再三叩頭，懇之不已。老翁曰：「籍中止有張某父方病，倘其不及與試，請以子當之矣。但吾爲子力求，子須費三十萬錢酬之。陰府公門，亦有使費，初不異世間也。」諸葛曰：「貧甚，何從得三十萬錢耶？」翁曰：「無難，子於放榜之日，多取紙鏹，計三十萬錢者焚之，所費不多，願無相忘。」諸葛許諾甚堅。夜半，果有四歲小兒來，老翁竟去。

其秋，諸葛果中鄉薦矣。放榜之日，人事匆匆，雖常記老翁之言，以爲冥理茫昧，不足爲憑，遂爽其約。旬日之後，老翁復來，形容憔悴，衣裳藍縷，無復曩昔氣度，數而責之曰：「吾爲子受困不可言，子非人也。」諸葛謝過不已，曰：「小間便了夙願，何如？」老翁曰：「今無用矣。然吾乃某山之神，爲子受謫，遂無所歸。明春當爲子力謀一進士，第子能爲我立廟，使復有香火，但無若前度之食言可也。」諸葛許諾益堅，指天設誓，因約於某日某時會於北京某地。

至則果然。其春會試，老翁晝夜作伴，首場三日之前，即於闈中竊出經書題目與之，及入試，一毫不誤。第二場復如之。至第三場，待之良久不至。臨試之夕，將唱名矣，見老翁踉蹌而至，曰：「吾爲子覓策題，幾不得出，恐子部署無及，頃便竊得程策五篇，以貽子，懷之而入可也。」諸葛曰：「禁甚嚴，吾安敢自罹法綱？」老翁曰：「某在，能蔽人目，無慮也。」諸葛遂如其言。

遇搜檢出，老翁在傍與軍士高聲相閧，蜂擁之至聽事前，失此翁矣。諸葛遂被笞三十，枷示貢院門一月，幾死。枷將畢矣，老翁復來駡曰：「子欠三十萬錢，令受此杖，尚思徼幸進士第耶？世上未有如子負恩失信人也！」言訖不見。後乃知此翁是天狐，非神人也。京山李博士維柱偕詣公車，親質其事。

邵舉人冤報

姚江邵喻義，浙東知名士也。其父德久，爲北京東城兵馬。民間一婦人素有貞操，而仇族蒙以不潔，兵馬受贓枉法，杖而遣之。婦恥見辱，恨冤不明，歸而雉經以死。死之後，適喻義偕計入京會試，每夜夢見空中一仙女冉冉從雲端而下，向喻義作禮而言曰：「君是今科會元，必中矣，但硃卷要進呈御前者，第三場策最要緊，須用心做，無造次也。」一如是無夜不夢，率以爲常。

是科丁未，喻義進頭場，文甚得意。至中場出後，又復夢見如初，喻義心愈疑猜。至末場，恒恐失誤，只得懷挾鈔寫策要一小本，縫衣袂中，搜檢不出，竟置桌上對鈔。監軍過而好言謂曰：「豈宜公然如此！」喻義叱駡而去。又一監軍過，復如是相謂，喻義復叱駡如前。其人忿而奪去，白於監臨。時孔御史爲監臨官，聞而大怒，亟遣擒捕。既至，則其舊拔門生也，御史遂詭言以問喻義曰：「監軍於汝平日豈有怨欱乎？」喻義進曰：「兩場文字，定中會元，某恐三場不稱，實是帶進，初無怨欱。」御史本欲伸救喻義，無奈狂悖如此。有徐御史亦同監臨，因曰：「彼已自首，我輩豈可容情。」即叱伍伯行杖，杖畢枷示於貢院前，充吏南還。後其事卒聞於上，邵卷果達御前，適符前夢。夢中女子即冤婦所化，或謂婦以冤死，得爲女仙，未可知也。

王給事食犬報

崑山王給事好食犬，前後殺犬數百頭。一夕在邸舍時，坐燈下讀書，忽聞小犬嘷嘷聲環其榻而吠之。覓看無所見，既坐又聞，起覓杳然。呼左右共相尋，聽其聲乃出燈檠之中，歷歷可辨，一家惶駭。給事後雖斷食，竟成疾而卒矣。輦下冠裳多知其事。

蒸蜂之報

有某甲養蜂一房，盗者乘夜囊之而去。未及賣，跡之，甲伺於門外，盗者計無所出，置甑上蒸而熟之，瘞入土中。其明年，以是月之日，舉家忽患癜風，相枕籍死，莫有爲收葬者。余見釋典中有沃蜂之報，由此觀之，定不妄矣。

張阿招屠豬報

江陰縣顧山有屠兒張阿招，一生宰豬爲業。年六十餘而死，死之日，皮肉發癢不可忍，呼其妻炊沸湯，沃於四體以爲快，又用大木槌擊其手足，晝夜不停。久之，攘取屠刀，自剖其腹以死。

顧樂屠豬報

顧山又有顧樂者，亦宰豬爲業。高君承先親見其死時，在定庵伽藍前地上，作豬叫數聲，宛轉而絕。

馮氏子屠牛報

江陰長溪馮氏子，臘月廿五日宰牛。是日天大寒，見其先割牛舌作羹，以下沸酒十餘椀，不覺醉極，將刀割牛，誤舉刀口向上自屠。見者共歎業報之不爽矣。

天長縣化魚僧

天長縣居民劉萬，打雁捕魚爲業。一日有比丘詣門乞食，適釜中赤米飯熟，其婦因取施之。謂萬曰：「君今日捕魚，必當得極大者，然不得妄殺，是龍而魚服者也。」已而果得大魚，萬不聽，剖其腹，赤米飯猶在焉。萬舉家相繼病死。

修行人墮犬腹

處州民張某，號幻雲道者。一家母子兄弟六人，俱持長齋，修行奉佛。一夕，張在房中坐，有人呼之甚急。張應曰：「來。」其母兄弟弗聞也。已又呼之，如此者三。張乃泣謝其母兄弟曰：「呼我者二人，約同到黄仰橋家，似將往託生耳。兄弟幸善事母，明日須過黄家相看。如爲人則已，倘墮落非類中，汝輩無爲持齋念佛矣。」其夜無疾而逝。侵晨，詢黄家果夜半犬生三子，兄弟慟號，遂不信佛。黄即陝州兄弟也，其説不浮。

余謂作犬是業報，亦由宿因。如來白犬骨尚與須彌齊高，何况五濁有情？張以一念之疑而入異類，心爲畜生，吁，可畏哉！抑其平居修持之志必有未堅？不然，理之不可知者也。

薄明經爲魚

余邑中薄生名澹如，少年有文藻，能爲近體詩。以萬曆丙午舉明經。然性喜蕩，汩於酒色。壬子七月間，從嚴舍人澤閣子中偶閲《説海》，見唐人韋主簿化魚事，津津慕樂，意入清泠之淵矣。

其明晨赴友人徐先輩待任文社，二三同袍在焉。角藝既畢，主人設酒殽餉客，薄生於席上恣談古今，無不稱説。俄而口角忽覺流涎，沾漬衣袂，坐客相目驚訝，生故不自知也。諷其歸，又固不肯行，强掖之登榻，則病已口噤不能言。亟召醫至，察其脉，已不可爲。請按穴以炙炷艾，凡五壯，亦不知疴癢。僮僕憐憫，遽止之，募役夫數十人，連帷榻舁而歸。

入門登堂，妻孥環擁號泣。疾發於未，迨戌而絶矣。殮後經七日，是首七之期，生雖家於虞山，世爲婁江人，於是延婁江沙門所善者六七輩至家，設大齋供，頂禮梁皇慈悲懺法。沙門以楊枝灑晝食，口喃喃作胡語，忽見飯中躍出一金色小鯉魚，擊跳佛前，向空鬮觸。衆沙門圍繞於座，羅而得之。於是一時合掌，齊聲念佛誦咒，放之城西大澤中，悠然而逝。

明經精靈所化，與韋主簿事千載同符矣。釋典所稱六道四生，一切惟心所造，此非其可證者歟？余又嘗見唐人小説有《甘澤謠》一書，載《魚服記》甚詳。洪爐變化，理實有之。凡人所信，唯耳與目，此固非出耳目之外者也。

徐文長冤報

山陰徐渭，字文長，爲縣諸生，試屢雋。世廟時，胡少保宗憲總督浙西，聞其名，招致幕府典書記，寵禮特甚。渭嘗出遊杭州某寺，爲僧徒所不禮，陰銜之。夜宿妓家，竊其睡鞋一隻，藏之於袖，來晨入幕，出以呈於少保，詭曰得之某寺僧房。少保怒，不復詳察，登執其寺僧二三輩斬之轅門。

渭爲人猜而妒，妻死後再取，輒以嫌棄，續又娶小婦，有殊色。一日，渭方自外歸，忽户内歡笑作聲，隔窗斜視，則見一少年僧，年可二十餘，風儀俊美，擁其婦於膝，相抱而坐。渭惶遽走入，遍室周旋，忽然不見。後旬日，渭復自外歸，小婦晝臥於牀，忽見前少年僧與之共枕。渭不勝憤怒，聲如吼虎，挺前擒捉，寂無所有。急索挺刃不得，便引鐵燈檠刺婦頂門深之而絕。遂坐法繫獄中，卒以援者力獲免。既出獄數年，事亦解。

渭閒居發悟，往日譖殺寺僧，受此冤報，又傷其婦之死也，賦《述夢詩》二章，云：「伯勞打始開，燕子留不住。今夕夢中來，何似當初不飛去。」「憐羈雌，嗤惡侶。兩意茫茫墜晚烟，門外烏啼淚如雨。跣而濯，宛如昨，羅鞋四鉤閒不著。棠梨花下踏黄泥，行蹤不到棲鴛閣。」自是絕不復娶矣。丁酉冬四明太常卿余寅説。

徐氏兄弟冤報

常熟徐昌祚任子，官至比部正郎，尚書公栻之孫也。兄弟六人，同父異母，各不相能。昌祚昔有沉姑之事，爲第六弟鼎祚所訐。時西臺御史行部江南，以鋤強爲名。鼎祚欲重兄罪，乃摭第三兄弑父隱惡，併證入昌祚案中。昌祚稱冤不服，鼎祚與諸族人怨家交相誣引，構成大獄，昌祚銜恨而死。死後，其同産弟復祚設爲鬼言，備陳古今罪福報應之理，諭釋鼎祚。鼎祚不勝寒心，雖復悔謝，殷憂不已。其家數見昌祚爲祟，却後三年，萬曆甲寅五月，鼎祚游無錫惠山寺，忽聞昌祚隔壁笑語，已又聞叱咄聲。驚問侍從，咸無聞者，往視寂然。意大惡，遽命舟馳歸。病七日，見昌祚守之，少時遂亡。

新發潘家交報

蘇城富民潘時用，資財十萬，號新發潘家。時用先有一弟名璧，生歲餘，瀦於緣中殺之。其婦免身，便生潘大郎，模樣酷類其所殺弟，常有忿志。未幾生二郎，既長，兄弟不和，共相訐鬬。後大郎爲子錢家所逼，推仆時用於地而死。二郎妻父衛，起部勳也，榷杭關時，與秦御史諧善。秦按吳中，立召大郎鞭殺之，咸云起部所構。俄而二郎寢瘵，數見其兄械繫相守，備諸妖祟，無何嘔血死。起部衣緋而出，亦顧見大郎在堂後，問左右，皆無所覩，驚走入內，數日相次暴亡。

來方伯濫刑報

蕭山來方伯三聘，性剛嚴。居江西藩轄時，有一典被仇誣盗，不窮踪跡，立杖殺之。萬曆辛亥冬，方伯論列還家矣，遇江西地師到，擬同往鄉卜地。欲行前一日，遣使過姻家，預令設具以待。其夜方伯張燈置酒，與地師飲。飲罷，闔扉寢矣，忽聞門外人馬聲，初遠寖近。自起出户看之，見一人手持文書，跪於微月之下，就視，乃昔所杖殺典也。驚問曰：「若何以至此？」曰：「來召相公耳。」方伯收其文書，急取火視，則兩手空矣。便呼妻子處分家事畢，於是遂卒。鄉人徐説敘之。

第八 報 緣

王中丞前身爲僧

臨海中丞王公士性，好遊名山，宦轍所至，無不搜奇討奧。所著有《五嶽遊稿》。先是，西川峨眉山老僧性好遊，自恨一生不得遍探名嶽，年又駸駸向暮矣，乃誓於來生了此夙願。臨化謂其徒曰：「吾今往台州臨海縣王氏託生爲男，十六年後，汝可來一相訪也。」其徒遂書屋壁以記之。至期，泝江南下，尋訪至台州城中，則公年才十六，相見依然，宛如舊識。厚遺金帛而還。乃知李暠、房琯、蘇軾諸公，並是高僧轉世，以佛法推之，信不妄矣。計老僧化去之年月日時，即公之甲子也。

楊尚書前身爲僧

宮保尚書楊俊民，山西蒲州人。父即太傅襄毅公博，世廟中名臣也。先爲兵部尚書時，與世父武選府君深相結契。嘗爲府君言：「民兒墮地即合掌而笑，見人則打問訊，僕心惡其妖妄，抽牀頭短劍按而叱之。民兒即從乳母懷中作聲言曰：『老僧四川人，峨眉山出家，因發願修造寺殿，估計二千金，止募得銀六百兩，埋於寺傍石橋下，不果成功，以此託生高門，願爲相公子。求相公遣人往彼發其藏金，爲我完成勝事。有兩弟子俱在，一可託，一不可託，惟相公裁之。』言畢，繈褓如故，自此不復言矣。僕聞而大驚，便納劍，立捐千四百金，遣幹辦往川中推驗，委有寺在，較老僧化去之日，適符民兒所生之年月日時。其徒二人尚在，發橋下藏金，果六百兩無缺。於是遂出金蓋建佛殿，煥然鼎新。此寺今爲名藍。」

余幼時嘗聞府君言如此，忘其寺名矣。襄毅公曾因北兵之變，以大司馬得專征伐，挂平虜將軍印出塞外，軍聲大振。後銓宰缺官，世皇手批特旨，命楊博爲吏部尚書，故公門上牓帖子有四句云：「金印腰懸，曾司百萬貔貅命；丹書手勅，謬叨千百縉紳頭。」父子生而一品者，自公家而外不多見也。

陳典史前身爲僧

嘉靖癸亥，姑蘇齊女門外陳言者，由功曹入選順德廣宗縣典史，與外孫湯汝學並其僕三人赴任。道經村坊中一野寺，見寺僧五六輩，衣帽修整，候於門外。陳問曰：「前路有歇處乎？」僧應曰：「驛遞遠矣，盍留小寺一宿，明晨行路，可乎？」先是，寺僧夜夢其先師謂曰：「明日我當蹔歸，汝等可著袈裟立寺門外俟之。」至是僧見陳君模樣儼似先師故身也，心疑之，延入坐定，細問其生年月日，即老僧入寂時矣，果符所夢。陳亦如舊相識。汝學乃同行者，說其事。寺名西寺。

姚御史前身爲侍者

嘉善姚御史，名綬，字公綬。其父封公頗好善。宅西有大雲寺僧房，侍者年日老矣，常受封公賑施。一日封公於田中觀刈獲，忽見此侍者肩其襆，從宅中後門直入。怪之，使人往問，則細君就館産子。又使人詣寺中消息，云侍者病三日頃，化去矣。封公心知是其託生。

及御史長，而猥黠不若於訓，公亦不甚保惜。年十六，尚未識字讀書。御史行第三，其伯仲二兄咸舉秀才。公令御史踐更於縣，縣尉怒其狂率，杖之歸。乃發憤就師傅，日夜程書不休。如是十年，登進士第，爲監察御史。請告還家，悟前身是大雲寺侍者，因自號雲東逸史。

段民曹夢前生

武進段金，字子新。十九歲擢進士第，拜官民曹郎，榷稅杭州北新關。一日坐理文書，忽覺倦甚，擲筆而假寐於案。踰時驚寤，亟召伍伯前，詣第三條巷内，沿街往有穿綠婦人，祭其亡夫，筵上祭品是青菜餛飩。訊之，果符其言。婦人云：「夫亡已十九年矣。」亡之日時，即段君年命。段君喉中猶帶青菜香也。遂捐俸羨，給以粟帛。時婦年猶未滿四十。當路中段與婦有奸，論劾罷官。

王一鶚悟前生

山東王郡伯一鶚，爲真定府太守。前身即真定府人，入境依然。忽命吏入某巷訪某家，徵某人姓名，果是。蓋死之日，即公生辰也。一嫗出，雞皮鶴髮，詢之，乃是公妻，公厚給之。

劉指揮子記三生事

三十年前，蘇城有某秀才，爲暴於鄉，鄉人莫不切齒。然頗通宿命。一日中惡死，記託生城外某家爲豬，形體面目，宛然豬也。自恨一生爲人，無所不恣睢，今乃墮於畜類，受此惡形，視其身，與餘豬共臥糞壤窟室中，腫脹臭穢，甚可憎惡，求死不得，恒欲早就屠割。於是日夜向圈中作耗，不肯食，其家怒，即縛四足在店前殺之。

殺死復託生爲小綠蛇，自顧其身，僅長尺許，已爲蛇矣。時蟠於深榛草中，竊聽人言，乃是劉指揮家後園。自恨方脱刀塗，又罹毒業，捨身受身，終不獲生人道。復求死不得，以頭擊樹觸石，腦血滂沱，日夕在草中擾亂。無已，見人至，便張吻噬之。

又私念蛇死可爲人，忽見一挑菜婦人，窺其形軀似有娠，試追隨之，竟蜿蜒於筐底菜下。乃是劉氏後房姬也，將娩矣，從女伴攜筐園中挑菜。既而入室，驚見盤蛇，呼家人共來打殺。不覺神魂纏住姬身，其夜即産，却見其身已復爲人矣，遂爲指揮之子。此子六七歲時猶知前生事，謂身從蛇中來也。沈問之父説此。

趙增廣悟前生

嘉靖中有趙生者，是趙某子，爲大同學增廣生。暑月迎督學公，出郊數里外，入一酒樓，過飲火酒，大醉，不脱巾服而臥於樹下。其僕汲寒泉沃之，便氣絶。魂游溪邊，犬來相嚙。忽見洗菜婦人臨水垂襠，就而隱身，不覺魂神冉冉走入其牝户中。樓上人咸怪秀才在樹下臥不起，撼之，死矣，僕走報家，舁歸殯殮，初不知其故也。是晚婦還家，即産一子。趙生見身形縮小，即悟托生在此。

忽一日，婦家出外，置兒筐中。有犬入房，以舌舐其兒，遂驚起作聲曰：「趕狗子！趕狗子！」鄰人咸謂筐中兒語不祥，亟覓其父母還，將殺之矣。父持鋤作擊兒狀，趙生懼，乃不敢言。至五歲時，始向父母具述其故，曰：「我故本府增廣生某也。家在城中某巷，可速唤吾家人來。」及家人至，歎息淚下，敍述家事，一一無爽。妻猶未改嫁也，且戒收藏遺書勿失。兩家因此遂相往來不絶。

後求還家覓遺書讀，凡前生所讀之書，猶能一一覆誦，及能記憶同袍姓名。常向人誦生前州考試卷，吐辭朗朗，不訛一字，書法亦與前生相同。數歲外即補諸生，仍爲增廣。諸君賦詩，以紀其事焉。

劉秀才輪回

四川某縣秀才劉祥，年三十，與妻子窗前算帳，忽暴死。死後託生於百四十里外鄰縣某家爲女。到四歲時，其母抱之，懷中女忽作聲而言曰：「吾是某縣劉祥，秀才也，方在窗前算帳，何遽以死，死何以生於君家？」其母大駭，急遣人至其地訪之，劉家停棺尚存，帳簿與手遺書宛然在窗前案上。其妻聞之，乃出金帛聘其女歸，終日手抱，告於人曰：「此吾夫君劉秀才之後身也。」張太僕鼎思親見其事，爲高君承先説之。

張明經輪回

山東東昌府高唐州人林士章，嬰兒時能言，自稱前身原係北直隸易州人，姓張名承勳，嘉靖壬子科中順天鄉試一百二十五名。待試春闈，偶醉臥逆旅小樓，忽中煤烟熏死。上帝憐其枉，勅爲任丘縣城隍。後享穢婦之祭，復謫人間，轉受生於德府禮生林接武家，述前生事了了。

先是明經未受生時，託夢於其姻家李太學云：「六年後君謁選，當得上海丞。過高唐，願少駐行車，遣來童一訪我於林禮生家，因得面吾女喜姐。」是時明經柩尚未葬，其家壁中隱隱聞有車馬鼓吹聲，久之遂寂。及李太學謁選，果丞上海矣。隆慶六年壬申十一月朔日赴任，道經高唐，即挈來童及子婦喜姐詣林家。士章一見，即呼來童。來童泣且拜，出袖中鏡子及繡囊與認之，云：「是我買與喜姐者。」又言在京師時購珠一囊，爲喜姐作嫁時裝，檢篋中無失乎。於是其女痛哭抱持，遂留鏡以期後會焉。詳載《處實堂集》。

萬侍郎三世輪回

明江西南昌萬侍郎某，不離襁褓，具知往因。記第一世是董氏子，北直隸人，爲縣胥史，頗工書算而行多險詖，往往虐取人財。至三十五歲無病而死，留閻羅王殿下三年，仍管書記。王忽謂曰：「汝在陽世造業最多，不可紀極，安能免於馬腹乎？」即命冥卒取馬皮一具，覆其體，推辭不及，黽勉受之，移時便入馬腹中。逡巡之間，不覺墮地爲駒矣。

稍長鬶甚，充北地驛傳，日奔馳數百里，鞭箠交下，殊常楚痛。一日掣韁逸走，迅越灌莽，圉人跡之河濱樹下，馬遂齧數口，擠圉人入水，復踩躪之水中，至死乃已。尋自追恨：阿馬既受畜生身，復犯殺人大罪，今番不知墮落何狀也。便跳蹶嘶鳴，不食而死。

死後復有人牽至閻羅王殿下，自理擅殺圉人罪，合萬死。王閱簿謂曰：「斯有何罪，由彼七生前殺汝，今世報之，適相當矣。」有頃，敕冥吏曰：「董某償債已畢，此回合生世間爲貴人，身居樞貳之職。」吏遽取烏紗帽戴於馬頭，帽甚窄，請易其大者。王曰：「此二品官職，至不易得，當復何所嫌也？」遂以頭戴帽而出，託生此身於江西南昌縣萬家。復登進士，果歷官至工部侍郎，信三世之有徵，捨生受生之理，昭然不爽矣。

萬公自通籍已來，清介自持，一節不改，所至捐俸錢買牛皮，命工縫作馬鞍中襯皮，每一馬家分給兩片。既拜司空，三月而乞骸骨。天官尚書吳鵬，嘉禾人也，與萬周旋甚厚，嘗苦留之，語云：「公望甚重，一二年間可居吾位矣，何得言去乎？」萬答曰：「某定命合居二品官職，豈宜過望哉！」吳素聞公有施馬襯鞍之事而不詳其故，因詰之。萬良久，遂敘宿緣，斂眉而言曰：「某昔第二世被配作馬，爲人乘騎。其人恒以雙膝夾擊兩肋，痛不可支。馬肋下肉俱被磨爛，每行一步，慘入心骨。而此神識還生萬家，即今此身是也。思作馬身受苦如是，故造斯功德，以施群馬，非徒然爾。」尚書歎息久之，因遍以話於賓客，所知金三枝述焉。

按《北夢瑣言》載唐有劉三復能記三生事，云曾爲馬，其家不施門限，慮傷馬蹄，與萬公夙緣髣髴矣。

沈僉臬後身爲林家兒

明廣西僉臬沈公應魁，字仲文，常熟縣人。擢嘉靖庚戌進士。其子椿年，即希言之先姊夫也。僉臬有文名，工書翰，與吳中皇甫諸昆季及三黃輩爲詩社交。晚年結廬於虞山葛洪丹井之上，好燒水銀爲黃金，平生貲業，費於炭值，爲方士所誑惑，鬱鬱不遂其志，卒以貧死，死年六十有餘。

後數載，椿年始露頭角，爲縣諸生。復好扶乩之術，嘗於靜夜作一符，召仙人至，忘其名，問僉臬死後因緣。仙人筆授云：「卿父亦無大罪，不墮惡趣中。地府處分，已令於福建興化府莆田縣林庭棉家爲男矣。後當貴。」扶乩人並非識字解書者。椿年密不外傳。希言弱冠時，親在其家見之也。未幾椿年亦夭。

劉季子後身爲饒家兒

長洲縣諸生劉咸明，參政玉成第四子也。二十一歲雋於澤宮，其年萬曆癸卯。一夕，忽夢入太山東嶽廟中，見一緋衣官人執簡而立，旁有同遊指而謂咸明曰：「此官姓孫名阿，掌人間生死名録者。」咸明因下拜求問年壽。官人曰：「卿壽止二十七歲，不能多也。」咸明意甚惡之，愁憂不樂，秘不肯述於人，間告所知，亦囑勿泄。

至己酉春，咸明已二十七歲矣，一夕又夢前緋衣官人告之曰：「卿今應死，無可避處。死當受生於江西南昌饒家爲第三男，兩兄皆諸生，卿後却爲孝廉也。」咸明驚寤汗流，自知不免，乃輯其麟經課藝，梓行於世。旬餘遘疾，少日而殂。

咸明與蔡秀才士順，並爲吳都諫婿。士順敘之。

按裴松之記魏蔣濟妻，夢亡兒言：「在地下爲太山伍伯，憔悴困辱。今太廟西孫阿，將召爲太山令，願囑轉我令得樂處。」明日推問，果得之。濟乃見阿，具語其事。阿亡月餘，母復夢兒來告曰：「已得轉爲録事矣。」據説如此，豈阿至今猶爲令未改乎？

假山鄭前生公案

蘇州女醫鄭氏，著名「假山鄭」。有從兄弟二人，兄名欽謨，弟名欽試。萬曆丁未秋，欽試夜夢兩鬼使，手把文書，來家追攝。問其故，曰：「四十年前劫殺一僧，僧今申理，使我等來追攝耳。」及出文書視之，則欽謨姓名也。試曰：「誤矣，此非賤名，乃某親房兄耳。」兩鬼使便乞引至彼家。既入，即出而謂曰：「在家誦《金剛般若》，不可得取也。後三日復來。」試驚起，私與細小共說，初無信者。往驗誦經，恰符鬼語。

經三日後，復夢如前，兩鬼使仍乞引至。試從屏外竊窺，見其徑入謨帳，捉而出矣。既覺，悸汗交流。投明往看，且見兄謨坐堂上，爲人處方治劑如故，了無病氣，未敢説之。絡繹探聽，至於日暮，聞其家擁鬧，急走消息，謨適患急心痛而絕矣。時年正四十一歲，人謂即謀僧者之後身也。又二年，欽試相續而亡。蔡士順、高承先並説。

闍頭陀後身爲祁氏子

闍頭陀希言，以萬曆辛卯冬化於金陵。化之前三日，偶行步過急，忽腹中爆然有聲。頭陀大驚，歎曰：「嬰兒走矣！」便詣金陵舊遊諸公門，各各辭謝，云欲上茅山去。其日却在茅山下祁家店句容縣地，去白塊三十里，上茅山大路也。大門樓邊托鉢。適門内嫂姑二人駢肩而出，頭陀合掌問訊，高聲唱云：「娘子肯借我一間净房住乎？」嫂不答，其姑是室女，忻然應曰：「净房儘有，任師父住去也。」言訖急走還内，頭陀相隨而入，瞥焉不見。嫂姑二人並怪之。

其夕，姑忽稱腹痛，産一男兒，魁梧殊特。父母怒，欲殺女并斃其兒，見兒異相，不忍斃。嫂亦從旁苦諫。會溧水彭公感夢頭陀來囑，亟使人物色至祁家，得不死。今兒已長大，神姿端遠，見者以令器期之。書窗膏燭之費，悉出彭氏給焉。真空道者説。

按琅玡王公世貞傳略云：道人末年，頗好作有爲功德，欲於句曲東郭治馳道五十里，抵故乾元觀，左右皆植桃杏，春時若錦繡。謀於其徒，益斥旁畝，引山泉溉之，成稻田，歲入米三四十石。而乾元觀獨有門及丙舍耳。於是薄游金陵諸公間，遇一二中貴人，欲成觀中諸殿閣，然不輕發言。後過毛百户家，飯畢乞浴，浴已遂暝，趺坐不僵，浹旬猶煖氣休休然，汗沾鬚若璣。三日入龕，七日移至乾元觀。時時啓龕視之，百日猶若生也。據琅玡公文如此，合於真空道者所述上茅山之言，無不驗矣。方知托鉢於祁家店者見其飛神，而末年開道種花，畢力於句曲乾元之間，其有旨乎？頭陀事跡散在「仙幻」中，然此段公案，瑯琊未之及也。

周南甫再生

武林周箕南甫，少年寢瘵甚劇。既絕，妻子具衣衾將殮矣，及明乃甦。自言死去時，即託生於杭州城内一大家。投胎之際，茫然不知，但見形軀絕小。其家臥房在高樓下，牀壁皆黑漆彩畫，幃幄鮮燦，器案華整。銀臺上高燒絳燭，一室爛然。抱兒入澡盆中洗之，笑聲閧堂。訝是五六輩中年婦人，絕無男子行動。浴畢，用紅衫繃縛甚緊，枕於牀側，時時用藥汁來喂，苦不肯飲。忽尋思我是周某，家事百無一了，今若轉身此處，不如無生矣。遂悔恨慟哭，決意還家。見婦人輩齊來慰藉，搖手禁小兒勿哭，不聽，啼益急。夜分後聲漸微，至五更，覺氣喘力乏，遂死。死後蹶然而生，欻如夢醒，乃屍横地上經宿矣。家人驚喜，便復走醫調治，越數日，輒神王如初。

韓氏妾三世女身

姑蘇明經韓治，學士公之從孫。有妾周氏，臨頓里舊族也，性敏慧，及笄而嫁。嘗爲夫君言：「兒前生是某家女子。」韓頗異其言。後寢瘵沉綿，呻吟枕席，醫藥不能奏功。萬曆癸丑之五月，忽告夫君曰：「冥司有人追攝某矣。」明日暴死，至夜復蘇，具説冥中事云：「午前攝至郡城隍廟，籍籍稱太守府中，與陽間無異。因案牘事煩，不及解，攝者云：爾平日無大罪過，不必入見矣。但我冥中差使，亦非錢不行，放你暫還，速備醪胾楮鏹於家，候我享之而去也。」明經便依言具辦。方畢，周氏曰：「其人復至矣，亟與之食。」遂與夫君、主母、子女、婢僕作别云：「兒今兩世爲女身矣，此去又當託生於别郡某家爲女，復作窮秀才妻，至第四世方爲男子。今其家婦入分娩臨蓐，我即往投胎，不可留也。」又自言：「兒今形軀漸漸縮小如嬰孩狀矣。」言訖，遂瞑目而逝。

豬死爲兒

吳中一老儒，與侍郎袁公愈春布衣之舊。侍郎在南曹時，老儒往謁，行抵丹陽，方舍檝登途，乘跨蹇衛，適遇屠者宰豬。陡見屠刀躍出赤體小兒，倏忽失處，不覺大怖，從驢背墮下。僕夫掖起，暫止路側店家，整頓鞍韉而去。適遇此店家新婦免身，誕一小男，呱呱在地，尚未浴也，乃知此兒即所刳之豬託生，與驢背所見無別。措大老不解事，忽經覩此新異，出於耳目之外，便成悸病，心緒昏錯。臥侍郎衙内兩旬。侍郎素以清苦自持，雖念寒綈，無所濡沫，但割俸餘遺之。老儒匆匆告還，歲餘始愈。自後固窮没齒，不復作軟紅塵上想矣。

卞老再生

蘇州閶門外洞涇橋，有居民卞老，釀酒張肆爲業，人呼爲卞二老。隆慶初年病死，其家拜《梁皇懺》以資冥福。閻天子謂曰：「懺法功德最大，汝縱有罪惡，已洗却矣。賜壽一紀，仍放還。」既活，便能强起，坐於門。其親陳世仁自横涇入郡，持紙鏹詣門弔之，驚而反走。卞老呼告其故，始信。陳之子文綱言。

童燦兩世爲僧

隆慶年間，衢州王氏子，小名童燦，數歲，日誦《圓覺經》，琅琅可聽，人問之，亦不自知也。年十五，隨父至西陵寺，見壁間永明師像，憬然有悟，因憶有寫未了經在故笥中，索而閱之，則《圓覺》古本，宛然手跡，始知前身即永明師矣。遂索筆寫竟，若出一手。告其父曰：「此兒故居，願留以畢浄業。」父不許，卒與俱還。數年父歿，治喪葬畢，即棄家持鉢，飄然不知所之。《續耳談》亦記其事。

華進士前身爲番僧

太原進士華仁，幼在荷裸之中，即能讀番經，恍惚記憶前身是西天竺比丘也。

王文成前身入定

新建王文成公守仁，嘗遊一古寺中，見傍有空院，緘鐍甚固。公叩其故，寺僧皆曰不可開。公固命開之，寺僧曰：「中有入定比丘，閉且五十年矣。」公心動，竟發視，見龕中坐一老僧，顏貌如生，儼然與自己模樣無二。心怪之，舉頭忽見壁上題一詩，云：「五十年前王守仁，開門原是閉門人。精靈剝後還歸復，始信空門不壞身。」公憬然而悟，其年政五十，乃曰：「此吾前身。」遂建塔葬焉。

陸氏子兩世吹簫

青浦縣編户陸坤家生一子，自幼好吹簫。一夕背燈下關，將就寢矣，怳惚見紫衣童子蹣跚而來，持一物至，落几有聲。叩之，忽爾不見。心甚怪異，以爲鬼也。晨起，有紫玉簫一根在几上，諦視其側，鐫有「鳳簫」二字。尋思此物若經玩弄，不得其所，因取佩之。

偶遇毘陵人沈暹之者，整棹詣門，請而觀焉。既見陸氏子，輒大慟。陸氏子亦泣然心悲。詰其故，暹之先有子，好吹簫，攜紫玉簫與俱臥起，自署曰「鳳簫子」，年十九，寢瘵而亡。暹之痛傷，取簫納棺中殉葬。見陸氏子模樣與亡子無别，故失聲長號。詰所生甲子，即與其子死時日同。出簫觀之，宛然舊物也。暹之遂以甥女配之，兩家往來不絶。

諸老先生善逝

吳中先達往哲，去來多奇。希言所聞，惟文待詔先生徵明，年至九十，矍矍不衰。一日爲御史嚴杰母書墓誌已，擲筆而逝，翛然若蜕，人咸謂先生尸解去，不死矣。

崑山張石渠先生寰，官銀臺，好爲詩，書法倣眉山、豫章，而擘窠尤善。與希言先世有交。嘗見其所題卷册中翰墨甚夥。先生年至八十外而逝。逝之日，著衣冠於堂，命家人取匹紙一番，濡筆蘸墨，直寫「蓮華」二大字。寫訖，展置地上，熟而看之。家人立兩傍，以肩承其腋，須臾泊然而化。

揚州宗子相先生臣，與先世父同榜，督學閩中。疾革，衣冠坐廳事，賦詩三章，飄然欲仙，擲筆而逝，得年僅三十六。

四明沈嘉則先生明臣，年八十二。晨起課童子種盎中菖蒲，忽覺不豫，起坐胡牀，少時便卒。

山陰王公元敬，昔撫江南，有惠政。兄弟並甲科，與兩先世父同榜。希言應童子試時，嘗蒙其獎借，真古人也。後官至南京兵部侍郎，乞歸不允，偶感微疾，召醫師入署診脉。診訖，公問曰：「疾可爲乎？」曰：「可爲，第須用藥耳。」公曰：「七十外老人，尚須服藥以延年，貪生甚矣！」命左右亟治後事。治畢，沐浴更衣而終。

妻伯徐光禄公履中，七十三而卒。卒之日，晨起索湯服丸子藥畢，梳櫛著衣冠，謂家人曰：「今日力不能支矣。」戒勿哭。神理漸索漠，少時便逝。

名醫張先生康忠，嘗自言弱冠時病瘵，困憊且甚，衆醫拱手，都不下藥。一日有王翁竹西者，負藥囊過門，聞内哭聲，問其故，具言郎君病將死，故哭。王乃闖入臥内視先生，遥望其色，曰：「目有神，無憂也。」因診脉五六息，復曰：「不錯。壽且八十，今年幾何？」曰：「二十矣。」曰：「此子尚當享六十年大名，可與我爲弟子。」即以附子、人參煮而飲之。飲畢，與被覆之，令熟寐。寐覺，乃索糜。糜後復進一劑而蘇。王遂以方書悉授先生。先生受其術，更加精焉。用尋常之藥不過六七味，罔不愈者。人無遠近，塞門而請。至八十歲時，偶患小疽於下體。瘍醫請進刀圭，云一試即愈。先生不許，趣治木。適值生辰，諸子捧觴上壽，觴畢乃終。至是竹西之言驗矣。

公安袁小選先生宏道，才品、學識、道業、佛理並超妙過人。性高曠，爲詩文耻於常調，時輩以爲不似從人間來。庚戌春，乞差出都門，遊百泉而歸。抵家不數日，入荆州城中哭故知增感，其夕宿於僧寺，無病而化。咸謂袁公爲尊宿再來也。

司寇王長公先生世貞，一世龍門，名滿海内。然晚年好道彌篤，每晨起，焚香燕坐，持誦《金剛般若》、《彌陀》諸經，胡跪膜拜，如此積歲。庚寅十一月既望，病勢轉劇，神明不衰。命延名德沙門於榻前，高聲説法，領悟而逝，時年六十六矣。先是，其年六月内，童子晨掃佛堂，見文木胡牀無故自行，若有惡焉。衆莫不怪，公竟無言者，禮佛諷經而已。至屬纊之前三日，悉驅姬侍，召諸遊賓入幕伴守。衆咸見有緑衣童子齎幡來迎，跡之倏滅，方知公善證焉。

少師申公時行，居首揆十四年，獨以忠誠敬敏幸信於主上，丙、魏之業，爛焉一時。又致其相事二十餘年，而壽至八十。天子方遣行人三錫存問，恩綸將及其廬，公不能待而逝矣。傷哉！先是，癸丑十一月長至節，公晨起望闕而拜，起伏之際，左臂忽不能舉。急召醫使診視，醫言是血衰痰盛，不治將有半身不遂之憂。已稍進藥。至甲寅四月，孝定皇太后哀詔至，公出哭臨，不勝哀慕，疾由此殆，容顔日漸尫然。至六月望後，遂不茹葷。長君園卿懋敬跪進湯藥，竟不肯御，笑曰：「八十老人，尚須服藥求生，真欲俟河清耶？」一至七月初三日，在臥内草成遺奏一通，賦存問紀恩詩一章，命左右送長君收藏。其夜即與内眷尊卑作别。初四日，命設榻於西齋正寢，禁絶内人無得闌入，且曰：「不數日，吾將行矣。」長君問何往。公曰：「吾憶前生是須陁洹中來，今亦願生西方耳。」長君聞言大慟，絶而復蘇。公曰：「無慟。」輒命置酒榻前，與親友作别，歡然而散。至十四日，召子若孫語之曰：「西方巾已製成乎？恐明日可行也。」諄諄以忠孝爲囑，誠存問到日，止領敕書，拜辭表禮。蓋又寢疾五日而歿，是七月十九夜也。先一夕，家人夢見胡僧五人，乘異色馬五匹，又牽一匹尾其後，從空中下，突入廳事。衆共訶之，對曰：「我迎相公，持此馬至耳。」或又聞空中音樂之聲。至二十日，南濠王秀才一統在家扶鸞召仙，仙至，乃盤門周舉人胤昌也，曰：「今日甚忙，爲迎申相公涖任。」問何官職，曰：「已爲天曹左掌記矣。」時八月改朔，蔣秀才鉉在王武庫宅説，座中聞者二十餘人。希言嘗觀釋典，頂溫者必生天宮。聞公小殮時舉體如冰，而捫其頂，移時尚溫，當證兜率位中無疑。果如乩仙之語，則公猶作玉皇香案吏，未敢信以爲然也。

徐徵君應雷，嘗爲諸生，棄去。事母篤孝，志操高潔，隱居著述，不交聲利。面頤有痣毫數莖甚白，因自稱「白毫子」。平生又多山水癖，遇佳勝處，孤吟獨往，悠然忘歸。萬曆壬子冬，疾殆。先一日，几上古端溪硯中夜無故自鳴。度不起，夷然賦詩而逝。逝時目視其子正舉曰：「吾生六十，幸無過，可以瞑矣。」遂瞑。

曹明府先生胤儒，自署石鼓山人。孝廉，爲縣頗著令績。居鄉講學，亦崇佛典。生朝是九月二十八日癸丑歲，壽八十四矣。先是老病遷延，其郎君遇一術士，求推算先生甲子。術士云：「大期將至，決不能過生朝也。」人以爲妄。及誕之前二日，早起梳櫛著巾，賦詩一章，冥然而逝。詩中有「絳霄鶴馭」之語，聞者知其脱然於去來，而驚謂術士爲神算矣。術士又云：「明年此時尚有一大老先生，也過生朝不得。」蓋謂申少師公也。至是其言果驗。

會稽陶太史先生望齡，文章學術俱冠詞林。素善病。是年庚戌秋，偶得小病，已預知不起，即敕治後事，三日乃逝。

豫章相國張公位，道德節概爲江右所宗，又素樂神仙，多採方術。平居強健無疾，當庚戌之冬，忽稱疾作，命駕車過其所幸吳姬垞子，置酒話別，呼左右取絳繒一幀，索筆自題其旐曰「桃花峰主人洪陽張公之柩」。題畢，曰：「我憊甚，趣駕臥車來。」舁還故垞，其夜倐然而逝，年七十有六。

王徵君先生穉登，病革之前數日，夢身在一大官舫中，地似嘉湖之間。先有朱衣大僚，具威儀往來於路，奄爾散去。忽見衣繡半臂者八人，插花於首，爭來叩頭。承應問之，云：「吾屬是天部樂人也。」外忽傳龍虎山張真人國祥入謁。真人故徵君舊交也，附徵君耳謂曰：「此曹皆善作賊者，將詣君所竊金叵羅，故非佳人，請爲驅之。」於是衣日月雲霞之帔，執玉簡，作亥步，一如世間道士降壇之狀。有頃，與八人共騰虛而去。徵君遂寤。明日，述其夢於子無留，希言在坐，亦與聞焉。逝前一日，命子無田作書問希言云：「依稀是曲才堪聽，又被風吹別調中。此何人詩？能覆其全乎？」希言適從滸墅赴張司農讌歸，強起捉筆，疏成一段公案，以答其問。是晚入看先生，疾已劇，猶於枕中舉手珍重，神氣恬然。其明日，是癸丑立春，晨起櫛髮，竟賦《迎春日病不赴文啓美之招》七律一篇，命小史書之，逡巡間欹枕而逝。左右號呼，已又微張其目，搖首戒勿呼，遂長往，年七十八。

先次公府君諱疾革，醫視其脉，曰：「太重。」遂召希言治後事，希言泫然不敢應。明日，問：「木具乎？」又明日，問：「衣冠具乎？」則又明日，召希言而問曰：「人言死見鬼神，盡妄，吾一無所見。第不知人之死也，神果滅歟，抑有不滅者在耶？」希言對曰：「齒髮有盡而休明無盡。」曰：「如是，爲吾延沙門禮《梁皇懺》，因隔屏風誦四十八願，使我竊聞一二足矣。」府君平生不信内典，至是乃曰：「吾自天竺謁大士歸，中元日持齋起，將滿一月而行矣。」有《楞嚴》、《金剛》二經在篋，可留供養佛前。」府君能預爲日期，時八月十一日也，輪其指曰：「十四可行，然是辛巳，不吉，其在中秋之夕乎？」果以是日晨起，自題其旐，至夜索桂花微嗅，命獻佛，戒勿哭，叉手卷膝而化，年七十七。

是諸老先生皆能超脱人累，默契禪宗，非其定力之深，良由夙根之利。余所不聞者尚多，未可便謂世無陶潛、到溉其人也。

張都憲前身道人

雲南安寧州都憲張素，母分娩時，其父見舊識趙道人入臥内，跡之忽滅，遂生都憲。

初，趙道人爲昆明縣中屠兒，一日縛老牛於地，將殺之，就石磨刀，偶以他事置焉。所生之犢旁睨其側，竊啣刀藏石罅中。道人至，索刀不得，見者告之，不信，復取刀置石上，而匿身壁間以伺，犢又竊藏如初。乃大驚，悔恨屠業，遂棄去，牽牛俱上華山，修行於花亭庵中。晝夜向佛前胡跪膜拜，懺洗從前罪眚。久之，額墳起如贅矣。每下山往溪橋取水，約三四里許，道人以水箭架於牛背，令其徐拽至橋邊。居民認爲趙道人牛，爭爲汲水置箭中，牛復拽而上山。如是者二十餘年，始化去。化之日，即都憲所生之辰也。都憲既生，額上有肉如珠。登嘉靖二年癸未進士第，以右副都巡撫西川。

蜀王子前身爲僧

東齊歷城王祭酒敕，少有道術。嘗讀書臥牛山中，與一僧爲道侶。每晨炊將熟，相與攜筐同登高巖，採摘蔬菜藥草之屬，使僧攜之先下。比叩門，王却自内出，與開鍵。僧訝而叩之，則曰：「吾從間道還也。」

王後登鼎甲，自翰林出外督學省中。一日集校諸生，遥見白雲一片起山頂上，急馳兩騎，戒疾驅，數里，視雲落處斸之。得白石子數升，圓瑩如雪，輦之而歸，命庖人剉碎，煮成腐羹，遍召諸生食之，甘美殊常。諸生請問何藥，王曰：「此雲母也。」

後以國子祭酒家居。前臥牛山僧寢疾，王往視之，問僧曰：「此行願富乎貴乎？」

僧曰：「兼之。」王曰：「惜也，功行未滿，且著蜀王府中爲第二兒。」因舉筆判其背上一行，僧便脱化。是日蜀府宫中果誕次子，背隱隱有字現出。蜀王以手摩之，應手而滅，方驗兒之前身是臥牛山僧也。

王後屍解而去。歷城人有自都下還者，道逢騶從旌旗鼓樂甚盛，趨避之。王從輿中呼而謂曰：「得非吾鄉某人也？」歷城人曰：「是王公耶？」王曰：「某被上帝召，不得辭家。寄語吾兒，有書數卷藏某處，可取而讀也。」比至其家消息，而王以是日化矣。二事並載閩南潘氏《闇然堂類纂》中。

徐光禄兩世輪迴

常熟縣光禄署丞徐振德，自言其先君東塘翁，初生一子，乳名周舍，不數歲夭死。翁哭之甚哀，小殮時用一私記印章，鈐硃於兒左肩。未幾，光禄誕生，其左肩有肉隱起，印記宛然。辛卯夏，光禄在長安邸舍，出肩痕以示希言，方知探環之説非妄矣。

第九　冥　跡

陸文裕遊地獄

上海陸文裕公子淵諱深，死五日而甦，急呼家人取紙筆，登即記録，因口授云：初死時，見妻孥環繞而哭，語音歷然，此身已忽坐堂上矣。有吏二人，口稱奉大王命迎相公。文裕不及訊，遽有數人舁軒車於階下，身不自由，遂升而行，其疾如風。行數十里，須臾至一所，若館驛廨宇。吏請相公換小帷車，文裕不得已從焉。又行數里，隱隱望見城郭宮室，俄而至大城，吏復請相公下車步行。文裕謂我老矣，不能行。兩吏便掖之而行。行如霧中，足不踐地。見兩傍皆市井，居民往來貿易，一同人間。有頃，忽達大王殿前。宮闕左右，侍從威儀，具如王者。凡經數重門，乃是大王所居之處。一吏守文裕共立階下，一吏先入跪稟：「奉大王命，追到陸深。」王聞文裕至，整簪冕，降階盡禮，傳呼甚嚴。已而延坐，謂文裕曰：「子淵不識吾耶？」文裕仰視而對曰：「莫非昔年同學蔣燾乎？」衆雜然呵責，王止之曰：「此吾故人也，無相驚。」蔣燾太倉人，九歲爲諸生，十七而夭，奇才，與公同學。是時文裕已知身死矣，悲感久之，告王曰：「某在世間無大罪惡，不知可從故人乞靈復返陽界乎？」王曰：「子淵世壽八十，因犯三大罪十二小罪，故減算一紀，極於六十八而止矣，奈何！」時文裕年正六十八也。文裕不信，曰：「且請檢某算壽幾何，若合命盡，伏聽處分。」王遂召冥官。須臾，一官抱案入來，檢出捧呈王。王令送文裕閱，罪狀昭然，壽命已減。文裕慚謝。王謂文裕曰：「本司有二等簿。一黄簿，是記縉紳學士禄壽，上帝爲政，某不得而與也。一青簿，是記士庶禄壽，此則某爲政，或可增損其間耳。且上帝有敕到，某故敢相邀。」速令取敕來。須臾，復有冥官捧敕至，唱文裕罪。文裕再拜伏罪，取而閲之，龍文鳥篆，爛然黄紙中。因告王曰：「某罪狀已不敢辨，若放某回，當勤行善事，以贖垢愆也。」王曰：「帝既下敕，孰敢違忤？修補已無及矣。念故人之情，放歸二十日，處置家事訖即來。」隨遣吏送出，復令止之，云：「請一觀地獄苦報，可言於世人也。」吏引文裕遠近至十八重地獄，備諸楚毒，與人間所畫變相無異。又盡見親友衣冠中之亡歿者數十人，呼之即諾，相與抗手悲泣。衆謂文裕曰：「兄若不積罪狀，蔣君之位要兄代矣。兄今去速來。」復悲泣而别。吏趣之行，行更疾甚，涉水不溺，信宿乃達黄浦。入門，見己卧於牀上，妻孥依然環繞而哭，遂驚寤。却後二十日長逝。馮觀察時可過其家，出公所記如此。

徐生遇顧文康

隆慶年間，蘇州閶門内劉家浜傳神徐生名珏，得病暴死，經一晝夜，既殮，忽聞扣棺聲甚急，聽者驚走。其妻子不得已，命匠工啓視，果活矣。久之始能言，言曰：初被人將去地獄，備見諸苦，不可盡述。最後至一大府，廳事雄敞，護衛甚嚴。立珏於堂下，見堂上面南端坐官人，紫綬金章，形容貴倨，乃是崑山顧文康公鼎臣也。昔年曾與文康公傳神，公細認珏，驚而引之登階，謂曰：「若何以至此？待取文簿閲之。」及檢文簿，年命猶未盡，乃是冥卒錯唤同姓名人。公亟命放還，親送珏從西廊下而出。見一人跪於地，以青石壓背上者，葑門陳龍翹也。又二人秤鈎摘背於梁者，清嘉坊張豫及衛前陳懷國也。珏既别公，在烟中行良久，若有人推仆之者，遂蘇。遽使推驗三家，葑門陳病吐血，清嘉張與衛前陳則疽發於背。陳道復第三子柱説其事。

黄生遇顧文康

黄生嘉玉，字同宋，吳縣人，名士黄河水之子也。少有膽力，好擊劍，善爲詩。平生但嗜酒，不好女色，故年近三十而不娶。

萬曆中，黄生初喪父，憂居。其年郡城大疫，忽染疫而死，手足僵冷，獨心頭微溫。時方暑月，家人具棺請殮。祖母在堂，怒不許，使人晝夜看守。凡經四日而甦，甦亦不能開目，又三日目始開，索水漿，稍能視矣。又二日，是第九日，始能言，具述所經之跡。

玉初死時，無追攝，不知何人移置一曲室中。室有牖，天甚陰慘，竟無日月。初見已病軀獨臥於牀，牀頭挂所常佩劍，妻孥親故無一人在左右，但有美麗女子六七輩逐隊而至，戲脱其劍而舞，漸來調弄。心甚惡之，覺困憊中無力起逐。既去，久之復來，各各據牀而坐。玉怒甚，强掙起拔劍擊之，並走入壁角中，寂然無聲。忽舉頭，見牀頂上無數黄紙傘，心計吳俗喪事，四旁乃有此不祥之物，何爲見於牀頂，豈吾已遊泉下乎？愕不自勝，急尋出路。

宛轉行廊廡間，始有門，門外皆曠野荒郊，蒼莽無際。且行且怖，常誤踏泥淖中。約可數里許，才有人烟村落。俄望見高城一座，城甚壯麗，逡巡到矣。便入城，城內有通衢夾道，皆市廛闤闠，屠門米肆，雞犬相聞，或斧薪，或鍛鐵，或飲酒、吹笙，絕無相識。但覺冥冥漠漠，終不覩日月之光。賈勇前進，不知南北，忽聞官府來，呵殿之聲甚嚴。玉竦立路傍俟之，侍從威儀與陽世毫髮無二。其前大僚先去，容狀怪惡，不可仰視。後復見一大僚在車上，細認之，是崑山顧文康公鼎臣也。文康與玉父有交，五六歲時曾識其面，便於車傍呼之。文康回首盼玉，問：「汝何得來此？」命吏挈之行。

既達公署，巍峨如王家宮殿。此吏雖許挈行，棄玉門外，竟入署中。玉竊映門而窺，見惡貌大僚坐第一席，文康坐第二席，相並陳設，若人間京兆尹左右轄之官。玉心惶悸，不俟其召，溷於人叢中而入，隱身檐下。又見罪犯皆著單絞，露頂膝行以進，哀啼如沸。大僚閱籍註罪，按十二生肖定之。勑云：「某人合與作牛。」冥吏遂取牛皮一張，覆其身上，須臾出門，形皆牛矣。「某人合與作犬。」冥吏又取犬皮一張，覆其身上，須臾出門，形皆犬矣。惟婦人作蛇者多。而兩傍獄卒，並牛頭馬面。

大僚問：「堂下安得有生人氣乎？」並來牽玉，持叉直刺。文康厲聲曰：「吾查簿籍，渠算且未盡，速放還家。」勅獄卒送出城門。既出，見牛頭馬面者悉是假裝，卸却依然人也。玉便與格鬬，被趕入一荒田小徑中。旁有大潭，水皆腥黑，卒推墮之，冷汗如雨，覺在水中起也，因此得活。

蔣鱣錯名代死

無錫縣鄉民蔣鱣，在家無病，白晝見兩冥卒，狀甚獰，將一帖子來取。鱣視之，因唾其面曰：「誤矣！」召諸子而諭曰：「地府所取者乃蔣專也，帖子中具載明白，鬼誤至吾家耳。且渠名是『專壹』之『專』，吾名是『鱣魚』之『鱣』。渠家住惠山寺前，吾世爲懷仁鄉人。彼此何相干涉！汝速備酒果香燈於中堂，召巫者來爲我虔誠上章，白其見枉於帝。兼市羹醪，速領取者二人出去。」俄而巫至，乃三家村中小巫也。初不依鱣所教，章奏中略無宛轉，但列鄉貫姓名，哀祈請免而已。章既焚，有頃，鱣忽駡其子曰：「令汝辯白吾寃，反證假成真！吾今代蔣專死矣。速治木，無他言。」其夕遂卒。後訪惠山寺前蔣專，竟無恙。

應山秀才入冥

湖廣應山縣秀才二人，同志甚歡，才名亦相伯仲。一日，某甲無病而死，息雖絕矣，其屍尚溫，家人未忍殮。三日開目復活。妻孥詢其所以，搖手不言，但問某乙無恙乎，曰無恙。遽命取衣巾來，著之，召其子具一帖子，書姓名其上，強掖而出門，詣其家，乙方赴他約未返也。甲長跪階下，家人望見，笑聲鬨堂，無不以爲狂誕，趣使人報乙還。

既至，甲便擊顙數四，乞命於乙。乙笑而謂曰：「吾與卿椒蘭久矣，聞卿死而復生，不勝喜躍，何求不得，而必拜懇如是乎？」固扶其起，不從。詢所以，亦不肯言，曰：「某有罪被録，仁兄主管人間命籍，欲乞判斷釋放。若能見憐，但賜一帖足矣。」乙曰：「安有是也！」不得已，遂索丹筆判帖上：「某人放還，並與增算。」具日月署名於後。甲便拜謝而起。乙拊掌大笑，謂其妄也。

甲既得帖，却從容爲乙具陳冥中事，且泫然流涙云：「仁兄將爲地下主者，恐不久於世矣。某始死，即有鬼卒守押以行，人烟市肆，儼若世間。到一處，若大寮公署，卒欲引入。有一冥吏出曰：『上官交代，匆匆不遑治牘，何不放還，以俟後政？』某問後政何人，吏即稱仁兄姓名。某大驚曰：『此吾莫逆友也。』吏曰：『果爾，今放汝還，三日內索取新官帖來焚之，入冥罪可釋耳。』某叩頭致謝，敬當如教。吏遽叱鬼卒送歸，遂尋歸路，不覺便活。」

乙聞其言大恐，無復致疑，急處分家事以待。明日日午，忽聞人馬聲到門相迎，遂與家人辭訣，沐浴冠帶，如睡而亡矣。甲建醮焚帖，一如冥吏之言，後果獲延年。楊給事漣親爲余説此。

徐思省入虎頭城

常熟邵舍有徐思省者，文恪公雲孫也，其人刀筆之雄。萬曆改元，年三十餘矣。夏月詣縣踐更，受笞於令，歸而病疫以死。死後家人舁棺欲殮，捫其心下微溫，遂置屍於棺蓋上。

三日而後甦，具述初死時，爲冥吏二人攝去。行四五里許，悉是漆黑濘地。至一水潭畔，天始漏明，前進則城郭宮闕在焉。訊之，即閻羅天子所居也。冥吏將思省至殿前階下跪却，傳言用刑。有獄卒數人，皆牛頭夜叉之形，押到一大車輪上，其狀若人間牛宮水車，週遭浴鐵數重，皆刀劍也。先已反接三十二人在，思省至，又增一人。見四獄卒用長鎗踦角其外，盤旋磨轉，身從刀尖劃過，痛楚萬狀，骨肉消落。頃之復起，報命殿前，便傳言付獄。獄乃一大城子，榜曰「虎頭城」。四圍皆鐵柵爲藩，中四百多人在焉。思省問何時出乎，衆嘩而笑曰：「我輩處此，不知歲月。汝新死人也，乃思出頭日耶？」思省曰：「吾父母妻子俱未了，安得遽至於此！」言訖淚下，悲不自勝。

見鐵柵之外有男女若干人，白衣巾帽，或髻或總，一如世間服飾，往來於外自若。思省乃私語同獄者曰：「此輩何以不付獄乎？」曰：「此世間持齋念佛人也，安得有罪，非久託生善地矣。」徘徊嗟歎之間，忽遇插花李王過獄門外，見思省，遽闌入，與相勞苦，謂曰：「汝三世住河洋，供養我於家廟中，香火不斷，我忍恝然不爲之援也！」徐而挈出，守者有難色，李王怒而叱之。既出獄，令思省止於殿前，李王入殿内，食頃而出，曰：「免矣。放汝還世間，將復有十七年陽算，以萬曆十八年二月十七午時死。汝宜勤心爲善也。」給與一符記，即命前所攝二冥吏引歸，仍至水潭畔推墮之，遂活。視其身，偃臥在棺蓋上耳。

由是傾家奉佛持齋者一十七年，至萬曆十八年二月十七日，延善侶作佛事。日當午，忽中惡嘔噦，倚於艦蓋而卒。其日會中有一人不至，翌日此人親見思省帶皂羅帽，著藍袍方舄，相遇於途，謂曰：「汝昨何以不來念佛耶？修行是世間第一事，汝夫婦宜力行之。」言訖不見。過其家見述所遘，衣飾宛是棺中所殮者。一市人皆信佛法矣。

朱總練遇金甲神

四年前，李上饒之戚朱大任，爲鎮江總練，病熱而死。家人移置於榻，四肢已冷，獨心下如蒸。環守之三日乃蘇，語其婦云：冥司將某遍觀地獄，種種諸變相及善惡報應之事無不歷矣。忽遇金甲神人入門見救，主者怒始解，索簿籍按之，却云：「此人數尚未盡，誤爲怨家牽引姓名，乃逮及耳，可速放還。」神人遂推某仆地而寤。冥中所見神人，儼然關壯繆侯也。蓋朱平日奉事甚恪，常設像於家焉。先是，其婦夜夢關神語云：「吾當往救汝夫。」李明府生平不信泥犁之事，朱至具説如此，李爲悚然。

金鐘觀冥中事

徽州休寧人金鐘，爲縣秀才，以事詿誤黜去，遂家於楚之京山。善入冥觀冥中事，人欲知父母妻子亡處，則必倩之往通信問。冥然若睡，或一日，或二日三日，家人不敢驚其魂魄。及寤，談及地下，歷歷如見，聽者莫不流涕焉。

一日，鐘忽謂京山友人曰：「吾昨過閻羅天子殿前，見其案上一簿籍，將徽州太守胡公、休寧令丁公姓名兩筆勾却，此不知何説也？」友人曰：「子妄言若此，不慮患乎？」鐘曰：「此地去新安二千餘里，何從聞之？」其年大計，二公後先罷官，楚人於是驗金生之言不妄矣。生至今猶在。

穆御史判冥

楚黄岡縣穆天顔，號象玄子。秀才時嘗入冥爲地下閻羅王。涖任之日，鼓樂騎乘迎導，如世間威儀，九殿閻羅咸來會席，其形狀可怪可愕，穆心凜然。有吏在傍私語曰：「相公莫怕，恐失觀瞻。」穆一日治事於堂，見所解囚犯中婦人，形貌宛然親姑也。穆令近前認之，毫髮無誤，遽令放還。及寤，謂家人曰：「姑家得無有恙乎？」往視之，其姑適病寒死，氣且絶矣，中夜忽蘇，亦方語其兒曰：「吾與數人同被勾攝，至地府録對，見堂上坐一官人，細認之，是穆家長哥也。放我還陽間，汝可詣謝。」語未畢，適穆家人至，敘話略同。如是者八年，或半月，或一月，入冥治事畢，復還其家，了不爲異。後有代政者，遂絶不往。穆登戊戌進士，今爲名御史。

王觀察誤入牛皂

吴興觀察王公豫，一日病熱死，見冥官發入牛皂中，令託生爲牛。遂有兩夜叉押王入皂，穢汙狼藉，惡不可忍。又見欄外挂牛皮數百張，訊此何用，獄吏笑云：「請尊被其一，向人間作老牛耳。」王大恐，念何由得免此惡業，當修行善事，懺悔垢瞖。忽牛皂之西有小穴，其竅如斗大，光若皎月。王即傴身而出，吏跡之不及。遇一白衣人坐堂上，問王：「亦思悔過乎？」王俯伏階下，叩頭乞援。白衣人遂引之數里許，指其歸路，謂曰：「汝從此歸，尚有陽壽若干年，但不可忘修行念頭也。」三日始甦，猶未殮。從此舉家奉佛，專行善事，至今猶在，親向人説此因緣。

南濠錢氏子還魂

南濠錢孝廉仲弟二舍士完，萬曆癸未病死。死後一月，其叔宏先爲名醫，所居鄰並，家有故蒼頭壽郎者，偶行社壇上，白日遇城隍神，儀衛甚嚴，具如太守，乃見二舍於後隨行。忘其死矣，因問向居何處。士完曰：「我憶念家中，方欲往看。羈魂不寧，無所棲託。今欲假子之身，暫附而歸，可乎？」

壽郎許諾，便轉身還家入門。主人呼之不應，叩其故。壽郎曰：「我錢二舍也，叔氏應呼我爲姪。今將歸吾家。」已而言動非壽郎矣。宏先駭而叱之，使人守護，便從隔壁呼其父母兄弟來家辨認，語音舉止，信二舍也。酬對如常，歷然可聽。詰其家人姓氏，至於小名排行及生平隱事，一一皆知。索平居所著巾幘衫履，衆便檢與著之。晝則相共談笑，夜深乃寢，飲酒啗肉，擲色行令，悉無異於生時。但數欲呼其婦與相見，孝廉堅持不可，竟拂其意，咨嗟者久之。每竊聽其婦帷中哭聲，私自掩袂嗚咽而已。

又能道幽冥中事，及親見所亡過中外親識之人，現在某處，陳説罪福苦樂因緣，聞者泣下，若聽雍門之琴矣。吉凶休咎，言無不驗，以是遠近愈惑之，互來訪問，事如神明。衆問：「修行人亦受地獄諸苦乎？」曰：「持齋戒者，死得樂報，處於浄業堂中，無所苦也。」名醫、孝廉素不信因果之説，意爲妖怪所憑，心厭惡之，驅遣無策。如此一月有餘，完語其家人曰：「天曹命我爲雷部神，已爲我娶城東某氏之女作配，明日夜半聞馬聲至，吾其行矣。」爾日伺之，容色慘然。抵暮，忽與父母兄弟拜別，反闔其户而寢。中夜，果聞門外有馬蹄蹴踏，已又聞其聲隱隱向空而滅。衆取火啓扉視之，巾幘衫履，皆委於地，若蟬蜕然，神已去矣，但辮髮作丱角如舊，宛然故蒼頭壽郎也。衆聽其喉中忽響，便復蘇活。

壽郎活後，精神恍惚若癡醉人，三日方能言。衆推鞫之，具説本末云：「二舍令某代役地府。幸腰下解一小金牌與某作符記。某當初死時，兩脚甚健，趨走如風。東衝西突者凡三日夜，悉在深谷曠野、斷砂荒磧之中，足力憊矣。適遇一冥吏捉臂止之，驗其所懸之牌是真，乃收訖，引入空城子内，與諸人共住，粗給飲食，亦無驅使。某懵然迷亂者經時，不知何緣復活。」自此壽郎戒絶酒肉，從師披剃出家於慧慶寺，法號東明和尚。數年而終，余猶及見之焉。

後訊城東某氏之女，其家驢磨爲業，亦以是日死矣。乃知《宣室志》、《幽明録》

所記借屍還魂之事，種種不一，非寓言也。按《稽神録》載番禺村婦女爲雷師所娶，將至一石室中，親族甚衆，昏姻之禮，一同人間，姥呼其婿爲雷郎。

謝家殺蛇被訐

吴江謝甲，家世行善。其年元旦起，見蛇横井上，心訝以爲不祥，家人爭共擊殺，謝禁之不能止。三日後謝即暴死，死見地下主者如閻羅王狀，叱曰：「有人訐汝以人命。」謝曰：「某平生積善，未嘗有殺人事也。」王曰：「非人命即物命，有之乎？」謝曰：「有之。歲朝卜一年之休咎，今見井上有蛇，命爲不祥，故見殺於家人。某亦嘗力禁之，非其罪也。」王召蛇至，謂曰：「汝即死於非命，奈何以一善人償之？」呼判吏檢其籍，尚有陽算十八年。王曰：「地下一日，人間已是半月矣。汝即求歸，而故宅已壞，將如之何？」遣冥卒暫送至河南某府某縣范家託生爲男，了十八年之數。謝固不肯行，云：「某有父母妻子未了，寧死於家，不願受生范氏。」判吏復爲之跪稟，王於是命急送還家。既甦，猶未殮，才半月。家人爲其心頭肉煖而微動，故待之。其人行善如故。至十八年，竟無恙。又十八年，壽至九十一而終，乃知人壽有可延之理矣。

比部郎奪官償算

有比部郎某者，中於讒，無罪而挂吏議。歸數月矣，夢一人告之曰：「君當子貢之年。」比部曰：「嘗聞端木五十六歲，余今五十四矣，其不久於世乎？」更數月，又夢一青衣人，持虎頭牌召之曰：「帝有命，可速行。」追隨至一公廨，若王者之居。青衣人止之於門，見有冕服而坐堂上者，呼使入，賜之坐，謂曰：「子平生正直，而以讒搆奪其官。吾將以壽償子，更爲注陽算十年。」黄陜州云此公尚在。

徐文敏誤入酆都

正德初年間，吴縣人徐文敏公縉，爲翰林院編修，册封琉球國。還遇海颶大作，樓船飄泊一磯嘴上，人烟斷絶，道路蕪薈，不知何地。凡經七晝夜矣，文敏久在船，悶甚，頗思閒行，遂命一小史相隨登岸。行百餘步，遥望見孤峰秀出，其下隱隱有城闕宫殿之狀。文敏欲窮其跡，猛力前驅，入一谷口。約行二里許，覺路漸低，俄及大石牌坊下，榜有金書三字曰「酆都界」。

文敏震驚，心訝其非世間，遽轉身趨出。忽遇青衣女子提筐於小徑中來，文敏潛視行止，乃是二十年前亡婢榴花也。驚問：「郎君何得至此？」文敏曰：「吾已登進士第，爲翰林官，因奉册封差南還，舟遇大風，飄泊於此七日。偶來遣悶，不虞誤入冥中。汝今住此何所爲耶？」視其狀貌，依然爲女奴時，未嘗老也。榴花向前告曰：「妾嫁此中一判官爲妻，日來餽食，何期幸遇郎君。」已而判官適抱公案出，怒其妻曰：「汝與何人交語？」曰：「此妾舊主人徐公也。銜王命渡海，失風至此，安得不與敍舊？」判官便向前拱揖，問姓名，知是徐繒。文敏請檢禄命如何。判官曰：「相公後至天官侍郎，不及入閣，無勞閱簿也。」文敏曰：「某既來此，可得一見閻天子，問冥中事乎？」判官曰：「既有意，何不可者？請修十刺，以通姓名，某敬爲之將命矣。」時倉卒無備，判官遂出素紙十番，教文敏親書官銜姓名，如人間參謁禮，將引而入。榴花數目文敏而誡之曰：「茶至郎君，即傳遞左右，慎無妄嘗。」文敏唯唯。

凡經橋梁亭館數處，乃至大殿，甲士守衛甚嚴。刺既通，有冥吏二人，開西院門出迎，引文敏自西階而上。十天子止九人，披衮垂旒，次第降於東階，又如人間賓主禮，東西列坐。文敏坐東向西，九天子坐西向東。茶至，文敏傳遞去訖，便問：「嘗見人間塑十殿王，今何以缺一殿王也？」曰：「天帝使某等每日更番一殿，察人間善惡，往來南贍部洲大明國中，故不在耳。」問：「陽世尚貪利，喜奔競，阿附成風，黃金爲政，不知地下亦如是否乎？」曰：「冥中若同陽世，何以握生死之權哉？至如以金塗錫，以紙作絹，亦是餓鬼所須，正直明神不藉此矣。」曰：「僧道功德爲有益否？」曰：「無益也，惟拜《梁皇寶懺》爲最勝。亡者一聞懺言，便超度去矣。」曰：「此行可一觀地獄乎？」曰：「可觀，未免驚恐。」

文敏再三強之，乃引至一犴狴前，皆用青石甃成，上爲雉堞之形，其高插天。呼獄卒以兩手拽開石門，中有炎火飛出，烈燄赫然，光屬數丈。文敏大怖而走，急使閉門。天子曰：「此無間獄也。」言訖，遂回至院，謝辭而出。判官仍送之抵界上，尋路登舟。

明日，遣騶人往跡其處，周覽四隅，無非榛棘，城闕宮殿都無有矣。文敏還朝，話其事於賓僚，無不奇異。後果爲吏部侍郎，予告歸吳，不勤修善，疽發於腰而卒。是時吳郡守往京口，遇官舫南下，訊之，答云：「奉敕腰斬徐侍郎也。」

汪編箕入七重地獄

蘇城飲馬橋下居民汪國昂，編竹爲篦梳，人呼之曰汪編箕。萬曆壬子年二月，病疫而死，第四日乃蘇，具述其事於鄰人云：

初死時，見冥卒一人，用赤緶縛去。如從陰崖暗谷中行，不覩天日。至一處，有井，井傍有籃，盛之而下。見第一殿王，將某拷掠畢，復送至第二殿。並從井入，漸低漸深，輾轉傳送直至第七殿，深無際矣。拷掠如初，傳聲將某送至轉輪殿，受形爲畜生。某苦告求還。見王檢閱簿書，默然良久，便云：「賜銀三十兩，量延一年。」被前冥卒牽出，不由舊路，經到大海岸，推墮洋中，便活。

汪小人也，既活不肯勤修，反改業爲縣門幹力，鬻父所遺居得二十五金，又揹人先後恰得五金。首尾一年，果以癸丑二月某日復死。

泰山使者取人魂

王御史有功内兄查敬廷，嘗話其親戚中一婦人，臥病經年，淹纏牀蓐。忽夜夢有黄衣吏，持一布囊至。囊中先有一合子，云：「吾是泰山使者，特來録汝神魂，無他也。」解囊啓合，取婦人魂合之，結束其囊於背，負之而去。明日，婦人病遂劇，越三日乃卒。

二王秀才爲冥王

長洲縣甫里村，有秀才兩人姓王，一名憲章字以度，一名炳勳字子元，同姓同里同學，相善同弟兄，不同族也。

萬曆己亥，憲章有疾臥於牀，不能起。至秋七月，炳勳亦病。病經少日，恍然如夢。忽有兩青衫人領去，夾扶其身，徑將東行。不知可幾里，至一曠野，見公廨如人間都御史臺，猶未開門。訊之，領人曰：「此陰府也。」府埸上人烟湊集，車馬馳驟，但陰霾蔽天，不見日月之光。回顧有一術士設帳，談子平五星，炳勳便話甲子與看。術士曰：「君命盡於閏年，必過不得也。」炳勳誤閏爲壬，問曰：「某今年四十有七，若到壬子，只數年事乎？」術士曰：「猶恐目前難過，非有大陰功，上帝不爲君增算也。」

酬對未畢，公廨門開，引入者凡數百人，炳勳亦隨領人而入。俯伏階下，不敢仰視，見冥官坐廳事東偏，戴金冠，衣黄袍，有吏數十輩列其左右。以次呼囚犯名，間關至炳勳，便降階扶起，已而延坐，謂炳勳曰：「良友何須行世間苛禮。」端相其狀，則憲章也，曰：「一别不覺幾月矣。」炳勳曰：「人皆以死爲苦，如兄貴爲王公，雖莊生所云『南面王樂豈是過哉』！不知何修而得此。」憲章曰：「談何容易。某與玉皇香案吏一人往有夙緣，得册立爲冥王。兄將來與我同升矣。然裏面尚有閻羅天子之尊，總司冥務，標冠嶽瀆，我輩皆其所節制者也。」因命左右取章服與炳勳服之。

其時有一緇衣、一黄冠至，與憲章揖，不禮炳勳。炳勳私計此二人，豈即人間所稱五方座上匡阜與白鶴觀中仙官之類乎？遂問：「天子殿前相見之禮若何？」憲章默然良久，曰：「兄是犯人，還須囚服對簿，且不宜僭用此品服也。」復命左右將一寬大青衣蒙覆其體，用皂帕抹額。

頃報殿上開門，仍著領人引入。又經數重門，則宫闕巍峨，槍槊羅列，文繡炳焕，金碧輝煌。天子端冕南向而坐，官吏環侍兩旁，近數百人，各齎文書，請天子判署。同入而俯伏者，炳勳居三。其第一人泣告曰：「可憐客死於途，妻子不得相見。」第二人亦泣。於是炳勳不覺悲感，淚下如雨，厲聲而呼曰：「某一生爲善，正直無私。」天子大怒，罵第一人曰：「是你哭起，衆人皆哭。」叱手力齊手捉下杖之。未及行杖，手力捉炳勳不定，先摑其腰一下，痛而警覺，腰如折矣。既覺，病良已，不告憲章，竊話其夢於友人李中軍成龍。成龍取紙筆疏其語，遂爲好事者傳播於外，憲章稍稍習聞。至八月終，憲章病且加劇，謂其友曰：「子元有夢而秘不我告，何也？」便召炳勳至榻前苦詰之，輒爲具陳顛踣。憲章笑曰：「既有侯王之貴，寧復以幽顯爲恨乎！」至九月初十日，呼湯沐，具衣冠，臥於榻。是夜，甫里村民咸聞空中有人馬聲，颯若甚雨，自北而來，直入憲章之室。有頃，憲章卒，又聞其聲隱隱向北而去。自是人皆惜憲章之才，而異炳勳之夢矣。

無何，十月下旬，長洲縣録科舉。炳勳就試畢，倉皇出葑門，驀於子城内遇惡少年，乘怒馬奔突入城，馬首正中炳勳之胸，顛仆於地。僮僕掖而登舟，嘔血數升，至十一月十五日相續而殂。推驗其年，己亥閏四月。術士談星於地下，豈非妖徵之先見者乎？

至三十三年乙巳，凡經七載，兩王君之墓木拱矣。秋七月，成龍家顧貴染疫猝死，死後三日而蘇，告其主人曰：「某被人追攝去，路經一獄，獄門封鎖而有竇，無異陽間。

瞥見王炳勳官人披麻著孝在獄門内，問某何得來此。某對曰：『有攝人將某而至，不知何等。』王曰：『吾掌簿籍，知汝世壽未盡，當是錯追。我亦因誤録一縣令，故有謫事，三日後限滿出獄，上帝仍許復故職矣。』因謂攝人曰：『何爲濫取，速放彼還。』臨去呼某復廻，殷懃語曰：『有一小孩子爲我方便帶歸。』亦於獄竇中遞出紅衫孩兒，與某抱持。某隨路而還，將到家，經王官人門首，見其小新娘子映户而窺，懷中兒亦忽驚啼，便交與之。方入户，不知何人推却得活。」時二更初矣，喚婦令起燃火，而貴方雨汗交加。

成龍聽話歷歷，不覺大驚。明日凌晨，王家遣女奴來報曰：「昨夜小新娘子免身生男，相煩轉乞醫家一服化毒丹。」其時炳勳之繼母初死，才踰首七，故冥中亦著凶服也。

按《梁清傳》云「鬼有敘弔，不異世人」，豈虛語哉。成龍因以德祖名其孫，今漸露頭角矣。炳勳家故貧，凡喪葬嫁娶之事，悉成龍爲之經營。吳中孝廉俞琬綸，故炳勳門下知名士，亦高脱驂之義焉。

劉秀才入冥

長洲縣吳塔村，有秀才劉永清者，躓於名場以老，年六十，病疫而死。死九日，背肉已腐，復甦，自述云：

死時方熱極發狂，不知身在何處，見冥卒二人，身衣黑，持帖子來攝。家中陳設羹飯祭之，視其噉飲，不異生人，享畢便攝去。將至岸側，呼一小舟，寄載舟中。出帖子示清，爲旋風忽捲，野火燒却，遂不及覽。俄而水勢滔天，舟欹將覆，二冥卒督促入水。清有難色，卒云：「我二人先入，君尾其後可也。」不覺隨之俱入，身在水底行矣，耳畔但聞波濤澌湃聲。約數十里許，行至大石橋甚陡。二冥卒復逼行，清股栗不能上，二冥卒掖而過之。驀見曠野無際，陰霾蔽天。

又約數里許，始近城郭，引而入城，被捽其領疾馳，至一公署，大闕廣殿，環衛甚嚴。令清跪伏階下，見堂上坐者冕旒端笏，兩旁侍從數百人，具如吳城玄妙觀東嶽廟中之儀。有冥吏西向立，閱視名簿訖，唱云：「無大罪惡，發疾疫司聽勘。」二冥卒即押之出。

既出，見門外一囚，蓬跣著枷，急呼劉官人。清徐視之，乃郭吏部家監奴小周也。

小周云：「官人出此門，便獲無恙，仍歸陽世去矣。到家煩爲白某妻子，檢篚箱中文券十三紙，可速焚之。某爲此公案未明，受諸罪苦也。」俄見數小兒相率嬉戲，中有熟識，逼而察之，乃是女奴新婦之子茅孫，清居平所鍾愛者，以痘死月餘矣。俄又見清之祖父父母，衣冠儼然如生，並在一空室中，驚謂曰：「兒何以至此！」清具陳其追攝之故。清祖生爲鄉貢，今在冥中亦有職掌，聞發司以勘，喜曰：「兒年命未絕，若發疾疫司，我當爲兒周旋，從末減釋放矣。」

二冥卒促之行。須臾，引至一曹司，見文書山積，吏胥鼎沸堂上，二大僚偶坐如人間左右方伯狀。搜尋名簿，閱訖，却謂清曰：「措大雖無罪惡，間有小口業，量罰瘖瘂三年。」右者曰：「太輕。」左者曰：「念其祖薄分，恕之。」叱二冥卒押放還家。遂被扶却出城，但行如馬駛，都無所知，怳若夢覺。清後果病瘂三年，復享壽二紀而卒。里人顧植與清善，見其傳説云爾。

飲馬橋鬼魂

長洲縣郭秀才，家住府治東飲馬橋南，里人呼爲郭出糞。萬曆二十八年八月内，有販人十餘輩，常於夜半挑空擔出葑門外，販鮮魚入城零賣，路經飲馬橋。其夜籠月依微，忽見有男子三人帶兩婦人，婦人手中各抱一孩子，共大小七人，披枷帶鎖，一齊上橋，小憇橋欄邊。販人驚謂：「此時尚早，何緣放罪囚出獄？不明何等。」既去，凌曉販魚而還，郭家被里舍惡少夜半出捉蟋蟀，誤將紙燈煤塞籬壁中，隔籬悉是葉積，延燒臥内，廬舍蕩然，死於火者三男子、兩婦人又兩孩子，共大小七人焉。始悟夜半橋上所見者，即鬼魂也。其後七人魂入惡少之家，晝夜爲祟，依附其家男婦孩子，索命不絕。未及半載，惡少無病而殂。戚伯堅説。

屠兒前生公案

吴縣西山梅舍村民顧甲，屠豬爲業。萬曆己酉年間，白晝被兩人攝至東嶽，發山陽縣審。有群豬來索命，縣官曰：「無暇理現世人命事。汝前生非鄭汝弼乎？殺人公案猶未結也。」一召訟者至，姓王，對簿於庭。訟者曰：「汝怙勢淩人，欲污吾妻，不從，便抽刀洞胸以死。冤憤百年，爲證人不到耳，今到，可償吾妻命也。」官遽追集證人，證人對詞含糊。官因召冥吏檢籍視算，報曰：「算未盡。」官乃判案云：「審得鄭汝弼，係鄭尚書之子，依勢淫殺，理或有之，但凶器無存，干證支吾，况年代既殊，姓名各别，姑俟算盡，並追完卷。」判訖，命吏高聲誦之，凡三遍，問顧能記乎，曰能，於是放還。顧既活，素不識字，口授其父，筆之於書，傳於遠近。靈巖黄習遠説。

倪鐸誤替楊司理

嘉興縣楊鐸，字斯覺，擢萬曆庚戌科第，司理吉安。尋以病改教。至癸丑之歲，年六十矣，復患癘下不止，决意求歸，當路卒遂其請。楊少慕釋教，常持戒菜食。至是抵家，病轉劇，自以必死，與家人訣别。而擇中元日延請至行沙門，大設佛會，强掖於佛前，發誓剃度爲僧。髮祝未半，而夫人出閧，遂中止，其半猶未祝也。不意是日有追攝鬼使在門，聞經唄聲，不敢入。

適對門鄰人倪鐸，酤酒爲業，忽詣楊宅，見緇流作佛事，笑謂其左右曰：「人生固當死，佞佛何益！薄命貧苦，貴人能料理吾家，請以身代。」衆皆嗤其妄言。言未畢，出遇鬼使現形，直前持其袂收縛之，云：「奉命追楊鐸，今其家供養聖容，鐸又祝髮，我不敢近。幸汝同名，却肯代死，何容推諉，便請前行。」倪身才入門，魂乃隨去，去時累廻顧其妻，大呼云：「某命未合死，與合死者楊鐸同名，一時失言，爲鬼使捉替，曲相羅織。卿須守尸，過七日却後燒化，勿令參差。」語訖便死。

其夕，楊夢一比丘至，撫摩其頂，謂曰：「君有生象，須晨起聽好消息至也。」及明楊起，令奴扶出，猝遇倪妻縞素而入，具陳其事。楊私喜曰：「如是我何惜斷除煩惱障乎！」復命僧祝其髮半焉。明日密賻四金，趣令殮棺燒化，更無外人知。

至第七日，是七月廿一，倪果被論放還，覓尸不得，繞室號呼，怒其妻曰：「與卿七日爲期，何不少待！今楊鐸爲僧，別遣從僧中攝取矣，我歸又無宅舍，飲恨如何！」隔二日，楊竟亡也。倪家至今叫喚不絕，百日如常，曰：「身在何處，還我來！」同里包衡見而述於吳下。

顧偉見地獄變相

常熟縣居民顧偉，以醫業寓郡城之鶴橋，謹厚知名。萬曆癸丑夏，篤病旬餘，至五月三日，陡然起立，合掌而逝。人咸謂其善終。下屍於地，心頭氣煖，眷屬環聚守之。越三日復活，開目求飲食，便能起坐。

說初死之時，不聞鬼使追呼，冥然若夢。忽親覩觀世音菩薩真形，如今虎丘寺中行像，而身更廣大，儼然從空中下也。偉便頭面作禮。遂行至一處，見紫石城一帶，石色如磨盤樣，仰望峻極，不見女牆。城傍多有小圓窗，約可徑尺，亦漏微明。徘徊之際，遽失菩薩真形所在矣。旁有一婦人，年可五十許，上著青襖，下服白布裳，道貌端莊，手持寶珠，當前而立，語偉曰：「凡人去來，必須此窗中出入也。」偉下拜祈之曰：「何有爾許大孔容某身出入其間邪？」婦人曰：「既不肯入，且將汝遙望。」言未及竟，若有人掖之上者。

偉望見有數重門户，瓦屋彩樓，一大圓鏡安在高臺上，鏡光瑠璃，洞澈明照數丈，相望如月，纖微畢陳。婦人曰：「凡人善惡，隨心所現。汝一生罪福，安能逃此鑑乎？」引偉立鏡前，忽覺身在鏡中，從前隱穢，一切歷歷。懾然喪膽，不敢仰視，而從傍隱隱露出「善果」二字，偉心稍安。又覩黑丸子數枚，如龍眼大，掩映其内。偉怪問何物，婦人曰：「此是汝陽世未了公案也。」

俄而又至一處，見大地皆作黄金色，望之燦然，如積麥薪之狀。中間徑丈洞穴，類井形，其深不測，未詳下何物。婦人曰：「汝去不得。」曰：「是何地，不可往乎？」

曰：「幽途苦相，其變無窮，汝欲下觀，切莫忙怕。」因命偉躡梯而下，其梯長可數十尺。既下，以手摸城垣，又皆黄石側甃，鱗次葺之，極細密，如人間走花砌磚然。遍地漆黑，偉疑是黑暗地獄矣。已又至一處，見囚徒數十人，或枷或鎖，或鉗梏，或露髻，或無頭，或無腹，或無手足，或缺左股，或缺右股，或瘡爛膿血，或肢體不完，而皮肉皆好，然並是活者。已又至一處，見遍地人肉塊，形似冬瓜瓠，無頭尻手足，若大若小，旋轉不定。已又至一處，見長短棺槥，堆積空屋數間。已又至一處，見人形如怪獸，胸前一聚皆豬毛，有婦人胸生六乳者，形體多欠缺不完，完者約三十許輩，則皆童子嬰兒。偉至，相顧有喜色，曰：「某等無罪，恣意遊行，今無了期，不如隨君共尋歸路矣。」指向所積棺槥處，皆其屍也。偉四顧陰慘，心生愁怖，便與童子嬰兒，以手相引而出。

歷南大道二百餘步，寂無人跡，轉覓舊路已非，彌望皆水。前所遇青襖婦人不見，及所引童子嬰兒亦不見，停立少時，忽復有丫角女子，從地踊出，挑菜就水邊洗，遥見偉立，挺手一推，雨汗而甦。甦已，次第經歷種種地獄變相，奄然都滅。鄰里聞之，競來問委，答敘如前。口授不悉，因條記本末，以傳遠近，發願菜食長齋，供養三寶，先洗《梁皇慈悲懺》一部。

姚大理冥中辯答

明秀水縣大理寺寺卿姚思仁，久居憲職，望積蘭臺。萬曆壬子年春，謝病還家，常於夢中見人索命。至六月間，似夢非夢，見一使者齎板來召姚。倉卒間整冠束帶，著公服，徒步隨行。所經歷處，與世無異。恍惚至一公署，重門廣殿，丹碧炳耀。俄有藍縷惡狀之鬼十六人，椎髪敝衣，面目盡血，相隨紛鬧有聲，叫屈稱冤，漸來加逼。姚問何處人，曰：「山東人也。昔枉見殺，從公徵命。」姚乃南面而立，叱曰：「吾職本代巡，決録重囚，皆監司守令定罪，依而行之，何與於我！」言訖，群鬼稍稍引退，聚於門外，相守如故。使者引姚入丹墀，見冥王著衮衣坐堂上，牀几案褥，翼侍森嚴。姚乃升階長揖，王不爲動。姚心知其非陽道矣，然氣固不撓，從容告曰：「未委君侯見召之旨。」王曰：「罪何多也，今從汝乞命者不可勝數。」姚曰：「思仁生時積善好修，歷官二十年，未嘗枉濫一人，妄殺一命，安得有乞命者乎？有之，是誣陷耳。」王呼主吏檢按文籍，云：「可開簿檢其罪福也。」有頃，一黄衫吏捧出大葉子簿，黄紙簽標，開數幅，至思仁款，乃唱曰：「無大罪，亦無大善。」王曰：「誠然，何有爾許冤對耶？此曹當是受枉於下僚，而卿不與之申雪耳。」姚曰：「思仁奉天子命巡察四方，知有三尺而已，其枉與直，固無容心也。」於是黄衫吏出，向門外藍縷惡狀之鬼前十六人者，一一諭令且去，當别爲料理，俄而遂散。

姚乃進曰：「平生有過，不蒙見遺，平生作善，不蒙見録，豈冥中亦無公道耶？」王曰：「何謂也？」姚曰：「思仁昔年採訪河南，曾請朝廷三萬金賑飢，所全活民命以數十萬計，厥功顧不大歟？」王曰：「此吏部郎賀燦然事，非卿之力。」敕主吏再呈功德簿與看，見側注其下云：「燦然功九，思仁功一。」姚曰：「爾時賀燦然爲行人，此疏雖其起草，然上疏者實思仁也。」王曰：「汝初無意，乃燦然勸之，何勞説此！」姚曰：「思仁自河南復命，上此疏，萬一聖怒不測，罪在思仁，燦然豈得而與哉！」王聽其詞辯，遂出位抗手而言曰：「卿言有理，如此則功過亦略相當，卿與賀各載其半矣。」因謂曰：「候交代時，當更議也。然卿禄算尚遠，可速放還。」連催主吏。遂被前使者推却出門。初似墮層崖，少焉如睡而覺。

初，賀小選燦然在大行時，奉使入洛，與姚同里至戚。當姚行部之日，邀賀署中，從容讌語。賀曰：「卿爲繡衣使者，報命闕庭，能忘嘉謨之獻歟？」姚曰：「固也，竊嘗計之，無便宜可請者，奈何？」賀曰：「以歲之大祲，流亡滿目，誠得請於陛下，發御府金錢賑之，所全活無算矣。言無善於此者。僕行李之役未畢，有志從事，而尚未遑也。」因出袖中疏草示姚，姚讀既訖，遽納諸己袖中，尋即録其草以奏上。如冥中所記不差。至是得活，自言辯答辛勤，不可具載，遠近皆聞。包衡、金枝等説大略相同。

施秀才爲冥中花鳥使

蘇州府學秀才施安弦，字吉甫，住城西月輝橋轉灣。爲人坦夷，胸無城府，鬚眉飄然，雅有飲量。萬曆甲寅，安弦年四十九歲矣。三月十六日，右腿忽患淫毒，流注遍身浮腫。醫言毒宜解不宜潰，後竟潰下黄水數斗，合宅皆聞酒臭，浮腫雖平，色已不起。至五月初四日，忽召其二子萬邦、萬年而語之曰：「遠行之期，在今日矣，速營後事。」須臾神漸索漠，少時而死。

至宵分，忽翻身復甦，急索參麥湯飲。飲畢，驟能起坐，説死時有八十騎擁門相迎，一吏持版云：「天帝召去爲花鳥使。」因問吏何地，答言：「初點福建，後乃改北直隸。」問吏職事何如，答言：「務甚劇。所司花、鳥有二院，手不停批，搒掠無數。」問答既已，先行至一處，是大公署，暫停其下。見有人持出金冠蟒衣，來與安弦著。安弦既著，升堂坐定。尋思兒時便思仕宦，今齒將半百，老作寒儒，死乃得爲陰官，亦復何恨。但念人間事都未了，妻兒親舊俱在吳下，北行路遠，舉目無親，豈可妄受此職。即據案修疏辭謝，封付來吏，脱金冠投擲於地而起。

忽見後堂突出黄衣老翁，以頭向安弦胸上一撞，幾踣於地，就視，乃先君也，讓安弦而罵曰：「地府之官，權位甚尊，且上帝所命，汝安得辭！吾方出苦趣中，與汝母住此相待，今一旦辭職，徒重父母之罪，於汝安乎！」言訖悲淚，又語安弦：「汝既不便之官，可乘此暇往酆都一觀地獄變相，還語於世人也。」

逡巡有人引安弦入酆都城中，其地黑暗，無諸日月，但見數萬罪囚在地獄中，悉受苦報，刀山劍樹，火坑鑊湯，宛轉呼號，曉夜無息。主酆都者稱是韓公，不詳名號，如陽世都憲之職。安弦似曾識面，因煩贊成辭疏。韓公欣然首肯，令安弦且暫還家，由此得活。

其夜楓橋周大來，安弦舊主人也，亦夢安弦車騎詣門辭别，説北行赴任，未知辭得脱否，兼就其兒索所借後場文字，付兒萬邦收讀。明日端陽，大來使兒入城問先生病，參語夢兆，曰：「無之。」苦懇，才言死狀，駭與父夢相符。至初十日早起，安弦忽向二子說：「冥使到矣，辭疏似不下也，如何！」至十六日早起，安弦又説如初，惆悵自責，因云：「辭疏奏聞，不合，嬰觸帝怒。幸遇鶴上二仙，我隨至其廬，都非人境，拜求方便救解。一仙不顧而入，一仙已諾我矣。」問二仙姓名，安弦搖手曰：「不可。」但說：「記得堂中春帖子一聯，速呈紙筆，吾當書出爲驗。」安弦平生不喜聲律，忽便於枕上題「翠羽碧翎王子氅，緗縧絳緣呂公裘」，凡十四字，其下注云：「仙人所乘二鶴，皆能作人語，疑即是青田使者，非世間凡鳥比也。」至廿一日早起，安弦又説遠行必矣，迎者三官舫並狹小，不堪住，怒之，姑令易其大者耳。其夜安弦於枕中唱曲，通宵如此。至廿二日早起，頻呼湯沐，誡二子「勿以鬼言浪傳於世，恐人笑其荒唐。但地獄之説，汝曹不可不信，勉植善業，凡百柔讓。婁公唾面自乾，千載可師也」。是日薄暮，復索紙筆，留要語示二子。及方拈筆，已落地不能舉，有頃便絕。家人焚衣於庭，其衣悉布製者，無端現出異花。眾驚視之，皆纏枝牡丹錦也，斯尤異矣。安弦是宋明經懋澄内兄，希言因懋澄以友善，懋澄親見其尸如蟬蜕仙人。

孫陳留三應冥數

陳留令孫養正，蘇州吳江縣人，少有英才，風容美麗，常行市上，顧影自憐，婦女多隨看之，雖潘仁、衛玠未之過也。年十八，舉吳江縣茂才，館於鉅姓，方修舉業，數爲東牆所挑，因爾放蕩不檢，頗負輕薄之譏。

時新娶妻，生一子矣，夜宿館中，天猶未曙。忽見二皂衣人持版來至牀頭，稱府君教喚。養正訝是郡縣大夫招尋，諾之而起。坐未定，又有胡帽長髯人直至牀頭，訶驅甚迫。養正即頓臥牀上，泯然如盡，其魂不覺隨出。路遇親知，告而莫應。於是出吳江城門，行可十餘里，奄至一處，城郭宮闕高麗，都非人間。

入門升階，望見當廳貴人，儼若王者，衮冕南向，視養正而不言。養正心知其爲陰道矣，泣告無罪。王敕黃衣吏引至西廊下，發閱罪簿，見其簿堆積於大格，縱橫可三尺許，展之几席皆滿。中載己身生年月日、里族妻子甚詳，後列名第官禄，字頗模糊，而其下並注蠅頭小楷，閱不甚真，然半是生平曖昧事，慚悔無及。黃衣吏仍引之至王所，王問：「有是事乎？」對曰：「有之，罪實不在養正也。養正父老妻少，子才彌月，家事百無一了，尚希寬恤，敕令自新。」王亦首肯再三，乃判「十月日」三字於案後，令前二皂衣人送之還。推下階級，須臾便活，欻如夢醒，日已暮矣。

左右云：「以爲郎君且死，獨心下未冷耳。」是時往來觀者，窗户疊跡，然不敢以實語人爾。後誓戒酒色，憂不自勝，至其年十月十日，安然無恙。主人曰：「夢耳，曷足憑乎？」强持杯勸飲，遂復飲如初。才十月又奇十日，而聯捷癸卯、甲辰科第。既擢科第，後謁選得陳留縣。爲縣甚有聲，頗以修潔自勵。無何疾作，才十月又奇十日而告歸。歸未久，倉卒而逝，似復有鬼神召之者，逝之日却是十月初十日也。三應冥數，一一無差焉。同年舉人王騰程説之。

達上人入冥

蘇州東華嚴寺沙彌浄達，乳名午孫，葑門外人也。少有戒行。萬曆甲寅正月初五夜，夢在葑門俗家，有人叩户連呼午孫，便被攝去。雲昏霧暗，狼狽前行，須臾入城，豁然宫闕，其門如雉牆之形，並畫虎頭，嚴峻無比，上有金字榜額帖聯，類城隍廟模樣。浄達入門跪階下，見兩傍堆積於地者皆麻布襆也，襆中微聞喘息聲，似有人在。問之，云並是陽界録來未結公案者。俄見朱衣貴人垂簾而坐，攝人白云：「追午孫到。」貴人云：「既已出家，且放去。」因囑净達曰：「此去爲僧要信心，我爲汝勾却文簿也。」遂舉筆抹其名。

攝人引出，且導净達西行。至一處，滿堂僧衆，見其亡過先師海潤，方倚案數錢，散與徒輩，直視净達云：「汝安得來此？」答云：「弟子被攝，今蒙放還，偶來遊戲耳。」海潤云：「隔壁雍熙寺慧蘭師，今日分家忙甚，汝來恰好，亦分少許去。」數錢十文與之，問：「欲見慧蘭師乎？可進去。」又經一重門，果見師跏坐在禪牀上，牀頭倚一竹杖，周遭壁上挂衆僧袈裟數十領。既出，徘徊庭序，奄見兩廊下鎖繫藍縷僧徒無數，都不相識，驚嗟良久。於是遂還，回頭却在玄妙觀東嶽廟前。忙走還寺，遍街積雪，泥滑不得前，被攝人推仆於地而寤。寤後猶記榜額帖聯，與沈顥輩説，停三日，盡忘之矣。净達自言。

第十 靈祇

紫陽真人

永樂年間，蘇州葑門外有一軍士，相隨鄭和太監出使。行至海中央，颶風欻起，湧浪滔天，飄過東洋當復數千里，舟傾人溺，主將亦亡。獨此軍士善泅，依附船板，捽至一島中，適爲怒潮推送海岸而蘇。既登岸，四顧昏慘，陰霾蔽天，心知非人間世也。恍然復進里許，乃見島中宮闕臺殿，金碧琳琅。宮門有六大金字，牓曰「紫陽真人之府」。洞户晝扃，悄無聲迹。

適有婦人於水邊接淅，年可三十許，青帕抹額，身着淺緑裙子，垂輕紅裲襠。軍士端相，乃其亡妹三娘也。見兄相持而慟，問何爲至此。具述覆舟之苦。乃引至其所住處，宮殿之外，悉是民居。

妹婿爲府中手力，因追攝人，自外而還，深相勞苦。引入府中，經十餘重門，趨而進，匿身階戺以窺。見真人金冠巍峨，端正非常，坐絳紗帳中，威儀嚴峻。左右官吏兵衛數百人，各有執事，務甚繁雜。中庭設大木架，一人懸於架下，有鐵鈎鈎其背，流血殷地。逼視之，乃城東何指揮也。西頭跪一婦女，首戴大銅盤，盤中燃熾炭，飛焰赫然。驚問妹婿，云是即指揮之妻也，因私受盜者銀盆之賄，不言於指揮而枉殺之。盜既死，理冤於上帝，故犯斯酷罰，自悔何階。又見旁有朱髪鋸牙兩卒，持戟守此二囚，迴眸視軍士，有怒容。軍士震怖，急出，不更周覽，便懇求歸。三娘苦留不可，婿與俱詣冥官所，乞一小符驗。遂有小舟來岸，呼共載。三娘又相持而慟，囑其閉目，慎無妄視，乃別。

軍士臥舟中，耳根但聞波濤風雨之聲。忽睡如夢，拂旦起視，却在葑門外楊枝塘上冰陰邊，歸則妻子招魂葬矣。奔赴何宅，則指揮疽發於背，宿昔困篤，夫人亦病暴頭火丹，醫師滿堂，計無所出。軍士於靜處細説冥中所見如此，略及銀盆之由。夫婦惶懼，不敢隱諱，遽命出其盆銷之，得若干鏹，悉捐以作佛事，薦亡禳災，水陸並設。旬日之間，疾並獲愈。近見一坊間小説分作二事，殊未核。

水府神

龍陽書生曾壽貴，過洞庭湖，風浪甚猛。同船擾亂，壽貴獨蒙被而臥。忽夢至一大宮殿處，堂上坐者如帝王之狀，趣召貴入，賜之坐，謂曰：「如此風波，少年何故冒險而至，舟中莫有黃卷通否？非此人，舉舟葬魚腹矣。吾是水府之神，汝可言於世人也。」既寤，風已定，得濟。推驗果有黃卷通者，乃其同學諸生，事父廣文極孝，故感格至此。卷通後亦登仕版矣。古云「孝通於天」，豈不可信。

插花李王

常熟致道觀，舊有梁朝七檜，至今夭矯。其西廊李王廟最靈應。自來常熟人相傳，此觀爲李王宮。

萬曆癸巳年十二月五日，觀門火發，幾延廊廡，居民奔救不及。余宗人錢繼發、良棟等，住在觀之側近，各各登樓顧望。忽見火光内有數十官舫，蔽空而下，篙師水手，幾及百餘，並挽天河中水以滅赫焰。隱隱聞風濤之聲，隊仗旌旗，繽紛照耀。而擁黃蓋著白袍立於舟首者，驚是插花李王。頃之，飛焰頓息，止燬轂門而已。凌曉並詣廟中，委悉詳視，則梁上所挂數十小舟，水氣淋漓，苔沾荇漬，行舟土偶，皆泥濕如汗，宛是夜所覩者。一時士庶老稚，並下拜焉。家侍御岱爲文以記其事。李王本長興人，南朝神中所稱長興李烈士者也。

小姑神

尚書劉洪，湖廣安陸衛人。歷官至掌院，歿後贈秋官尚書。二十年前奉使還楚，舟過小孤山下。小孤相傳爲小姑，即所稱「嫁彭郎」者也。是日遭暴風怒濤，舟幾覆。篙師云：「貴遊至此，皆齎酒脯紙馬，獻於夫人。」尚書曰：「爲我許之，後當酬願可也。」既許願訖，頃之風霽得渡。

後遂負盟不酬。及歸林下，常見小姑神於夢寐中，頻來索願。家人有病，卜云是神爲祟，尚書終不之信。無何，小姑神白日見形，責尚書食諾。尚書題詩兩句拒之，云：「寄語小姑休妄想，老夫從此不行船。」姑笑而謂曰：「我出一對與汝，能對則不復索矣。」尚書曰：「何對？」姑曰：「十八歲女子經行流紅。」蓋嘲及尚書名也。尚書亦茫然無以應之。姑遂持詩而去，從此絕跡。

明年歲朝，尚書出赴鄰翁社飲，其路迂遠，而賀節之士女喧鬧於市。相隨一小蒼頭忽告尚書曰：「某家對岸即是，何不乘此小船，濟之甚便。」尚書遂從船，才登，立足未定而船覆矣。小蒼頭猶未下，得不死。按謝靈運《江妃賦》有「宮亭雙媛」之句，即指大小二姑神也。

周宣靈王

周宣靈王，不知何代人，或云屬五顯靈官部下，而庵寺中常以爲伽藍神。神在徽州休寧縣，靈異甚著。

今蘇州閶門内寶林寺傍亦有祠焉，衮冕巍峨，疑即寺中昔時伽藍香火也。萬曆辛丑年間，殿宇鼎新，祈請輻輳。寺僧跛者，占籤如響，日坐獲二三十鐶。乞香水者不絕於途，遂奪二郎廟之盛。

其時余偶客休寧，訊之民間，曰：「神被冤而去矣。」更訊其本末，具言曰：有一惡少年，暮夜與鄰婦通奸，伺夫出輒隱入其家。一夕夫自外歸，兩人歡狎之際，聞扣門聲甚急。時月色如水，少年與其婦枕中設計，先拔婦頭上銀簪，銜之於口，被髮持衣，伺夫入門，忽聳身從窗中躍出，口喃喃作靈語。其夫驚異，跡之所居，側近有周宣靈王廟，見此少年突入廟中，忽失所在。還詬其婦，婦曰：「去來恍惚，疑神降於家，此身如在夢境中也。」夫遂信以爲然，竟夜不寐。黎明入廟，細視神像，宛然銀簪在髮焉。由是歸禍於神，謀欲移居他所。蓋此少年夜入廟中，直取銀簪插於神帽，冀相煽惑，而神爲無賴所冤，昭雪無地，不能復安其位矣。

明日神到蘇州，夜半見形於寶林寺中，召僧語曰：「吾周宣靈王也。帝命福此一方，可告鄉里，重新廟貌。」言訖。欻然而滅。又明日，寺僧宣教百姓，興工助役，遂大事之爾。

後休寧人家占驗祭禱，寂然無應矣。至丁未歲，少年奸迹始敗露，里人無不訟神之冤，神亦復還休寧。寶林香火恰盛六年，遂歇。

神記室

閶門外有一能書少年，因病許府城隍廟中爲記室。常時呼喚，夜而入，旦而出，自云爲神繕寫劄刺。神亦常出，與經過神舟逢迎報接，此人隨行趨走，惟恐其後，還家便困憊，若睡者幾日矣。面目之間，覺有靛色。《前定録》載韓晉公之吏兼屬陰司，主三品以上食料，以今驗之，其事不妄。

點鬼朱衣神

嘉靖甲寅、乙卯年間，倭亂吳中。鄉民有中於鋒刃而死者，有不得入城而死者。西閶門外釣橋、度生橋兩處，暴骨露屍，互相枕藉，然腰纏之中所藏金銀珠玉甚多，人莫敢近。惟張老復陽者，常於靜夜遍搜而得之，頓獲無數。守至夜半，驀見有傳呼語言。漸近，乃是官吏十數人，一朱衣，餘俱皂緑，抱案而至，列炬數行，火皆青色。張老懼，遂臥於死人中，聽其按據簿書稱點死者名姓，其屍一一起應，點畢踣仆如故，獨不及呼張老名姓。俄而又遍閱之，閱至張老，曰：「此老漢非是。」提而出焉，遂過，過後猶聞其於前途推驗未已。張老大驚，便挾重貲倉皇走歸家。從此富，今子孫爲西昌販繒兒，尚在，乃知人死即爲冥司所録矣。

海瀆神

山東登萊之間濱海處，有書生某，博綜經史。家貧無館，留意尋求。一日行於郭外，路逢戴蓆帽著黃衣長鬚使者，持金二餅爲贄，曰：「國王遣吏，邀公爲世子作師，方欲詣門耳。」言訖送金，立強其去。書生亦昏然無拒，不覺與使者俱馳至海岸，身如塵中行也。頃之，舟在岸側矣。既登舟，令書生閉目熟寢。耳中但聞風濤之聲，逡巡就泊一島上。舉頭見宮殿高敞，羽衛森嚴。黃衣引立於門外。主人是王者，黃屋古纛，冕旒袞衣，庭中列戟樹幢。傳呼開中門，延書生入，降階迎接。登堂賜坐，既再拜，王磬折而謝，命其子出拜，執弟子之禮。引榻東向，而延書生坐，稱爲先生。坐定，復傳呼張筵西院。行酒畢，遂捲珠簾，命奏樂，絲竹繁亂，曲調新奇。須臾下食，見書生筵上不舉箸，顧左右別取人間食與先生食。食至，備極珍豐。謂書生曰：「吾是海瀆之神，歲時享祀，此牲牢酒食與人間都無所異，幸先生勿疑。」書生然後敢食，獨辭不能飲耳。明日，乃開館於別室。其子風儀秀朗，可十四五歲，而姿甚敏。書史未見者，一經指示，無不淹通，宛若夙解。由是一月之間，治經書略遍，皆卒業焉。暇則教之學書，落筆便佳，不煩程督。書生曰：「子今業就，吾可以歸矣。」王懇留不從，因敕擇日置酒，送先生歸。

書生於席上從容問曰：「某一生禄壽可得預聞之乎？」王召冥官至，命取東堂簿籍來檢之，謂書生曰：「先生極有壽，餘不足問也。」既而訝書生不飲，又命取西堂簿籍按之，見書生姓名下一「酒」字甚小，於是遂判一大「酒」字，厚贈金帛，仍遣黄衣送之還家，謂曰：「此金帛是陽世所用，非陰道物也。」既出，黄衣駕舟偕行，復令閉目如初。

書生在舟中如醉如睡，明日起視，見身臥其家庭樹下。婦疑是鬼，集衆開門，交唾其面。書生具述本末，且驚且喜，蓋已招魂成服，設靈儀於堂，將二年矣。所得金帛，一如人間。而書生自此酒量漸寬，酣飲以樂餘生。因知酒爲人禄，相傳不虚爾。此事與《庚巳編》所載鎮江胥教授事頗相符。

水府修文郎

吳人張太僕鼎思，由館省左遷，以行太僕分署滁陽。時州學秀才七人，時時呈窗課就正焉。

是年萬曆辛卯，南都復當鄉試，七人者同來詣別。七月廿一日，太僕使人送至浦口，給一小官哨以行。既至其地，中有少年生姓宥者，故有若子孫也，肘後若有人掣之者，忽心動，託言其婦就館，勒馬便回。內有歐秀才怒止之，不得，輒聽其去。明日六人主僕共船渡江，有賣雞人求寄載於船尾，發江口才二三里，遇暴風船覆，此六人皆溺死，而所隨之僕並賣雞人並爲破木所載，漂流至燕子磯頭，獲登岸無恙。

明晨，歐秀才忽形見還家，經日，向其弟求紙筆，立遺命曰：「我爲水府追去，即補修文郎缺，忙甚，許以暫歸，處分家事。此後守職不得來矣。」敕嫁女金姐於姻家，粧奩什物，一一筆之於紙，分撥常稔之田若干畝，以養其母。由是舉家哀慟，審其已死，設祭於堂。秀才欷歔不食，曰：「安能使我下咽乎！」問水府何門往來，曰：「自有道路宮室如人間也。」達暮將別，語便哽塞，曰：「同袍相待久矣。」奄然出門而去。咸見人馬擁之，漸近而没。其夜奴歸，凶問踵至，妻女哭赴水濱，招魂葬之。

玉圭神女

常州吳生，參政公孫也。髫年美風度，議婚未諧。一日毘陵城上徒行晚歸，偶與一女郎同路，或前或後，相傍相偎。女郎年稍長於吳生，姿容妖媚，韻度綽約，真靈人也。有四女奴從焉，皆妍冶上色。顧盼之間，輒通眉語，問郎君居止何處。生喜不自勝，曰：「敝居咫尺，肯迂駕乎？」女郎微笑。生乘暝色，遽前擁之而歸，匿於密室，不令人知。

是夕置酒對飲，備極款狎，逡巡，滅燭敘歡，弱骨豐肌，曲盡於飛之態。生既未近女色，女郎又宛然處子，誓心伉儷，永結綢繆。如是纏綿者浹旬矣。室中時起貴香，芳風發越。女郎晝則作女真妝束，常服淡靚，不加新采。晚則花鈿滿髻，濃豔照人。左右見者，無不蕩魄。

於時春色漸酣，名花爛發，女郎謂吳生曰：「東望吳山越水，靈氣蔚然，吾將往觀。」一生即駕二樓船，從女郎出游。兩月之間，虎丘、茶磨、六橋、三竺諸勝地，無不探焉。綺羅圍繞，路人驚異，謂是神仙之遊也。

臨發杭城，令生多買好粉臙脂，不計其數，久之乃返棹蘭陵。吳生一日窺其小妝匳中，見有碧玉圭徑尺許，問何用。女郎曰：「卿自諦觀，何問我爲？」檢之，圭足乃有鐫摹「玉帝」二字，填金所書。生頗錯愕，戲之曰：「夫人能執此朝玉京天帝耶？」女郎曰：「卿何了了若是！」以生年未及冠，每易而狎之。又一日，出其所秘藏簿籍示生，則吳族某貴人新雋魁者，姓名裒然其上矣。暇則私向生説天上事及諸神仙變幻，又教以房中玄素之術，生由此精神倍常，知其審神人也。

然歡洽既久，兩情如膠，女郎既不甚藏密，吳生亦略無疑懼。家人憂郎君爲邪所魅，陰遣道士結壇誦咒驅之，寂寂無驗。最後得某法師術，揮劍擊之而中女奴左臂，女郎大呼詬駡，與生惆悵嗚咽，挈四女奴白晝凌空而逝，疾如風雨。所傷之臂脱墮階前，視之，乃土偶臂也。

無何，家人於城北一古廟殿中，忽見九子魔母妝塑，姿容絶麗，旁有四侍者，一折其臂，容貌依稀宛如前遘。吳生竟無恙。所延法師不疾而殂矣。

案《會昌解頤》及《河東記》載，越州觀察使皇甫政妻陸氏，出脂粉錢百萬，别繪魔母神堂。忽遇善畫者從劍南來，一夕而成，光明燦爛。觀察擇日設齋，大陳伎樂。復遇黑叟荷鋤而至，直上魔母堂，舉鋤以劚其面，壁乃頽，撫掌笑曰：「恨畫工之罔上也。如其不信，田舍老妻足爲驗耳。」遂自葦莽間引一女子，年十五六，薄傅粉黛，服不甚奢，艶態媚人，光華動衆。頃刻到寶林寺，百萬之衆，引頸駭觀，皆言所畫神母果不及耳。攜手而行，二人俱化爲白鶴冲天而去。由此驗之，魔母信是神仙麗質，吴郎所遇不誣矣。《玉堂閒話》亦載，南中僧院有九子母像，裝塑甚奇。行者少年夜入其堂寢宿，有一美婦人引同狎處。與此事今古相符。

王府基夜行神

蘇城周二，家住城西，善謳，少年場中人也。夜從平橋東親故家會飲，周以赴家路遠，里鼓動即求去。才出門，經張王府基，行可十餘步，遙聞呵殿之聲甚急。頃之，見列炬燭天，鹵簿隊仗導引極盛，填隘路岐。周疑官寮夜過，乃映身頽牆以自匿。見乘車者貴人，絳衣金幘，威儀侔於王者。車傍有數十騶御，相訝云：「此中安得生人氣！」急敕搜捕，得周二。周二大恐。訊其觸忤之罪，命騶以土擲面，推倒在地而去。

去後漸遠，周二徐徐起行。既至家門，已閉矣。呼其婦開，連聲數百不應。心甚疑怖，不覺聳身踰垣而入，覺身如飄風，了無所礙。其婦尚篝燈夜績，周二前語，曾莫瞻顧。因立燈下極力大呼曰：「某自外至！」即又不聞。幼女在傍，亦弗之應。周私自怪曰：「豈吾已入夜臺耶？不然其夢乎？」泫然流淚，復踰垣而出，還詣張王府基上求覓其屍。若有人引之至屍處，見身如瞑，横於道上，死矣。百計排入，合爲一體，乃復重蘇。凝坐良久，忽聞鼓下二聲將絶，遂強起，仍詣平橋東親故家，款門，席尚未散，備話歷歷。衆共愕然，使三四人持燈護歸。

既入門，問婦云：「何不應？」婦曰：「向坐燈下緝纑以待卿還，後忽聞鬼嘯聲，急懼而就枕，不虞卿之遊魂也。」相與悲喜，如隔世人。明日引鏡自照，土痕猶被面焉。

周二慨餘生之難得，遂茹長齋，終身不復夜行矣。此張王府基，僞周廢址，宜多鬼物。如周生所見乘車官人，得非士誠死後爲神耶？蔡文源與周二善，見其自說。

宫亭湖使者

九江湖口縣郭門外有旅店，安泊往來商賈。一夕有兩皂衣投宿，腰插騾鞭，形軀短黑，文書箱袱，結束宛然。店人知是伍伯邏徼之流，送歇樓中，酒食湯沐具備。隔壁有估客宿焉。夜半，估客枕上覺陰風凜颮，但聞踐蹋檐瓦之聲，心生疑異，潛起穴壁以窺。見有同伴伺立檐牙，敲擊樓窗，密呼彼云：「此時尚熟睡耶？」兩皂衣亟從被中著衣起應曰：「來矣來矣！」吹剔篝中殘火，對鏡櫛髮，束網帶帽，復將行李一一裝裹，砑然推開樓窗，聳出窗外，反身滅火，踉蹌而行。估客一一覩視分明，駭汗如雨，睫不及交。旦起語於店人，環視檐瓦周遭，皆觸碎矣。云是宮亭湖神部下所遣使者。

乘龍神

某州王氏女，既嫁而見疑於夫，歸諸母，不能自明。其州有玄君捨身崖，因往投崖而墮，母長號送之。已而夫入於房，微聞牀上呻吟聲，揭幃視之，則所墮之婦也。訊之，曰：「覺初墮下時，有數百朱衣神粧飾雄偉，乘龍而至，攜兒於龍背，冥冥來此，怳惚不知所自也。」舉家驚異，遂爲夫婦歡好如初。

韋蘇州

唐韋應物，爲吾蘇名刺史，死遂爲神，廟在蘇州府學中。郡縣以春秋祭享，士子多往宿其廟乞夢。

有常熟人屈夢龍，少隨父秀才寄居於學之西廡。每夜見韋公著大冠絳袍，車騎人馬，旗幢繖蓋，並從韓公祠前大椿樹上冉冉騰空而去。比還廟，亦從此樹下來。升降出入，赫奕輝煌。或初更，或昧爽。同居措大，無不見之，見者亦無他休咎。癸丑八月十一夜，夢龍於方秀才席上説。

鳳陽神

鳳陽編户周家，時稱巨室，止生一兒，一夕爲赤面長神擕之馬上而去。或云是炳靈公行經空中，赤子無知而觸忤之耳。後其家懸賞募覓，空中復墜小兒於鄰家土炕上，抱還乞賞。

雷神一

姑蘇閶門外度生橋下，三十年前有沿河民家，夜爲雷火所擊，覆其炊釜於地。明晨啓釜以視，地上有梅花一枝，是白土所畫，恍然疎影横斜之致，生態逼真。觀者如堵，經月餘，其跡漸滅。

雷神二

隆慶六年四月三十日，暴雷震電，天雨冰雹類大石子，蘇城遠近數十里，塡街塞路，如積玉焉。而葑門外藏冰之室，啓視皆空，莫測其故也。是日，府東飲馬橋頭官井中，忽見清泉變爲緑酒，居民爭來汲飲，醉相枕藉於地，糟漿之氣逆人鼻。而張芝麻家泥罇滿堂，開之中無一滴在矣。其年石首不登於市，爲無冰也。乃知雷神無所不極其幻哉。里人許士龍見而述焉。

雷神三

江陵縣秣陵鎮有胡駝子家，耕田爲業。同區王豪四者，素強暴，時爲村正，數覓胡事，無風起浪，百計侵淩。胡憾恨既深，謀欲火其室廬以洩積忿。是夜月色如霜，胡不謀諸婦，持火潛往豪四家，在鎮西，相去十餘里路。既至，匿身牆側以伺。忽聞堂中有木魚聲，燈火未滅。訊之鄰家，云豪四妻坐蓐，方召婆羅門誦經。胡惻然改意，自念吾仇其夫，何忍殺其子母，且延燒良善人家，是大不祥也。遂棄火而返行。至中途倦甚，遇大石橋，就地假寐片時。夢中爲霹靂一聲驚醒，恍覺有金甲神推而起之，見形欻滅，視其背已挺然矣。時天清雲淨，明月印溪，胡亦莫曉所謂，然心知上天所默佑也。行至家，呼其婦開門，婦幾不識其夫。胡曰：「我故胡駝子也，足乏矣。」索茗飲坐定，具言其故。婦曰：「君不告我而去，萬一計行，將若之何！」明日王四來，胡出見，與之金四鐶。王視其背直，異之，固訊再三，方吐實。亟還金，叩頭謝過曰：「某負公矣！某負公矣！但拙妻夜產一女，異日閨中夢蘭，請以女嫁公之子。」已而胡婦果生男，兩家遂結爲婚姻，往來不絕。此萬曆近年事也，與元至正間泰興馬馱村民司大、李慶四爭田事頗相類。

雷神四

萬曆年間，西洞庭翠峰寺比丘維心，初構精廬三楹，窮極華美。四壁新塗白堊，方念得畫師好手繪之，中夜霹靂一聲，雷神下來，爲寫山川樹木人物屋宇，無不具備。明晨起視，燦然光明，宛是四幅梅道人水墨圖。神已不見矣，雲氣滿簾，空翠如掃。旬日之間，士女駭觀，皆言所畫之神。吳下名流，嘖嘖嘆羡，莫能繼色。

雷神五

廣東人家，風雨晦冥之中，一雷神落地不得去，赤髮猙獰，狀如獸，頭似彌猴，角肉翅青，手執緑玉斧，語其家：「亟延正一道士來誦《清浄經》出我。」須臾誦畢，騰空而去。或云此上帝之使，名雷鬼也。

按李肇《國史補》云：雷州有雷神，至秋伏蟄，其形似人，掘取可食。非即其物也耶？考之唐時晉陽、江南宣州、潤州，皆有雷神墮地，蓋不獨嶺南雷電之鄉而已。我太祖嘗作默坐，適前殿雷擊，恍惚見殿角有人，長三尺，青膚而翅，狀肖猴，兩目睒睒有光，向帝稽首騰空而去。乃下詔曰：「五雷著迹於殿庭，其減膳自省。」據此則唐人之説非謬。

雷神六

江陰卞氏，雖居村落，實舊族也。萬曆初年間，家有丙舍三楹。一日遇風雨雷電，掖之而去，不知所向，僅存遺礎而已。場中曬麥十餘石，亦被捲盡。門前大槐樹數章，是百年物也，悉摧仆於地。雷神斧其枝條，長短粗細，悉成棍棒，十枚爲束，相次累於牆下。雖工於析薪者，莫能尚焉。其家由此漸落。

雷神七

虎丘周韜者，賣天池茶，爲人溫雅。己酉年五月中，遇一敲竹卜者過其家，云：「君六月一日愼勿出門，當有大厄，非禳所免。志之志之！」周記其言。

是日，有鄰里互訟於縣，衆挈相看，辭不入城。午後，忽遇姻家沈某攜酒榼游虎丘，強拉同登仰蘇樓。三爵之後，兩人倚闌眺望，霹靂一聲，烟火滿屋，周、沈並震死於地矣。後沈救甦，病數日復死，周便不救。其家迎神召將，有判隱慝，有判淫報然。人知其誘少年淫於虎丘關神廟中，不知其陰事也。

先年間，楚中一僧募緣補寺，積貯施金五百。後忽破戒受髮，還俗娶妻，出營商販，絕不以檀波爲念。偶舟經虎丘，與周邂逅甚歡，留連累日。僧云：「吾有橐中裝，欲收蘇州芽茶，往京貨貿，如何？」周云：「茶利甚倍，某當效力。但今歲已暮，非其時矣。屈指來春清明節，倏忽兩三月事耳。」僧意欲於買茶之外，別市吳中紗羅珍玩，見周誠信可託，遂傾貲付周，任其幹辦完畢，約春盡北行，過吳門，旦至暮發矣。周遂書五百之契畀之。此僧別去亡何，病於途中，不得達家以死。一夕游魂叩門，號哭而歸。其婦大驚，相與哀慟。僧坐牀前，言語如平生，因出懷中契書置牀褥下，謂婦曰：「吾已死矣，五百金付託蘇州虎丘山前周家，汝於褥下檢契書收訖，急往取之。」言畢，忽然不見。其婦取火揭褥，果得契書，閱視其中年月姓氏里籍，悉有條貫，紙墨宛然。心知僧爲鬼矣，明日便設祭成喪，連夜買舟南下，與其兄共行。因蹤跡僧所病死處不得，便馳往蘇州，訪虎丘周家。初，周見契無辭，問知僧已死矣，歎息久之，忽懷惡念，便不肯認，復聽其婦所述魂歸，益以爲誕妄，竟攘其契無還。妻孥勸解，薄助資斧發遣，其婦大慟而去。然則神巫之語，所謂隱慝非耶？彼卜者談言微中，抑何神驗若此乎？

同擊死者沈某，住下新橋，家頗殷富，無他大惡。第此人平居喜淫童女，有海虞某公子風，穢聲播外，天譴似不誣矣。

雷神八

萬曆庚寅五月，余避仇江北之海陵，借城外民家園林肄業。堂後壘石爲山，名藏山堂。堂之西偏與書舍僅隔兩垣，有老奴孫枝宿其中。一夕雷聲駭空，電光繞室，簷宇震蕩，烟氣彌漫。余大恐，蒙被而臥，謂奴必擊死矣。明日起視，奴故無恙，惟堂屋頂上裂穿二三尺許，圓如井形，堂壁大柱之中皆爲雷神鑿空，洞然到底，週遭瑩浄，類斧斤削成者，而其外漆堊如故，但覺氣甚腥耳。奴云：「火來急，不及整臥具，伏地竊窺，閃爍之際，見有天將六人，朱髮靛身，兩目如鏡，手各攫一大蟒蛇，纍纍從屋頂井中次第騰空而上。」驗之，果有蜿蜒之跡焉。堂前植西府海棠一株，大可蔭三四席地。春月開時，遊人如蟻，州境之内，誇爲名花。此樹又與堂西偏隔一垣矣，被雷神斧其下枝，插東頭藥欄中，餘無所損，竟不測何意也。

雷神九

萬曆近年間，雷擊蘇城大僚家舉子旗竿，自頂劈下，直貫至底，若鋸開之者。其家後亦無他。

雷神十

萬曆二十年前，有西昌輕薄少年兩人，挾二吳姬，泛舟越來溪上，避暑追凉。酒既酣，諧謔媟狎，靡所不至。忽聞雷聲殷殷，舟師諫曰：「雷真有神，不可出穢言以黷其聽。」兩少年且笑且詈曰：「雷安得神乎？是何足懼耶！」略不介意，笑樂如故。忽霹靂一聲，從水中起，舟檝震摇，將此二人並二姬髻髮各各解散，相對而結。窘困良久，舟師代爲哀祈，乃始釋放，還復分開。仍卷舟中衣帽衫裙、樽罍器物咸入於湖，了無遺者，惟舟師之物不動及。晚天霽，稍稍能起，相顧神如癡矣。時余讀書虎丘山中，客來傳説。

雷神十一

萬曆丁酉冬，余移家種花池上，夜留雲間友人宋孝廉懋澄宿華池館中。兩人大醉，至夜半，袒衣而寢。垂曉方寤，左右報云：「五更雷震，外傳擊去北寺塔頂。」余兩人不信，急推窗看之，童然矣，相輪至重，亦已無存。

雷神十二

萬曆中，雷擊蘇城人家堂柱，斷其下半截拔去，却移磚石一橦承之，宛若甃成，不曉所謂。

雷神十三

萬曆辛丑九月盡時，蘇城四人往虞山拂水巖進香玄君，返棹齊門。其葑門一人見岸上有鬍鬚人招之飲者，固不肯留飲，強登岸，其三人促席舟中，飲醉，霹靂一聲，二人震死，一人怖死復活。其舟師夫婦將脱帆，咸見空中有雷神，赤面虬鬚，朱衣皂帽，左手持文簿，右手操筆一枝，自帆檣蜿蜒而下，直入舟中，閲中央人非是，但提前後二人，跪於岸側擊之，雷神復騰空而去。

明日，此兩家收其屍骸，並往玄妙觀前，召天將下叩，云：一人是宿業，其前世同伴八人，海洋中共劫客商五百金，謀害商命，此人復將七人謀害於海，獨攘其金，故獲斯譴。一人是現報，其家與大姓後門對，大姓家暴殄粥飯於門外，此人收拾，日飼其欄中豬，豬將米餕飯粒作踐狼藉，爲天神所窺，蓄怒久矣，故獲斯譴。兩人髀肉間並有青紫處十數，類杖痕，斯雷神之所爲也。

雷神十四

萬曆癸丑七月初八夜，雷擊蘇城齊門内新安二店人死，一人死於火。居民見火光中有朱髮鋸牙金甲神，捽其髮於火中，一人從樓窗中跳下河濱，居民見火光中有白鬚巨目赤面金甲神，自河中捽其髮起，復入火，肢體並折，頭面傷腐。觀者盈路，莫不震驚。初，二店人皆少年喜淫，移居其地，開蠟燭行，遠近如赴。吳俗奉佛事神，廟中齋醮，恒須此燭。其店臨水，皆琵琶女兒船棲泊處也。店人每召此曹入樓中，晝夜荒淫無度。買燭者至，即用穢手檢與，了不爲異，宜其震死。陰誅鬼責，豈虛也哉！

花脚神

常熟秦應陽，大河著姓，希言稱爲姊夫。嘉靖戊午，入貲太學，攜家口赴南都。

已達燕子磯，怪風暴興，波浪山湧。鄰舟後先淪没，秦恐怖命盡，至心祈天。忽空中有神，垂一花脚下來，踏定其舟。脚長可數丈，如鏤雲雷之文，惟不覩身首。既得免濟，徐徐而没。

場中神

嘉靖辛酉，常熟秦太學應陽，赴舉南都。其年有浙江貢生湛某，失名。老於場屋，寒栖京師。秦與傾蓋交歡，挈同邸舍。迨及考試之辰，周旋備悉。湛行裝至薄，徒御惟一老奴。衆以其耄，獨留守主人舍。是日負壁酣眠，不求飲食。

比暮，二子相次而出，見老奴睡方醒，精神猶癡，連聲歎息曰：「休矣，今科郎君又無成名分矣！」湛怒其言不祥，詬之。老奴曰：「某竟日場中，郎君所執之筆不嘗失管於地乎？拾起置案上者，某也，何遽忘之？」湛大異，私語於秦，委有拾管之異，因逼問所見，欲驗其真。先叩「吾兩人號房安在」，具對某處某號，歷歷不差。問更何所見乎，曰：「場中所見，無非鬼神，但至公堂玄袍披髮而坐者，貌類真武；明遠樓緑袍按籍而坐者，貌類梓潼；其下赤面大刀而馳馬巡行往來衝突者，貌類關侯。如此尚多，不全記也。」

又説日西鼓動，忽内院傳呼紛鬧，發出三色小旗，插於號房簷角，絡繹如織。獨黄旗一面，解頭某人居其下。餘舉子悉派紅旗，其不中式者皆青旗矣。驚問：「吾兩人房插何旗？」曰：「看來都是青旗下人也。」秦、湛聞言，意色甚惡，口雖詆其荒唐，咸謂可怪。未幾放榜，喧傳解頭姓名，果與所説相符，而二子並落羽東歸矣。方知場中見者，老奴所飛之魂也。未詳内簾復何神主張之爾。秦後謁選，官北京兵馬指揮，莫測湛終。

周　孝　子

常熟周孝子廟，棟宇嚴邃，香火之盛，甲於一邑。廟有井，居民請香水煎湯藥，病者多愈。凡子爲父母請者尤驗。後和紫蘇莖葉同煎，汲遂無虚日矣。歲以九月廿一爲神上壽，潔牲獻爵，插花加冠，陳設之儀，備極華整。

成化元年，李文安公傑，計偕上春官日，詣廟禱辭。其夜公宿舟中，夢神金幘緑袍，降於庭，怳若畫所見者，吟一聯詩贈云：「至尊厭聽如簧語，莫向金門弄晚風。」覺而異之，不曉其義。明年丙戌擢進士第，值放館，主司命「禁苑聞鶯」爲題。公得一東韻，即以夢中句續成，判云「結有神助」，由是入館。時憲宗登極，所幸萬貴妃用事，方搆閒桂宮，幾易上意，公因事納諷，蓋出神所授矣。後歷事三朝，位至春官尚書。張應遴説。

白馬神官

祝繼志者，山陰天樂都人。儀容端潔，面白皙，光采可鑒。登嘉靖癸丑進士，自比部郎出僉江西按察事，領道南昌。其年進萬壽表歸，中途遘病，欬血，七日不食，結跏而坐。忽起謂夫人曰：「病不可爲矣。然吾將有所之，差勝此地耳。」夫人驚問其故，俛首不答。固請之，應曰：「非久當自知也。」

時行李已憩於館驛某所。一日，家中老奴某者，聞天樂隱隱自西南來，聲響漸近，怳惚之際，見一白馬神官自空中下，突入其堂，馬高於窗户。上檻解鞍，鞍高亦幾及之。神官南向端坐，呼奴令跪，謂曰：「南昌缺城隍，上帝召爾主往補，爾急勸之西行。」奴如教入告繼志，便取冠帶公服，與繼志著。舉家震駭，訝奴爲狂。繼志不著冠帶公服，却令夫人具朝衣冠服之，又命傾牀頭新醞三爵，設香案以迎神官。夫人不許。

神官大怒，便喚奴出，敕手力縛之於庭，賜二十杖，鎖械甚酷，楚不可忍，號呼突入臥内。

夫人强與繼志粧束，出於堂上，與神官酬酢，賓主之禮，一如人間。少頃，則群僚與騎從畢集庭下矣。觀者可數百人，填咽馳道上。奴乃操弓發矢，向外射者三，衆稍稍引避。繼志與神官共酒畢，執笏而立。忽天漲黑，暴雨如注，震雷驚電，撼蕩簷宇，繼志已坐而逝矣。

旅櫬停泊其地，凡浹旬，日見櫬中時出香烟如縷，俄而貴香滿室，茵凴几席，皆生氤氳。及櫬入舟中，又十餘日乃歇。奴被杖者，昏臥經旬，精神猶癡，視其臂與兩手，並有青黑處，身上縛痕尚存。天池山人徐渭親見其西賓諸君史秀才，傳説甚悉，記其事焉。

洞庭君

萬曆丙申，常熟縣東鄉徐政肅，因隨父官湖廣湘陰縣武障司巡檢，舟停瓜步。有漁人網一金色鯉魚，可長三尺，鱗甲煥然，鬐鬣撥剌，數以目聽人語言。政肅異而買之，篋中藏有小銀牌一枚，戲取以自題姓名，貫於魚項，放之揚子江流。

經數日，行李出小池口。其夕夢有黃袍神，自説是清源趙真君，謂政肅曰：「卿有放龍子之事，陰功昭著，洞庭君爲請於上帝，異日當爲湖中水神矣。」政肅驚寤汗洽，心色俱壞，密不以告人。遂奉其父之官湘陰。

歲餘，其父以公事入武昌城，政肅相從而行，旅宿鸚鵡洲邊。一夕，又夢有緋衣神，自説是洞庭君，授與硃紅漆杖一根。政肅再拜受之，神遂去，瞥若風雨。復驚寤如初，乃具白二夢於其父。回帆直濟洞庭，踪跡洞庭君廟。既至，則唐人柳毅秀才也。賫酒脯紙馬，獻於廟，陳請情事，言辭哀苦。望見神像威儀甚嚴，恍與後夢相符，不覺竦然，如有所覩。及出廟門十餘步，夾道多垂楊掩映。徘徊之際，委有硃紅漆杖一根遺棄草間，歎曰：「神所貺也，敢不敬承。」便命左右拾杖登舟，心謂可怪，莫測何等，惟將此杖供於官舍，旦夕焚香參禮而已。

自爾政肅以幽憂感疾，積漸沈綿。至戊戌秋九月十五日，據牀而坐，陡覺精神恍惚，狂惑失度，謂其家人曰：「洞庭君來迎我矣。君言適有海運之事，曹務繁冗，須我佐理。玉清宮詔敕已下，不可復反，如何如何！」已又曰：「門外緹騎可有百餘，旌旗隊仗，羅列於庭，而赤鬚小吏甚多。」家人驚起，咸無見者。已又曰：「楊四將軍與焦公、晏公擐金甲、乘白馬來也。」便呼更衣，命取其杖，題三十二字於上，辭如古語，玆不曲載。自爾遂不復言。

至二十日黄昏，奄然而逝。家人悉聞騎從之聲，望空漸滅。相傳云，近年有鄉人過洞庭，往往遇之。其兄政芳，親敘斯異。希言嘗聞魚服之龍，能銜明珠，以報人恩。寃哉徐君，獨罹夭酷，斯又何理乎！

三王太尉

長洲縣荻匾王氏，故宋朝王太尉子孫。其先多爲神，别開一港，賜名神涇。然爲神者多不壽，厥後相與壅塞此港，靈聖都絶，而族無夭折之患矣。至今村落皆立王太尉廟，又傳有萬六太尉、百十五太尉，並是扈從。思陵南渡而徙家於斯者，文孫中有癸卯舉人王騰程，嘗爲希言説之云：

先世宅舍在荻匾者，製極宏敞，高麗甲於吳下，層廊曲榭，連亘相通。其旁田疇阡陌亦至廣，宗族盡比素封。後以歲澇積逋，子孫家漸旁落，謀盡斥其堂皇丙舍，以輸官逋。

正德中，婁江有某侍御者，持數百金至，賤售之，凡宅所有，悉入於券，立命工數百人，登東西廂，撤其瓦木。料理之次，忽見二丈夫，身甚長，一雲冠羽衣，一絳袍金幘，容貌魁岸，目光射人，自堂之前軒而降，厲聲謂侍御曰：「吾子孫雖貧，産業不可强而取也！」一言絕便出門去。家人咸見此二丈夫，冉冉從野田中行，與烟霧俱滅。侍御了無所怪，既卸屋，裝入鉅舟。

明日路出陽城湖，正當秋霽，逡巡晦暝，疾風暴雨，吹砂揚塵，所裝數十艘一一潰散，木石磚瓦，漂蕩無存。咸知是三太尉神靈所爲，侍御狼狽殊常，望空拜謝。少頃風濤頓息，所失不計其數矣。

第十一　靈　祇

龍神一

蘇州府學前居民小奚，以櫛髮折枝爲業。其婦容姿絕美，娶近兩年，忽有一白皙少年，身著素練衣甚鮮潔，每伺小奚出，輒至其婦寢室，往來誘狎，遺以酒食金繒無算。奚婦悅之，私相結好，備極綢繆。

忽一日，有戴胡帽髯奴款門，報王者至。少年急隨之去。有頃，聞前呵聲，奚婦閉户窺於簾隙，見儀衛導引甚盛。其官人著金冠，衣朱衮，巨目虬鬚，貌頗獰猙。後騎從百餘人，皆介金附韃，則少年與焉。婦大怖恐。

明日少年復來，婦問：「昨所過者何官，狀貌真可畏也。」少年曰：「非陽世官也，是震澤龍王，昨夜過尊經閣中，造水府册子，某亦以此淹留，與卿諧露水之歡耳。然慎勿語於外也。」婦曰：「蘇城亦有人乎？」曰：「遠近州縣死數甚多，本城合死者不滿百人，記未真也。」忽小奚自外入，乃見此少年與婦同席飲酌，笑語喧然，大怒，屏氣以伺。有頃，見其擕手入幃，半身悉是蛇鱗，遂驚訝，拾磚擊之，空過無礙，少年化爲白氣一道，其光如電，穿牖而出，跡亦遂絶。

是時龍門鳳池兩岸人家，連夜望見尊經閣上燈光燭天。後數日，胥江颶風驟起，舟船覆溺，死及七八十人，半是送南倉橋褚氏殯而歸者，其他處沉没不計數。考其日，乃支干家所稱「龍會日」也。因知少年爲白蛇之精矣。里人陳粲親説甚詳。

龍神二

萬曆庚子，永平城南有龍王廟甚靈，日漸就圮。土人告於官，謀鼎新之。官以公儲匱乏爲辭。土人云：「第求府君俞其議耳，龍神自能取山木至也。」官怒其欺罔，叱而去之。民祀既淫，神妖亦作。其年永平大疫，咸謂此神爲祟。郡邑上葺廟之議於觀察使，竟與判允。

旬日間，忽有怪雲生，惡風起，迅雷急雨交作，土人喧傳今日龍王伐木也。蓋其地與虜中接壤，若甌脱之間，極多大木，皆廣可數圍，年深歲久，斧斤之所不及者，一夕爲陰兵數百伐取殆盡，平明悉仆於地矣。十人入山，見所遺神斧四柄，其柯木黑如鐵色，長可四尺許，斧鋒利若新淬，燦然奪目，面有鐫篆文字，以此審非人間物也。每斧須數十人肩之，還解於官，乃知土人之言不妄矣。

又不旬日，水暴漲，大木蔽江而下，積亘數里，首尾不斷，浮至廟前而止，悉中國未有之材，以數千計。於是鳩工建廟，規制宏敞，十倍舊觀矣。秀水姚侍御思仁與黄州牧説。

龍神三

張光州外孫陸二郎，住蘇州包衙前街口。揭衣踐溺，忽見雲端有騎，蓋數百人，護一黄袍金冠者在空中行，旗幟戈甲，人馬紛鬧，與都御史威儀無異。某甲不覺踣地悶絶，魂遂攝赴府城隍廟中矣。其夜俟城隍歸，詰責之，然後放還。復蘇，具述所見，乃是震澤龍王行雨，城隍與焉，不虞觸犯鹵簿，幾不免於髠刑。明旦暴雨如注，三日乃止。聞於高承先。

龍神四

福州古田縣有龍母祠，祈禱最靈。相傳龍變爲美少年，與居民某氏女交，有娠，以明年某月日夜半雷電中生一子，天明失其所在。至更餘，復來就乳。如是歲餘。母謂其子曰：「吾兒終不令母見面耶？」子曰：「恐見之不利於母。」母曰：「寧見兒而死，於願足矣。」遂約定某日午時到家，母盛粧而候之。至期，風雨晦冥，飛沙折木，白龍垂首而下窺於檐，母啓户見之，立怖死。乃厚葬其母。近村半里有石壁數尺，龍穴其中成洞。居民因建祠塑像，龕帳中焉。水旱必禱，靡不肸蠁。

後歲旱，稍弗應，衆相與舁母像於庭，鞭其背。忽有雲起洞陰，俄而盲風怪雨，震雷驚電，卷去室廬樹木數百家，揭其鞭像者於半空中，復墜地，如此者三，然後擊殺。衆望空列拜，許鼎新母祠，方止。此龍母與吳中繆氏女事髣髴相符。其斯爲四靈之長歟？司農員外郎長泰陳訏謨説。

都城隍神

北京都城隍神者，天下城隍皆其所屬。神所居嚴肅，殿宇巍峨，羽衛環列，一如王者威儀，人莫敢輕犯焉。

隆慶五年間，杭州某衣冠宦於燕邸。有一子方少年，未踰弱冠，已舉秀才，爲入貲順天國學。聰慧殊凡，過目成誦，父母並珍惜之。乃與京中一同年，假其西山内莊居作館，延浙東高材生爲師。家人馳送供給，絡繹往來。

莊居有池館，據西山之勝，朝烟夕嵐，明滅窗牖，民居七八家隔溪相望。中見一女郎，年可十六七，姿容絕麗，常衣淺紅衫子、白練裙，備出妖冶之態，煽惑少年。少年神蕩魂銷，不復以經史爲意矣。思之成病，不喜飲食。師訊其故，具以情告焉。其師狡妄人也，貴成其姦，不虞陰譴，乃謂少年曰：「子具酒牢，我爲撰章，奏焚於都城隍神座前，藉神之力，助子成就嘉姻。」少年具如所教，乃與師潛自入城，禱於神。

焚章奏畢，食頃，廟有巫者降於庭，倡言曰：「君家事已下文禄司梓潼帝君，查考君乃萬曆二年甲戌科狀頭，壽當九十，師亦同榜進士也。今欲私通室女，不善莫大焉。至有穢言黷於神聽，已減折其禄算，即十九歲夭矣。師與淫謀，教人不善，蔑禮義之訓，播淫佚之風，立命抽腸剮之。」言訖如醉而寤。

少年與師大恐，急還山中。明夜，少年夢金甲神來，命左右取鉗鎚，執斤斧，鑿其頂骨，叱而語曰：「汝是萬曆二年甲戌狀頭，今爲不善。天帝已察無錫縣秀才孫繼臯有夜拒淫奔之事，其父又行善，即以是科狀頭改賜之矣。汝二人死期將至，何爲尚滯於此，可速還家，猶及與父母相見也！」少年驚覺，悸汗如冰，急還家白於父母，乃言爲先生所誘如此。衣冠大怒，詬責其師，師亦慚媿無地，已腹痛三日矣。又三日，師下痢死，少年亦中夜心痛暴亡。

其明年，穆宗皇帝升遐，今上龍飛，改元萬曆。越明年，殿試果孫侍郎作狀頭矣。然則國家歷數已先定於冥中，異哉，人奈何不爲善也！吳興靜山老人胡君親炙其事。

郡隍神一

蘇州崑山塘上有一野廟，其中並小泥神也。萬曆辛亥冬，府學秀才某住閶門，因赴督學歲考，而還舟經野廟。長年登岸貰酒，秀才亦起閒行。甫入廟門，就地溺焉，訝曰：「何爲儘是小菩薩，不見有大菩薩也？」吳人稱神道通爲菩薩。言畢而出，便下船。

抵暮到家，身覺爲風寒所侵，入室遂臥，中夜病熱甚，恍惚之際，見騎蓋繽紛，隊仗無數，羅立於庭中。官吏伍伯樂人侍者凡數十隊，並長尺許。頃之，擁至牀前，乃是晝於塘上野廟中所見者也。秀才問：「汝等何爲至此？」群起而對曰：「廟中缺少大菩薩，迎公往赴任耳。」便舁登車。秀才與其妻訣別：「我失言以侮鬼神，自悔何及！卿可速具酒牢紙馬，遣人往崑山塘上某鎮相近一野廟中，誠懇祈禳，或得放歸，則一助也。」言訖死矣。

明日昧爽時，秀才復甦，語其妻曰：「與卿作別，眾便掖之出房，投一襆新衣爲某粧束，冠帶甚整。聽卿哭聲漸遠，乃知身已死矣。在車中者，魂也。行可二里許，見棹楔立道旁，似府城隍廟前，細視『威靈顯赫』四金字是真。此時鼓吹不作，呵聲寂然，某便強欲下車，入廟參謁。眾固不從。某大怒，欲笞之，不獲已，強下於地，令某獨入，約云：『謁過便出，愼無妄言。』諸魅群趨於廟塲東角以伺。既入，仰視郡隍神衣冠昂然，據大殿上，方於燭下判案，手不停筆。兩旁侍立官吏，皆人也。麾幢旌節，一如刺史之儀。某跪且拜，神略不爲禮，便問：『汝何官職？』應曰：『秀才也。』神遽叱退命吏，褫其衣冠，責曰：『秀才尚是布衣，安得僭濫名器一至此乎！』某泣而告曰：『因赴學臺試而返，路經崑山塘上野廟，戲言衆神之小，其夜遂蒙騎樂相迎，願垂救拔。』神變色，猶未之信。某告曰：『見在廟門外。』神敕鈴下出擒。逡巡，鈴下還報曰：『果有之，驚潰而散去矣。』神謂吏曰：『查是何鬼物魅人。』即遣甲士持符往取。某便乞放還，神曰：『須留與彼對簿。』某又擊顙數四，神索文籍來查陽算。見一官跪唱曰：『未盡。』因令左右送出。既出，望家而奔，疾如電逝，附魂屍中，然後得活。」舉家聞言，驚喜交集。及暮，而祈禳之使偕巫祝數人還報曰：「五更初，廟中火起。塘上居民競見火光中有鬼兵數百，捽官將之髮而去。」百年香火，一朝蕩然。

郡隍神二

萬曆壬子年，蘇城有一秀才某，家甚貧。其妻子常多病，詣肆卜問，輒云城隍部下傷官爲祟，頻索酒肉不絕。如此經年，至割青衿入質庫中，備禱請之費。復病如初，又卜，仍説此鬼求食。秀才怒，乃爲文以告郡隍神，焚於爐中。還家少頃，見鬼物憑其婢，而揚言曰：「冤哉冤哉！某所求者幾何，輒以黷於神聽？今被笞掠無數，革我皂隸，押付幽都，永無超脱日矣。」言訖號泣而去，已漸無聲。妻子從此病痊，康豫如故。

郡隍神三

浙江省城隍，相傳是國初周新，至今靈異，廟在吳山之顛。海寧陳太常與郊，長兒祖皐爲縣諸生。萬曆乙巳冬，祖皐之妻母死，夫婦同往海鹽塘西經紀喪事，遣奴在硤石鎮治祭。忽遇滿指揮捕鹽鎮河，爲販人格殺。去家既遠，不知根本。時掌衛印者，指揮采成文也，夙怨太常，輒搆祖皐於津要，曲致其罪。聞者冤之。

當獄未定時，成文與同里諸生沈瑞徵厚善。采家貧薄，不善詞章，沈貲巨萬，兼工刀札，兩人深相要結，指天約誓，若共計得陳氏財物，彼此擘分，無有欺負。爲盟既已，便令瑞徵往説太常。太常謝曰：「陶朱公以千金死長男，遺恨青史。吾貧故無金，即有之，亦不信莊生言也。君其休矣。」瑞徵援引再三，終莫能動，艴然辭去，潛求於臥內往來者尼媪女巫，以達意太常夫人。夫人謂能出其子於獄，諾之千金。先從所親家轉貸得鏹六百緡，付子客，夜投沈氏，丁寧寄託，太常都不聞也。比瑞徵得金，竟違前約，悉入私橐，密其事不告成文。因而周旋疎闊，成文意甚怪之，揚言欲出文書，辭氣增厲。子客告急於瑞徵，瑞徵謝不出見。子客勢且窮迫，乃走白於成文，具陳曲折。成文大驚，隨偕而往，相與面質有無。瑞徵計亡所出，左支右梧，而慚沮色變矣。於是牽衣跪庭下，逼申舊盟，周章荒亂，語澀不流。成文出門歎曰：「吾乃爲豎儒所賣！」遂乘津要之怒，偽通辭款，祖皋大辟，由此鍛成。

不數旬，而瑞徵疽生於腹，痛苦負牀，叫號宛轉，白晝見冥卒執符牒云：「奉城隍神命來追。」自度不起。適會狂僧挂瓢著笠，繫膏藥纍纍於曲竹杖頭，入里門大呼曰：「賣仙人奪命膏！」繞街數廻，索直甚昂。舉家異之，捐錢數貫。狂僧取錢留藥，便以藥貼傅瘡口，應手潰爛，洞出腸胃，遂絕。走跡狂僧，不知所向矣。

又不數旬，而成文亦暴卒於家。目中彷彿見太常衣冠入門，連喚對事，守之而去。初，太常嬰難慘毒，晝夜呼天，晨起，則著囚服蒲伏往訴於郡城隍廟中，爲文祈死，訟冤泉下。未幾，果下世。徵等後先有此報，凡與獄者，相續淪亡，無幾年間，殂落殆盡。所知金三枝傳説。

郡隍神四

蘇州府城隍廟前湯秀才重鼎，年未三十，急於科名。萬曆三十年間歲朝謁廟，爲文以告於神，求減已算，早薦鄉書。觸忤威靈，其春便卒，若天奪之魄然矣。

關漢壽一

萬曆初，職方員外郎某，掌山海關事。一夕，夢漢壽關神降於其庭，召而語曰：「明日當午，有異色人抵關，載牛頭七輛，必痛禁之，不可納也。」職方敬諾，驚而寤。及明，即嚴飭軍士儀仗守關，戒毋得妄入商人車輛。令下畢，日漸向午，果見有人推七乘車直抵關下，窺之，皆牛頭，與夢中神語符焉。於是守衛益密，固不容納。垂晚始推廻車子，曰：「此處不受，合載至西邊人吃也。」塵埃一起，已失所在。

其年報西國中犯牛頭瘟死者十七，而薊鎮、燕都、畿輔之間，民獲無患，乃知關神所默助焉。相傳山海關門上有壯繆侯祠，英靈夙著，東北賴爲干城，不虛矣。

關漢壽二 紀先封公遺事。

亡祖府君，少好節俠，性豪宕，不能下人，遂遭詿誤，謫田遼左，客今寧遠伯李公家。寧遠嘗父事府君，又師事之甚恭。

遼陽有關漢壽祠，在鐵嶺城外，最多靈異，香火繁盛。府君時時往祭禱焉。其年嘉靖己酉，先世父武選公赴順天鄉試。先君時爲鐵嶺諸生，一日五更時，扶侍府君入廟謁神。父子各攜一燈，既至，有廟祝趨出迎拜府君曰：「賀喜賀喜！適來夢中蒙神降靈宣教，敕某速起，云錢封公至矣，攜兩燈來，告其有一燈息一燈也。」府君謝之，遂舉燈滅其一，率先君瞻禮而出。先是，府君兩目俱盲，且十八年往矣，是早從神廟歸，道經廟前大石橋，月色中忽有聲從空而下，如霹靂然，目開如故。心以爲祥，無何，捷報踵至矣。其冬世父鄉薦，後復從都下返鐵嶺衛，將扶府君南還。

府君與世父、先君父子三人，同行至山海關口，夜宿主人翁孫氏。孫，老儒也，留飲甚洽。談笑之間，府君從容歎曰：「莫非命也，吾鄉者夢神人贈詩，有『千里馳驅蘇武節，百年功業子陵鈎』之句，今方十八年，乃得生還，何謂非先兆哉！」孫起而對曰：「某聞蘇子卿十九年在匈奴，未聞十八年也。」府君愕然不悦。是時有司假牒以歸，府君雜家隸中，冀得脱身於關。而部使者主關政，見府君美髯下垂過腹，笑謂世父曰：「此而翁也，莫相誑。來春先輩聯捷，僕請折關門柳絲贈行矣。」禁弗出府君，府君遂還舍於孫氏，父子兄弟三人，相持慟哭而别。

蓋明年庚戌，世父果擢進士第，而部使者始愧謝，餞府君行矣。往返計十九年，果符神人夢授之語。而酉一登，戌一登，壯繆降靈若券授焉。後世父爲駕部郎，始上書白府君冤，有詔洗雪，府君遂脱戍籍，封如子官，享年八十有七。

關漢壽三

萬曆辛卯歲，余因隨亡叔廉察公補官都門，凡數月，乃得山東武德道缺。剋期將發，余亦鬱鬱思歸，夢魂恍惚。時宮詹學士陳公于陛、春官尚書于公慎行，並廉察叔雁行，於余有朝士之賞，咸思提挈，止余不行。余心佩之，然歸志决矣，擬明年再覓良便入京，不欲負二公惓惓。

出都之日，先詣前門外東觀世音廟中，乞籤得四句云：「鑿石方成火，淘沙始見金。青雲終有路，只恐不堅心。」其籤訣一小帖子，下刻此詩，上方即畫鑿石淘沙之象，及有書生乘馬在雲中行者。余拜而出，因復詣西漢壽亭侯廟乞籤，又得四句，云：「佛説淘沙始見金，只緣君子不牢心。榮華總得詩書效，妙裏工夫仔細尋。」余誦畢，不覺驚駭，汗浹如雨，自歎下界愚蒙，以何因緣，一時獲靈異於大士、關神，叮嚀告戒，其言相符，若券授然也。

是歲余歸而遭母艱，尋染大病幾死，壯心如灰，形容困悴。二十年來，不復作長安夢矣。慚負古佛明神以雲路相期，徒爲天地間一廢人耳。然雖無榮華，亨有虛譽，未必不本於詩書力，因漫記其事於此。

關漢壽四

南濠利濟寺，有關漢壽像，舊爲本寺伽藍。寺僧設齋，常爲人所盜食，因移像供於香積廚下，請神監齋。後以爲常，忘歸舊處。一夕僧聞闢户聲，連呼不應，乃止。明日起視，則像自行至外殿，承於故位矣。僧云：「凡兩度移之，皆然，遂不敢動。」時歲在丁未。

關漢壽五

海寧太常少卿陳與郊，隆慶庚午冬，以鄉薦計偕入都門，夜泊山東臨清城下。見岸側有關漢壽祠，太常素崇敬此神，遂入廟拜謁乞夢，默祈功名之事。是夜夢至一處，驚曰：「何地？」有紫衣宮監出，謂曰：「此天子殿前，天子且至矣。」頃之，聞呵殿之聲甚肅，屏立以窺，忽見殿上旌旗日月，衣裳錦繡，羽衛數百人引出一垂髫小兒，衣赭黃龍袞，正南面而坐。俄而有人持衣冠加於太常之身，太常回顧，已身與省中諸郎並立，居近御前，遂蒙召對，甚稱旨。上命前紫衣宮監押出硃紅箱子十隻，每隻以黃繡袱覆其上，內有供奉才官傳宣特旨，命陳與郊分賜大小臣工等。太常即叩頭謝恩而出。既出，所舁十箱安置一大公廨中。太常竊啓視之，乃每箱中有《大統曆》一千本，計十箱，則萬本也，驚而覺，不知何等。

明年辛未下第，至萬曆改元，癸酉冬北上，傳聞今上方十有一歲，果叶垂髫之夢，而萬本曆日，非國號乎？已預定於三年前矣。太常心計此行必成進士無疑。已復維舟臨清關漢壽祠傍，遂再入祠乞夢。是夜又夢入一府署，視堂上官人猶未出衙，惟兩傍官屬典吏環立左右。竊視其案上文書，乃是甲戌科題名録也。見新榜進士姓名歷歷可數，寓目殆遍，而已名不與焉。惶遽不勝，以叩典吏。典吏曰：「君必進士，然未也，在後丁丑科矣。」太常叩頭祈請曰：「某有訟獄，爲怨家所誣，若今科不第，即青衫不復保矣。藉公之力，入白主司，與某改注今科，終身戴德，何時敢忘。」典吏許諾。入有間而出曰：「今科名籍已定，難可改移，且待丁丑，與翰林官去做也。」太常曰：「某布衣耳，擢一牓尾進士足矣，敢望作木天貴人乎？更煩轉瀆鈞聽。」典吏不得已，又爲入白如初。出而語曰：「念君如此，已爲改換今科訖，但合授翰林假秩，未必真也。」既覺，秘不輒言，果以甲戌春領南宫第二人。是科執政之子不獲雋，竟格館試不行。而太常調選司理，以治行高，推擇爲工科給事。已轉至吏科都諫，秩滿，拜翰林院，提督四夷館，太常寺少卿。方悟昔年之夢，話於同官，歎曰：「功名之數，已定於冥冥之中久矣，豈可強而求哉！」遂上疏乞骸骨歸。

既還武林，閉門著述，優遊西湖之上者又二十年。最後以郎君被誣，枉繫於獄，鬱鬱不樂而卒。誣訟之言，於斯驗矣。門下客金三枝説之。

天帝一

北寺前小王，容甚俊，弱冠未娶。爲鄰舍某乙之婦所挑，婦亦輕蕩，密訂期於北寺塔中，反鑰其户，白晝裸而淫焉。未幾乙死，小王因媒説合，娶婦爲妻。兼遂有其私蓄，廣開驢磨，積粟累金，首尾十三年，家驟致富。與婦生一子一女矣。

暑月之夜，兩人露坐納凉，私相謂曰：「吾與卿塔下之歡，恍惚如昨。久欲延羽流設一醮事，以洗宿愆，恨不得閒暇了却夙願耳。」婦曰：「既有此願，何不了之？」遂謀擇日，修齋結壇，設醮三十六分，請道士奏章，上於天帝，懺除罪過，詞意誠懇。

其日當午，道士焚香再拜伏壇下，奄然如逝。良久方起，喘息流汗，敕諸道士曰：「速收拾醮場，雷神至矣！」衆莫能違，罔測其故。蓋道士游神詣三天門外，見天帝震怒此事，追訊十三年前直日功曹爲誰，何得不舉謫罰，俾其漏網。亟命雷神下擊此夫婦，而道士亦被訶責無地矣。

是日天色晴朗，忽有雷聲殷殷，自北而至，頃之漸迅，電光駭空。見二雷神從屋而下，手捽兩人髻髮，當頂貫結，相對跪於塔前，霹靂一聲，擊死於地，朱書其背跡甚分明。自此家計蕭條，子女皆流蕩焉。蔡文源親見其事。

延令周岱，嘉靖庚戌進士，官比部員外郎。爲人豪舉，不拘細行。解組歸家，於揚州茱萸灣下爲園亭池館，日載酒游其中，聲妓滿前，壺觴羅列，客至飲讌，留連盡歡而罷。岱體甚肥，腹垂至膝。每當暑月，琢水精爲腰帶，日三易之，猶云不堪。自爲文以告上帝，乞速化，果以是年卒。

天帝二

天帝三

平湖張大中，爲嶺南左方伯。萬曆辛卯九月，棘闈事竣，將奏計闕下。挈家口同還浙江，路出贛州。都御史錫山秦燿，張之絲蘿，留讌南贛署中。所攜妾媵二十四人，封鎖水西驛內。其夜浮雲方散，明月漸升，忽見半空中有氈笠錦衫藍帶一人，執黃傘下來，厲聲呼云：「某奉天帝命，來召張布政去。」遂留其傘於庭，復騰空而上。舉家大悸。夜半，方伯還，具白其事，所遺之傘與人間無二。方伯默然，自此遂不言矣。

登舟後如喑如啞，平居嚴肅，左右非呼喚不敢入侍。凡三日，視之，屍已僵。人或謂帝召有驗云。

方伯雅好房中術，所置衣篝之艾以備鼎器，皆粉黛殊色，歿後各挾重貲散去。導其術者，彭廣文也。計大謨爲遊賓，目擊如此。

天妃娘娘

遂州項中丞應祥，萬曆二十年間，以户科給事中銜命册封琉球，事竣而還。中途遇颶風卒至，駭浪滔天，樓船觸碎於海岸，官吏沉溺，珍寶散亡，惟中丞與醫士何日曉兩人獨在，乃附一破船板浮於水上，順流而東。是夜，常有一燈在前導引，不離二十步外。其板隨燈漂去，疾如風行，俄而著岸，暗中若有人引之登者。依稀見此火光，穿古廟中而滅。兩人便入廟宿，訊之，乃是福建海口天妃娘娘香火，始悟其靈應焉。

中丞具奏其事於闕下，重加封號，鼎新廟宇。閩南人云：「若燈所不能救者，天妃便降神海中，指引而還。」有人常見其雕輧繡幰，掠水而至，髣髴若飛。行旅微聞珮環釵釧之聲，往來必有祥烟慶雲覆其車上。

三官神

萬曆癸未，新安布商某，在上海縣販布。日將晚，欲往周浦，遇一田莊船市貨將歸。商呼寄載，便下之。三人搖櫓唱歌，忽見商開囊解裹，皆燦然上金也，輒起惡謀。行至黃浦中流，將商縛於大鐵猫上，沉之，悉劫囊中六百金而去。其夜莊主納涼於庭，忽見有一大物如車輪，從空墮下，其聲鏗然。急命取火視之，驗是船上鐵猫，猫上有一人反接在，大驚，遂與解縛。問其故，具述被盗三人，劫金沉水，幸遇水府三官神，遣鬼神百餘輩撈起，並奇形怪狀，不敢仰視，身亦不知何得至此。莊主心知盗者三人即其奴也，親慰勞之，與以飲食湯沐，藏之密室中。

有頃，奴還矣，莊主便問鐵猫安在。奴輩相顧駭愕，具伏其辜。遂縛三人於鐵猫，沉之水，謂曰：「我亦效汝所爲，不須聞於官也。」追舟中六百金，宛然在焉，歸諸商。商遂捐金建三官廟於縣東門外，勒碑以頌其事。布商、莊主姓名具載碑中。

廣利王

廣利王廟香火盛於嶺南，積貯民間施捨金錢，許人告借。有賈人子，持券借金，筶卜於神前，凡三次皆大吉。三次討借過數百金，才出洋，便遇海寇劫取。最後群寇縛之於樹，拷訊其故。此人具言借自廣利王廟，且三操券矣。寇惻然憫之。適有近劫商船桐油數百簏，給與此人，連舶載去，販作資本。後賣其油，每簏底有元寶一雙，立償子母於神，家遂大富。王徵君於半塘寺説。

張惡子

張惡子廟在川中最靈。相傳宋朝有某縣亡賴舉子二人，計偕入京，大雪中無所投宿，便入廟，就供卓子權憩。至夜半，群神畢會於此廟，唱云：「與新科狀元共作制舉文。」其題是《鑄鼎象物賦》，諸神口中各讀一句，此二人性本敏給，互出筆硏，題於書頭，不失一字。踰時，諸神賦成，各各拱揖呵殿而去。

及對大廷，二人懵然無知，交相詫愕。既揭榜之日，狀元乃姓徐。按其廷試卷，與書頭一字無異。造物戲人若是乎？王徵君言。

朝嶽神

萬曆甲辰冬，常熟縣東嶽廟重新粧塑嶽神，工畢，社中擇吉日送神登殿。先一夕，有東鄉富人載祭儀入城，上嶽還願。船行二里許，忽見田間隔岸遠近數十里外，鬼火千點，青光熒熒。久之，有兵仗甲騎呵殿而來，絡繹不絕。初以爲官僚，訝非孔道。後見列炬下皆奇容異狀人，乃知山林樹木之神或村坊土地，並來朝見東嶽，及明而罷。

財神

河南濟源間，人有乞貸貨帛於神者，隨所須浮出水上。太山東嶽亦如之。國初，山西人金箔張以爲伏機所爲，歸即鑿池，倣其制爲之，已而果然。此猶足塗愚民耳目。今吾鄉市廛貿易之夫，每歲首立契向五聖乞貸，先買大紙錠往獻於神，仍持歸，懸於家廟中，供養惟謹。至歲終，加其小者於外，以爲子錢，赴上方山焚之，名曰

「納債」，不敢後期。自欺乎？欺神乎？何其愚一至此也！

神　兵

嘉靖甲寅、乙卯年間，倭難起。蘇州郡丞任公環，領衆破敵，激烈忠憤，親立枹鼓之下，不避矢石。東吳四境，賴以奠安。詔加右參政銜，備兵海上。會罹家艱，墨縗臨陣。初，公每夜籲天禱請，願垂默祐。及倭退之日，我兵皆解甲飲馬，歡聲載途。其夕，有守城軍士在胥門城樓上宿，五更起溺，驚見對岸石灰橋南白侍郎廟前，神兵數十隊，亦皆倒戈弛胄，隱隱望西而去。人馬如在霧中行，人但露見半身，馬止及腹而已，不知所助者是何神兵也。非公藎誠，不能感格靈祇至此。

唐勝祠

相傳嘉靖乙卯之變，倭集城下，捍禦無策，中外惶懼，人情洶洶。忽有一小卒名唐勝者，夜至營將帳前，獻計曰：「急煎人矢如沸，取以灌之。」如其言而退。將奇其策，亟召敘功，軍中並無其人。稽閱尺伍籍中，闕如也。知是鬼神所使，後遂立唐勝祠。今在崑山小西門外，六十年矣，廟貌如新。

牽牛織女

崑山縣東三十六里有黄姑渡，渡口有祠曰黄姑廟，今隸嘉定。積古相傳，昔有牽牛、織女二星，降神其地，織女以金釵劃水，水忽湧溢，俗遂呼爲百沸河，即渡西之水是也。居民異之，爲立廟焉。舊列牽牛、織女二像，宛然雙棲。後乃去牽牛而止祠織女。觀其像，獨一女子，黛鬢紅粉，嚬容動人。每歲七月七日，城市村坊遠近諸女郎，攜燈映月而來，競出奇果珍餌，名花貴香，金錢彩鏹，入廟賽神，從神乞巧。施捨繡鞋、錦囊、鞶帨、流蘇之屬，先拂神額，後挂帳前，累累不絕。凡所籲祈，皆立應矣。

二十八宿

歷代天官志載二十八宿甚詳。相傳高皇帝一日步月下，仰觀玄象，忽召侍臣開濟問曰：「古云二十八宿，信有之乎？」濟對曰：「豈惟有神，莫不有形。以陛下精誠，可因祭享而致也。」於是命太常擇日設二十八位，陳列名香美果、異味芳醪之屬，每坐用飛絮爲褥，試其來否。即命開濟主祭，祭畢驗之，絮鉒皆盡，隱隱褥上有列獸形，惟婁、觜兩星不來，褥鉒如故。上召濟謂之曰：「此二星何爲不至也？」對曰：「已在人間久矣。」上曰：「應象者誰？」濟曰：「陛下即婁金狗，臣乃觜水猿也。」上笑曰：「爾亦應二象乎？」因欲死濟，遂命昇殿前金銅仙人與濟對飲。飲至數石，仙人之腹已不能容，而濟醉死矣。

據野史所載，則云周顛在匡山林寺，宮殿侍從，儼然王者威儀，中有二十八室。顛謂使者曰：「二十八室者，經天之宿也，遞爲人世主。汝主方御宇，故一室扃鐍，虛無人焉。」其說又如此。

然釋典中，此二十八宿皆言形狀甚悉，當用何物祭之，其說更詳，不獨支干家以九州分野分配而已。案《神仙感遇傳》載：唐開元中，玄宗皇帝晝集宴居，昏然思寐，夢二十七仙人云：「我等二十七宿也，一人寓直在天不下，我等寄羅底間三年，與陛下鎮護國界，不令戎虜侵邊。」衆仙每易形混迹遊處耳。又宋朱弁《曲洧舊聞》第四卷中云：崇寧初，范致虛上言：「十二宮神，狗居戌位，爲陛下本命。今京師有以屠狗爲業者，宜行禁止。」因降指揮禁天下殺狗，賞錢至二萬。據此說，則我聖祖應象之説定非荒唐。

蘇州東天王堂有二十八宿像，傳是唐朝夾紵所制。

死後爲神

余族兄封侍御公亨既逝，所親夢其衣冠輿從，迎入城隍廟中。前年蜀人鄭郛爲蘇州司理，死後傳爲太倉州城隍，吳人因塑像府城隍廟中。楚人江盈科死爲四川成都府城隍，此蜀賈親詣余言。大抵聰明正直之人，生有封爵，死爲明神，定不虛耳。

鉛山費太常堯年，病甚，夢至一所，上有王者端冕而坐，問之，知爲馮祭酒夢禎。語太常云：「爾當爲蘇江廟神。」次日太常病革，恍見蘇江廟中旗纛鼓吹來迎，家人亦聞羽衛車騎之聲。五日後，廣信府城中有召乩仙不至，問之，答云：「鉛山費公爲神，初下車，因赴東嶽陪讌，故不及至耳。」又問：「費公得無號唐衢者乎？」曰：「是矣，然天機不宜泄也。」一時萬曆戊申正月二日事，公以除夕捐館。昔人夢蔡君謨爲閻羅王，帝召李賀賦白玉樓，理有之焉。

杏樹神

萬曆中宰輔申公，謝政林居，優游詩酒。第傍別業名曰適圃，故唐武后龍興寺基也。旁多空地，有老杏數十章，皆千百年故物。初，公未有其地，樹屬民間。會新安賈豎方持八金，就民家計估其樹爲材，要以翌日伐取。其夜公之家臣張承恩，夢一黄衣老人謂曰：「吾明日有大厄，賴而主相公之福蔭，以保其天年，當效冥報於君，不敢忘也。」張夢中便相許諾，老人致謝叮嚀而去。

張來日早起，行過其地，忽見數人持斧鋸、操畚鍤而至，將共伐樹。張憶夢中之言，遽前止之，問：「何爲見伐乎？」曰：「取以爲材。」問：「出何直得之耶？」曰：「八金。」張即出八金交還，曰：「近吾府中，不忍其廢也。」竟弗果伐。是秋落其實，得鴨脚子數石，便獲價八金，錙銖不爽。聞於俞山人安期。

金碧山神

陳中丞用賓開府黔中時，因夫人病劇，設壇於幕府，夜召乩仙。仙至，問姓名，自署金碧山神。問：「疾可救乎？」曰：「夫人不豫，欲爲請命，奈新天子法甚嚴峻，無路可相救矣。」問：「天子爲誰？」曰：「即常熟人春官侍郎趙用賢也，今爲第五殿閻羅王，按察人間善惡。三月十五日蒞任，公尚不聞之乎？」書畢而去。中丞愕然，心計侍郎是同年兄弟，向來請告還里，安得有此事耶？不之信。此萬曆丙申三月十六日事。

俄而夫人果卒。越三月，中丞閱邸報，有大臣病故一本，侍郎委以三月十五卒於家，始知山神之言非妄矣。遂譔祭文具述此事，於中更致賻儀十金，附於參政袁年賫萬壽表還吳下。中丞復貽書公子，將金薄治雞黍之奠，誦祭章於靈前。

嘻！萬里之遙，一日而神已知之，預告於人間，豈不怪哉！侍郎攀檻批鱗，平生風節矯矯，死爲地下主者，故宜爾也。金碧山神豈即王褒所祀金馬碧雞之神乎？

張睢陽

無錫縣最重張睢陽神，稱爲「大菩薩」。萬曆中，苑山顧氏病困，延常熟名醫陸誼往治之。既診脉，告其家人曰：「病已十分，似不可爲矣。姑處劑一貼，試與服，看夜來何如。」至夜，留誼飲數巡，送至宅西偏院。

方背燈就寢，忽有一人遍身著黄，手執黄旗，跳躍於前而言曰：「此人命盡，吾屬增之至一尺，却被君減去二寸，獨不懼陰譴乎？」言畢，凌空而去。誼悸汗如雨，終夜目不敢交。向晨啓問，内應云：「謝醫師，病勢已減去一二分矣。」及召入診脉，果覺脉理減可，心甚怪之。出坐於堂，見其家人奔走請禱，巫祝在門。誼問所禱者何神，曰：「往祭縣中大菩薩。」問大菩薩何名，曰：「睢陽張相公也。」曰：「然則我亦同行，將往觀焉。」

既至，則廟貌焕然，香火繁盛，牲牢簫鼓之祭陳設於庭。驀見神座前粧塑一太保，捧旗而立，宛是隔夜燈前所見者。誼大驚，叩頭再拜，趣出到門，力辭主人，不索謝而返。親爲余弟湜説之。

青龍白虎神

蘇城清嘉坊顧大參，近年間爲其子成婚，嘉禮既畢，儐相樂人皆散，忽見有二長神，並衣朱衣，冠帶而見形於堂。其家大驚，拜之。曰：「吾屬乃青龍白虎吉神也。頃從申府來，護汝喜筵。」言訖，瞥然而没。明日遂設牢酒。召巫祝祭享之。鄰人竊話其事。

水母娘娘

嘉興縣諸生張元弼，本是蘇州嘉定人，寄學嘉興，所居在務前橋。不修禮度，爲鄭令君申黜。元弼遂習於刀筆之流，求索枉陷，自此益無厭矣。

一日病死，宿昔乃蘇。元弼即集家中尊卑，具説初有人追攝，乘空而行，至一曹院，望陰君衣冠據案，侍衛甚盛。呼獄卒二人袒衣而捶，從尾閭穴道抽其筋。自見其筋長數丈，色甚白，在獄卒手掌中。已覺遍身骨節間筋絡悉被抽去，痛入心髓。逾時而身漸柔軟，其形縮小，不復能起矣。泣云：「元弼生時差無餘罪，極刑重罰，非所克堪。」陰君命吏取案前罪簿一卷，擲地上與閲。元弼從頭展閲，見己罪狀有一十六款。其第一款甚有條貫，生平隱慝，無不悉陳。閲至末款，叩頭具服，泣云：「罪狀無逃，死晚矣。但念窮儒男女無託，乞蒙恩放。」陰君遂發文書，令前攝人送付別曹。元弼強隨之出。既出院門，不勝其憊，且行且住，百計祈於攝人。攝人不聽。前經一署，問何官所居。攝人云：「是水母娘娘公廨，汝不須入。」元弼聞言，突入其内。攝人跡不及，因與俱入。見官人妝飾有若女主之狀，兩旁侍從數十。元弼哀懇，叩頭千數。娘娘語云：「汝罪在所不赦矣，我爲汝勘文案，不知有出路否。」即召主典取籍披檢，反覆詳看，謂云：「汝枉害人無算，只萬曆某年月日爲某人寫某事訴詞，獲與伸雪，遣戍二名，大辟一名，此可准作一善，不合便死，試爲汝乞靈主者。然免之與否，未可知也。」遽命主典持籍白陰君，陰君許之，曰：「更賜伊壽三年。」仍令攝人送出，於是而活。其友包衡敘焉。

赤沙塘岸神

萬曆中，嘉定縣赤沙塘岸前村賣花少年，背負花籠行岸傍，微聞葦群中窸窣聲。入視，見一麗質女郎，嚬蛾掩泣。詰之，是富人小姬，爲大婦妒虐，竄身於此。少年曰：「我未娶，能相逐於飛乎？」女郎低廻不言，色已授矣。少年發狂，直前抱狎，備極歡踴。女郎歎曰：「兒不食者三日，從此憊矣。」少年窺其腰下有金數十餅，遽乘羸頓斃之，隨身衣飾咸剝將去，沉屍於河。

夜歸語婦，方篝燈設食，忽覩雲端朱衣神數百，駕車乘馬，降於其庭。火光中鎖一罪囚至，覘之，其亡父也。叱令畫供，不從，立杖四十，乃下筆。神遂判限明日午時，凌風而逝。明日白晝，震雷擊死少年於塘岸，女郎屍在焉。事聞於官，追金葬女，鬻其婦。縣吏霍麟與祁大武説。

東嶽判官

常熟福山寺東嶽行宫，廟森邃。書生胡子文因醉入廟，顧見兩旁善惡判官，笑而侮之，因掣其掌惡判筆，戲玩移時，懷之而歸。既登舟，行至中途，有一皂衣人急唤之去。子文平居常持《金剛般若》，至是忘其魂夢，沿途誦經不輟。逡巡至廟門矣。既入廟，俯伏階下，遥見堂上兩判官東西對坐。西向坐者奮髯大怒，呵責其掣筆之故，聲色俱厲。子文叩頭懺悔，額皆墳起，然誦經如故。誦至第三分，兩判官一齊立起。又誦兩章，兩判官並舉手加額。於是東向坐者稍爲勸解。子文又叩頭請，西向坐者怒少霽，沉吟曰：「不可不小示懲警。」叱令肉袒，舉筆點其背曰：「去！」子文遂悸汗而寤，見身在舟中，死半日矣。趣歸，其夜疽發於背，十旬乃瘥。

第十二　淫祀

五郎神一

相傳蘇州府學是文正公故基，因相地當出科甲最繁，遂捨爲學宮。初，五郎神謀得其地爲廟，數數作祟，備極擾亂，公不聽。

一日公坐燈下讀書，神乃鬼嘯於窗前。左右咸怖，公若罔聞。其神從窗中伸一掌入，掌有毛甚可駭。公取案頭丹筆書「山」字於中，其掌便縮不去，作聲哀鳴。公問：「汝是何魅？」應云：「某果山魈、木客之屬，見公甲第崇敞，地形豐隆，實欲憑藉寵靈，興起爲香火之地，故來作祟。觸忤已多，望公見恕出我。公前程遠大，某不敢復犯矣。」公叱而語曰：「上方山風水最佳，名爲酒池肉林，可速詣彼據之。」因又書一「山」字於其下，合之乃「出」字也，掌遂得出。

自此怪絕，明日，五郎便降神於紫薇村中，將居民反接跪地，遂爲立廟，淫祀至今不絕。夫非范公之言作之俑乎？

五郎神二

蘇州韓襄毅公未遇時，相傳爲同學諸生所紿，夜持《周易》赴府學尊經閣上，遇五郎神，稱爲都憲公，與之讌飲。既醉，從席間懷金叵羅以歸。明日，南濠張氏富室女病，爲神所憑，醫術莫愈。韓袖叵羅入其家，謂主人曰：「君女聽我爲婦，當爲治之。」主人珍重辭謝，乞哀相救，願以女充箕箒。襄毅乃索筆大署於背曰：「韓雍妻不可欺。」應手而愈。於是主人素聞韓名，即輟盛粧以女歸。明年，韓果擢第矣，後果爲國朝名都御史。

五郎神三

葑門彭城秀才某，嘗因無子，禱於寶林周宣靈王廟。籤訣中有「一朵金蓮驀地開」之句，不曉所謂，意欲尋訪人家或有婢名相合者，可娶爲妾。後爲其婦頗妒，不諧茂陵之聘。

婦年三十許人，微有姿首。辛亥歲，忽爲五郎神所憑，意慮失常，夢魂恍惚，常與神遇。神亦時時降於其家，衣錦袍，乘白馬，或挾彈弓，若貴介公子狀。騎從繁多，又或御車飛蓋，自簷端下詣密室。

秀才借窗肄業，一日偶歸，見房門扃鑰甚固，有兩女鬟，年可十四五，覆髮被肩，容姿妍冶，著鳳雲繡半臂，夾侍於門外。訊其名，一鬟答曰金蓮，俄而遂失所在。秀才大驚，有頃神見形如人，出坐堂中，召秀才諭之曰：「君婦前生與我伉儷，今冥數又合爲妻，可速粧梳，相攜而去。」秀才叩懇，舉家哀祈，乃許諾云：「且暫諧匹偶，却後五年，當來迎矣。」

後信宿輒來，每至則屏帳茵褥、珍怪之食陳設炳煥，皆非人間所有。婦便欠伸呵噓，起入帷中。侍者竊聞狎昵歡笑之聲，踰於人間夫婦。既展綢繆，良久方去。秀才懼禍，又利其贈遺之隆，竟不敢與婦同寢處矣。

其家每日供具飲食，悉是神爲致之。神或不至，時有異味相餉，從空而下，舉家不測所從來也。本户有官逋五金無辦，縣騶督迫，忽案上鏗然有聲，視之，則銀一錠，恰秤得五金有奇，適符其所逋之數，遂輸長洲庫中。

婦聞鄰近丁孝廉家，歲有入閩之使，常攜鮮荔枝北還，得善藏法，啓甕如新。時方五月，輒向神前索之。神云：「甚易耳。少待三日，須遣人覓至也。」如期，婦晨起臨粧，已有一硃紅合子置粧臺上矣，開視之，果得輕紅十五雙，擘噉如從樹頭摘下者，合子蓋猶帶露痕。如是凡所需索，無不立應，家漸豐饒陵人，貧者聞而艷焉。

側近有五龍堂前一家，夫爲府書佐，婦亦喜淫，藉此神以肥家，至今數年，往來不絕。虞山有衣纓之孫，不斥其名，嘗繪神像於後樓，舉家事之，以禳没頭寃鬼。後遂誨淫，數數見形往來。日費狗血數升，備爲厭術，終不能遣。

五郎神四

獨脚五郎，名一足鬼，楚中亦處處有之。白香山《送人入楚》詩云：「山鬼跳蹻惟一足。」陸氏《庚巳編》云：「即古所稱『夔一足』者是矣。彼中或稱爲蕭公，正所取山蕭之義耳。」

桃源江觀察盈科，曾話其里中亦有此鬼。性好淫，凡婦女與交合，事之如事其夫，隨所欲，必致金珠綺繡，不遠千里，應聲而至。少拂意，便舉火焚室廬。觀察往有宗人江祿者，獵於深山之中，夜宿民家。五鼓起，見其牀頭挂豚蹄一肩，上用湖廣稅課司條記，印痕尚濕。祿怪而問之曰：「省城道路甚遥，安得頃刻及此？」主人具述所由，蓋其家事鬼，即鬼所搬運者也。

五郎神五

高郵李甲之婦，年未三十而孀居，止一子，乳名毛保，方十五歲。婦有美色，夫死之後，遂爲五郎所據。無計驅遣，數移居以避之。其神蹤跡而來，晝夜見形，恣其媟狎。心有所欲，空中下之。因婦有服，遂致素繒練絹，一切幃茵寢玩之具，雖有文繡，不施錦綵。送錢動以萬計，他物稱是。

一日，婦欲得金步摇、金爵釵，向神索取。神曰：「往見蘇州太守舍中有家姬所戴首飾，頗極華美，往可竊而得也。」三日後神還，足跛矣。問之，曰：「已得首飾，過堂西小閣子下，遇一黑面長鬚人，手持鐵簡擊某，被傷左股，楚甚。後又遇兩金甲神，長數丈，某懼，便投所竊物於井中而出。爲汝幾喪軀命矣！」

毛保方抱凱風之恨，適於隔壁聞言，欲驗五郎所懼者何神也，遂趁船下蘇州，投入府署，謁一掾史，具述其故。掾史曰：「果有之。」止毛保於家，入白太守舍中，遣人入井撈尋，果得步搖、爵釵之屬，宛然在焉。推驗黑面長鬚人，乃是壁上所帖鍾馗，而兩金甲神者，疑即府署所繪門神也。太守召毛保，厚給資斧而還，下令欲毀其廟。左右數諫乃止。

毛保遂出金買大匹紙三番，從蘇州畫工圖寫一鍾馗兩金甲神，雄毅非常。到家揭之於門。五郎見之，凛然終不敢入，召婦於門外謂曰：「向擊我及我所遇於太守舍中者，正此輩也。卿兒爲戲，一何酷耶！」與婦嗚咽而別，自此杳然。

五郎神六

壽州正陽鎮有沈氏女郎，容姿甚麗好，衣緋立於門，見一少年挑之，遂避入。俄而少年徑入寢榻之前，女郎且罵且拒。少年大笑曰：「我天人也，與卿有夙緣，慎無間阻。」即升榻共偶。女郎力不能禁，遂與通焉，歡洽之際，無異世人。平曉别去，出金鳳釵二股留爲信物。至夜，又持二百金來，囑曰：「此東鄰龔家笥中物，可從容用度，勿以語於外也。」兩月之前，龔家果失笥中二百金，封識宛然，不測何術以取。後述於兄嫂，秘其事不言。女郎既已失節，兄嫂復利貲財，信宿往來，各無猜忌。未幾女郎出嫁，魅亦便絕。

五郎神七

紹興會稽縣五顯坊編户沈家，許願五郎神，每夜設酒食五筵於池亭上，如邀大賓之禮，張燈列燭以伺之。筵皆偶坐，五鼓方散，杯盤狼藉，日以爲常。稍不豐潔，即被訶責，其家亦當有小不安。所得贈遺金錢、琛貝、寶玉、明珠、異繒、名錦之屬無算。車騎鼓吹，驚聞於鄰，至今不絕。鄉人祝良柱説之。

五郎神八

吳山西黄村木工小王，入城晚歸，逢一鬼使，皂衣赤腰襴。木工不知其非人也，問何往，曰黄村。木工喜曰：「某亦欲歸黄村，請便同行。」行數里，才抵村，天漸際暗，鬼使指村口人家謂木工曰：「卿思酒食乎？吾能詣彼取之。」木工曰：「幸甚。」見其入門，少頃攜一大罌酒及一羹雞來，二人偶坐地上共啗。畢，謂木工曰：「卿少待，吾於此家有小勾當欲了也。」木工便取酒罌納藁積中，立而伺之。忽見窗内擲出一人，手足束縛甚固。俄而鬼使亦自窗中跳出，負之而去，竟不顧，其行如烟，霍然不見。便聞屋内哭聲，木工知所遇非人，因爾捷走還家。

向晨往視村口人家，主人公夜死矣。問嘗失物乎，曰：「昨祭五聖，失去一罌酒一羹雞。」木工乃探藁積中出罌畀之，告以鬼使之故，大小皆驚。

五郎神九

蘇城賜酒巷徐秀才汝瞬家，舊有五聖叢祠，近因改宅遷毁，致其神日夜作耗。中庭種一欄梔子花，常聞欄邊起歌吹聲，家人驚異，莫知所在。及審聽之，乃花中出也。或時作靈語云：「我無棲止，依草附木，奈何見驚？」秀才父大惡之，秘不外説。鄰人徐璡言。

五郎神十

蕭塘宋氏側近張家婦，有姿首，五郎神降其家。如此數月，顯然來遊，常下酒啖與婦飲食，家自此驟起。後婦忽生外意，便絕往還。亡何，一日空中割去雙乳，莫知所從來也。此婦至今胸上有瘢。孝廉懋澄所談。

五郎神十一

無錫縣陸阿觀，昔爲安茂卿座客。茂卿死，復游秦中丞諸郎之門，因移家住其別業。有女未字，忽爲五郎神所憑，每夜來降，即現形，狀如美少年，女亦荏苒同心焉。如却令阿觀在房外搬銀，大小錠數，纍纍滿箱，因下鎖鑰甚固，明晨啓視，空無有矣。如此數日，阿觀怒，嫁其女於遠方。羔雁既至，靈跡遂絕。余所親王穉庸與阿觀善，而説數年前事也。

五郎神十二

蘇州城閶門四牌樓下，新安太學謝之翰，爲鹽賈。有女寶容，九歲時常見衣緋貴人，登其家月臺觀望，不知是妖魅也，數與之戲。至十三歲時，即爲五郎所憑，神情失常，形如黄葉，日食大棗三枚，以杯水下之，更不進餘物。如此者四年矣。甲寅十一月事。

醫師朱九成説。

五郎神十三

蘇州山塘全大用，爲象山尉。有贅婿江漢，年弱冠，風儀俊雅。遂與五郎神遇，綢繆嬿婉，情甚伉儷。其室人竟不敢與夫同宿。江郎病瘠日甚，全氏設茶筵讌之，終不能斷。丙午歲，遇異人飛篆禳除，遂爾絕跡。

五郎神十四

長洲縣隸人顧孝，住醋坊巷。壬寅年，爲長郎娶婦。婦自幼與五郎情好，俗言「服聖」。其夜花燭初陳，室中欻起靈風，吹燈滅燭，持兵仗與長郎暗中格鬭。侍衛無數，反闔其扉，父母親戚並莫能入。明日迎道流過張王府基，忽有兩胡雛，形貌醜怪，逕前謂曰：「君莫往與人間事，顧家新婦實先許配寒門，何故見奪！」言訖不見。須臾，其女在帳中望見道流至，面赤發怒，向壁而寢，少時暴亡。

五郎神十五

蘇州屈家橋賣繒沈輔臣，三子娶三婦，並爲五郎所擅。其大婦寢瘵已深，精神恍惚。一日晨起，梳妝甚整，登樓命女奴捲簾曰：「窗外一簇鼓樂騎從來也。」女奴曰：「娘子病狂耶？清天白日，何有此事！」逡巡又曰：「兒上轎子去也。」端坐而卒。平居凡有所欲，隨心而至，或空中下之。親鄰往來，無不皆見。

五郎神十六

蘇州倉橋頭釀家沈承傳，生女觀奴，自幼端潔。戊午，年十九歲矣，忽遇五郎出金綵爲聘，贈遺甚多。其夜便留歡狎，所欲無弗遂也。爾後觀奴閒坐，常有蝴蝶爲使，往來帳前，俄頃車騎威儀至矣。其家以此爲候。

五郎神十七

蘇州木瀆鎮殷甲，開油車。先與同里周乙結爲兄弟，乙死，甲妻繢亡。萬曆甲辰，甲遂娶乙婦談氏爲妻。談氏又先奉事五郎，於是頻降作耗，乙復來助，拉攞紛鬧，晝夜不安。甲無奈何，迎請醫師道流，百計收之，莫能斷絕。忽一日，談氏在内併當箱篋，取出紫襹襠、石榴裙、淡黄帔子，下至絮繒袓服，一一裂碎，縱火焚之，揚灰散盡，無復存者。時中秋夜，月色甚皎，連呼取轎，開門而出。家人跡之，奄爾不見，還視，其屍宛在牀也。

五郎神十八

正德中，永州副帥吴寧之弟秀才吴二郎，少好弄。聞人言服藥可以視鬼，遂覓藥服之。甲戌秋，果有鬼物降於家。昏黄始來，不數日遂去，至乙亥春正月復來。其神妝束如帝王之狀，戴金頂冠，著絳絨袍。少頃，又有衣青者、衣黄者、衣白者、衣黑者四人至。其婦五人，亦如后主容飾。後騎皆婦女才官，執幢持戟，約四十餘人。夜則居於小樓，擊鼓吹笙，供帳焕麗。人見其所著之靴華美，請而觀之，神自樓窗擲下紅罽韈、金綫靴，其中氣猶煖也。諸婦垂手窗下，明如軟玉。後二郎友人舉子楊宗厚請見其手，微爪傷之。神怒，遂命焚吴氏之宅，凡十餘處火起，俄而二郎飲恨以死。

五郎神十九

萬曆壬寅，蘇城查家橋店人張二子，年十六，白晳美風儀。一日遇五郎神見形其家，誘與淫亂，大設珍殽，多諸異味。白晝命手力置燒鰻數器，酣讌歡呼。倏忽往來，略無嫌忌。後忽欲召爲小胥，限甚促，父母乞哀不許，尋而其子死焉。三月之間，人亡家破。

游方五聖

楞伽山在吳縣西南，俗名上方，有五聖廟在焉。管絃填咽，酒肉滂沱，每歲烹割害命無數。山下田夫紅婦，往往夜見燈燭人馬出没石湖烟霧中，有五丈夫執弓挾彈，擁騶從姬侍，張樂設讌於田間，若貴介少年狀，亦間用王者威儀，此名游方五聖。

樹頭五聖

蘇杭民間，凡遇大樹下架一矮屋如斗大，繪五郎神母子弟兄夫婦於方版上，設香燭供養，以時享之不廢者，此名樹頭五聖。

花花五聖

吳俗，抱痘之家，必供五郎神於堂。既兆吉，具牲牢獻之者，此名花花五聖。

圈頭五聖

賣漿家養豬牧豕，必於牢檻之側造小櫥，供養五郎神於中。夫婦參禮，祈求血財豐旺。賣豬訖，則豚蹄盂黍以祀之。有一等窮五郎享其祀，富五郎所不屑受也。此名圈頭五聖。

簷頭五聖

人傳五郎神常常自簷而下，或夜宿人家簷間，俗所謂簷頭神者，此名簷頭五聖。

宋相公一

閶門外宋相公廟，舊多靈異。萬曆近年間，有撐船水夫送船到京，將歸於吳，便下張家灣覓載。見一畫舸，中有貴人，皂帽緋衣，容狀豐偉，手力十餘人挂帆將發。此人因懇求寄，乃令坐梢棚中。其人以草履挂棚上，將所持襆作枕而寢。須臾睡熟，但聞有聲颯若疾風驟雨，明晨夢覺，見己身臥於草叢之中，風露滿身。起視其地，已在楓橋顏家場上矣。獨怪之，急行至閶門，偶憩宋相公廟，忽見梁上小船梢挂一草履，宛是隔夜所寄者。仰視神貌，若所見舟中也，侍衛土偶皆泥濕如汗，船底猶漬水痕。

宋相公二

宋相公廟在度生橋西，相傳是水府之神，或云其神主殺，故爲五郎部下傷官。北寺西亦有廟，以嘗戮人於其地也。隆慶中，齊門内鄒察太守夫人疾篤，夜召巫者祭祀天下神祇。有天妃宫前顧子章鄰家惡少，夜醉方上新橋，忽見橋上皂帽人朱衣白馬而來。惡少不知其神也，舉手格之，神發怒而去。明日五更，神降其體，作狂語云：「我赴鄒家夜宴，汝何故手格我！」言畢，衆見此惡少反接自縛，飛走出閶門，徑入宋相公廟中，搒掠無數，體無完膚。子章輩數十人，具酒牢入廟，交口哀祈，許以其身捨爲神船水手，乃止。至今船上把舵惡少是也。

宋相公三

蘇州盤門内薪橋堍下，有宋相公廟一小間，不知何年所造。側近薪橋弄中，住店人金世隆，其孫阿二，八歲痘亡。月夜還家，呼其父母隔窗而語曰：「兒即在宋相公廟前。死後便有三身，一身廟中驅使，一身常在對河與群兒嬉戲，即又見所死之一身，前日焚化。今伴侶最多，所與阿二游者，皆平居里巷中狎昵群兒，差不寂寞也。」據此，則宋相公爲水府市曹之神，宜聰明，宜正直，亦下同淫厲噉無罪小兒，彼天聽雖高，不虞九閽一叫乎！唐小説柳家甑甑之事，不厚誣矣。許生國光與金爲鄰，述其事。

插花馬公

蘇城花筵中，以插花馬公爲五郎部下傷官，巫祝稱爲馬福總管，俗呼之爲馬阿公。别置矮席，先祭享之，匆匆送去，然後登歌。相傳馬阿公者，葑門人，以賣鮮菱爲業。每晨擔菱出閶門，經過山塘宋相公廟，必擇取其大者一雙爲供，日以爲常。最後暮年，與人爭擔，鬬擊不能勝，怒而登滅渡橋，自投於水。適宋相公神舟過橋下，收於帳前驅使。吴俗敬其正直，凡開張鋪肆者，龕事於家，朝夕祈禱，以昔嘗爲擔人又名福也。

二郎廟

相傳灌口二郎神在四川成都府灌縣，香火甚盛。今吾吴葑門内水中漲一小洲沚，方廣不踰數弓，土人立二郎廟於其上，殿堂甚湫隘，臨水開窗，如人家齋舍一楹。神像亦小，長可二尺許，著金兜鍪，衣黄袍，坐帷帳中。而香火之盛，莫與比者。自春徂冬，祭享不絕。瘖疾之家，許一白雞還願，既瘥，乃宰雞往獻，又裹麪爲餅，以飼廟中白犬。尚白者，豈謂蜀在西方，取義於金，以神其説歟？此不可曉。

宋朝有《紫羅蓋頭詞話》，指此神也。又傳六月廿四日是神誕生之辰，先一夕，便往祝釐，行者竟夜不絕，妓女尤多。明日即醵錢爲荷蕩之游矣。吴城輕薄少年，相挈伴侶，宣言同往二郎廟裏結親。一進廟門，便闌入珠翠叢中，雙拜雙起，日以爲常，神亦了不爲異。若果清源真君，安得不降之罰乎？疑是花木之妖尸之矣。誨淫敗俗，莫此甚焉，未知作俑於何年也。

金小一總管

數年前，西閶衣纓之族，有家監住田莊上，生子年十四，容姿端雋。一日遇道人過門，撫其頂曰：「此兒有神骨，宜保護之。」未久忽病寖劇，其母與城中女巫交往，急召巫至。巫忽作靈語曰：「金小一總管爲上帝所譴，盤門外有廟無神，議使卿子補職。名已去，非可救者，速備金冠玉帶，衣以緑袍，緣以錦繡，送死之禮，一如神明，且迎者至矣。」言訖斯須，聞陌上鼓吹之聲隱隱到門，其夕便卒。父母痛悼過哀，悉依女巫言殮之。

草鞋三郎

杭州府有草鞋三郎廟，頗有靈響。公門伍伯、巡邏、游徼之屬，家祭戶享。稍不致敬，便罹官災。相傳草鞋三郎即古盜蹠是也。

百花大王

蘇州府治即春申君所造，相傳爲桃夏宫是也。舊志郡圃地甚廣，前臨池光亭，後抵齊雲樓。唐朝木蘭堂正在郡圃之西，圃中有土地神祠，名曰百花大王。宋淳熙中，韓彦古欲毁之，左右並諫，遂不果。嘉定中重建。今雖廢，而民間尚有祠百花大王者。

楠木神

湖廣襄陽道中，襄河數十里，有楠木神最靈。商旅行舟，觸之皆碎，過其地者，必祭禱之。相傳是估客因風散篺，失此一木無獲，歲月寖久，便成精怪。衆以其禍福如神，因共而置屋立廟，號爲「南君」。不知何年代也。

花關索

雲貴間有關索祠幾處。相傳一鉅綆，常夜作聲，時人以爲靈響，於此建屋立祠，名曰花關索。衣冠鐘鼓，千年不斷，往來行旅，莫不禱祈，至今尚在。傳奇小説中常有花關索，不知何人。東瀛耿駕部橘，少時常聽市上彈唱詞話者，兩句有云「棗核樣小花關索，車輪般大九條筋」。後以語余，共相擊節。

柱礎神

盤門内故有子胥廟。前有橋號廟橋，地名廟灣。臨河舊立小石幢一座，幢下有黄砂石一塊，長可一丈，廣不盈二尺，乃是牌坊柱礎，不知何代物也。村郭之間，入城者經過其地，必祭之，靈應非一。酒肉不斷，紙錢草履之屬來者轉多，不敢觸忤。

夏侯橋民張舜，自云是禁衛千侯，曾隨大將東征闢白，素以膽力自雄。行過其地，問：「此石何有神乎？乃祭之耶！」祭者摇手具言其靈。舜曰：「吾何畏此。」乃踐溺其上。溺乍畢，覺己背如有物擊之者，大呼而顛蹶於地。衆爲之請，踰時乃蘇。自此益見神於村民，靈聖不復絶矣。

濟河神

徽州商賈，凡所託行販之僕，俗皆呼爲小郎。數年前，有某商小郎溺死於山東濟河，後飛神還家，附於商之子，通姓名而言曰：「某販貨還至濟上，溺水死矣。貲本是同伴所收，某遊魂無倚，因見河邊有小水神廟，神運將衰，某與擊鬭數日，勝之，推仆於地，奪其位而坐。其神今已他適矣。某暫潛歸，報於主人，欲索皂冠朱衣革帶，如神明之服，焚之，某便得去其地爲神，不復再來矣。」言訖嗚咽。商急製與，焚罷，遂絕響。

絳冠紫帔神

明州屠小儀隆，令青浦時，夜曾以禱雨宿城隍廟中。上牀脱袴時，覺其魂神欲出，口不能言。及倚牀坐定，身在簷外矣。強引還房，又覺出。如是數四。須臾，聞有排門聲，怪之，忽見一長神，絳冠紫帔，狀若方相，兩目圓鉅，雹光射人，逕前立於牀下，直視小儀。小儀自定其心，正襟危坐而言曰：「某爲縣令，可對白日青天。是何妖神，故相簸弄！平生所持，『不貪生不怖死』六字而已。」言畢，此長神便請退。初欲相凌，見小儀神氣湛然，不可得乘，遂俯身抗手而滅。小儀便覺魂神冉冉入被中，漸能言動如初。亟呼卒吏共起，挑燈話其事。視門牖悉鐍如故，不測何來。乃知祠廟皆鬼神所處，衾影或媿，便爲迷惑。丁酉秋，在其家絳雪樓中説此。

盧狗大王

鄒希孟爲蘇州府廳吏。萬曆辛丑，隨郡丞盤庫常州，駐劄御史行署。署有大樸樹，可二十圍，中有盧狗大王巢。孟不知也，日就樹下踐溺爲常。一日，天向晚矣，孟與書佐會飲，醉後唱歌，復往其處溺焉。未至樹下，空中若與人格鬬狀。衆見繩繫孟頭，懸著樹杪，大駭，狼狽下之。既下，語言失次，遊走不定，被髮徑詣廳事，藏匿於公座下，口中操常州人音自責曰：「汝爲府吏，何得縱肆無忌至此！樹上乃大王所居，踐溺其下，理乎？今著我曹追汝。」因誦帖子語云：「盧狗大王遣手力錢金追録犯吏鄒希孟，並妻顧氏、子阿官等家口。」名姓悉在帖子上，條次繁多，故不曲載。孟無計逃脱，復從公座下走出，徑到樹前，反接自縛，跪泥淖中，若人擁之至者。

至此則樹神自作靈語，循其喑啞之聲，在樹中出也。叱云：「弔起！」俄而孟聳身空中，仍有繩繫頭懸樹。衆怖走，不敢輒下。叱云：「去毛！」俄見空中如人競捽孟髮。叱云：「掌嘴！」俄又聞空中搏頰聲。於是書佐輩齊跪苦祈：「望大王矜恕，候官人還衙，某等敬具牲酒，代鄒希孟謝罪。」言既，神復作語曰：「若等將以陽官制陰道乎？」

衆僉曰：「不敢。」神乃許諾曰：「汝曹並非佳人，止夏某醇謹，未嘗踐溺於此也。可即著保。」一夏便如言疏狀，焚於樹前。孟蹶然仆地，少時便蘇，遍身皆綁縛痕矣。郡丞歸，左右具述本末。大驚，命治具祭之，遂絕。

相傳常州人好殺犬以祭淫神，而犬名韓盧，斯即犬妖所作矣。

藤溪神

常熟顧孝廉雲鵬，讀書藤溪莊。一夕，微有月色，登東頭小閣子吟眺。忽見半山張家墳屋内，有朱衣大僚二人偶坐，互相揖讓，庭中甲騎數十隊，列炬百行，旌旗蓋幢紛擁户外。初謂縣大夫之游，莊人進曰：「此神降也，宜避之。」雲鵬略不以介意。經數刻不散，倦極下閣就寢。詰朝與客共詣張家墳蹤跡之，見堂中供逆毛三總管、白虎毛司徒，並是邪神厲鬼。蓋墳客與土人輪番賽社，而延致於家者。又二載，雲鵬寢瘵而殂。

社公

徽州風俗，有社公社母淫祀。丙午九月，休寧縣某市鎮富人兒，挾彈走馬，忽遇市中迎賽社公，紙馬上挂紙錢數千，衝突而過。神巫遂發狂語云：「當立降之禍！」語未既，一老嫗猝至，仆死馬蹄下矣。明日里正陳狀於縣，富人費三百緡。費訖，嫗復甦。

山王

嘉定縣唐玘，家在江灣鎮上。年未弱冠，明習書算。父將與納貲爲吏，未果。嘗因送親故入城，行倦欲眠，暫憑几案，奄然如夢。見兩皂衣人牽馬來迎，初云是崑山城中貴人邀讌，玘便上馬，馳出嘉定北門。行半日許，乃達崑山，直入南門，延緣壞城而行，人跡所未嘗至。復有兩皂衣突出馬前，持帖子示之，曰：「吾屬奉山王命來取君，安得坐馬上乎！」捽玘髮下馬，踏倒路傍，引袖中赤繩數尺繫其頸，牽至山王廟門下，入跪於庭。見山王衣赭黃袍，著金冠，威儀甚盛。謂玘曰：「聞汝少年有書記之才，故特相召。」立命玘掌四殿中十六箱文書。文書皆在竹筩中，一一分明，指而示之。玘知山王爲崑山縣妖神也，固辭其職，泣而訴曰：「某少不識文字，豈諳簿牘？望大王哀憐放釋。」往反可數十語，王怒，便敕伍伯加刑。搒掠無數，備諸苦楚，而玘執詞愈堅，言對有理。王亦無如之何，敕提置廊下，別判帖子令持去，追某縣某人來。約半日許，追到一人。其人欣然拜命。王喜，即賜冠服，交與十六箱文書，領出。王乃敕前兩皂衣人，送玘付土地司，令其轉達東嶽。

還魂既至嶽門，未得遽入。忽有出呼於門者曰：「郎君安得至此？」認之，乃其家故奴某也。玘具陳本末。奴曰：「郎君當復生矣。不必入廟，吾將護歸。」玘告以被杖之故，脚痛難行。奴曰：「無憂耳，當覓一船相送也。」遂扶玘至岸下，見一無頭尾空船子在，掖而登之，縮脚而臥。奴立於船上，不鼓檝而自行，逡巡已到，又掖而升岸。回顧間，舟與奴霍然不見矣。入門一跌而寤，以手捫四壁，不可出，始知身在棺中。以足力蹴其板，家人驚而啓之，視玘已甦，死且四十七日矣。已又遇全真道士，進以刀圭，須臾得活。《續耳談》記其事甚繁，此不曲載。

蘆　王

仁宗朝，緹騎千侯孫表，出使琉球，路經白石磯。見其地蘆葦蒙茂，中有一蘆最鉅。孫戲之曰：「可稱蘆王。」遂去。其後此蘆作祟，艨艟往來，咸謂之神，宰牲祭祀，稍有不虔，便遭風波震驚。於是海上人依洲起屋，目爲蘆王廟。如此積年，孫使竣來還，見之笑曰：「此我昔日戲言，豈有神乎！」遂命焚毀，乃絕。

牛王

北方有牛王廟，有客見之，云畫百牛於壁，而牛王居中間。問牛王爲何人，廟祝曰：「冉伯牛也。」饗祀不絕。

蛇王

蘇州城東婁門内，舊有蛇王廟，負城臨水。常年葑門外捕蛙船數百艘，各舟持短青竹竿子，并牲酒紙馬來獻。獻已，復持去。每夜用此竿子開路，一切蟒毒，因爾斂跡，得以捕蛙無患。其不祭者，神立祟之。蓋妖魅之興，非一日矣。近不知何人廢廟，淫饗都絕，四境帖然。

令公鬼

粤西風俗，病祈鬼神。臨桂、靈川、興安、陽朔之間多祀令公鬼，各起靈廟。簫鼓牲牢之祭不絕於庭。

武　婆

粵西民間，喜設淫饗之事。中秋宴會，家祀武婆，謂唐明空也。臨桂、靈川、興安、陽朔、永福、古田間，其俗尤盛，村落皆立武婆祠矣。

第十三 奇 鬼

靖江縣鬼戲

里人黃嘉玉，素有膽氣。萬曆中，客於靖江朱鴻臚宅。其家數聞鬼嘯之聲，或在檐下，或出樹頭，備極作耗。一日嘉玉晝臥齋舍，朦朧之間，雙眼未合，忽見一群尺許短人，自庭中四面而來，有老者，少者，長髭髯者，跛而行者，美好者，奇醜者，凡數十輩，相聚戲於齋舍。取架上雙陸、圍碁、壺矢之屬，共相娛樂，旁若無人。時嘉玉於隔幃中覼視分明，歷歷可數，心甚疑怪，不能得眠。乃伺便開幃，舉所臥枕擲之，即踉蹌散入庭中，黑烟满地，斯須而滅。起視戲局，還設如故。其夜方就寢，燈猶未滅，見羣魅又來，擕燈褰幃而謂嘉玉曰：「吾屬鬼戲，何與君事，乃舉枕相擊，一何虐也！」言畢便去。

朱家後有空堂高敞，嘉玉徙琴書以居。復一日晝臥在牀，見兩皂衣人移其堂中烏皮几二張，置於牀後，捧出羹胾數盤，酒三四罌，盛飯斟羹，羅列几上。諦視其胾，一盤黑羊脯也。少頃，掾曹書佐先至，又少頃，見一人著絳衣烏幘，一人著皂衣革帶，並長數丈，腰大十圍，相向南面而立。皂衣讓朱衣居左，餔啜無異生人，頗草草，食畢散去。書佐收拾甌器，亦將行。嘉玉於隔幃便呼止之曰：「適來是何鬼物，豈非土地城隍之神乎？將朱氏之祖先耶？願留姓名。」書佐搖手而去，忽焉失所在矣。嘉玉大呼主人，具道所以。明日復移别院。未幾，鴻臚與嘉玉相繼而殂。

攫金鬼

郭中原，京師人也。叔父爲中常侍，幸於先朝，因以爲後。中原偉貌美髯，頗習道術，好結納方外士。叔父死後，遂棄妻子家業，負杖雲遊。東渡錢塘，過紹興，至府城中蓬萊山上，愛其地僻，山名亦美，因家焉。土木之費，悉出己貲。其後落成，人稍有出佐者。

雖諳黄白，然不妄爲人談。一日，山陰王僉臬某知之，逼其下山。僉臬癖好鑪火，稍積餘財，即輸於炭藥之直。有别業在推磨田頭，村屋曠寂，人跡罕至。造一丹鼎，命左右運鐺釜鐵器數重於室中，強郭鍊合。隨身止一童子，七日之外，丹垂成矣。其夜忽有多人鬨然打門，連聲呼郭師父。郭不知是鬼，誤謂村頭捕魚郎也，應聲出開。童子急止之，不聽，及門開，有奇形異狀鬼物擁繞數百，擊郭中其腹，郭便伏不能復動，曰：「腹痛腹痛！」童子掖入中堂，氣絕矣。

僉臬俯伏牀下，不敢動，但見鼎中白雪爛然，光焰燭地，群鬼周遭圍守，先命兩兩三三，持器出河邊取水數灌沃之，爭劫藥銀入腰纏內，鼓噪而出。童子怒閉其門，有後出者，遂穿屋踰垣遁走，但見黑烟蔽空，其聲呦呦而已，良久乃滅。僉臬賦性纖嗇，因貪而敗，無何亦以鬱憤致疾下世。余聞鬼所使者紙錢而已，不聞有攫金鬼饕餮若此其甚也。

瞽人遇靈鬼

杭州城中一人，貧無子女，其妻又亡，憂恚成疾，兩目皆盲，徑出清波門外，將赴水而死。忽聞後有追者，連聲呼曰：「莫去莫去，我當相救！」此人回顧，不見其形，但空中作語。須臾便附於肩背，云：「我靈鬼也，預知人間吉凶禍福。卿能如我所教，日持兩竹筊，坐湧金門外爲人占候，所獲當不貲矣。我日所須，亦不過算器酒食，然非卿揖而祭之，不成享也。」

瞽人改意而還，悉如鬼教，遂設帳開肆。此鬼立於耳後報之，所言輒驗，鄉里皆驚。旬日之間，卜者雲集，積累金錢，不可勝算。凡十有二年，鬼一朝告別而去，云：「生期已至，不得復在卿家矣。」竟寂然。瞽人既無所憑依，遂不復作卜師。

没頭鬼

嘉靖三十二年夏月，王徵君稺登在無錫城中談公子志伊家，夜讌荷亭，留宿其館。是日炎熱異常，不得眠熟。五更起，同秦氏諸郎納凉於庭。忽聞街上呵殿之聲甚急，開門出看，遇官僚節導過。潛於門隙窺之，遥見引幢持戟，擎燈把火，執蓋舁輿，前後衛從者百餘人，由大街而出西門，皆没頭鬼也。獨乘車人朱衣金幘，儀容端正，是有頭者。相顧大駭，亟整棹還吴門。明年甲寅倭亂，毘陵一郡殘破，死於兵刃者大半矣。時以爲徵君所見，亂之徵也。親説如此。

醫遇鬼

通州陳都憲總督兩廣時，頗多殺戮。後還家，患足腫，日漸成瘡，楚不可忍。延吳中某醫士療之，其病常發，已而復痊。厚贈醫士金帛，遣家隸送之渡江。既入江，船將發矣，忽見岸上跳下數百鬼，蓬頭跣足，攘袂切齒，捽醫士髮而駡曰：「吾屬守之半年，敗於一旦，皆汝之過也。今訴帝得理，並逮汝矣。」衆中留一小鬼於船，語曰：「汝當速殺老奴。」小鬼便跳入醫士口中。醫士冥然仆地，移時方蘇，遂呼解纜，即索紙筆，於船中作遺書，未入門而卒。俄而都憲足創再發，遂不救。

看戲鬼

近年間，松江青浦縣村落，忘其名，有數十鬼見作人形，巾帽裝束，種種不同。又挾兩麗姬至，侍從約百餘人，開筵於廣宅中。時會春月，有伶人一隊到村作劇賽神，晝夜如沸。群鬼便召使搬演，第約不許鳴鑼而已。更鼓將動，然後定席，敘賓主禮畢，首席者點演《琵琶》，衆皆稱善，啗群伶以厚賞，遂出呈伎。四座擊節，兩旁左右點燭換燈，送酒上食，一如人間之儀。演畢，復饒《祝英臺》、《買臙脂》、《跳猿》諸套數，終不散席。群伶厭苦，相顧驚疑，演如此長戲，天不肯明，得非遇鬼乎？因出其鑼擊之，鏘然一聲，陰風欻起，向來主客侍從，都無有矣。視庭日已西，行筵上餚饌悉是樹葉，驗之皆楓楸之屬，乃在人家一墳堂屋中。群伶交唾於壁而出。

鬼擊道士

萬曆己酉春，用直人家設放燄口法食。其僧有邪念，既召群鬼，不能却退，晝夜在家撓亂作耗，現身如生人形，藍縷衣，瘦黑貌，醜惡駭異，不可名狀。或凭欄而嘯，或坐檻而吟。家人於壁隙中窺之，聽其聲音啾啾如小鳥，齊聲共念「阿彌陀佛身金色，苦惱子，買却豬頭無腦子」，惟此十七字，日以爲常。

主人計無奈何，陰遣奴入城，請東天王堂老道士陳鐘禁治之。道士素精於符籙之術，縛邪多著效，遂詣其家。作法事一晝夜，群鬼悉退舍矣。遲明謝主人登舟，忽見岸上數百蓬頭餓鬼，破碎藍縷，怪狀奇形，猙獰可畏，下舟寄載，不容，便向道士攔抵，謂道士曰：「吾屬鬼也，田舍老公多財，合與求食，何與阿師事，而驅逐至是乎！」言訖共舉手摑其頰。道士神癡，歸病三日而亡。

鬼籠

遂昌縣黃九陽，爲秀才時，白晝恍惚，如睡如夢，見己奔詣先祠，陳設饌品，聚族而祭。祭畢急歸，中途逢一擔人，擔兩竹籠子行，諦聽其中，呦呦有聲，若鴨雛然。逼而啓視，則皆二三寸僬僥人也，無不蓬垢若楚囚，見黃秀才，爭號泣求救。秀才細認，乃其乳母之子及佃人、族人咸在焉，形並縮小。驚訊其由，擔人曰：「吾是鬼使，此曹罪業叢積，蒙怒於上帝，將疫死之。所籠者實其生魂，非君所宜問也。」便欲擔去。秀才固止之，曰：「如某者吾佃人，如某者吾乳母之子，平居皆無甚大惡，幸而釋之。」擔人不得已，依言放出。秀才又曰：「至如某者，吾族人也，併以解網之恩乞子。」擔人大怒曰：「吾奉帝命，籍有名數，乃悉聽子居間，將蔑棄之乎！」置籠於肩，不顧而行。

忽驚寤，異其事，命取紙筆疏之。旬月餘，里中大疫，後先死者三百餘人，族人與焉，佃人與乳母之子皆既危而復起。獨黃氏一門二百七十餘口不罹於疫。州牧九鼎記其事。

牛魂變鬼

江陰縣張鵬，屠牛爲業。一夕夢老嫗前告曰：「我是汝外祖母也，以平生積業，地府罰作老牛。幸在汝家，明日萬勿聽信人言殺我。」時鵬夫婦所夢略同，早起急命勿殺，家人已縛之於地矣。述其夢，並以爲妖妄。鵬，重利人也，欲聽家人言殺牛，其牛便下跪於地，兩淚雙流，卒殺之。

是日向暝，鵬出門，暗中忽見一大鬼，身如牛形，衝突其胸。鵬連聲叫苦，遂仆地。婦舁入就榻，覺四肢百骸，鍼鋒交刺，楚不自勝，號哭兩旬而死。

百歲骷髏

亡友沈流動，家於婁門，博學通經，以訓蒙爲業。昔年夏月，至陽城湖鄉索逋，舍舟行野田間。會天漸垂暮，蹣跚之際，屢蹶仆地。起立未定，忽聞草中有呼其姓者，曰：「老沈老沈，何爲日暮獨行，以我相隨作伴可乎？」動怪視之，四顧無人，惟於沙岸見顱骨一具而已。勳知此骨所爲，遂舉右足踢棄溝中，唾之而去。

其夜宿於徐氏書館。第三日四更起，將乘便舟入城，出門踐溺，辨色尚早，欲就寢。忽遇一白衣老翁，怒髮上指，詬罵勳曰：「我百歲骷髏也，思藉君之精靈，以成變化，乃忍擠我於溝中！令君不得入城矣！」勳大怖，哀祈之。老翁曰：「聊相戲耳。君宜速去，不得少停。」即引勳向西偕行。

行至中途，忽與此翁相失。約可大半日許，了不異平生行處，近望婁闕，隱隱在目，愈馳愈遠而不到。遇一郵人家，皆閉門，無可憇脚處。久之，上一高大石橋，橋北有寺甚宏敞，意爲接待寺矣，乃循橋而下，就視之，大闕廣殿，煥然丹碧，若王者之居，殊非接待寺也。遂突入焉，但覩人烟輳集，踵接肩摩，或三五成群，或六七共語，其中有相識者，並已亡歿。男女大小千餘人，見勳至，悄無言語，面面相視而已。勳直前下拜之，蹤跡婁門，各不肯言。内有一新死鄰近婦人，是勳熟識，微笑而言曰：「君癡矣，此非陽界，乃問蘇州路耶？」即便送出。勳心益惶遽，始悟所至非人間，罔知所措。既馳出，復登橋遙望，見有披枷帶鎖如死囚狀，經過甚多。婦人指謂勳曰：「此世間行惡人也。」勳問曰：「善人如何？」婦人令勳迴顧，見一二三人凌空而去，曰：「此證善果中矣。」婦人因使寄信於兒，求多追薦，且言不知如何發遣也。言訖便將動推墮於橋下，欻然驚寤，汗淚交流，已死於徐氏館中兩日矣。具告主人，爲設果餚酒飯，束藁爲舟，載至其地祀之，欲覓枯骨，取土覆瘞，已不可得矣。還語新死婦人家，依言追薦。動後不二年而病亡。

鬼足代薪

松江張澱山通判，赴任溫州，攜其夫人陸氏。陸故少保完女也。既入界，未入城數十里，日向暝矣。夫人疲極思憩，驛遞尚遙。俄而見燈光隱隱，若有人家烟火。既至，命左右先窺之。見一白髮老嫗，方擁地鑪煨榾柮，一少婦甚美，篝燈緝纑。還具以報，通判謂夫人曰：「吾上任之期已擇明晨，不可稽誤，卿可就田家借宿一夕。其家況無男子，天曉從容入衙可也。」

通判遂與二子先往，夫人及二女停車款門。嫗與婦欣然出迎，坐未定，嫗語其婦曰：「汝留此陪夫人，老身去烹茶來獻也。」婦曰：「諾。」嫗便汲水舉火，却用兩足代薪，推入竈門焚之。女奴看見大怖而呼，時從者數十人，行倦假寐，環屋而寢，亦齊聲號叫。向之二婦與屋廬器物奄然不見，惟空林蕭颯之中纍纍數塚而已。江陰李詡曾記其事。

討替鬼一

龍陽舒學憲必達，家故貧。其母懷娠時，常汲水江邊。江邊有捕魚人，夜聞二鬼揶揄曰：「明日人來代矣。」問曰：「何人？」應曰：「城中舒大娘也。」曰：「且慢却，伊有舒布政在腹中，恐便不替老兄也。」捕魚人凌晨不開船而候之，見一婦人來岸邊，挈瓶而汲江水。捕魚人連呼：「不要下來，我爲汝汲。」急登岸取其瓶，汲與之。已而詣舒門密告，其姑戒爾後勿令到江邊來。未久，果生必達，登正德年間進士，官至學憲，卒於家。

其後世廟登極，一夕夢黄龍降於庭，口吐大珠，珠上隱隱有「舒必達」三字，覺而異之。明日蒞朝，問朝中有此人否。宰臣對言：「先朝有之，歿且久矣。」上即命追贈舒必達爲布政司左布政，鬼言至是始驗云。

討替鬼二

萬曆四年，宣城沈秀才懋學，以秋賦入金陵，僦居秦淮河上水閣理書。至秋七月中元夜，月色如晝，四顧闃然，忽聞渚次作拍浮聲，如人下浴狀。少頃，一人隔岸呼曰：「老兄老兄，汝限期已滿，當索替矣。」浴人曰：「明日有一帶鐵盔人來替我也。」秀才於窗隙窺之，問者答者悉在水中，皆鬅髮裸形鬼也，大怪之。

至明日初午，果見有一店中走使，頂鐵釜於首，將下水洗之。秀才凭欄叱去。其夜復有月色，又聞一人隔岸呼曰：「如何不索替去？」前浴人曰：「這漢造化，被沈狀元喝住，今又要等多時矣。」秀才心以爲祥。是年丙子獲雋，明春丁丑，果狀元及第，聲采大振，授官翰林修撰。歲餘謝病還山，不竟其用而卒。里人金三枝親聽其説如此。

討替鬼三

齊門營内武百户，生子十餘歲矣。其家相近北禪寺，寺西有野水一潭，此子每詣師塾，朝夕必經其地。所隨家童數聞水次有呼武郎名者，異之。潭上所居鄰人，亦常於夏月，遥見小兒出水相招武郎共浴，誤謂同學諸兒泅戲爲樂耳，了不之怪。一日，此子侵晨詣塾，出門十餘步，便遣家童先歸，竟自脱衣履於岸側，從容赴水而死。久之，鄰人見其不起，奔告父母家，已溺死無救，方悟呼名招浴，並是溺鬼討替，其説良不虚矣。

後百户痛其子，從方士招魂歸，對曰：「兒之水府甚樂，不煩親念也。」又數數見形還家，覓常所戲弄之物，悽咽而去。

討替鬼四

胥江上泊一小號船，防守盗賊。船上兵士常見米肆中十五歲小兒，每日自午行至水次，不脱衫履，直欲走入水底，叱而去之。如是者三四度矣。其家護伺惟謹。一日，衆方聚食，見兒入水，叱之不及，急呼父母共相撈救，其屍乃宛然仰覆船底。傳言此江中溺鬼最多，歲常討替，無足異者。近庚戌秋事也。

討替鬼五

有某處一土神廟，廟祝夜聞鬼聲。鬼告土神曰：「明日有替代人矣。」廟祝次日候於河濱，將拯溺者。見一少年濯足於河，無恙而返。其夜又聞土神問鬼曰：「何不捉替去？」鬼曰：「其母老，殺之則母必相從以死，某不忍其母子俱亡也。明日有婦人來替代矣。」

又明日，復往候之，果見一婦人過橋，忽暴風起，吹其襆墮水中。婦詣河邊撈取，又不及溺。是夜復聞鬼答土神言曰：「此婦有雙胎在腹，一舉手而戕三命，吾豈忍哉！終當更伺良便耳。」則又明日之半夜，聞有鼓樂騎從之聲，喧填而至。土神告其鬼曰：「上帝憫爾一念之善，敕爾爲此地社神，今與某共事地方矣。」

討替鬼六

蘇州葑門外滅渡橋有某甲，每夜於水濱下罾捕魚，更深夜靜，常見一黑色人自水濱出，與甲作伴。甲問其姓名，應曰：「某非人，乃溺死鬼也，共君有緣，故來相護。」

如是歲餘，甲了不爲異。一夕告曰：「明日當有婦人過此，某擠入水中，便往託生，與君從此辭矣。」至明夜，其鬼復來。甲訝之，問：「何得不討替託生去乎？」曰：「適婦人有娠，吾安忍殺其子母，寧遲兩日可也。」

又隔數夕，忽來與甲作別，且有喜色曰：「某爲放釋孕婦一念之善，上通於天。今玉帝命某爲常熟東鄉村坊中土地，越明日便蒞任矣。君可速棄漁業，尋訪而來，告鄉里爲廟祝，用兩竹筶以驗人休咎，某當降神於君身，從此可起家也。」甲聞言而遜謝，便留設羹醪，享之而去。

急收拾往常熟某村坊，政見眾人粧塑神像方完，將以鼓樂導引登座。甲具如鬼言，陳說顛卒，眾便留爲廟祝。三年之内，幾致千金。忽夢土地神告曰：「嘻！汝獲利已多，尚不知止，真欲編錢作埒乎？命運漸衰，可速歸去，我亦依舊託生人間，此位有代之者矣。」明日卜便不驗，其人挾貲潛遁而還。

討替鬼七

一說閶門外有女墳湖，俗名沙盆潭。相傳昔者有捕魚人，每夜下罾於水，一鬼常坐岸側，與相酬話，曰：「君是善人，某來相護。」如是積時。一夕，告捕魚人曰：「兩日後有丹陽販豬人過此，某當推入水中，便往託生矣。」後兩日，復來告曰：「此人竟不出舟，無計可殺，當是陽算未盡耳。更兩日，有宜興人過此，擠之，某即託生去也。」如期果有宜興人過，溺水而死。其夜鬼來辭別，且囑曰：「某去後，君不宜於此處捕魚，恐遭魍魎侵凌。請從此逝矣。」言訖遂絕。捕魚人感悟，即棄漁業，出家爲道人，募化千金造橋。橋成，因名度生。三說頗略相似，後二說並高承先言。

寄渡鬼

蘇城人王席者，家在薪橋。少恃膽智，充縣門游徼。萬曆丙申夏間，夜半從盤門外捕賊歸。行至孫家菜園，去家只隔一小河矣，水不甚深廣，便褰裳而涉。時月色微明，忽見岸側有青衣美婦人，頭上有花插，呼乞寄渡。席便應曰：「要我負汝去，必著力攀好，愼無妄動，動則跌下水也。」婦便依言而登，席即解腰纏緊縛其婦於背。行至半河，覺背上重甚，心頗生疑，乃猛聲叱曰：「何得如此，我放下水矣！」婦見其辭色俱厲，寂不敢動。已而抵岸，解腰纏，鏗然墮下一物，視之，乃是破棺板片，其上插紙花一朵而已。席至家熾火焚之。明日蹤跡其地，杳然聲響。相傳此孫家菜園是吳太宰伯嚭故宅基址，至今尚多女妖。許國光與席鄰居，説此。

呼雞鬼

萬曆初，蘇州胥門内西察院前，近城民家，姑悍甚，畜雞數頭，爲東鄰所攘，乃冤其婦竊食，捶掠備至。婦不能明，其夕雉經而死。至今城上中夜數聞祝雞之聲，自近而遠，悠悠不絕。嘗有人凌晨在城上行十餘步，口中忽作祝雞聲，後人至，怪問其故，笑曰：「前有一呼雞鬼，竊效以相戲，無他也。」

鬼哭

近庚戌春，松江、嘉興諸地村落中鬼哭者三日。有司以聞於都御史周公，親爲余談。

路鬼

吳縣東洞庭人金四郎，入西川行賈多年。嘗密藏金六餅於牀下，四郎旅次病劇，告其同伴曰：「某有六餅金藏牀下，倘死，君輩還語吾婦以藏金之處，令取之。」已而四郎病痊不死，仍合同伴而行。

路鬼聞之，乃入吳徑詣其家，附魂於婢，向婦作靈語曰：「我即而夫金四郎也，病死途中一年矣，貲本並付同伴收訖，我苦無衣食，遊魂暫歸。有金六餅，重若干鎰，昔嘗埋於牀下，臨行忘道此。金故應在，卿便可取，以備祭享之資，兼爲多製新衣與我著也。」

婦大驚，便移牀發金，果六餅，悉如其言。謂夫真死矣，舉家悲慟，椎結招魂，陳設靈儀於堂。俄又託夢於婦曰：「吾困辱窮泉，飢餓已久，須多設食以祭，更要錢物行用，望求好紙燒之。」婦聞言，遂市紙數千張以如其請。

如此一年，驀見四郎結束行李而還。入門顧視靈筵，怪甚。其婦見夫，良以爲鬼也，怳惚走藏。四郎乃隔壁爲婦具陳本末，婦遂出見，方知妖魅所爲。

萬曆己亥年，余乘洞庭船遊渚宮，長年孫老話其鄰家事如此。與《搜神記》所載費季相類，若非親質，謂之虚矣。

鬼相戲

有一窮子，住周武狀元坊。家事靈鬼，龕其像於屋角中，日夕祭拜，祈求致富，卒不獲一錢。小歲之日，鬼忽憑其婦而揚言曰：「君命合餒死，我亦無如之何。詰朝歲除，君於申酉時候，可具衫服於道側伺之，當有人載厚鏹過君之門，君求而得，可以富矣。」

窮子喜甚，爾日敬如鬼教，自午至晚，拱立門外，終無所得。忽見比鄰一巨室，方延巫祝賽神畢，僕御捧出金銀大錠數盤，以草薦之，舉火焚於通衢之上，有風旋捲，盡數吹入窮子之門，乃冥錢也，黄白燦然，悉紙所造。窮子方悟鬼之相戲焉，入毁龕像，自是甘心翳桑，不復事鬼矣。

俞生遇鬼

齊門外俞生昌國，善書，爲人豪邁。書名既起，遂放於酒色。嘗夜從城西過曠野，見一女郎，翠袖紅粧，資質姸冶，相偎而行。昌國訊其居止，徐應曰：「不遠矣。」遂攜手自休休庵後，穿入海紅花巷口第幾間空宅子。昌國送之入門，見室中甚闇，未及取火，殷勤遂別。别時相約：「既獲邂逅，望君時時來看。」昌國意是巷中角妓，不及叩其姓名，隨路而還。

思之不釋，明日便入城消息其處，見昨宵所入之室，重門深鎖。訊之鄰妓，應曰：「此中無人，近寄一女郎棺木在耳。」昌國大驚，始悟夜所遇者鬼也。然而想憶如癡，每形夢寐，歲餘病疫而亡。

竹林寃鬼

處州樊侍御獻可，自言其少爲諸生時，父封公甚嚴，每日課文一篇，程督不缺。遇正月朔，侍御隨拜家廟，失課文字，封公大怒，問：「歲朝何以便不作文？」侍御對曰：「夜來一夢甚奇，起晏，不覺廢業。」問：「作何夢乎？」對曰：「兒夢具威儀道上行，出一城外，過大石橋，清溪瀌瀌，境甚幽雅。前有茂林修竹，門外有兩白衣婦人，持訟牒跪於道左，云：『求相公洗寃。』兒遽與收牒，叱令兩司伺候，應聲而散。遂覺。」

封公聞之，復大怒曰：「汝造此妄言，以飾罪過。世上有不做文字官人乎？罰十五杖。」族人苦勸解之。

後十年，侍御巡按某省，過一處，恍如夢中所遘之境。其時果有二白衣婦，自竹林出，銜血齎冤，乃是一主母，一侍妾，訐其惡叔謀死夫主，復欲賣此二婦，沉憤者十年往矣。其人死之年月日時，具在牒中，按之，即十年前所夢之除夕也。侍御還衙，即批行其牒於藩臬二司會讞。明日二司入見，侍御具述當年所夢，立正大辟，覆盆之冤自此雪矣。

無何，侍御攬轡觀風，還經其地。是日薄暮，月色微陰，恍見竹籬外有皂衣人跪於帷前，向侍御拜謝。遂聞擊顙聲，命停車訊之，欻忽不見，始悟是寃鬼也。黄州牧九鼎親見侍御説。

蛇辯鬼寃

雲間張明府肇慶，爲江西萬安縣令。一日坐堂皇視牘，有蛇蟠於案前。吏胥逐之不去，張遂停筆曰：「汝爲何人辯寃，可入獄自取其人。」即遣吏隨之詣獄，果至獄門，蜿蜒而入，望見某囚，遂旋繞其足。吏便呼與俱出，案上所視之牘即其事也。細推訊鞫，竟與寃鬼清雪。既而薄暮，有厲鬼被髮血身，膝行前謝而去。左右識是寃死者。丁未年事。

痘　鬼

王武庫世仁之孫四歲，乳名升官，夙慧非凡。壬子春，遇一惡鬼，初因暗，髣髴見形如人，靛面赤髮，遍身黑色，稍類世間粧塑魁星狀。家人遂呼爲魁星。其孫始見時，大驚怖，嚱噫狼籍，遺溺不止。爾後漸漸狎玩，與之俱臥起，便不去矣。時武庫方居母艱，長君秋試期迫，心疑魁星降臨，有吉祥善事，戒勿驅逐，常呼其孫喚魁星入書室來。孫云：「已在此矣，東行西走，亦無定蹤。」如是相徵逐者半年，而長君下第。後其孫抱痘，竟不起，聲跡始絕。乃知惡鬼即是痘司鬼神，來攝小兒，或云是死於痘者來求受替也。

鬼　相　語

萬曆壬子，蘇城某甲五更出盤門外村坊索租。是日天有甚霧，忽見一人自後追上，云：「與君舊識，作伴同行何如？」甲果曾識面，而不記姓名，答云：「甚善。」因問甲欲至何所，答云：「欲至仙人塘。」追人言：「我亦欲至仙人塘。」與相語次，所言並是亡歿過人，甲方悟其已死，唾之云：「君是鬼，何得共我行！」言未畢，又見二人自後追上，云：「此人果是鬼也，君莫與談，我輩作伴同行足矣。」便共酬論，皆田舍桑麻場圃之事。

良久，霧雖未消，天已垂曉。二追人欲辭甲先去。甲謝云：「頃非君等作伴，幾爲小鬼迷惑矣。」二追人云：「君謬耳。我輩獨非鬼耶？」便合手拾草中糞亂擲甲面，渡水而去，咋咋有聲，漸微而滅。甲頭面悉被污壞，狼狽前行。里人袁景休言。

桃源澗遇鬼

萬曆壬子四月，常熟東門老儒錢承之子某乙，常與同縣某甲親熟。甲死八日矣，乙不之知也，一日忽遇甲於北山桃源澗石上，兩人攜手對坐，共敍闊別。甲話家事，歔欷不自勝。同遊半日，分手而散。乙入城，天向暝矣。鄰舍子訊其何處徵逐，歸及暮乎。答云：「與某人共話於北山，被伊聒絮家事，不覺歸遲。」鄰舍子大驚曰：「此公死八日矣，君尚以爲人乎？」乙愕然，言其狀貌與服色，真此公也，心甚疑怖。偕鄰舍子馳還推驗，果爾。經年不敢出門，憂其及禍，後竟無他。

甘夫人墓女妖

四川夔州府治有鎮峽堂，相傳堂後有蜀先主甘夫人墓在焉。每春月天陰月冷，即有數女郎出遊，美麗非凡，或著金泥帔子，或著生白練衫，或者丹繡裲襠，妖媚動人，見者輒爲所祟。太守舍中不安，因塑玄君像一軀鎮之。

洞庭詩鬼

正嘉中，西洞庭包山之東灣茹家園中，有鬼能詩，言人禍福亦驗，俗呼爲「風流神鬼」，又自稱「終南山道人」。與人飲酒，相對酬酢，詼諧謔浪，無所不佳。其詩曰：「自入空山歷歲華，幾經葉落幾經花。諸君問我原蹤跡，太華峰頭第一家。」「洞庭秋水碧玻瓈，日浸東方月浸西。萬里紅塵渾不到，可能著我道人棲。」「暝烟一抹起山城，返照林間石壁晴。多少樓臺銜倒景，獨容仙客看分明。」歲餘别去，不知所向。

《留青别札》載其詩尚多。

鬼登臺

常熟徐司空子鴻臚，藏鏹百萬，爲第三郎所覺。萬曆癸巳四月廿一日，潛遣奴賊王結巾、朱明、徐祥、朱顯等四人，操蔗刀扼鴻臚喉幾斷，脅取之，僅得六百金、首飾一箱。次日敗露，獲送於官。三郎冒破千金，逆謀遂寢，尋縱結巾遠遁，而擒明、祥、顯等三人，悉殺死之。其事甚慘，鴻臚不知也。

及後十年而復敗露，當事者乃舉其事，歸之於兄昌祚，由是闔縣之人無不稱寃。蓋昌祚雖窮兇極惡，罪止沉姑，况癸巳夏，方參選都門，未嘗躬行弑逆鴆烝之事也。

先是鴻臚疾革，三郎又投以毒藥，既仰，移時便絶。名醫沈楠從樓窗下逃歸西閶。是日鴻臚白晝見明、祥、顯等三人並著鎖械，來至牀前守之，云：「郎君昔枉見殺，訴天得理，先取府君。」鴻臚謝曰：「枉殺汝曹者，名儒兒也，何爲罪我？」衆曰：「郎君運數未衰，某不能動。今府君禄與命絶，故先得報。」其夕鴻臚死。

自爾後，三郎每常月夕，置酒層臺之上，與羣姬會飲。夜闌人静，籠月曖昧，輒有没頭鬼兩兩三三，各手挈其頭，攀臺而上，將廁中草糞，紛紜擲入飲饌中。三郎悔懼，多以家僮執械自衛。一夕，鬼用手格其械。三郎呼而語之曰：「没頭鬼且去，我當追薦汝也。」一羣鬼遽於臺邊切齒作聲，告大家云：「莫笑儂没頭鬼也，郎君之頭亦寄於頸耳。」一左右驚呼奔走，復倒入於地，奄失所在。

三郎後遂拆毁此臺，命偃師之流造五郎、賢聖、總管諸神爲木偶，效其眉目，施以機械，使能坐起，奉祀樓中，以獻禱焉，而淫妖亦大作矣。雕工顧雲是夕宿於臺下，幾怖死，目擊斯異。

瞜塘鬼

數年前，嘉定縣瞜塘鎮有木工從城還，行經塘上，去家三四里未達，天陰晦際暮。木工肩負一傘一襆，襆中束縛斧鋸槧鑿之屬。忽二怪狀鬼，衣裳藍縷，踢蹋追上，呼木工姓名聲甚微。木工廻眸視之，察其非凡，佯爲不應。俄而漸被追及，一鬼奪傘，一鬼隨後，有似相助。木工堅持傘柄，固不放，良久力乏，不覺被奪。於是解襆中木具，次第斫擲，前後二鬼便共次第引手取去，手亦不傷。斧鋸槧鑿之屬，無一存者，惟剩空襆，繩多斷絕，還欲來取。木工終不肯與之，併力與鬭，不勝，却被擒胸，相拖渡畱塘，頭面俱敗，衣衫並著泥淖。迷悶至明方醒，而所奪之物一一散置岸側。且行且拾，都未有遺。木工後亦無他。戚伯堅説。

關中鬼使

嘉靖丙寅，蘇城陸聾子張店於西閶門外，安泊商旅。歲除日，忽有走差使者，馳馬驟至，稱是關中人，約新歲有公事，須往杭州。是夕無故暴死，手足僵冷，鼻氣已絕。店人大小驚惶，不成家譙。明日告於鄉里，共發囊視之，中有無數帖子，具載追攝人姓名籍貫，而字皆若符篆，不可識。又有細繩子數十尺，此外更無餘物。衆皆大怪之，遽斂結如故。

食頃見一小胡頭乘驢而至，約長三尺已來，睹使者馬鞍在門，突入店中，問：「吾主安在？」衆攔而出，胡頭曰：「得非死乎？」衆聞其言，又大怪之。胡頭笑曰：「某在，無憂也。第慎無驚，不出三五日，當復活耳。」店人叩頭拜謝曰：「誠如尊教，闔門幸甚。」遂止之於後小閣子中，具酒食湯沐甚謹。

至第二歲日，鄉里具白其事於官，官遣吏率伍伯檢看之。胡頭不許，請以五日爲期。至第三歲日，使者果甦，謂店人曰：「相累不淺，但汝不宜與衆妄開吾囊，得無漏泄乎？」店人翁媼亦惟有叩頭拜謝，口稱死罪而已。

頃之，遣吏復來，使者便隨之去，入見吴縣令。令問其何爲猝死，對曰：「某非陽世走差人也，實伏酆都驅使。因奉冥王命，追攝死者，遍歷關洛齊楚之間，以至於斯耳。」令大驚，便問追攝此中何人。對曰：「無幾也。杭州止二人，猶未往取，蘇州止三人，僅録其一。」問：「彼二人何爲不録有姓名乎？」曰：「有一人是山東籍，姓張名鎔，住北潼子門，花柳行户人也。一人是長洲縣籍，姓方名古，住齊門，親禮儐相人也。所以得免者，張家現在寶林寺中禮梁皇懺，方家亦在北禪寺禮梁皇懺，此功德最大。昨蘇州府城隍移交冥府，著某罷追，令須往杭州去耳。」令亟使人推驗無差，益異之，賜以資斧，拜辭而去。自爾蘇城緇白貴賤，無不崇信像教，慈悲懺法，日漸大行。

楓橋鬼使

嘉靖末年，蘇城南潼子門編户陳世仁，與弟世倫，早起步行，入支硎山，祝釐觀音殿中。出門十餘步，有二人隨之，作伍伯裝束，問世仁兄弟何往，曰入山了香願。二人曰：「我輩亦有公事往楓橋，便請同行。」酬答往反，皆言里中亡歿人事，頗怪之。既至楓橋，而二人告辭曰：「吾欲入此人家，不得追陪前路去矣。」世倫視其指顧非凡，因與兄潛窺蹤跡。此家住寒山寺東第三家，尚未開門，忽見二人於門縫中冉冉而入，其黑如烟，奄然不見。世倫便折楊柳一枝，以誌其處。天向曉，急入山中，瞻禮菩薩而還。至寒山寺前，日方過午，則此家已挂紙錢於門矣。乃知二人是鬼使也。世仁自此持齋爲道民，諷經念佛，以終其身。子文綱親説。

鬼變化

齊門外西滙上木行，主人潘獻，自言其十二歲時，一日凌曉，下鄉徵索客帳。忽於馬路橋下踏著一老鼠，啾啾作聲，聽之是鬼嘯。既至前，忽變爲雄鴨，又作鴨聲。急趨逐之，既及唾之，鬼便渡河而去，復變爲羊鳴數聲，遂絕。

孤山女妖

萬曆壬寅，明州聞莊簡公之來孫某，弱冠美風調，攜其姪才十五歲，同詣杭州。路遇姚江秀才呂生，傾蓋相契，遂同寓西湖孤山寺傍一古館中。前即張氏梅花嶼及水仙祠，有短垣隔之，宋人詩「一盞寒泉薦秋菊」處也。

時值秋夜，曖月朦朧，鄰鐘響斷。兩生頗工吟詠，徘徊於庭。忽聞垣西有婦人笑語聲，俄而履跡漸近，靈香襲衣，啓扉伺之，遙見三女郎自樹影中來。一著冠年稍長，其二則綰肉髻，垂鬟如鴉，皆麗色也，褰帷而入，直抵寢所，就牀坐，與聞、呂溫涼，各擇其偶，頗諧伉儷。著冠者笑曰：「汝兩人已作鴛鴦配對，而我獨無。」因指聞生之姪謂曰：「終不然留此黃口兒爲我伴乎？我安用此，當往尋水月上人矣。」言訖，即先辭出。二女郎相顧笑曰：「阿姊意不美滿而去，我輩且爲樂也。」兩生驚喜，陳設薄具，談笑歡娛，滅燭解衣，雙棲婉嫕。四更後別去，問其姓氏居止，不答，但執手依依曰：「非久相期，慎勿泄於人也。」下階數步，如霧蒙花，行於殘月中無影，心竊怪之。既去，欻爾而滅，陰雲四垂，淒風颯至。月色既隱，景物慘人，不覺窗户軋然。兩生股慄，方異其鬼妖也。然亦頗愜於心，精授魂與，宛轉不寐。

明日起視，但見樹深雲亂，水流花開，杳無行迹。邂逅水月上人自靈芝寺掠湖而至，竊話夜來夢見一麗人求偶，某不肯從，絕與兩生所見年長者無異。語及大怪，共爲歔欷。

旬月之内，三人相繼病卒。水月者，故楚中少年僧也，豫知亡期，囑備後事。中秋夜，忽謂其同衣曰：「前生之寃業至矣。」辭别親友，自題神主而逝。祝秀才良柱與聞、呂善，而黄州牧九鼎又與水月善，兩人具説，頗相合也。

焦家橋女鬼

常熟城中居民，開錢肆於焦家橋側近。其婦輕蕩喜淫，穢聲播於中外。夫不能容，逼令自盡，遂抽其領巾縊死。死後即殯於北山下，月餘矣。里中有少年某甲，容貌甚秀，獨處於室。此婦人白晝見形如人，往就之狎。甲徵其家安在，曰：「卿常往來兒家，乃佯推不認耶？」甲悦之，遂誘而藏於室中，日常飲食起居、粧梳鍼黹，與常人無異，背燈繾綣，妖態横生。旬月之間，相得如伉儷。

後爲鄰姥取火逼視之，問：「是某姓娘子，昔已死，那得至此？」婦怒曰：「謂嫗是生人，何爲作如此問？謂嫗是鬼，那得白日入生人家？」鄰姥惶遽反走，乃不敢言之。其夜婦人與甲敍別，曰：「爲閭巷所窺，不可留矣。妾暫還，終當與卿爲歲寒之盟耳。」相與歔欷，四鼓辭去。

還復至少年某乙家。乙亦冶遊獨處，忽聞叩門甚急，披衣啓視，見女子隱身而進。乙戲問曰：「家在何處，宵分來此？」婦人僞泣而告曰：「兒家近在城北，夫死貧煎，兄嫂遂有言語相及，斥逐於外，欲暫寄留。」乙喜極，擁之入幃。見其容姿韶令，舉止綽約，備極款昵，踰於瑟琴。

如此積三月矣。乙一日早出，婦人朝梳方竟，不及閉門，忽見前鄰姥復突入舍中，又數目婦人不已。良久，婦人詬而罵曰：「嫗老悖不死，強與他家事，又當作鬼話耶！」姥怪怖急趨出。其夜遂與乙嚙臂而別，同穴相期。乙愴然送之，出門見掩袂北去，疾如飄烟，瞥然不見。心頗疑其非人，然每思輒廢餐寢也。

歲餘，二少年與鄰姥後先淪歿，並此妖淫所爲。家弟湜竊話於余。

鬼招飲

萬曆癸丑八月初六日，蘇州閶門外洞涇橋内役夫錢忠，入城至盤門薪橋弄中探親。其家設酒食餉之。忠既醉矣，别去。天色已晚，行經胥門，忽見一亡過識人周三，捉忠臂相勞苦。忠曰：「君死既久，何得至此？」周曰：「我故在松江營小貿易，未嘗死也。」一忠遽信之，欲拉入酒肆中飲。周曰：「敝居咫尺於郊外，肯惠然偕往一醉乎？」便掖之而去。忠亦不覺出胥門，相拖渡河西行。

隨至一處，皆高門廣舍，棟粱華整，似是大姓家，但陰慘異常，不知何地。周設具飲次，先有二人在焉，見忠至，相與揖讓而坐，舉杯便云好酒，用拳作馬，互角勝負，痛飲狂歌。宵向分矣，忠苦欲辭去。三人便從座起，拾草積間瓦礫糞穢紛紜亂擲，忠頭面俱被傷損，盡力捍拒，連呼救命者三。

時籠月曖昧，寂無人蹤，偶有圃人，故是管中小校，聽見荒墳内號叫，以爲盗也，持戟捉火，奔突而來。見三鬼面目可憎，共捽一人頭髮，氣息奄奄，命絲將絶。圃人與力大爭，爾乃得解，三鬼於是捨走，須臾聞在樹林中嗔恨非常。圃人近前細認，乃即鄰黨錢忠，蓬首垢面，滿口污泥。問其故，具説爲諸鬼困辱事狀。看所見屋宇處，並高丘深邃。一時嘔出泥漿數升，方知所飲之酒皆溝中泥淖也。

陳湖女妖

蘇州城中大雲坊姚生邦盛，年少善鼓琴。萬曆己亥八月十八日，放舟掠陳湖而東，投於顧氏莊客高家。莊客面黄少髭，里人呼之爲高太監。生是夜宿其堂西偏之書館，攜琴向窗下自彈。彈畢，背燈於閣板上而寢。

户已閉矣，忽見屏後閃出一婉媚婦人，年可二十許，上衣生白練衫，下束鵝黄裙子。時月色甚皎，儼然相映。婦人手中抱一金漆妝合子，輒移燈置几角，從容綰髻插簪。作晚妝竟，仍取櫛刷梳，安放合子内。忽騰身就寢。生初見其廻動輕飄，有殊生人，以被蒙頭，不交一語。婦人顧而笑曰：「郎害羞甚？何無男子氣乎？兒須撲却燈來也。」急起吹燈，燈滅，解衣登牀。生撫其身，甚柔膩，亦不覺是妖魅，便與交歡，了無他異。徵其名，曰：「主人有太監之號，絶人道久矣，郎豈不知？兒即主人之妾二娘也。」

纏綿至曉，奄爾不見。生甚猜疑，乃私於捧盥者曰：「宅中有二娘乎？是主人之妾耶？」捧盥者曰：「君安得問此死魅？往以中遘紛紜，大家逼令自縊，死且五年矣。時時見形祟人，夜來得無有佳遇乎？」生大駭，亟謝莊客，整舟而別。癸丑十月廿一日，邦盛自言於嚴邵武座上。

梅廣文遇落水鬼

蘇城磚橋西有落水鬼，呼人姓名，應之者必溺死。夜深人靜，便起行橋上，如著木屧聲，看則滅去。

萬曆丙午冬，府學廣文宣城梅守履，忽病狂，性理錯惑，如有憑焉。一夕，盛衣冠而出，向東疾馳。盧兒竈養，並跡其後。轉近磚橋，廣文謂左右曰：「暫迴避，前有官人儀從來也。」一眾視寂然。轉盼之間，瞥焉不見，廣文直走橋西，赴河死矣。計府學得至橋相去三里許，巷陌曲折，先不認識，而竟走溺於此，豈非鬼爲祟乎？諸生蔡士順説。

華別駕耳中鬼

梁溪華別駕善繼，博古嗜奇，詩才清靡，與弟善述齊名。中歲投閒，喜談仙鬼，從方士鍊樟柳神戲，學耳報術。後悔，不肯竟學，爲此鬼鑽入耳中，耳遂以聾，終其身不能聽。

鬼生朝奉

三十年前，休寧縣某鄉鎮有姙身婦人，未及産子，遘疾先殂。其家權寄棺於塚旁小屋。此婦人既滿十月，腹内兒生，日現人形，持錢詣餅肆買餅飼兒。如此積時，餅師夜開櫃數錢，錢中常雜冥紙一片在焉。怪疑婦人是鬼，候其復來，取錢另置，仍與餅。迨暮，視其錢，化爲冥紙矣。明日至，與餅訖，隨跡其後，都不見門巷，但有殯屋。漸聞小兒啼聲，轉近，婦人奄然而没。於是還集等輩，同往驗看，乃棺中婦人，形體如生，脚後坐一孩子，是活者，餅殘尚未盡也。共相惋愕，抱歸肆中。月餘，有少年來肆寄坐，見兒狀貌，問故。餅師具説本末，少年驚曰：「此是亡妻殯宫也！」呼其兒，兒便撲入懷中，因大慟持去。後成富商，同旅呼之爲「鬼生朝奉」矣。

張王府基二鬼

蘇州府治東張王府基，僞周齊雲樓故址也。基東西皆敗垣積潦，天陰月晦，怪魅往往而出。

萬曆甲寅四月，夏侯橋役夫金乙，夜行逢鬼。鬼先問乙是誰，乙曰：「我乃人也。」還問：「汝爲誰？」鬼誑之，言：「我亦人耳。」乙時已醉，見其寡髮敝衣，叱曰：「人甚可憎！」鬼大恐，便裂目吐舌，牽乙袂去，共入壞坎中。

乙恃力與相鬥，鬼便攘臂毆之。鬼下拳其勢極重，乙還以拳，拳其脇覺甚輕，頗似烟氣。乙乃罵曰：「汝鬼也，何誑我而言是人！」鬼曰：「身實非人，聊相戲耳。」乙笑謂鬼曰：「汝止有兩手，那得遍擊我？」鬼曰：「卿謂我少助耶？」乃伸手招引，須臾缺牆下復走出兩女鬼，來助前鬼毆乙，投擲瓦礫，力勢更猛。乙疲頓不堪其苦，傍有一白衣老人策青竹杖至，指謂乙曰：「西南角上當有燈火救汝，何足憂也！」言訖不見。

乙遂狼狽而行，強於路次訪人烟，步未十數，依稀認是管憲使家監所居。款門不應，遂疾走出街西。少頃，前有燭光，漸將咫尺，近視之，果是憲使之子秀才管珍，自西昌聽講還宅。乙呼救且急，管遂正言呵叱，鬼稍退避。管問乙曰：「鬼安在乎？」乙曰：「去矣。」於是命二蒼頭挾之歸，乃許來日戌時，辦食薦度。向晨遣視乙，尚冥然如中惡狀，肢體悉被擊傷。至暮，管爲具酒炙置橋側，燔紙錢與之，食頃便安。管珍自說。

醉人兩遇鬼

蘇城葉甲，因過盤門婦家迎婦，不歸，設食飲，醉極，夜而還。遇一姝麗婦人，年可二十許，抱三歲孩子同路前行。甲驚悅，持其燈忽先忽後，微挑之曰：「夜深矣，何爲徒行？」婦人曰：「何與君事？」甲曰：「某以燈照步可乎？」婦人默然，便共狎暱，媚言交至，相謔而過吳縣西橋，俗名馬蟻窠，已是二鼓。

忽見兩皂隸，手持文書繩索，貌甚雄異，叱去抱兒婦人，呼甲而語之曰：「此是祟人妖鬼，何戀之哉！」甲惶懼不知所措。兩皂隸曰：「適有公事過北城，無火，卿持燈送我去，當得酒食，今宵不落莫也。」甲醉思歸，未許諾。兩皂隸張目攘袂，遮不聽走，扶甲兩腋，逕曳將去桃花塢中教場盡處。其疾如風，既至，留甲於門而入曰：「願少踟躇。」甲疲極，便蹶然而睡。少時，聞舍中哭聲，始寤。尋有被髮少年，出投水碗紙錢於門，見甲詬罵曰：「爾非賊乎？家有老公新死，纏屍於地，有何相奉，而中夜守伺爲也！」甲大慚，唾其壁而返。馬蟻窠在城隍廟前，始悟兩皂隸是廟中冥使矣。

鬼買棺

太倉州沙頭鎮，相去鎮三五里，村名新洋。有編户謝甲，爲人美鬚髯，而行多不謹。萬曆癸丑春三月，一家長幼連甲十一口，悉病疫。甲死，妻孥相續而亡，計歿者九人矣，止存二老嫗呻吟在牀。中外宗姻入其門問疾者，並見兩疫鬼，朱髮青面，齒如劍戟，踞立於門左右，各各震怖，狼狽却走，所遇無不染疾而死。於是經月閉户，枕屍狼籍，莫敢收之。

忽一日，謝甲鬼魂直走出沙頭鎮上，坐於凶肆，與僧人對共計較，解下腰纏，展開大小銀錠共秤，見四十二金，以六金有奇買棺九口，别存半錠，握置掌中，餘銀結束於腰如故。俄唤船户朱大郎，將所買棺逐一舁入船中，安置皆畢，叮嚀語云：「汝可載至新洋村裏，到一處，門臨清溪，宅舍高麗，旁有竹林廣可數十畝，問是謝家，即便舁入。吾先沿岸而行矣。」因出握中金半錠露示大郎，且云：「傕直之資，悉取諸此，無憂也。」

大郎依言載去，既到新洋村裏，轉入聚落，委有高門廣宅，嘉林美箭，推驗謝家，一一無差焉，但悄不聞有聲響。心謂可怪，罔測所由，便排扉突入。經三四重門，已是臥內，滿地死屍，寂無人跡，數之大小男女，果是九人，而長髯謝甲，買棺鎮上者，亦與其數焉。諦視之，腰纏如故，握金半錠，宛然在也。連呼異事異事，亦莫出應。久之，傾聽微似有人喘息，遂歷東西二廂就看。徐聞人應：「吾兩老嫗臥病在此，客何爲者？」叩其主人翁嫗，死已一月矣。

大郎是持長齋人，高聲念佛而出，出則遇見前兩疫鬼匿身於壁角中。大郎熟視其醜狀，便罵之曰：「業畜業畜，枉害人命無數，尚不去耶！」言已，兩疫鬼欻然遂滅。大郎自料棺無着落，乃舍其船，前走村中，遍話於人，尋求謝氏之婦兄表戚某某輩，相與登堂，殮此九人，而二老嫗者，時亦能強起言動，方知疫鬼已消。發其屋棟，藏鏹二千餘金，驗之悉官物也。大郎不敢取，竟回船沙頭鎮矣。沙頭人喧傳鬼買棺，或云其屍能自行也。陳覺生、沈公繩共附載朱大郎船，親聽其說。

避煞遇鬼

歙縣西林村書生程宗亮，館於所親家，婦病危殆，家人報歸。其夜坐牀頭伴守，忽見病婦面倚枕上，突長丈餘，大驚，集老少來看，須臾漸漸縮小。呼其婦醒，都無所知，婦亦少時而亡。

停數日，俗忌避煞，宗亮飯畢，便詣合田訪友，將避於其家。因不相值，怅然良久，行百餘步，遇一古廟，便走入避。寂無生人，惟左壁角有奇棺一口。俄見棺上立一奇形醜狀之鬼，長齊屋棟。宗亮大怖，急俯身作禮謂曰：「鬼欲横相害乎？」立如故，若無他意。請滅其形，鬼於是蹲踞而坐。時方盛暑，鬼乃袖中出一畫紗扇子，搖動自如，向宗亮哆口而笑，了不爲異。

宗亮遽走出廟，行又數里，到新橋，踐溺溪邊。俄又見溪上無數皂衣小兒，其形忽長忽短，揶揄宗亮，共拽其衣，或拾草間糞穢來擲。宗亮方爲所困，奄有青衣女郎，手提一硃紅合子，青繩纏縛，來助宗亮，共驅諸小兒。諸小兒各各散爲黑烟而滅。宗亮頭面傷損，衣服被污。

女郎便挈上橋，二人相與偶坐。橋上解開繩結，啓視合子中，取出荔枝、龍眼、饆饠、餡子之屬，遞與宗亮。宗亮謂是大家青衣，探親而返，初不疑其非類也。然又不敢遽食，一一納諸袖中。女郎笑曰：「措大郎君不嘗珍異，將懷歸餉其婦乎？」宗亮亦笑而應之。往反數十語，女郎穢言狎至，直前抱持宗亮，身如烟霧。宗亮方大駭異，狼狽而走。被追逐五里許，望見里門，逡巡解散。既去，聞詬駡之聲不絕。出袖中果食視之，並是楓楸梧梓葉也。病數日方起。汪大儒說。

靈山庵鬼燈

歙縣西北三十里有靈山，山上有報德庵，是丞相李善長讀書處，至今道塲不廢。相傳每歲七月十五夜，僧徒作蘭盆佛事，設放燄口甘露法食，看人無數。並見鬼燈數千百點，熒熒然作青緑色，自遠而近，即之漸去，避之復來，積年如此。有人撲得一燈，乃是一莖枯稻草，莫詳其所由變化也。

鬼磨漿

萬曆年間，越西衣冠家奴客作横，嘗因收市租錢不得，致賣漿夫婦二人共斃，屋遂無敢復賃。或寄宿，輒多遇祟，扃閉十餘年矣。一日，衣冠獨步門外，忽聞空屋中窸窣聲良久，怪之，以手觸扉，呀然而開，見故賣漿夫婦二人方共推磨磨漿。悟其死也，惶遽却走，集衆視之，都不見。未幾感疾而殂。

鬼産收生

萬曆癸巳，吳江縣八尺鎮，有收生婦王氏，姑媳二人在家。將寢，忽聞近岸有攏船聲，逡巡叩門至急，云喚收生。取火視之，二少年也。便乘船載至太湖灘上，詰主人姓，是舊族吳氏。入門見高堂廣厦，燈燭輝煌。新婦坐蓐，年可二十餘。免身生女，合家稱慶，遂設酒饌，留姑媳共食，贈錢而出。天際曉矣，回視都不見夜所經處，但有雙墳拱木。二人遍身青泥，手文血污，摸袖皆得紙錢。

趁鬼船

萬曆己亥九月，蘇州滸墅關隸人馬敬，住胥門外，朝出暮還。其日五更搭船赴關，忽有艇子攏岸，呼敬共行。詰之，答是同伴陳牌。敬忘其死矣，倉卒附載。行至董公橋，舊名交汊。便挽而進。遥望燈燭光，是小姓家謀五郎。陳牌先入，語敬且停少時，便攜出甘果酒飯一席，二人偶坐道邊，餔餟都盡。陳牌復入，又少時，便倒負一老公出，頭在下，足向上，若笠家然。敬大駭，俄聞内啼哭聲，有若新死。廻顧水傍，人與艇子都無見矣。忙挈酒甖食器送還其家，見一羣細弱方拊屍啼哭，爭唾敬爲盜。露其腰符示之，乃信。敬自此棄役持齋，今爲青楓亭中行者。

黄花舍人

吳郡士人召乩仙，仙至，署曰黄花舍人。問其坊曲氏族，曰：「金閶王氏子。因與里中黄生遇春歡好，又一生愛插黄花，人呼爲黄花舍人也。」問：「卿是夭死耶？」曰：「某年十五而夭。」問：「生安在？」曰：「相繼亡矣。今某與同寢處，若人間伉儷也。」眾乞下壇詩，曰：「憶黄郎嘗贈小曲，每句以『想殺恁』起。余亦有答。」請誦之，遂題曰：「忘不了對攏雙袖，忘不了佳期月下偷。忘不了柳遮花映黄昏後，忘不了羅帳綢繆。忘不了紗窗風雨清明候，忘不了多病心情懶下樓。」情語繁多，玆不備録。詞訖，遽求去。問：「何忙迫如此？」曰：「黄郎候門外久也。」問：「何不與俱入？」曰：「某吴兒，已作半天遊戲，阿郎未離鬼録，那得來此！」寂然無聲，竟不知何風流鬼也。孫胤伽喜述其事。

第十四 妖孽

妖蛇一

御史某巡按廣東，行部至某縣，路逢一緑衣女子浣紗渚次。御史目之，嘖嘖不已，憑於車軾，朗吟蘇長公詞曰：「天涯何處無芳草。」其夜宿行臺内，忽飄異香於枕上。有頃，聞排户之聲，見一女郎，衣深緑衫子，姿形妖麗，令人魂蕩。問其來，求薦枕席。御史端相，宛然途中所遇者。喜不自勝，便令滅燭，共展綢繆，比曉復去。爾後夜夜皆至，情好轉篤。然腥臊之氣逆人鼻，不可近，左右皆聞之，惟御史不知也。於是俟其夜至，悉持器械伏户外，跡而捕之，乃一小緑蛇，因共斃焉。御史大怖，困病數月幾死。王徵君言。

妖蛇二

廬陵蕭椿，擢萬曆壬辰進士第，官至右參政。自言其家妖怪頗多，奇變不測。初，營造宮室，不知其地故是妖蛇穴也。先一夕，參政侍其封公寢。二更後，夢一婦人，白帕蒙首及項，身著青衣，自稱：「一家數口，在使君宅中累世。妾是主母，幸不見殺。」言訖，參政驚悟，以白封公，趣披衣起，欲出推驗。封公止之，曰：「夢不足憑耳。」既就寢，復夢如初。於是參政又趣披衣起，而家奴已擊殺一白頸青蛇，死矣，救之無及。捶奴至百。

其夕，太夫人夢蛇索命，因病於牀。參政乃爲蛇立廟後園，以香火事之。淫祀興，妖孽作，自爾蕭家無寧寢矣。

先是，參政家有陂池百畝，可浮數石之舟。後池上夜數見光怪，參政亦以斃蛇事心生疑悸，議欲移居西第。擇日而入宅，忽有大蛺蝶當門，廣如車輪。衆合手撲去，復變成一大蜘蛛，網於簷角。甫入中堂，有羣鼠數百，魚貫而出，口銜瓦片，紛紜擲人。臧獲男女輩，頭面悉被損壞，各各環視，莫敢近前。驚顧之間，已失鼠所在。

參政之妹晨起，方索澡盆洗沐，地下驀湧出一人，頭如五斗栲栳大，瞋目開口，貌類魑魅而無身。時孩子福兒見之，驚叫疾走。逡巡，福兒之頭亦漲大，與屋齊高，爲棟所礙。久之，聞棟上作嗤塌聲，又有二碩鼠墜地，鼠大於犬，逐之至屋角，則化爲二瓦，自相鬭擊而碎於地。俄而福兒形軀漸漸縮入棟上，復其故狀，家人梯取之而下，踰時乃蘇。

一日，太夫人病起登樓，將曝茶豉。忽見樓上有緇衣比丘，約可五十餘衆，老少雜坐，簇談偶語。見太夫人至，齊聲合掌梵唄。急走下樓，呼家人集衆往擒，都亡所見。周視四旁，扃鑰甚固，羃然塵壤而已。

又一日，蕭夫人登樓檢理衣篋，才啓籥出衣，陡然火起篋中，撲滅不及。奔下樓召左右往救，都不見有火，衣亦無損。

參政嘗過吳門，詣王徵君座上，言：「盡如吾家狡幻，可著點鬼簿矣。」後丙午歲，由左參署浙中臬政，在杭城廉察院中。適鞫寃獄不理，遂得病。病將劇，強起據案捉筆，修遺書付家人。白晝見一長人，頭若方相，有數千眼，動瞬可憎，立於牀前，伸手捉住其筆，筆不得下，乃死。

妖蛇三

萬曆間，西蜀某縣公廨中，數生奇怪。身如獸，目如電，拉羅屏障，撥亂文書，千變萬形，累年不息。令入廨，見怪輒怖死。後令至，又輒怖死如初。由此縮符其地者，相約不入廨，僦民間空宅安置，廨遂荒。

最後一令，年少而有膽氣，笑曰：「妖不勝德，天下何有怪乎！」使治故廨以居。左右並諫，不聽，遂居之。既入廨，妖便來戲於前，稍進爲燕寢，見有大蛇，長數丈，橫亘廳事中，俄然人立而行，頭觸平脊之上矣。令心雖怪疑，若爲弗見，復入臥內。逡巡不覺自身已化爲蛇，左右亦驚視曰：「明府爲蛇！」顧盼之間，蛇令形軀漸漸長大，反倍於妖，堂不能容。左右皆震倒伏地。尋復縮短，忽而短，又忽而長。報其妻子，大小俱至，莫不惶懼號踴。久之，蛇復還爲令身如故，衆驚始定。然令身或長或短，或隱或見，如此甚數，人知其妖未已也。

初，令著衣冠，入廨後止見身不見衣冠，有時止見衣冠而不見身。左右移牀臥之，多人看守，又時見衣衾，終不見令。舉家號叫，計無奈何。有監司某自處剛正，神氣湛然，具威儀入令廨，就牀問訊，不應。推索其故，果止有衣冠而已，中實無身。乃叱左右縛令衣冠爲一人，自爲文以告於城隍之神，并以所縛衣冠致之，停吏待反。

至夜寂然，吏明日晨起，向神案前拈香，見衣冠中蠕蠕而動，謹伺之。忽伸出一手，長三尺餘，遍掌生毛，黧黑可駭，復作聲求紙筆寫責詞。其辭云：「某務農良民也，爲仇陷盜，往令不察，即日與盜俱死。銜冤訴上帝，帝不之報，魂無所依，遂往託於蛇胎，據廨爲祟。後先殺二令，併此將三。謹狀。」寫畢，欻縮入被，驗無見矣。吏馳報監司，監司駭以爲神。鈴下忽傳廨中已復令真形於牀，恍如夢甦。於是監司再詣問之，神猶不足，都無所記。怪從是絕。壬子十月，邵武太守嚴瀓說此。

妖蛇四

吳縣木瀆有載石船，行至跨塘，路八里許矣，忽見船中盤一大花蛇，長六七尺，身斑文如錦纈，昂頭欲起。船人將擊殺之，有從旁禁止不可，乃聽其蜿蜒上岸，暫停船伺之。時耕夫數人，散置蓑笠於田中，荷鋤勤墾。其蛇便騰入一蓑笠之下，衆耕夫不見也。逡巡間，黑風暴起，驟雨從東南來。耕夫各馳取蓑笠，見一人取至蛇所，大驚，蛇便直前搏噬，將此人咽喉嚙斷，血流滂沛，踣地立死。於是衆耕夫併力奮躍，攻擊其蛇，猝被逸去，不知其所在焉。

按《朝野僉載》：嶺南有報冤蛇，人觸之，即三五里隨身而至。若打殺一蛇，則百蛇相集。將蜈蚣自防，乃免。其説如此。今石船之蛇，隨至七八里外，卒斷其人之喉以死，豈非怨毒之甚者乎？

妖蛇五

烏程縣鄉達先生沈桐，嘉靖末應浙右鄉舉，甚有名稱。其年封公與之偕行，舍於杭城逆旅。試期迫矣，宵分忽寤，大呼指痛，號叫之聲異常。封公驚起，遽命人輩取火來視。既至，見大赤斑蛇長二三丈，盤繞牀下，昂頭入被，嚙定中指不肯放。人輩沸騰，齊覓器杖，將擊之。沈曰：「是冤對，不可殺也。」乃爲誓以祝於蛇曰：「某多生劫中，定有所負，故今日見噬耳。如蒙釋宥，趣延沙門，轉經皈懺，送汝於錢塘江中，興雲騰霧而去。從今以後，凡所累積，悉歸於汝，敢望不死之恩。」作此語已，蛇便低頭良久，徐徐放下其指，蜿蜒如故，而此指已兩孔相貫，若錐刺然。

於是馳召弄蛇人至，使療之。蛇人惶駭，急用繒索拴縛其右臂之半甚固，自半已下，再三捋之。揉及百會，從患處下紫血一二升，色如椹子汁，須臾變成黑色，或云是怨毒之氣所鍾也。蛇人喜曰：「無憂矣。但郎君名場之期，業已參差，此行不須更望也。」沈遂不入闈而返。後傅良藥，歲餘獲痊，此掌屈伸如舊。

比至後科，始領鄉薦，聯捷進士第。沈公感悟冤對之理，慚悔無及，堅行善事，戒殺放生。年踰大耋，至今康強，遇人必談蛇報，鄉里皆化之焉。管珍秀才所述。

妖蛇六

蘇州閶門下新橋，府學秀才王化邦，人頗修謹，家以冶埴爲業。萬曆甲寅春，因臥窗下，榻上見一小綠蛇緣壁而起，蜿蜒枕席間，驀然走入其鼻。王倉卒驚呼，又落腸中矣。須臾，覺臟腑爲其唼食，盤旋屈曲，漸漸周於支節。痛極踣地，殆不能忍。然是物出入無定，時或從口中，或從耳鼻，王亦不知覺也。諸醫莫能療之。有人視者，皆曰：「此冤業所爲。」其家遂延沙門，頂禮梁皇懺已，蛇竟變作黃鼠郎數頭，復來徵逐纏擾如故。王素不信罪福報應之説，自是皈心白法，寄宿招提，至今不敢舍於家。錢允治說。

妖蛇七

昔年間，吳興諸生郎傑，過鉛干廟，就地下溺。見有棄紙，溺之。坐廟門少頃，乞兒過，以竹杖撥所見棄紙。傑問故，乞兒曰：「有小蛇蟠此，撥之。」傑曰：「吾見棄紙，何得有蛇，豈蛇藏紙下耶？」又少頃，一白馬少年過，輒勒馬，就地拾置袖中。傑追問何物，少年曰：「誰遺一青錦鞶囊，故拾之。」出視，溺痕尚溼，又有碎跡，是竹杖所撥處，中藏銀指環一雙，疑婦人信物也。傑具說所見，各各歎異而別。

狐妖一

京師民家所居屋下，多野狐窟宅。表伯封中書舍人姚貢未遇時，嘗爲人解運至京。自言住一中貴家，其家有高臺。每夜更深月上，貢戢身於樹影中，窺見老狐取髑髏戴其首，望月而拜。拜數百下畢，夜半後便變爲好婦形或美少年狀，踐空躡虛，穿垣度隙，來往屋角雞棲間，徑捷如飛，天曉而形復如舊矣。又言狐形如黑犬，音如嬰兒，或前或後，常搖尾戲於空暗處。家人出入，多爲所絆，了不之異。晝則潛匿，夜則縱橫。性嗜婦人室女經血。京師民家平旦開門，棄惡穢於溝中，爭來噉盡。人不見之。其成精魅蓋以此。而南方不然，故狐北多南少。諺云「江南無野狐，江北無鸕鴣」，豈虛語哉。

狐妖二

北京椿樹衚衕相近西角頭，有故緹帥朱希孝空宅子，窮極宏敞。相傳其中舊爲野狐所據。世廟時，楚人李蘅擢第後，需次謁選，從緹帥假居。帥曰：「某非爲先輩靳，但此宅素凶，狐魅之物，群聚其下，自來無人居也。」蘅固請，不得已許之。初入門，微聞兩廡間切切私語。逡巡，又聞窸窣人行聲。蘅瞻顧次，見東頭小弄中有二十餘人出，老者少者，矮者長者，髯鬟者，美姿容者，悉戴平頂帽，衣皂衣，與京師人裝飾無異，列拜於庭下。蘅心知是狐屬也，了不驚怪，惟從容謂曰：「某家在數千里外，羈棲於此，舉目異鄉。汝輩莫思相害乎？」衆應聲曰：「願服役郎君，何敢相害！」蘅本寒素，方資行李，由是一切烹飪掃除呼喚驅使，並得其力，敏給勝於家人，但約不出市中買辦耳。居歲餘，蘅就教，補吳中郡博。出都之日，冰囊塵甑，群狐劇百金贈裝，又遺綵纈錦繡，所費甚多，牽衣大慟而別，李亦爲之泫然。既至吳，消息往還不絕。王徵君方客緹帥家，見之。

狐妖三

北京安福衚衕有魯家，有狐狸聚其室中，晝則出遊，不見其形。惟一禿髮女子見之，飲食供具，皆其奔走。日漸暮，始見形，方巾、胡帽、彈子巾，各色衣飾，及老少肥瘠，好醜短長，無不異狀。列坐長桌，呼盧喝采，與人無別。善言未來休咎，王公貴戚咸詣問之。惟舉子功名事不言，云：「此大事，吾師所知，然師亦不肯言，恐獲譴於天廷耳。」叩者但聞其聲在帳中出，亦復與人敘寒暄。其師即所云天狐也。武林張雲鵬秀才館於京師，數從諸公往問。壬子春南還，爲余述焉。

狐妖四

近有京兆韋翰林者，忘其名，衣纓之子。未及第前，欲娶燕姬爲妾。適聞洛中許舉人斷絃未續，將聘椿樹衚衕朱家宅子某太太之女，有國色，資裝富盛。韋心豔之，私於媒氏云：「爲某諧此絲羅，當厚贈。」媒云：「許家娘子亡過，娶爲繼室，郎君何所用此？」韋僞云：「某未婚，正須媪作撮合山也。」媒利其啗，便諾之。去久方還，言太太甚喜，設席以待。韋遂具二十金爲羔鴈之禮，修刺往謁。

既至，層廊曲室，經歷數重，乃達中堂。房館靚深，花竹紛列，所設屏障皆奇石古畫，及幕毯茵憑之類，潔而不華，真舊家之門第也。方拱立俟，有兩青衣小鬟自内出，設榻延坐具茶。須臾，復有緑幘少年一人，亦自内出，叩頭傳語云：「太太方靧面次，面赤未燥，冀郎君少淹。」韋益心動。久之，微聞珮環聲，太太出矣，可稱五十許人，裝飾淡雅，舉止可觀。韋望而敬之，再三陳謝。茶至，敘溫凉畢，便問韋業何經。韋答以《周易》。因與韋講《易》咸卦一章，頗通大義。頃之，又談《春秋》，熟如注水，韋舌噤莫能置對。索韋扇頭詩吟諷一遍，隨口和韻，立成五章，命青衣取筆硯，擘五色綵牋題之。韋但俛首歎羡而已。遂張讌留款，酒殽珍怪，果實豐碩，多有未名之物。席上所論，又多朝政國事及天下大計，詞氣高邁，深有士風。韋益駭異罔測，避席唯唯。乃曰：「秀才將來大貴，宜留心時事，閒暇頻來講求。第慮敝居卑隘，不可安上客，寧有間耶？」韋復遜謝而别。

但寂然不聞秦晉之議，復以徵媒。媒喜，入白，復還，即致太太之命曰：「此姻連小事，既辱郎君高義，敢不允從。別築秦樓，以待鳳簫聲下耳。」便議四百金行聘，選吉未遂。明日，韋再過訪，求一見其女，竟不能得，又話移時而出。既出，内中傳語於韋云：「此後來過，慎無與他少年俱也。」先是，韋之鄉人某公子強欲隨行，易衣幘雜群廝中，爲彼所識耳。

韋後發其事於儕輩，不諧好逑，尋再詣之，不出見矣，自是絕不復相聞矣。推索所居，其門外尚有故朱家館吏在。呼訊之，吏云：「此宅空久，不曾有人住，亦並無太太之說。」乃知老狐所爲也。韋悦然自失，終不信其怪物。旬日後，遂發大魁。妖不勝德，豈偶然哉。庚戌夏仲，太原徵君與黎陽丁雲鵬共集草堂，徵君竊話其事。

狐妖五

順成門外張氏夫婦，生二子尚幼。家有小園池。忽一日客自外來，修髯偉容，自稱是至親，見君家貲業旁落，欲共相扶助，但不敢與門外事耳。其家初則見訝，後亦相安，諸凡中外事務，部署綜理，咸有條貫。如是者三年，每事利益，曾無疾病死喪。

其年主人生第三子，客曰：「此子生，自應大其門户，吾無庸更留矣。」檢校倉廂什器之類，簿籍井如。算得所牟子錢若干，拜辭而去。或云地近丘陵塚墓，其中多野狐窟穴，張氏所遇怪人，實狐屬也。董太史其昌所談。

狐妖 六

京師宋氏，曾有白鬚老公詣門。其人甚儒雅，入堂中與之語，言頗清遠，辯論亦博，第云年老無依，求一空室棲身，無他溷也。宋氏容之廡下。窺其案頭，惟書一卷而已。此公平居但讀書，書皆古文字，不可識。

忽一日謂宋氏曰：「某有親昵在京師者，乖闊已久，將借華堂置酒邀會，兼煩主人作鋪公鋪母，敬奉酒貲，不識可否？」宋氏許諾，便請卜日爲老公治具讌客。其日過午，有僕馬車乘至門，急出迎，則皆古衣冠偉人物，中有朱紫凡數十人，笑談竟日，情甚歡洽。讌畢，仍送出門，揖讓登車而去。問之市人，都無所見。明日又設讌召女客，亦有婦人數十，珠闐翠咽，香車載塗。問之市人，又都無所見。

於是宋氏甚怪之，謀訟於明神。先之都城隍廟，後之關壯繆廟，最後又請於東嶽天齊王廟中。每五鼓謁廟，則老公先在神前喃喃祝告，宋氏噤不能吐一辭。嶽廟庭中有大石塊，急拾以擊之，此老公忽跳於屋簷上，謂曰：「某始相依，君何故忽懷異念？今訴我於嶽帝之前，無能難我矣。」徵逐宋氏而歸。由是拉攞喧鬧，晝夜不安。宋氏無奈之何，翁媼叩頭遜謝，願改事如初，約以三年。如期遁去，去後宋氏詣卜師質疑。師云：「此是天狐，獲譴避於人間，限滿而去，不足異也。」其家後亦無他。京山李季公說。

狐妖七

山西饒指揮郊行，路逢一麗人，自云喪夫，求寄載。饒云：「我方喪妻，可諧伉儷。」遂同歸，生三子，長爲大將，次亦偏裨。一日香車經過往昔相逢處，亟命止之，潛行至大坎下，有穴，便從穴中入。明日往視，有牝狐殪焉。

狐妖八

癸丑春，杭州貓兒橋有一雄狐，每日至晚，變爲美少年，迷惑往來。淫夫有獨行者，便隨之去。杭人多好外，見輒引歸淫狎，日漸尪瘠成病，乃知狐祟所爲。

狐妖九

近年間，北直隸順德府邢臺縣民，養狐成群，其家多爲所惱。老公甚厭之，恒欲料理，密袖短劍以伺。一日，忽見有白狐一頭，從藁積中躍出，直前搏噬老公。老公怒，便抽劍奮擊，此狐遂倒。聽其聲類小兒啼，細而看之，乃是鄰舍五歲孩子，誤中劍死，流血殷地矣。老公茫然，計無奈何，與妻子謀共掩覆。鄰舍驚聞，遽往驗看，見兒死，大慟。老公具言誤殺之狀，蓋狐魅所爲也。鄰舍父母兄弟盡皆號叫，縛取老公索命。閭里亦忿然不平，趣令陳牒，以訴於官。官推鞫數四，委無異辭，竟以死論，遂收老公下獄。

積半年所矣，此狐在家驀於空中作靈語云：「主人本欲殺狐，狐今反殺主人，終能向狐祈請乎？能則抱鄰兒還，可出主人於獄也。」其家聞言，大小哀祈。狐曰：「必主人作書乞靈於我，方許周旋，不則無益，徒取困耳。」左右奔告獄中老公，懇爲屈伏。老公笑曰：「身年六十七八，大期將至，殺人之罪，往因所招，有死而已，終不向妖魅求憐也。」老公既不爲動，狐亦終不允從，彼此相持。

又經旬日，而家中大小哀祈如故，狐漸見許，乃約以某日某時送還。至期徙倚俟之，果見此狐從空中遞出鄰舍孩子來，宛然無恙，視其精神，如睡初醒耳。合家稱慶，鄰舍喜不自勝，問兒：「向何適乎？」兒曰：「往有一老女人，將我至天上，飼以珍果美食，其樂無比。」於是抱兒往白於官。官大駭，亟命伍伯發死兒櫓中，乃一死白犬也，肉已蛆腐，臭不可近。老公冤自爾得雪。吳人戚伯堅北游，親覩其異，歸而話於座人。

狐妖十

蘇州滸墅孔承寵，自稱曲阜聖裔，能詩。萬曆中，丹徒令欲修《金山志》，託往金山博訪事跡。時方秋暑，舍於僧房。一日薄暮，與僧閒步寺門，望見江中片舸，鼓枻而來。既抵岸便住，有美少年烏幘緑韝，瑪瑙長簪，又裝茉莉，身衣白單紗帢，茜紅練裙，靸而不履，突入寺門，與僧拱手，求借空房，暫停行李。僧詰之，少年曰：「爲待同伴，至多則一月，少則涉旬。」僧曰：「某有净室，賃直三金。」少年曰：「便當奉三金耳。」承寵從旁相與贊成，且見少年風容秀朗，音吐鏗鏘，謂是冶遊貴介之流，嘖嘖嘆羡。因問曰：「郎君自何而來？家何處乎？」曰：「松陵。」承寵曰：「松陵是吳江，老夫長洲人也，合是桑梓。」遂引與相揖，承寵先稱名氏，少年曰：「某胡氏子，即周家外甥。丈人先輩，里閈非遥，今夕何夕，幸逢萍水。」賓主酬答之語，頗極纏綿。

俄見侍從五六人，結束囊篋，安置皆畢，連聲呼舟子攜花籃上來。既至，是全真所挂杖頭水火籃也。窺視其中，燦然上金百餘片，堆積稠沓，亦無鎖鑰。承寵大驚曰：「如此得無有疎失之虞乎？」少年笑曰：「任偷向天上去，亦須捕來也。」便就籃中掣金一片，送僧爲賃居之資，秤之恰重三金。

其夜僧治具延款少年，隨請承寵追陪，固讓乃坐。宴笑之間，玄談雅論，深有士風，韻謔清歌，兼傾四座。夜分而散。承寵夢廻酒醒，輾轉疑猜，莫詳其爲何等人矣。

明日少年便作主人，邀承寵與僧三四衆設讌，珍腆海陸，錯陳席上，共語神仙峨眉之事，玄素養生之術，應聲隨響，無所不佳。問質經史疑義，對之甚有條貫。箜篌弦索，事事皆能。承寵因請誦詩行酒，率然便誦唐人絕句百餘章，聽而忘倦。酒半，出槖中所藏卷册共賞，皆古山水，及他器玩，種種精奇，文玉駭犀，羅列滿案。承寵目眩魂驚，意其非常人，亦不訝爲他類也。

相聚經月，餉遺頗多。少年常爲花柳之遊，或經宿不返。一夕，承寵方解衣而寢，鍵已下矣，少年來別。開閤逕前，莫測其人，自說同伴已至，不得停留。言訖，贈金二餅，珍重殷勤。承寵媿不敢當。眷戀移時，有僮子耳語曰：「可行矣。」遽辭去，忽從窗而出。承寵怪之，心謂郎君何忽如此？逼前相送，見其侍從囊篋三四乘，悉緣上屋，一一凌虛遠逝，疾若風雨，悄無所見，亦終不聞踐瓦之聲。承寵方大駭異，視其扉，下鍵如故。明日遇一道士話及，歎曰：「此是天狐，非吾所知也。」

狐妖十一

蘇州府前板梁巷汪徽州家，磨麵經營。有子入貲太學。萬曆乙巳，北京鄉試下第，道出淮陰市上，狎一美婦人於逆旅。留連數夕，情甚相得，因挈之南還。每夜與同嬿婉，至五鼓，欻失所在，及暮方回，了無蹤跡。生嘗微詰其情，怒而不言。三年如此，汪生病瘠甚矣。父母移置佛寺中，不令家居。此婦人至夜，復變形爲姣男子，入與其室人寢處。既去，被有臊氣，方知是狐魅所爲。急迎道流，上章設醮，百方禁斷，終莫能制。後遇異人，取所傳上真符劍召之。忽聞甲仗聲，乃縛一狐墜階下，搏顙乞命。異人杖而遣焉，不知所適。其家遂寧貼，而貲業蕩然矣。

狐妖十二

吳江縣沈都憲季文弟，人稱小沈三官，由武科歷官至西秦副將。嘗獨坐燕室中，前有大樹扶疎，見巨物若三斗栲栳大，其毛黑色，頭面俱隱，輒穿入樹叢深處，簌簌有聲。使人登樹求索不得，周旋廣庭，了無所見。沈心甚惡之，命營卒數十，持斧鋸繩索伐去其樹。

是夕，將滅燈就寢，俄見此物從屋脊上飛來，直撲牀前，旋轉不已。沈支戟抵之，其形漸漸縮小，須臾如毬子，如椀，如拳，驚盼之間，已如蜣螂丸矣。亟呼左右掩取，此物便從沈拇指末緣入臂髀。頃之，百骸九竅，無不貫刺，遍身躁擾，莫能禳除。

忽一日，此物於腸中作靈語曰：「某天狐也，有小謫罪，巢於樹頭修行。今毁我巢矣，不得不借將軍七尺之軀爲巢，無非圓滿功行而去，敢有他意哉！惟將軍曲庇之。」沈大怒，明日爲文，以詛皇天。其夜又自聞腸中語曰：「奈何理某於上帝乎？帝今命關壯繆來討，明日某當出戰，將軍能相爲助否？」沈笑曰：「沈三郎雖懦，猶能佐天神之威，翦除妖魅，焉肯助汝爲虐哉！」

及明果去，沈覺體中輕爽，頗異於常。急敕將吏陳兵仗於庭，沈身自擐甲而立大旗下。其日向午，欻有風雷暴至，埃霧漲天。稍定，微聞雲際似數百人鼓譟聲。少頃，空中墜黑毛數斗，殷血淋漓。軍士讙呼相謂曰：「老魅死矣！」於是椎牛犒饗，夜各散退。沈既寢，又復自聞腸中靈語如初。怪而詰之，應曰：「天神所殪我者，革囊耳。野狐自有本來面目在，豈得而盡誅耶？今與將軍爲約，假舍修行，不出一載，某證果去矣。」作是語已，便寂無聲，沈亦無如之何。病免經年，此物突從足拇指末宛轉而出。自爾怪絕，至今無恙。親向祁大武説。

猿妖一

東陽縣某甲兄弟三人，耕田爲業。家漸落，日夜怨其祖父無遺，悒悒不已。忽一夕，夢有丈夫，鬚髮皓白，策杖而來告甲云：「我是爾家上世祖也。生時慮子孫貧匱，積金一窖，藏後園西北角大桑樹下，去地五尺，石板爲志。可亟發爲封殖計矣。」甲既覺，具述所夢，其弟乙、丙夢亦如之，然猶未深信。如是連夢者三夕，諸婦曰：「何惜小費，不一試驗之乎？」

甲遂率其諸弟，捕魚刲牲，禱祭土神，以祈多獲。於是大具畚鍤，並力劚地。深至五尺許，果有石板，板之下漆棺在焉。甲疑金在棺中，因便破棺探視。才揭起，但見一白鬚老翁長丈餘，可二百餘歲人貌，狀若夢中所遇者，欠伸而起。眾各驚喊，仍欲推仆瘞之。公曰：「身是四代祖先，天使再生，爲門户作福耳，實無他惡意也。」急走至堂上，以次呼家中大小姓名，歷歷不誤，歎曰：「去家數十年，眼前曾玄乃爾許大也！」眾不得已，遂羅拜焉。飲食起居如故，家中休咎必告知之，以是敬事如神，罔敢慢者。

一日私謂其孫婦曰：「老人中夜足冷，非新婦伴宿，不得酣眠，冀可次第來，勿怪我也。」諸婦聞言甚惡之，悉欲各歸母家相避。惶惑未決，所親有識，聞而造焉，皆曰：「山鬼伎倆，非狐則犬，可共除也。」乃迎六丁道士逐之。道士書符作法，此翁亦書符作法。道士冠劍俱失，狼狽而歸。因相與謀，具牘遣乙奔請於龍虎山張真人所。此翁已知之矣，瞋目大詬而責曰：「吾與爾爲祖孫，奈何具詞訐我！我豈畏米張法術乎！」舉家匿謝無有。翁便於袖中擲出牘藁，紙墨宛然，且歎曰：「子孫不孝，吾不能久居於此矣。」

經數日，遇一胡僧持鉢詣門，望見老翁坐堂上，私謂主人曰：「君家妖氣甚重，堂上坐者非人，乃千歲白猿精也。三日後當遣使者來取之。」是日老翁神意悽然，中夜遁去，不知所之。過三日，果有二甲士怒馬疾馳，突入門内，搜索不見，歎息淩空而去。永嘉何白所談。

猿妖二

山東某州，忽有一布算術士，皓首龐眉，談人命數奇中。居民張二郎最狡獪，疑其非人。一日，折刺邀之於家，潛繫一大紙炮於胡牀脚，用長藥線隔壁穿過。既坐定，敘話方洽，密使人於内取火炷綫，裂聲如雷，光迸一室。術士遂跳入梁上，復其本形，一白猿精也。數責主人輕薄，令其入内，少頃仍變爲人，倉皇出門。其夜即逸去，莫知所適。

猿妖三

蘇州臨頓路蔣甲，開布行，生一女極美。萬曆乙酉春，忽有物從空投下青布百五十疋，堆積在地。甲妻無故得布，大喜，舁店賣之，不識何物也。爾後此女若神不足者，常見一少年往來出入，多在天窗壁角，輕如飄風，來就之偶，凡三晝夜而醒。俄頃，又擲白布百五十疋，驗其字號，悉是閶門外徽商程氏可泉鋪中物，莫測所由致也。首尾三年，家驟富。甲後將嫁此女，廣延道流，考治不驗，反被料理，詈言狎至，店布亦漸漏失，貲本空矣。甲往揚州迎宋相公惠雲子，善治鬼。至家，焚符飛篆，追至新發潘宅子假山中捉出，是老猿精也。身毛鮮白，胸前猶挂綵縫香囊。籠置東禪寺，熾炭燔之，其心孔凝血如膏。取與女服，下穢水斗餘，病瘉，至今尚存。

馬精

湖廣承天府竇鄉市鎮，有孀婦，姿容頗美，年二十而嫠，獨處一室，鄰人罕見其面。又每日亭午時，趨入幃中臥，午後復起，才向暝，便出閉門，室中不容婢子出入，人謂冰玉之操，不是過矣。如是者十五年，所生子亦漸長大，娶妻成立。

其子以母獨寢無伴，送一婢服役。堅拒再四，强致之室。是夜有美少年從幃中出，就其婢淫焉，陽道偉岸，游騰如馬騾之形。婢極力捍禦不可，卒爲所私。頃之滅跡，狂奔告於子婦。子婦失聲太息而已。未幾孀婦復娩身生兒，宛然人形，而容狀則象馬也。

其子固請殺之，彼少年遂見形來罵，問：「何故殺而弟乎？弟在，產應平分，所以殺者，懼割其產也。吾必訟之於官。」其子亦無奈之何。

一日，偶言於群從昆弟輩。於是中外一時奮袂，爭欲來家驅逐此怪。會孀婦生辰，僞相慶賀計，伺其便除之。當日漸午，孀婦急趨入室。諸子姪尾其後。婦既下鍵，以石拒之。衆因破其扉而闌入，即命設讌於房。婦遽蔽身於幃。子侄移席近牀，相次就牀而坐。幃中忽濺出馬溺數斗，浸淫面目，沾污衣履，杯盤狼籍，臊臭異常，各各狼狽而散。或言馬屬午，故交接恒於日午及午夜。京山李季公說。

驢言

縉雲縣有富翁某，畜一黑驢，慣乘至山莊，甚健捷。一日過浮橋，不肯行，鞭之。驢忽作人聲而言曰：「汝莫苦我。欠汝債若干兩，今日已償足。汝亦將辭世矣，何爲更躑躅向山莊去也？」富翁大駭而還。此驢入門便仆地死。其夜，翁病熱三日乃殂。黃禹州言。

牛天錫

鳳陽泗州民家，有一怪，自稱姓名曰牛天錫。見其家有好女，竊變形爲美少年，宵分月皎，窗牖小開，忽被隱入閨房，與其女百計誘狎。誑云：「身是牛郎，卿乃織女，共謫人間，合爲伉儷。」一女輒信之，遂隆情好。明日，執子婿禮事主人甚恭。歲餘，作怪殊常，臧獲有觸忤之者，怒云：「我是汝家東牀嬌客，何得犯我！」輒欲鞭之。於是互相設計，陰召術士誦咒，用劍擊而斃之。應手有聲，縮入地，發土細驗，乃是老牛之膝骨，久埋土中，而出詐爲人矣。江陰顧山民吳汴親見其事。

豕妖一

萬曆戊戌秋，荆州江陵城外沙市儈賣家，養豕數頭。有洞庭山估客寄宿其鄰舍空宅子下，夜半忽聞隔壁隱隱若數人聚語，聲聒耳不得眠，披衣起坐，諦聽之。其一曰：「明年國家有事，大軍當過此地矣。」其一曰：「西方用兵，何關此地？只愁日久徵發，不免騷擾之困耳。」其一曰：「太平日子尚長，但吾與卿都不見矣。」其一曰：「咄咄！今日輪是何人吃伊大刀去？」因相與愴然歔欷。言未既，客作咳嗽聲，語遂寢。俄天將曙，忽聞驅豕就屠，乃悟隔壁是豬欄，中夜刺刺，皆豕言也。宿客悸汗如雨，走向主人言狀。其明年己亥秋，有播酋之亂，劉將軍、豐都護諸將帥，後先引兵過荆州，勞攘積時，借府庫錢糧而去。

初，余聞於海樵山人，未敢深信。後過渚宫，訊王老人，與所聞適符。按《廣古今五行記》載，隋時渭南人寄宿某家，夜中聞二豕對語，則豕語自古有之矣。或云：豕，北方畜也，今無故而爲禍，殆有應乎？

豕妖二

萬曆癸丑六月，長洲縣陽城湖玄珠村民，夜夢家中所畜豬皆無首。怪之，開晨起視，欄中豬無一有首者，且覓食撥草，躁擾如故。民大怖懼，立命殺而食之。旬日間，一家七口蕩盡。吳人周盧館於其鄰，目擊斯禍。

雞怪

蘇州城東袁觀察長子參軍，住跨塘橋。其家一日宰雞就烹，在釜中熟矣，乃忽跳出釜外，昂首長鳴。闔門驚怖，祈禳懺悔。卜云是宅怪。後遂徙居城西，久之，亦無他禍福。

鼠竄

近年間，有人自無錫縣乘夜船來。船中藏鼠數百頭，經夜聒擾不得眠。遲明抵岸，鼠奔如陣。訊之鄰船皆然。余聞其説，未信。偶過閶門内，立於扇行簷下，見店人爭取扇匣子，列於庭以曝之。訊其由，答云：「被無錫老鼠走來，匣子幾被嚙盡，今方去，獲安寢矣。」推問不虚，並符傳語。

黄鼠精

無錫縣龍庭華家，氏族甲於江左。有宗人某，堂中大柱内忽穿二穴，常見走出兩矮人，可二三寸許。主人怪之，擇日延道士誦經，爲厭勝之法。兩矮人復出聽經，逐之則又無跡。命塞其穴，而旁更穿一穴，出入如故。主人治藥弩，令奴張以伺之，既出，斃其一，一疾走去，視之，乃雌黄鼠也。少頃，忽有矮人百餘輩出，與主人索命，僕從嘩譟而走。又少頃，復有七八人，以白練蒙首，出堂中慟哭，仍復逐去。久之，聞柱中發鈴鈸聲，衆謂送葬。又久之，聞柱中起簫鼓聲，衆謂鼠中續耦。閉其堂經月，怪便寂然。

蠶化爲美女

遂昌王氏有嫠居者，頗以節著。其家養蠶數筐，未及眠，倏忽不肯食，悉作軒首欲立狀。嫠怪之，適有微疴頓臥，遂經三晝夜不視。一日啓筐，則化爲美女數十人，容姿嫵媚，紫衣碧裳，端然並立。奔告親嫺，共聚而觀，冉冉緣壁凌檐而去。莫敢跡之，後其家亦竟無他也。聞於其宗人黄州牧。

黄楊一官人

長洲縣前有一宅子，數見怪異，主人空而鍵之。醫士陳生欲買而居焉，居後兩三日，忽見空中一物，時時向陳牽衣捉臂。陳怒，厲聲叱之，妖即以頭戴其所凭藥几，繞室而行，牀薦之屬，無故自移，取其藥囊中格子，布之於地，交錯累積，悉如算箸。陳因持梃逐之，若擊樹枝然。搜其踪跡，疑是中庭黄楊樹，樹已老矣。徵之鄰人，亦咸謂「此黄楊一官人作秏也，君宜速祭」。陳素不信幽怪，遂用巨釘貫其上。祟不止，取斧伐去，深之，得盤根數尺，膏液淋漓，注地如血。亟焚爲薪，宅遂無怪。

項家帳

嘉興項氏書舍中，數有怪異。客臥其下者，夜嘗聞山呼舞蹈之聲甚微，起視則一無所見。如是者積月矣。忽一日失火，焚其帳頂，臥客望見朝衣冠而拜跪者數十人，形容長短皆相似，惶遽紛披，一一倒入壁角縫中。搜索寂然，不詳何怪。

箒精

近蘇城里中一家，有丫角女子立後門，見賣花人過，呼曰：「取花來！」其人開篋，以蒲草像生花一對授之。女子曰：「少待，我索錢去也。」其人久立而伺，寂寂無蹤，乃負篋而入，呼於室。諸婦女相顧而笑，尋思中外無人買花。窮其跡，忽見厠壁角中豎一笤箒，已敝矣，宛然二花插其上，乃知丫角女子即此物所爲也。遂還錢，立命取火燔之。

拍板精

萬曆乙巳年間，蘇城船場巷宋氏，主人差使赴京。家數有怪，空中常聞拍板聲，如人按曲狀，已而作吳語，聲甚清朗。因從人索食，其家摶食與之。取次食盡，搬弄器物，紛紜不止。鄰嫗來看者，輒呼姓名。如是半年矣。一日主人歸，具白其事。主人怒持大棒亂擊之。此怪呼曰：「我是汝家至親，何爲捶我？」明日與妻孥遶屋搜尋，俱無所見。因至壞壁角中，索得一敝拍板，其上黏飯粒猶在，遂命焚之，棄灰河中，爾夜怪絕。

宅魘一

常州某大家，延一姚江書生爲西賓。其人少年，每才眠即魘。主人聞而問：「先生何故夜魘？」答云：「眠去輒夢有美麗女子，裸形而來，薦枕綢繆，不覺失精而寤矣。」如是者經歲，書生竟病瘠以死。主人心訝此室爲禍，命相宅者來視之。發其屋東頭第七椽下，鑿出一裸形婦人，熾火焚之，出血如縷，於是遂絕。聞於太原徵君。

宅　魘　二

有士人遷入新居，夫妻子女，時相格鬭，家中臧獲，罕有寧者。莫知所由，累求禁咒而不能制。後遇善相宅者路經其舍，入門索鏡攬照，乃命梯於堂屋正梁，鑿破，得木刻男女一雙，長五寸餘，眉目形體根相悉具，兩手各捽頭髮，貫作對紐，遍體青紫，傷血淋漓。方知匠氏行魘蠱之術以禍人，人不知所也。遂析新焚之，棄灰河中。舉家貼然，安好如故。

宅　魘　三

弘正間，吳下沈周先生，一日往常熟，夜宿沈家浜，借主人船屋暫寄棲泊。衆謂此屋有怪，不可居。先生曰：「何害！」夜靜後，微覺有異跡，先生起立於船首，仰屋大叱一聲，忽見梁上墮下小木偶人，高三寸許，形甚醜獰可憎。急藏於巾箱中，安寢如故。明日入刺主人，坐定，便推問：「君家船屋是何匠氏所營，其人安在乎？」主人曰：「昔年是某匠造，其家相去不遠也。」趣使奴召至。先生呼於靜處，由箱出木偶私示之，遂與將歸。其人便急走，行數十步，未達家，忽中惡而死。從是怪絕。亦聞於太原徵君。

妖術一

嘉靖初年間，有李福達弟子江西段癤子，使役鬼物，坐通變化。段後不遵師教，廣求淫路，羅致貲財。旁邑有嫠居少婦，家富於藏，姿容婉媚，夫亡踰年，悲慕不已。一日段攜花籃竹簡過其門，隔窗謂其婦曰：「吾嘗入冥，見夫君披枷帶鎖，苦楚萬狀。娘子忍不一濟之乎？」婦慟而出問：「何因見夫君？」段曰：「鬼者召可立至。當令與娘子中夜於隔帷寤語可也。」

其夜張幕設席，陳酒食，焚紙錢，命嫠婦先解衣而寢。段從隔帷幻出亡夫聲音模樣，宛然無二，與婦言語悲喜，恩情如生，因求歡好。婦撤帷就焉，比曉嗚咽而別，別時叮嚀曰：「在世見人揮金脫罪，賄賂公行，今來地府，亦復如是。所焚假紙錢無益，金銀是我儲之，卿莫吝惜，多將擲置水缸中，取以資冥拔苦，或得開生路也。」

婦如其言，明日汲净水一缸，置於中庭，出所藏銀錠，次第投入，凡投數十錠，莫不鏗然有聲，撈視都亡見矣。婦遽取缸水傾覆之，一無所有。從此失段所在。舉家怪怖，莫知其然。

段既擅婦家之財，復毀其節，術以此遂不神。未幾入長安，世廟捕而戮之於市，籍没出金銀二山，並勳戚家物也。福達聞之，頓足大怒，罵曰：「貪財好色之徒，必罹天譴！往嘗誡奴以謹密自固，今竟爲財色所迷，宜其殞厥命哉！」李亦自此絕跡人間矣。段與南昌人黄企石鄰居，黄所傳説。

妖術二

江陰周岐鳳，與岸頭錢指揮燁，周旋甚厚。而岐鳳妖淫，素善役孛之法，往往以幻術醉人。一日館於燁家，燁新納一妾，年貌兼美。鳳窺見，輒生奸謀，陰令館童入内，索鬢絲一縷，銅鏡一面。妾以新來，不知外事，具如所須。是夜坐於燈下未寢，忽聞窗外呼其小名，不應，頻呼不已，自覺坐身不定，精神恍惚，若有憑焉。因奔告燁，燁令婢使共守之，潛出伺於門扇間，見岐鳳方被髮按劍，持鏡向臥内而旋繞，口喃喃讀咒文。爗因厲聲大喝，命左右擒下，痛捶之，逐出境外。

明年妖術敗露，世廟懸圖購募。岐鳳亡命來投爗，乃賦詩贈之，有「一身作客如張儉，四海何人是孔融」之句，慟哭而去。潛竄還家，其妻不與寢處，曰：「萬一有身，何辭以謝捕者？」岐鳳憤慨出門，鬱鬱不樂，卒以客死。高承先少遊爗家，具知委曲。

妖術　三

姚江有幻術書生，以館爲名，慣用妖符咒文，攝誘婦人，淫者無不中其術。有主人之妻，美而潔，燈下忽大叫謂其夫曰：「妾今夕必出與西賓諧偶，鄙志不能終矣！」夫大駭，急詣書舍，排門而入，見此書生方被髮禹步，執持刀索，繞立於案前作法。忽遇主人，惶愧無地，踉蹌走出。左右不及縛打，棄其書篋而亡。董太史其昌説。

妖術　四

又一姚江書生，使其館僮入内，從主母索一絲髮。主母怪之，便從屋後馬坊中摘取牡馬尾鬃一根，持與其人。至夜，書符作法，坊中之馬不勝淫怒，掣斷轡勒，奔號至書舍中，東衝西突，來嚙書生。書生惶遽，便跳上屋梁。馬亦躍上，棟宇牆壁，悉被蹋圮。書生乃穿屋而下，疾走投井中，才至底，馬亦隨入，尋被嚙死。見者稱快。亦董太史説。

石妖一

武林有諸士子，結社讀書山中。牆側有搗衣石一片，潔澤潤膩，人常坐之。暑月乘涼，則士子皆裸裎其上爲常。如是幾歲，同舍中有張生者，失其名，爲人頗蕩。一夕忽見青衣女子來就之偶，綢繆累日，時或髣髴見之。生初秘而不言，後稍稍泄於同舍。同舍咸以爲妖。夜伺其至，衣颯颯有聲。群擁入室，共持抱之，取繩縛急，因用劍砍，欻然不見，所縛者，張生衣角耳。明日都無所跡，惟搗衣石上劍痕在焉。便共劚掘，其根入地已三四尺矣，擊碎取火焚之，血出如濡。

余嘗見一書載陽羨縣小吏吳龕，於溪中見五色綵石，取納牀頭，至夜化成女子，則婦人爲石，石亦能爲婦人，無不有矣。

石妖二

先年武林有少年結伴看春，至按察司前，久立稠衆之中。其下偶停一空擔，擔中有一白石子，膩澤可愛，疑是壓秤物也，少年不覺摩挲入袖。夜歸，取納牀頭，忽見一碧衣女子映月而至，就之求合。捫其體如冰，固叩無語。少年懼是鬼物，急取火視之，忽不見矣。明夕復至，拒之如初。衆咸謂此石爲祟，乃移至他室，遂絶。後遇玉工出示，剖之得白璧焉，質色非常，因獲厚鏹。

石妖三

吳城中一衣冠家，有紀綱，夜起如廁，忽聞中庭人聲異常，怪之，走視，靜無所見。便倚却庫門兩傍石柱諦聽，其中相與語如人聲，澒澒洞洞，不可解。徐呼守門者同視之，因令舉家共聽，尋聲只在石柱中。晝則寂然，數夜如此。後忽絶。踰二年，主人病瘵死。

石馬

蘇州亞字城南盤門外，舊多衣冠塚隧，不知何墓石馬，夜夜走入城中。一夕臨門持劍伺之，才行至子城内，被落其首，怪跡遂絶。至今盤門有無首石馬在焉。

又城西閶丘坊巷口，有一石馬沉水，此地遂爲石馬淹。淹，水名也。耆舊相傳，坊中有娘娘墳，建廟其上，此石馬即墳前物。一夕飲水於河，爲浣婦見而叱之，遂止不得返去。娘娘是宋徽宗妃子某氏，爲金寇追急，投於眢井以死。吴人憐之，爲卜地葬，因立廟祀焉。

張指揮家住巷西，俗遂呼之曰石馬張。又閶門外普庵橋内有壽山庵，庵門踞一石馬。僧徒稱是古墓上移來，居民思鎮厭之，庵所由創始也。

金銀精

嘉隆間，江陰縣楊舍堡顧叟者，先貧，嘗磨麵賣之。一日，忽有兩人，一黄衣，一白衣，乘船從下流入堡，直詣其家。叟詰之，云從錫山來，偶缺資斧，借百錢還船直，願質衣以償。翁忻然便從店櫃中倒錢數與，此兩人既還船直，走入門，便撲仆在地，鎗然有聲。叟大駭，就視之，乃一金人一銀人也，並長四尺餘。翁即舁之以入，於是驟致巨富。二子入貲遊太學，遂爲楊舍富人。或云此金銀二人是古帝王墓中物，久而成精怪也。

牀下狗

萬曆癸丑春，平橋戚伯堅家爲兒娶婦，才入門，嘉禮初畢，忽見一白狗突走入牀下。舉家忙迫，急取火環視，都無所見。却後歲餘，此婦以怨憤成病而死。死後家人收其尸，忽又見一白狗自牀下突走出房，跡之復失。歷觀古今犬禍甚多，未有如斯之異者也。甲寅冬，伯堅在李雲社楓橋舟中親説。

雞雛鼠

萬曆戊申，閶門炭橋下船户屈成章家，母雞哺雛，一雞两首，一鼠無尾，駭而棄之。其年成章死。成章有三子，長子爭財，夜持杖毆母。成章見形燈前，手擊其子肋下者三，不勝，相持格鬬，及明而滅。停數日，子行至尚書坊下，銀工姚甲取石擊中其腦而死。

海　嘯

萬曆甲寅三月廿六，江陰縣花涇港口海夜嘯，平明漲出一沙，約六七里許。沙上有磚甃街，街上堆積大古老錢，狼籍數萬。居民男女爭往拾取，各得滿手，或以衣襟貯之而歸。驗其文，悉是宋時崇寧通寶錢也。

畫　牆

萬曆四十二年七月，蘇州閶門外下塘西冶坊浜沈廷華，儒醫故族，家開米碓。其堂屋後逼近内寢，以山牆一帶分隔中外。牆故矣，粉堊淹敗。初有三足蟾蜍一頭，頭三角，角紅如珊瑚，緣牆行走。看人稠疊，竟爲持去，不知所向。

俄頃，牆下地如裂狀，走出數十人，並長六七寸，或老或少，或好或醜，或烏紗絳袍，或角巾野服，或垂白寡髮，魚貫而進，從廷華徵命，紛紜相就，罵曰：「還我寶來！」群衆驅逐，薄暮忽跳躍四散而隱。

明日，其家新婦晨起梳妝出房，忽見故牆上幻出五色彩畫，宛然金碧山水一幅也。大駭，急走報其姑。於時親故無不來看。明日換青綠山水，又明日換諸細巧人物故事，或染麒麟望月，或寫丹鳳朝陽，一日一變，繪藻鮮明。姻家吳太學看時，適見有兩仙人坐樹下相對圍棋。朱逸人與客往觀，適見有衣錦嬰兒捉少婦衣裾而立，時看人以爪觸傷婦頰，出血如縷。如是累月，其家迎羽流，符咒多方，不能治。近來未委如何。

神掌化魚

萬曆十六年，吳江縣二十八都書生馮涵，載米向蘇州山塘糶賣。才入閶門，忽覺袖中頗重於常，摸之，得生人掌，鮮白帶血，煖氣猶蒸。馮怖恐不知所出，遽納諸袖，心色雙壞，復出閶門，不索米價而還。倉忙解纜，行至尹山塘，忽見水面有大白魚躍入舟中，蹸刺跳轉不已。人輩合手掩取，閉之下艙。良久啓視，乃一生人體也，鮮血淋漓而無手足。馮生以此發悸病狂，對人數噉糞穢，旬月而殂。嘉禾朱九成異其事，叙之。

紅沙煞

相傳民間嫁娶，忌用紅沙日。萬曆初，吳興監察御史顧爾行巡按順天時，夜宿某驛亭下。霧月朦朧，更闌人寂。侍御微服出步於路傍，忽見敗牆角中有一朱衣人，長可數十丈，自帶已下皆不見。徬徨其間，左右皆驚，辟易走。侍御從容正色而問曰：「卿爲誰？是魑魅魍魎之屬耶？」朱衣人俯躬言曰：「某非魑魅魍魎，乃紅沙煞神也。前有娶婦者至，將不利之。幸而遇公，其災可免矣。」言已，欻然遂滅。俄頃間，遙望燈光隱隱，有鼓吹導從之聲，殷然繞驛亭而去。侍御還檢篋中五行書，因取年曆校勘，其日果紅沙忌也。明晨傳教於外，一切嫁娶之家，不得用紅沙日。侍御在王徵君席上自說如此。

土煞

無錫浦氏，庚戌冬舉喪時犯三煞，舁棺者脚折指墮，登舟棺覆於水，復損四郎目。長洲丁氏考墓犯土煞，死者三十人。吳江沈進士家葬山犯雷煞，兄弟三人拜地不起而死。二事並忘年月。

近城東陳秀才，乙卯四月考墓犯太歲、官符諸煞，午後廻舟爭道，舟人婦格鬬死。閶門楊紙鋪，已亥年，考墓得盤龍地形，誤擇四庚葬之，以爲天元一氣，犯陰府煞，死者十五人。並許復初記。

冰上花

萬曆戊戌冬，南京秦淮河數里皆冰，冰上幻出奇形異樣花草，如桃李梅杏之屬，葉榦分明，宛與寫生折枝無二，雖鏤工畫客，不能繼其跡焉。橋上看人如堵牆，終莫得而解矣。十餘日乃滅。明年京畿大水，傷稼壞屋廬。耆儒王崇德初家於京，目覩斯異。

第十五　妖　孽

凶宅一

北京安福衚衕某中貴第，相傳其中爲魅所宅，常多怪異，故居者輒死。嘉靖間，松江光禄寺丞范公惟丕，含香蘭署，秉正嫉邪，聞其宅凶，竟僦居之。光禄與夫人同寢，所幸姬某氏牀在室東南隅。其夜月色横窗，姬大呼云：「有白鬚老翁，長四五尺，突挾一少年登牀。」急起家人，取火逐之，杳無蹤跡。明夜復有六七老翁，挾六七少年至。光禄命左右持刀迎斫，應刃藏匿。或窺其相次倒入壁角中，推索寂寂。自爾姬病，光禄亦病。病加劇矣，其魅數數見形如故。中庭有大盎可容五石漿者，無故爆破，如飛瓦屑，偪煿有聲。一日忽見皂衣人數十曹，輦一大棺木進臥内，競扶光禄入棺，云：「此中世界甚樂，請相公遊其中也。」光禄驚懼，計無所出，謂云：「我算曆尚不應盡，與汝曹夙昔無讎，何忍荼毒至是耶！」魅云：「然則相公覓一受替者可乎？」時偶有翦頭女奴至榻前，光祿指之，此女奴立詣爨下縊死。少頃，魅即舉棺納女奴還，視光祿而嘻，遂去不見。已而光祿病起，姬亦無恙。後一年遷官，轉質宅於同鄉張兵部仲謙。有訊張所居安乎，答云：「胡牀案几之屬，白晝無故繞屋自行，觸壁乃止，夜則交鬬，移出，相擊於中庭；食器常在空中，又投之於地；二三小鐺嘗負一大釜而走，殆無寧寢矣。」未久移寓他所，榜於門曰：「此宅甚凶，慎勿卜之。」不索價而去。王徵君甲子年入京，目擊斯異。

凶宅二

無錫縣蕩口華氏，有一室女，年方未笄。每夜更餘，常見矮人長尺許，三三兩兩，繞牀而行。竊以告於其父，父是夜持劍宿於女牀。女曰：「來矣！」父不之見，據云在此，父即手劍斫之，乃是一血塊也，大如斗。

明夕，見矮人無數，自地湧出索命，口稱：「何故無狀殺我阿爺！速還命來！」其怪自一尺長至二三尺，高齊屋梁，奇形駭狀，不可稱論。凌晨，舁出棺木，引僧道儀從千餘人，或走或馳，或歌或哭，鼓鈸之聲沸天。

又明日，華氏報於巡哨官校，集軍士百餘人持兵往捕。其怪戎裝而出，亦持戈戟格鬪。我兵不戰而去。官初不信，自往驗之，爲飛砂所中，未及門，遽返。華氏意所居不祥，即日扃之徙去，遂免。計大謨親見而述，云辛亥年間事也。

人妖一

崑山縣城外駟馬橋楊木匠家産一子，年八歲矣，腰腹甚大，五毛俱全。性獰甚，或怒而擊人，挾力雄，不能制。捫其兩臂，堅如鐵也。有悍少年數輩抱持之，乃不得動。驗其陽，亦壯偉，與丈夫無殊。史稱人妖，厥是謂歟？萬曆庚戌夏六月，營將朱桂芳來説。

人妖二

江南嘗有赤面瞬目白鬚髮矮人，傳是社日所生，生時即爾，終不能變，是名人妖。

人妖三

處州村落有一老嫗，雞皮鶴髮，狀如山精，年類百餘歲人。耳中藏五穀，時時呼其子孫，用銀挖耳爬出，黄白二種，秔、秫二稻米，大、小麥，五色荳，纍纍不竭，日可得一升許，不測何所從來。村人戲呼其兒曰「倉耳子」。

人妖四

數年前，蘇城有瞽目小兒，不知姓名，時可十五六歲，用兩手於人家版扉上作擂鼓、拍板、鳴琴、搊瑟、敲鐘、擊磬之聲，口中吹出笙簫、箜篌、笛管諸樂，聽之皆合五音六律。亦能半面笑，半面啼，如唐時壽安男子與《朝野僉載》所紀人妖，更增異矣。

人妖五

萬曆己酉年，太原府諸地有人妖異常，未幾復有牛妖，形狀不一。並見邸報。

人産旱魃

京山李氏第四母舅陳翁家，有給使婦人，産一旱魃，形如猿猱，其頭面上仰，眉目口鼻皆向天。産下置地能行，急趣出門，莫知去向。家人跡之，不及矣。相傳旱魃乃龍種，天恐墮雨其口中，故旱。《毛詩》所載不誣也。

人産夜叉一

萬曆丙午，上方山下編户陳妻許氏，産一夜叉。相傳江南民家婦女，略有姿首或性多邪淫，便爲五郎所憑。愚而貪者，反利其有，日漸相安，至則出外避之。金銀珠翠，充牣室中。其婦女與五郎交合，便懷鬼胎，生子女如夜叉、羅刹之狀，頭有肉角，遍身作藍靛色，啼聲如嘯，名曰「鬼雛」。父母惡而殺之，諱其説於鄰里。至市井之家，凡有五男者，不曰「窮五郎」，則曰「富五郎」，尤可笑異。

人産怪物

京山胡孝廉官農，其弟婦娩身生一怪，青面赤髮，齒如鯨，目如猱，身皆靛色。産下便椎殺之。其家女奴復生一肉團，如毬囊然，盤旋於地，刀劍斧鋸椎杵皆不能入，火焚之亦不燬。後卒棄之野中。聞於李博士。

人產蛇一

蘇城舊有舉子，其婦病尫，形如黃葉，醫藥之功罔奏。家有小樓當街，婦嘗凭欄而眺，忽一客過其下，數目婦不已。婦誤爲挑己也，怒告舉子。使人跡之，乃是吳興凌漢章。舉子曰：「神醫也，急追不可失。」遂致之家。漢章曰：「君婦失今不治，三日後死矣。」令袒其胸，當心下一針針之，婦便絕倒於地。闔家倉惶。漢章曰：「無憂也，趣滌廁具以待。」移時果甦，呼腹痛甚，立產下一蛇，頭目手足鱗甲畢備，藥針乃貫其目，因知術之神妙矣。

人產魚

萬曆己酉，石湖民陳妻許氏產一白魚。壬子，蘇城吳妻娩身產一金色大鯉魚，長四尺許，鱗甲燦然。其家大駭，投諸清泠之淵。里人呼其父曰「漁翁」。聞於趙居士宧光。

人產銅法馬

萬曆丁未，吳縣石湖民陳妻許氏，產夜叉、白魚後，又娠，過期不產。一日請治平寺行敬僧在家，轉經祈佑。其夕功未畢，内呼腹痛急，忽產下一胞，訝是何物，破而視之，乃一秤銅法馬子也。舉家大駭，權之重十兩，視其背，有鑄成字樣，驗是「萬曆二十二年置」七字，跡甚分明，至今尚在。章象圭秀才莊居與婦家壁鄰，偕同學方逢時親詣其廬，傳玩而異之。後復以訪於人，終不能曉。或疑錢精所交，或疑五郎所幻，未可知。

人產百兒

蘇州城東陸太學邦杰，司勳公之長子。萬曆己酉年間，其家人婦產一肉胞而無血，破之，中裹百餘小兒，形皆一二寸許。父母懼，棄之，後亦無他。湯秀才本茂婿説。

人產夜叉三

萬曆戊申年，蘇州南潼子門戴紅花家小婦，連生二夜叉。父母厭惡，驅令遠棄。癸丑年，玄妙觀前民家婦，産出夜叉，非常醜怪，榜而迎之六門，衆共辱之，然後殺棄。甲寅年，閶門外山塘上婦人，娠身將産，夢神教往光福山中。既至光福，依所親家，其夜産出一夜叉。里婦見而驚走。七日母子俱亡。

人産雙鵲

華亭縣蕭塘宋氏，其家監徐顯之姊，一乳而舉雙鵲，翠羽啾啾。俄而縱之飛去，後亦無他。孝廉懋澄説，是數年前事也。

人産十八兒

宋孝廉所親家有手下婢，産出肉帶子一條，帶上共懸十八小兒，面目形體，無不具備，聯絡如綴。觀者雲集。其母懼而棄之。

飛天女夜叉

萬曆癸丑夏，所親王穉庸持古玩入楚中，舟經揚子，與歙客共載。客言歙之黄山，近有大姓某氏，生一子，風儀秀朗。爲娶婦於舊家，其家相去數十里，已無父母，止兄嫂送親。薄暮行至中途，天漸昏黑，新人從車幃中渴甚求飲，伴婆開鎖，遞漿一甌與之。擎未定，忽起怪風一陣，沙霧漲天，捲倒人輩在地，移時方蘇。送親者頭面磕損，狼狽迴車，時已更餘，燈燭撲滅。伴婆搴車幃，以手捫摸，見新人在幃中裹巾端坐如故，不知其非故女，爲魅所踞也。急命役夫隔村乞火，舁車前行。比至門，曙色動矣，草草合巹，未及定情。晨妝既畢，謁見舅姑，視之姿媚無比，舉家驚羨，謂是天人，歎未曾有。

其夜歡讌方散，夫婦闔户而寢。中宵聞屋中砰磕之聲，又聞何處狺牙嚼骨，父母熟睡，亦不暇辨也。比日向午，寂無響跡，相與撤扉覘之，則此魅袒坐於牀，散髮裂目，噉其子骨肉殆盡，餘骸狼籍，牀褥被薦，濺血淋漓，僅存趾踵而已。大小喊噪，怒酷無雙。逡巡間，復旋風欻起，塵石飛揚，嘯聲有如霹靂，化爲異形而去，不知所在矣。

後兩家訐訟推勘，换去之女宛然在山洞中亡恙。家人共相質訊，其女如睡方起，神形已癡，驚云：「本在新人轎子裏，那得至此！」方知是魅所爲，而此子寃死。聞者莫不傷惋。

世間食人鬼甚多，然黄山之魅，或飛天女夜叉乎？按《搜神記》載，東漢建寧中，河内有婦食夫，斯亦人妖之先作者也。王生不信狡獪，故姓名莫得而詳焉。因知唐人小説所記縫衣婦人、蓮花娘子事，並非架空之談矣。

飛天夜叉

萬曆中，吳縣觀察副使馮笏，爲處州倅時。忽有一怪物，長丈餘，狀如猛獸，色絕白，從空躍下，突入都市中掠人而去，日以爲常。群眾大駭，莫窮其跡，因罷市。馮乃下令懸賞募獲怪物。有獄中死囚自負勇力，願應募免罪。馮便召令具責，仍拘拏代繫，放出此囚。囚伺其往來出入，在一石洞，竊蹤跡之，匿身洞門，陰令吏卒十數輩，持兵仗伏其後。見此物騰空如飛，將欲入洞，囚出袖中四百斤鐵錐擊之，似中其腰，俄頃仆地，不能動矣。急呼伏卒共入捕捉，遂獲之，驗是飛天夜叉也。趙徵君宧光小宛堂夜説。

疫鬼一

湖廣京山縣蔣氏子，在家忽被人引出門。見門外數百小兒，著各色綵衣，瞥焉不見。俄見地上插數百小紅旗，旗上書「天下大亂」四字。蔣心動，俛首諦視之，乃冉冉映日而没。明夜，夢至一處，所見符同。未幾，里中疫病流行，蔣氏家口死者數十人，方知是疫鬼所爲。李右丞維禎楓橋舟中説。

人屙一

萬曆己酉，山西太原府兩人共體而生，止一目，手足皆具，並是女子，數日而死。李右丞維禎時爲廉訪，親見其事，記之。

爰居

萬曆丙戌，太倉州城内某氏園池中，墮一海鳥，不能去，翼如垂天之雲。群衆不識。曹子念至，識是爰居。州牧遂下令，遣居民供其食，日費魚肉數十斤，粟數斗。停十餘日，衆力不能給，謀以毒制之而死。明年即有大澇，民死於饑饉者無算。趙徵君宧光説。

人屙二

萬曆三十七年，蘇州城東牛姑浜上餬工張乙妻，姙身十有四月，生一男一女，兩身相背，夾脊並連，手足各完備。父母殺之，懸於玄妙觀中大槐樹頭，從風簸揚，數日而盡。已下數事並醫師朱一誠目擊傳説。

人 屙 三

萬曆三十七年，蘇州閶門外山塘販船婦石三娘子，産出一男一女，對面生，兩腹相連，陰陽具備，其首體猶人，而四手四足皆鳥形，爪黑色，長數寸。殺而棄之。此婦尚在。

人産五夜叉

萬曆二十九年十二月，蘇州城西中街路撫州顧開寶石行，婦朱氏，産出夜叉五人，一飛去，其四擒殺，以銅鑪盛尸而棄於衢。

人 産 蛇 二

萬曆三十四年，蘇州城西西成橋王文恪公家，有女奴懷娠，過期不孕，忽産出蛇首人形，復縮而入。乞醫家隕胎藥下之。

人產鰍

萬曆三十八年六月，蘇州閶門外山塘吳副使家人婦，產一肉毬，取刀劃破，傾出白鰍可三十餘頭，蜿蜒在地，懼而棄之。

人產犬

萬曆三十三年，蘇州滸墅關沈龍家有女奴，姙身十有五月，產出二犬，一斑色，一純黑色。鄰里無不見之。

地血一

萬曆四十年四月，無錫縣南門侯家市房居民，廚灶地裂，湧出鮮血數斗。鄰里驚聞於縣令，令親詣驗之。越明年甲寅，訛言繁興，人民奔竄，死於道路者不可勝計。

妖魅一

蘇州閶門外下塘徐，閥閲之族，余之妻黨也。嘉靖末年間，有妻伯家使者某，自尹山莊居徵租而還，出門太早，行百餘步，見一黑衣人後來，大呼之曰：「此地不可獨行，我來爲君作伴也。」既至，使者面如熟識，不記姓名，便與之俱。時曉霧漲天，前路莫辨。其人每以其所經物導之，或曰溝，或曰岸，或曰橋，或曰泥淖，或曰水跡。使者幸免顛躓，拍肩把袂，恍惚近城。

至盤門釣橋下，使者先登，黑衣人竟不肯上。使者曰：「何故住却？」黑衣人曰：「我不來也，莫要我做個『怕怕怕』與老兄看？」斯須之間，聳其身長數十丈，目赤如電，吐舌至地，亦數十丈長矣。使者震怖，忽失聲仆地而絕。天漸開明，行人見屍臥橋上，識是徐家幹辦，走報其城外典中。集衆視之，則體冷面黑，口角皆流涎矣。噀髮灸指，俄頃而蘇，具述所見如此。

爾後蘇城大小人家，遇小兒啼，便止之曰：「怕怕怕來也！」又常用兩手劈其下瞼赤肉，吐舌以驚小兒，戲曰「野貓」，即效此怪爲之者。至今輕薄子弟徵逐平康，相率狡獪，亦多爲此態，俗謂之「做鬼臉」。

妖魅二

江陰有習禮夏氏，家數見怪。午炊方熟，舉釜看之，飯二斗悉失去，都無遺粒在焉。細視逐粒移置堂内窗檽格子眼中，排列甚匀，無一粒重者。家有嬰兒，甫彌期，方在地匍匐，忽然亡失。求之不知處，舉家狼狽，推索既遍，却偃臥於廁版上，垂首下視，狀若欲落而不落，良久乃蘇。

是時江陰釣臺湯氏亦有魅在家，與人言語，飲食如常，惟不見形。客至具茶，魅於空中竊罵奴曰：「我獨不得一甌飲乎！」奴不得已，傾茶於甌，置之案上，輒空中將去，微聞漱齒聲，一座咸駭。桔槔在壁，魅率之走爲壞。及羊犬之屬，悉攝以納諸甕中，哀祈乃出。

後遇龍虎山使者，載《正一明威籙》數百軸至，以黃縑爲幀，丹書其文。二氏遂捐貲買籙，各建精廬一區供養之，其魅遂絕。

案《神仙傳》云：天人授張道陵以新出正一明威之法，道陵受之，能治病，於是百姓翕然奉事之，以爲師。

妖魅三

常熟縣前陳四房，教授里中。有一魅在家經年矣，推窗打户，曼嘯長歌，撒擲土灰，飛揚瓦石，假作主人言語，宛然無異。百計遣之不消。但不見其形，而空中飲食談論如故。家僮捧執飲饌，悉爲所分食，還置空器。當其喜時，客至互相酬對，且佐主人應答，主人不在，代爲送迎。一日有客來訪，從容謂主人曰：「子不語近來如何？」主人未及應，魅遽作聲前進曰：「索隱行即今在此。」聞者顛躓而出。此萬曆辛亥、壬子年事也。

妖魅四

齊門外木行潘獻，自言十二歲時，夏月出門乘凉，與群兒狡獪爲戲。群兒散走，隨行止小奴。其夜微有新月，忽見路傍榆樹中湧出一人，頭如車輪大，髮如猿玃，牙如虎豹，有三巨目，目皆深窅，光若鏡明，直來視獻。時小奴已潛身草積間，屏息流汗。獻四顧無人，遂失聲大叫群兒相救，如是數十聲，莫有應者。已獲小奴，率與俱歸，將取牀頭佩劍擲之。聚眾秉燭，復來其處，已無有矣。獻嘗話此事於人，戒令夜無行路。

妖魅五

嘉定徐生，少落魄不事家産，悴容可掬，仰天常吁。一夕獨坐空階，烟淒月黯，四顧幽靚，弔影自憐。家人相顧而謂曰：「郎君神思一何慘怛！」徐生曰：「去去，非爾曹所知也。」久之，聞左膝中隱隱有人語聲，大駭。俄而其膝劃然迸裂，亦不覺楚，忽見走出老少美醜長短肥瘦數十小魅，並二寸許模樣，相次而奔馳於徐生衣袂間，嗔目鼓鬣，交口煎罵。生益大駭，連呼家人起看，悉眠熟於臥内矣。

生問：「某與君等何讎，而來相困？」左膝魅罵曰：「冤讎已深，今夕相會，尚能放汝活耶！」紛鬧之際，俄又見右膝亦開，仍走出數十小魅，模樣如前，笑而解曰：「卿輩不過欲索舊欠耳，何得粗行至此！」左膝魅曰：「欠吾屬五百金，非小事也，安能相放？」右膝魅曰：「若然，當償吾屬以千金，豈止五百已哉！」相與拉攞衣冠，咬嚙頭面。徐生顛沛極矣，苦祈之曰：「某家無擔石，妻孥不免於飢寒，何處覓千五百金奉償諸公，惟有一死而已。」右膝魅曰：「君莫尋死路，明日爲買紙錢楮鏹，如其數焚之，慎無後期。吾屬且去。」衆便應聲而廻，一齊從兩膝間走入。沈顥之友趙昌侯與徐生善，親見斯怪，所在話焉。

妖魅 六

蘇城王天井巷孔家，訓蒙爲業。萬曆戊申六月十九日，其母夜出，裝香觀世音猊座前。見有一短身材人，樵巾緇衣，衣皆朱裏，先在猊座前作禮，禮畢，繞座三匝。母大怪之。是夜遂留不去，或時時現形在半空中，高出人頭二尺許，談未來禍福休咎，肸蠁之間，聲甚清朗。向人索飲食，下筯皆空。孔家心有所欲，雖難致之物，輒於空中以囊襆裹之而下。人有不正者，面刺其非。

時申孝廉令人産後疾篤，衆醫束手，遣使者叩之，便歎息云：「營救之路窮矣！」厥後銀錢珠翠，皆能運致，孔家寒素，賴以裕饒。其持牲酒詣門祈禳疾病者，晝夜不絕。嘗問其姓，曰姓李。問何所人，曰江西。問何年下世，曰：「某本豫章飽學書生，平時唾青紫如芥，不虞横夭，遊魂無依，訴於上帝不理，投於有北不受，以此作地上逍遥散人，借君家暫託居停耳。」

孔家二郎始以扶乩召此妖魅，後又陰使道士陳鐘禁咒驅之，法不驗，魅從空中歎曰：「如此貧匱，何事費却金錢？吾當取還。」有頃，道士之金復歸。首尾半年，至臘月廿四夜，忽云：「明日玉帝降神之期，某且避却。」其夜去後，往來漸稀，至今未絕。

妖魅七

方秀才逢時，自言六歲時，是萬曆元年，初僦居蘇城外北濠小宅子。有母多病，止一舊使老婢，亦病黄喜睡，時時呼喚不至。每夜常有青衣女奴，年可十二三，來房給使，呼之則不應，跡之，俄復隱去。其家無人，利其奔走，後竟置之不問矣。

歲以造酒爲業，其夜蒸飯方熟，釀工摶飯飼逢時。忽聞窗櫺外有謦欬聲而甚微，已而伸一手至逢時前。其手藍靛色，指短，爪甲纖長，有赤毛連臂，乞分掌中食。逢時怖走。頃之，聞窗櫺外言曰：「飢甚，從小主人索食不得，望酒師乞我一團黍。」於是釀工聞言，遽以少飯摶與之，其手即縮去。又言曰：「食甚美，恨其少耳。」釀工詬而叱曰：「老死魅，無厭乃爾！」因是遂絕，復窮其跡杳然。或云此餓鬼乞食也。

獲鹿吟詩人

獲鹿曹公時聘，由蘇松觀察使驟遷江南巡撫，無幾，移鎮濟上。母太夫人老矣，子登賢書。當公在濟上時，其年癸卯大計，有所善某布政入覲北征，道經獲鹿，假公空宅以居家口，而獨身之京師。宅有外舍大樓，不知何年護鐍，布政家館師及臧獲輩，咸聚其下宿焉。

時夜未央，月色寒皎，忽聞樓上有軍士吶喊聲。其扃以鎖，非人所入。衆驚覺起視，鏗然墜下樓板。見一人從空而降，黃巾青衣，白腰纏，用花繒繳其股，手持紅旗一面，具如今之戲場中所裝哨探之狀。蓬轉數回，朗吟四句，其詩曰：「好記來年杏子肥，萬家烟火照晴輝。風塵滿目長安道，回首江南事已非。」吟畢，嗟歎不勝，遂上樓去。相次而下上者凡九人，咸歌詠此詩，衆乃隨口抄之。而裝束五色各別，或向布政家人索襪，應曰無，或索搭膊，又應曰無。衆皆疑是緑林將軍也，稱爲大王。既去，呼主家秉燭啓視，樓中牖户甚密，週遭無隙，而莫知其來。及明，倉皇徙居他舍矣。

時吳人張去非道經獲鹿，還述事狀如此。後聞曹公一門相次淪謝，識者於此卜先兆焉。

亳州騎貍人

宛州馬翰林之騏，登萬曆庚戌鼎甲。夫人在家困病，白日坐閤子内，忽見屏外有矮人，狀如僬僥，騎一班貍入來。問何謂，答曰：「迎夫人至亳州住也。」歘然不見。無幾病卒。其同年韓敬狀元説。

歐陽氏壁影

建昌府編户歐陽氏，西閣子壁上時時幻出閨閣簾櫳種種諸狀。中有一女子據牀而坐，晝清人悄，羅帷半開，豐姿端妍，代所未識。嘗著足於膝，以邪幅纏之，微作約縑迫袜之態，纖悉畢具，紅襠宛然。看人逼前，則漸移其身，映入帷中。紫衣碧裳，跡甚分明。久之，乃隱隱漸滅，少頃都無跡矣。歐陽氏懼，錮鐍其室，後不知竟如之何。鄧渼御史與居鄰近，親見其事而説之也。

後宰門地影

萬曆甲辰、乙巳年間，妖書變作，告密令興，無不搖手禁足。宮中終夜相恐，數聞怪異聲跡。皇上與太子日夜抱頭而泣，羽林軍士扈從警蹕者浴鐵數重。至十月十三日，聖母壽誕，百官先詣朝天宮習儀，舞蹈之際，不覺妖書滿前，無不駭愕。及趨朝，則交戟上下，妖書滿地矣。明日，皇上盥漱畢，著衣登座，其書忽在袖中。心稍稍異之，遂寢其事不問，第戮皦生市曹，以伸三尺而已。

其時沸傳後宰門外，沿皇城一帶牆下地上，忽影出城郭山川樹木人物諸狀，有鐵騎數百臨城，城上皆豎旗張幟，兵衛森嚴，隱隱與畫圖無異。是日天地無塵埃，影甚分明，觀者如堵，移時漸滅。如是者積四五日乃絶跡，後亦無他，竟不詳所自也。

按唐中宗景龍年，東京之西四百里官路之地，皆如水影，人馬樹木行立其上，歷歷焉影可俯視，月餘乃滅。出杜光庭《録異記》。又高郵州有一寺名講堂，西壁枕道，日晚人馬車輿影悉透壁上，辰午之時則無，如此二十餘年。出《酉陽雜俎》。乃知往昔故已有之，不足爲異。妖書之兆，殆斯驗矣。

服妖詩讖

張次公獻翼，暮年忽改名爲敉。師輔申公嘗言：「敉字類殺，非嘉名也。」後致書於人曰：「張敉空首，又頭戴紅紗巾，身衣木綿袍，袍上寫芰荷形，紅緑相間，謂之芰荷衣。」余儆其故，答云：「昔年遇一方士，相某身首有血光，故製此巾服爲厭勝之法，非有他也。」又語余云：「某生平無一善狀，必欲自詣於獄，一夕而出。子爲我言於長洲公，曲成吾志，無令有阻。不然，吾且藏刃衣間，自屠而已。」余掩耳而走。是年甲辰春，賦得《一蒂三頭紅芍藥詩》，手自題箋寄余。余怪其中語多不祥，有云：「頭頭並處凝愁黛，面面開時映舞衣，不是歌成三婦豔，何緣相傍復相依。」其秋，張公竟爲盗所殺，同時遇害者七人，三婦與焉。横屍曲水草堂前，官來驗檢，面右刀痕，頭皆相並，宛是紅藥詩中景，蓋其讖矣。然「一蒂三頭」，豈花妖之先見者乎？

匠讖

蘇城玄妙觀，舊名天慶，在臥龍街東，屢火。國朝復剏，剏之時，匠人運斧雲中，釘殿西南角椽未畢，下有擔人朱皮匠過，停擔看之，語諸匠人：「此殿角覺低了也。」匠人曰：「方欲借爾頭頂高去。」皮匠歸，其夜無疾而殂。明日匠人便雕刻朱皮匠之形爲木偶，裝塑於殿角，以頭揩着枅柱，至今在焉。近日重新此殿，併修朱皮匠故像不廢矣。

語讖一

蘇州徐中丞源，家住杉瀆橋東。嘗鳩工累石，建都憲坊於門，窮極壯麗。當棹楔未成之日，中丞召石匠於庭，責其怠緩，將杖之，已而左右並請，乃見釋。既成，已擇時日竪起，其夜石匠竊踐糞穢於柱石之上。至五鼓時及矣，役夫畢集，視其石已被污壞，中丞大怒，然不及稽覈。石匠唱云：「請問貴人將待洗却而後竪乎，爲是竪之而後洗也？」中丞應云：「竪後即洗。」吳語謂「死」曰「洗」，建坊未幾，中丞果得疾不起，一如答匠之言。

語讖二

余郡林理公文熊，閩南人，居官操潔，而性不能容。丁未冬十月，從武闈中出，昏夜過余草堂，秉燭共談。茶再更，輒匆匆告別。余謂：「明庭何倉忙若是？」理公曰：「從霜臺下車以來，自春徂秋，曾無少暇。僕每晨起篝燈著幘，時時誤著，或脱綫纏結，不免枉費工夫也。」余曰：「然則何時當閒？」理公曰：「期不遠矣。」輪十指云：「算霜臺以某日行事畢，郡縣上計諸僚以某日發，大約十一月望可得燕閒，當從事左右耳。」余唯唯。未幾，理公絓於吏議，遂將母南還。發舟之日，余送之胥江青楓亭下，正十一月十五日也。得閒之語，於此應矣。

先是，兩年前司理與郡丞徐侯來建，議論參差，中生嫌隙。余嘗彌縫其間，竟莫能釋也。一日兩人同往朝觀察使臺而出，行至戟門外，徐以手拍林肩，連聲字而謂曰：「僕與君一齊同解官歸去，大樂也。」林聞之，愕不自安，洒然變色。是年冬，徐以母艱還楚，林以論列還閩，相去三日，又符同歸之言。

日讖

常熟瞿長公汝稷，以尚書廕歷官至長蘆都轉運使，尋内擢太僕少卿，正四品京堂，任子官中妙選也，唾手而得，實緣銓曹注意推擇耳。然瞿聞報數日，遂卒於任，不及詣京拜官，識者知禄仕之由命矣。外傳瞿赴職啓行之辰，爲日者誤選，乃「天雲不返」日也。故家人隨任者相續喪亡，僅存其子護喪南還。

小説載唐朝李林甫當國，凡除拜必用「猖鬼敗亡」日，冀其不終。故宋進士張居中詩曰：「偃月堂中猖鬼散，水晶簾上美人來。」爲譏林甫而作也。考之陰陽家，最多「猖鬼敗亡」，而獨「天雲不返」逐月輪四五六日。然則趨吉避凶，理固有之，不可不信。

歌　讖

閶門賣𥿄紙人張甲，祖貫軍籍。性嗜酒，每醉後愛唱《琵琶記》中「萬點蒼山，何處是修竹吾廬三徑」，日以爲常。後滇南戍所來勾張往補伍，竟死於戍，滇人葬之點蒼山下。

名　讖

余先觀察叔父有紀綱之僕，曰沈清，最善幹辦。後遣其入京，渡清河溺水而死。今人寫「沉」字即「沈」字，蓋命名之日，已兆其讖矣。

妖夢

有亡叔夙與贈公兄世揚不睦。萬曆己酉年除夜，叔夢與兄兩人相見歡然，共至一處，見古堂中大金漆几甚是明净，旁置銅盤，高插銀燭一枝，燭下有大端石硯，不知何人先磨墨汁在内，硯旁安二草書筆。叔遂與兄兩人，各執其一，蘸硯心濃墨，並書《毛詩》中「人之云亡」四字於几上。運筆如飛，爭先鬭勝，不知凡幾百字，頃之盈几皆墨，無隙處矣。相與閣筆而嘯。忽有二青衣童子，從簾下復舁出一几來，與前無少差異。兩人乘興，又復鬭書四字如初。凡换三几，墨盡筆秃，燭亦見跋，乃止。忽聞鐘聲，遂驚寤。

及明，是庚戌歲朝也，叔心怪爲不祥，以其夢話於子瑛。後月餘，余過虞山下，聞其説焉，私誡瑛曰：「此夢至惡，非所宜言，爾其秘之。」無何，兄之子謙益驟發鼎甲，宗族親戚無不載羊酒稱賀。余時謂妖夢不踐矣。又無何，兄病，叔亦病。兄以五月十六日亡，亡後才九旬，叔卒。《板蕩》之章，殆斯驗與？

雞籠

常熟徐昌祚，工部尚書栻之孫也，父爲典客，昌祚由任子歷官至比部郎中。頗不自戢，驕縱鄉里，邦君朝貴，咸爲側目。

萬曆己酉年元旦，昌祚衣緋腰銀，臨祭家廟，將入廟門，忽有旋風數陣，吹一雞籠加其頸上。左右狼狽脱之，冠簪墜失，不勝潦倒。至秋八月，怨家發其沉姑罪狀，大吏將置之辟，竟斃於獄。按雞者，老酉也；籠者，犴狴之象。果以酉年酉月身亡家破，廟門鐘簴，漸生花鮮，安知非尚書之靈先見咎徵以警之乎？闔邑人無不知其事。

龍戰

張廣文曾分教維揚，云嘉靖年間，雨七日而水暴漲，瀕河之地，沉竈産蛙。居民見雨中有黑白二龍，鬭於松樹之杪。林間夜有光如皎月，徐視之，則繞樹皆絡蛛絲，若彌天羅網，莫可近。乃知龍戰爲爭明珠，而蔓延民患不細矣。

龍鬬

萬曆四十年八月，烈風淫雨者浹旬。海虞福山江口，有龍九條，鬬於水中，颶作水溢，壞民室廬無數。十一月三十日，龍見震澤。

龍陣

萬曆四十一年七月十三日，胥江龍見，所傷室廬禾稼舟檝不可稱數。有長洲縣諸生金鼎材，其姊婿是梅社顧氏，住盤門内薪橋弄中。家有小閣可凭，金生獨坐，遥見城下水勢漲高數十丈，舟帆悉在半空中，惟載米船重，僅卷其艙板而去。其小舟點綴如落葉，有沉者，有覆者，有墜於田間者，有墜於他處者，無一得完。細看有青龍二頭、黄龍二頭，垂首下飲於河，鱗甲如鏡，歷歷分明。金生親向其師同學方逢時説。

妖蛟

萬曆三十九年五月，吴縣西山白馬澗錢尚書墓上出蛟二條，山中水漲，壞田廬人畜無算。王徵君穉登有壽藏在澗之西，庵曰廣長，跨澗而居者皆被漂溺。徵君坐松雨樓上看水勢騰湧如城，人皆巢於樹顛，牀榻案几農車之屬悉在半空中浮沉上下，附載其上者得不死。經數晷，漲痕漸平。

怪鳥

萬曆十五年五月盡間，蘇、松、嘉禾濱海之地，中夜海嘯，湧溢數十里，聲如迅雷，漂蕩室廬無數。人皆在夢寐中，死於牀下梁間樹頭屋角者又無數。流屍暴骨，悉填溝壑。其年歲亦大祲，斗米千錢，菜色相望。先是一年前，海上有大鳥如艨艟之狀，翅若車輪，點額掉尾，空濛中作風雨聲，鼓翼於風濤之際，人咸以爲魯東門爰居，識者已預知有此變矣。

飛紙

萬曆近年間，城東祥符寺巷人家，造絳紙爲業，染成次第用長竿曝於中庭。時夏月午後，忽風起，不及收藏，有箋百餘番，皆長丈餘，悉爲旋風捲去略盡，直入穿雲，隱隱漸没，望之若餘霞散綺矣。或云天曹取以供案牘之用。按《三水小牘》亦載有唐時鉅鹿郡飛紙事焉。

吹　被

某年五月廿三日大風，城西曬紬被於月臺上，亦爲旋風所捲，吹入雲中。小兒喧傳「天公取被」。

羊毛瘟

萬曆三十二年，吳中病疫，俗傳爲「羊毛瘟」，民家醬瓿食器中往往見之。王太學無曲家，日令僮子掃階前地，每早得羊毛半升許。未幾病者瘳，妖亦遂絕。

白氣經天

萬曆己酉，内靈臺奏二月初十日夜生白雲氣一道，經天不滅。占之，曰兵起，當有拔城大戰。見邸報。

風霾

己酉三月二十六日，北京昌平鎮、懷柔諸縣，申時分，忽然颶風大作，陰霾蔽日，白晝晦冥，樹木吹折，屋瓦盡飛，田野禾苗土沙壓没。至二十七日戌時方止。見順天撫臣疏中。

妄男子

萬曆己酉二月十一日，北京守衛東華門，忽有披髮瘋顛不知姓名妄男子，在禁城内。東廠遣官追捕，此人徑由東華門去訖，欻滅不見。先一夜，司天臺奏有白氣亘天，如匹練狀。占曰主兵。又數月來，西方稍南一星獨大，而光芒四射。識者曰旄頭，亦兵象也。是歲薊門、遼海之間烽火晝驚，人心騷動，此其應矣。詳見諫官奏疏中。

四川災異

萬曆庚戌二月十九日，西川安綿道石城、永平、五城諸鎮，五鼓後地大震數聲，諸將公廨中屋瓦梁木拉然有響，如棟實崩，門扉不掩而闔，四境之内，十室九傾，號呼沸天。如是竟日乃止。閏三月十四日，資縣東城小十字街、西城金帶街兩處，忽有火星飛起，因風發火，東西南北，狂燄四合，延燒廨宇無數，民家總計一千二百八十三户。明日居人出徙城外，用逃回禄之患。其日復遇江水暴漲，人畜器物悉皆漂没，城中民免於焦土者，盡爲魚矣。

又川南道瀘州諸衛，四月中天地晝晦，山川震動，暴雷怪風，發屋折木。無何，雨雹交下。計掀揭官廨教場數十餘處，瓦木竹樹、旗旃帷蓋之類俱飛在雲中。沙塵暗天，咫尺不辨。凡損田麥數千餘頃。而黔江一縣，爲雷雨漲江，衝城壞岸，蕩蘆瀦野，淪陷不知幾百里也。事見朱御史疏中。未明何故，豈天怒至是乎！

黑風

萬曆庚寅七月，族姪達道時爲山東漕縣令。其日開晚衙，方理文書，忽有黑風從東南暴至，沙塵暗天，滿堂漆黑，咫尺不相見。強令小胥掖而入，便就寢。至夜半，後窗間忽起紅光，一室洞赤，良久復暗。凌曉，風乃息，外傳發屋折木，傷死人畜馬驢不計其數。俄而中丞具狀，以聞於朝，竟莫測何怪。

篲星見

萬曆庚戌二月廿六日邸報：司天臺奏篲星晝見，自午及暮，流光數十丈，下入於地。

大星

萬曆庚戌七月初四夜更餘，蘇城内外咸見有數大星經天，或從東亘西，或從南絡北，光明如晝者移時，爛若火樹銀花，久之乃滅。乘凉人於光中無所不燭，細及豆花棚上絡緯、蟋蟀皆能見之。不知是何祥也。

夏雪

萬曆十七年大旱，夏六月十八夜，月中飛雪，紛若吹絮，攬之皆六出。

雨　豆

嘉靖三十四年十月廿五日，天雨赤豆，常熟最多。有人拾得一二粒者，藏之不變。萬曆中，吴越間天隕黑雨，其點如墨。

木　稼

萬曆六年冬，大雪大冰，江南人家樹頭簷下，皆結冰花，玉綴珠聯，奇形瓌狀，撼之鏘然有聲，非天工之巧不能幻而成也。

天　鼓

萬曆甲辰、乙巳間，京城内外咸聞天鼓鳴，聲震數百里。見邸報。

地　墳

甲辰、乙巳年間，北京朝天宫内地忽隆起如墳。丁酉秋，蕭山縣城内地墳，血濺樓角。

地血二

萬曆癸丑年六月下旬，無錫縣大市橋一帶村落，地中出血。不信往視，鄰家掘地二三尺許，皆鮮血迸如注。高承先壬寅年客於閩，爲李興化遊賓，見報長樂縣民家地血數十丈。

地中兒

蘇州滸墅關前村落，相去里許有太平橋，橋側有一佛廩，復有大榆樹，可合抱矣。離樹四五尺，是田岸大路，路皆剛土。耕人忽聞其下作小兒啼，因取荷鋤掘之，稍深焉，得小嬰兒三個，長如箸子，似新産下狀，手足耳目皆歷歷具備。後觀者漸衆，耕人捶殺之，鮮血淋漓，遂不活矣。此萬曆壬子四月間事。屈夢龍親過其地而説之。

黴精

吳興弁山，中皆嵌空，相傳爲黴精所踞。常年夏秋出見，有白氣上亘於天，如素霓之狀，所至禾稼傷損無算。居民鳴鑼擊鼓，喧沸其下，名曰逐鱟。

妖蛟二

新野縣編户張家，平地出蛟。俄頃之間，風雲雷電交集。其穴方圓一席大，爪鬣猙獰，蟠蜒牆上，如有攫拏之狀。家人咸怖走，既出而空廬摧圮，其牆亦頹。戚伯堅親見之。

巨人首

太倉王奉常次公世懋，家住州前。先年起造堂皇丙舍，工人掘地，鍤下有聲，得一巨人首，狀如五斗栲栳大。驗是數千歲骷髏，所謂防風之骨專車，信而有焉。戚伯堅説。

木牛

萬曆十三年，山東臨邑縣城南民呂中家，木牛見椿樹古根，掘土，宛然頭目角吻，無不克肖。

雨雹

萬曆十三年五月十三日，山東臨邑縣雨雹，盡作男女鳥獸形。見邢太僕侗志。

冬雷

萬曆癸丑冬十二月二十六日，立春先一日，夜半子刻，忽有烈風暴雨，震雷閃電，一時交作，霹靂數聲，擊人而死，月駕園千年怪柏，爲風吹斷，遲明乃定。占者謂冬行夏令，主其國澇。至明年甲寅五月，果大水，然幸不爲菑也。

怪風

萬曆甲寅夏六月十九日午後，怪風欻起，屋瓦震飛，雨下如注，至暮而止。雷擊死不孝子陳甲於泥埭鎮。其明日二十，復有怪風旋空而至，沙塵漲天，咫尺不辨，威勢更猛於前，恍然發屋折木之象。吳城臥龍街鶴橋西首古牌坊，被風吹倒，淪碎無存。

訛言

萬曆甲寅夏四月二十五日，常州江陰縣沿海孟河地方一路，夏政圩閘、甲港、魏村閘、桃花港數處，盜嘗夜入里殺人，官兵莫救。其日設臺戲賽神，看人逾千，薄暮，遇鹽艘數帆絡繹而來，居民惕於夜警，訛傳倭至，煽惑萬衆，奔突入江陰城。比到，城門閉矣，遂踉蹌走至無錫縣。竟夜奔馳，投明擁入，老幼男女蹈籍死者不可勝計。宗姻鄰里，拉攞撞搕，至有遺骸棄稚，或拋擲道傍，或投溺水面，傷心慘目，不忍見聞。

人變虎

陝西境内，虎災屢起。萬曆三十三年，某縣村落有居民兄弟二人，其兄嘗得一虎皮，學爲跳梁無賴。一日持皮入山，竄於深榛草中，四顧無人，便解衣脱帽，以身蒙皮，搋躍數廻，變形作虎。路逢樵夫紅女，攫而食之，了不爲異。食飽後，藏其皮僻處，還變作人而返。

其婦陰察舉動，心頗生疑，窮之不語。竊告其弟：「卿兄非人類矣，恐將相噬。」弟聞之不信，一日伺其行蹤，隨從而去。行至深山幽絶，高樹垂陰，弟乃登樹候望。徘徊之際，果見其兄騰伏翳薈，良久衣皮而出，據地一吼，搖頭掉尾，跳躑咆哮，居然一斑斕白虎也。意甚驚怛，乃徐下樹還，具以白於嫂，共相憤耻。少時，虎爲人形還矣，婦罵云：「卿雙目眈眈，噉人一何飽耶！」因爾大慚。須臾，眼角斜張，身漸起白斑色，便竪一脚，徑出門去。經數日，忽有白斑虎來，巡行宅舍，號呼數十聲，宛似愴别，已，疾馳去。鄰里忙怕，不敢跡之。時吳人顧都憲其志巡撫陝西，親見府縣申報文書，而話於賓客云爾。

犬登突

明華亭相公徐文貞階，踐揆日久，望重臺垣。一日，家人請公祭竈。公既至爨下，舉頭見犬踞突上坐。公略不爲動，望而揖拜如常。祭已，焚紙澆酒，家人見公怡然，亦不加叱逐。此犬徑跳下地，顛蹶而死。相府積年無他故也。檇里包衡説之。

雞生兒

華亭縣蕭塘朱舉人家，有義孫名善緣，畜一母雞窗下，殼中哺出一小兒，頭顱面目，與人無異，啼聲呱呱。其家以爲妖也，棄之河濱。數年後，緣子陰懷異謀，將不和其主人，爲同謀者所訐，問成大辟於獄。

豬生象

萬曆近年間，山東張秋民家所養母豬生五象。在事官僚，具皆聞見。施起部爾志向宋孝廉懋澄説，懋澄傳向希言説。

呧吻共語

直指李公堯民，家山東濟寧州。萬曆戊戌，公以大理寺丞在告，起造堂屋五間。屋上初裝呧吻，白晝相共偶語。匠工駭而走。董太史其昌親見敘之。

豕踞榻

直指李公堯民家有五豕，並在廳事上踞榻而坐，人驅之不爲動。經積七八載，而李公卒於家。亦戊戌年事。董太史其昌説。

豕生人

明萬曆二十四年七月，山東張秋鎮朱墅民家，豕生一子，頭面手足皆人形，其身猶豕。事聞於官，殺而瘞之。時治河司空郎嘉禾人黄承元也。按《京房易妖》曰：豕生人頭豕身者，邑且亂亡。晉成帝咸和六年六月，錢唐民家亦有此異。

人變犬

萬曆四十年間，長洲縣南鄉陳湖上舍陸允中家，畜一犬，且二年餘矣，雄勁多力，常令守户。亡何，爲鄰家惡少張乙竊而烹之。乙既沽酒設胾，飲噉自若，投骨於地。杯盤未空，忽狂惑失度，豎起兩目，向其妻蹲視作犬言曰：「吾負主人租債三百緡，託生其家爲犬，三年償畢，然後爲人，今止少半年債耳。我不負汝，汝何故殺我而食我？今我償久未了，魂無所依，我死安能令汝獨生也！」其妻呵叱，乙便作嘷吠聲，咋其妻喉幾斷，頭面俱傷。鄰里咸至救之，亦被嚙損，相引而走。直入陸家，伺其所止，壁角敗垣，稾積存焉，踣踐成窟，盤踞而臥。主人就視，若搖尾然，宛然犬也。其妻至，則憤跳搏攫，終莫敢近之。果經半歲而死。胥門陳大儒傳説。

雷擊逆婦變獸

萬曆年間，莆田縣民家三婦，並不孝於姑，震雷擊之，一婦變爲牛，一婦變爲豕，一婦變爲犬，其頭與手猶人，體皆獸矣。陳舉人爲縣時親見之。後遇莆人至，詢云牛豕皆死，而犬尚存。曹明府向陳大儒傳説其事。

牛食人

萬曆癸巳，湖州范祭酒莊客家，牛與人鬬，咋殺其人，食之。其年范公罹於家難。

疫鬼 六

東揚民俗，歲除夜，里中男女相聚叫譟，擊鉦鼓，舉爆竹，喧譁不絕，謂之驅疫。率以爲常。時蕭山縣天官尚書魏驥致政於家，其年椒筵初散，率子孫出步大門外，忽於燈火光中見有一群藍縷疫鬼，紛然滿路，往來衝突，如投奔狀。尚書笑云：「何其鬼怪之多若此哉！」遂厲聲叱曰：「汝等小魅，今夕且宿吾里中，明日可往西村土豪王家去。」言訖，隱隱聞嘯聲。左右但見公指畫處分，如與人言，而不覩其形也。

至春，西村大疫，凡王姓者皆遘疫死，孑遺無有矣，而尚書所居之境獨安然，咸以魏公爲神明。先是，尚書爲廣文時，分校某省鄉塲，出赴鹿鳴宴。主司傳命召神相袁生，少頃即到，主司指而謂曰：「此柳莊之子也，令細看與宴諸君，孰貴而壽。」袁生獨詣魏廣文席前，拜手賀曰：「官居一品，壽至百齡。」舉座無不掩口。後以鄉科躋八座，年至九十八而終，竟如言。

猖鬼敗亡日

萬曆辛亥春，吳縣相公存日，申太僕用懋爲兒娶婦松陵，命叢辰家撰日，誤犯「猖鬼敗亡」。其夜香車鼓樂，列燭成行，自胥門入，逶迤由東首太平橋，逕北而西，經鄰家顧參政宅前過。稠人廣眾，聚觀如堵，參政眷屬亦出看之。其中一女奴無故驚曰：「此嘉禮也，奈何使慘服者立車之下哉！」已又驚曰：「爾許蓬頭人相隨車後來也！」言未已，群鬼悉擁入參政宅中，抛擲磚瓦，拉攞屏障。設食祭之，杯盤俱碎。此女奴便姿態失常，寖發狂囈，十餘日乃甦。是諸猖鬼，亦稍稍滅跡，相公府中竟平安如故也。許復初說。

第十六　瓌　聞 紀事、物二瓌也。

費太僕夢棘闈詩 已下皆紀事瓌。

鉛山太僕少卿費堯年，鄉薦之歲夏五月十三夜，夢人賦詩，記得「八窗明月夜玲瓏」之句，覺而異之，私疏於壁。是秋八月十五夜，三場既畢，費綴行而立，投卷於監臨官前。有御史謂其僚曰：「頃得中秋佳句一聯，頗不尋常。」僚曰：「請誦之。」御史曰：「萬里青天秋浩蕩，八窗明月夜玲瓏。」費聞，瞿然而出。是科放榜，果獲雋。其子元禄説之。

雞鳴山夜呼

武宗游金陵之雞鳴山，江彬夜伏甲士劍客之屬，將謀逆焉。中夜，山大呼者三，衆軍守衛行在者亦齊聲呼萬歲者三。彬氣懾，謀遂不行。後龍舟渡揚子江，其夜彬復懷利刃靴中，俯身取刃，不覺中風，蹶然倒地。乃知真人翊運，所至有鬼神爲之呵護矣。

海市

副將謝庭芝，建牙東齊，親見登萊州海市。堂屋三間甚軒敞，罘罳掩映，中垂大珠簾，簾内置一曲几，几上安鵲尾香爐，篆烟裊裊，有一丱角童子，擁篲而至，次第掃地畢，乃取香添入爐中。歷歷分明，移時乃滅。

盗偷生

蘇州有犯大辟盗某，與伍伯素有識，反接在市曹，將决矣，私祈於伍伯曰：「某與君平生交好，君知諸方便，何計脱某於不死乎？」伍伯笑而僞應之曰：「此甚易耳，當使老兄脱一樂地去也。」及行刑時，伍伯連叱其首曰：「去去！勿復顧！」刀下而其人不知苦楚，魂神飛出於稠衆之中，不覺去數千里外，奔突入一大姓家。適主人方出階下，驀撞仆之於地。大小震慟，經數刻營救，始甦。起坐，忽作吴語，引鏡自照，容貌轉少於前，左右擁掖者嬌妻美妾三四人，屋宇高廣。盗心自念曰：「吾何以忽然至此乎？」喜不自持，稍審其地，乃是廣東南海之某州縣，主人故太學生也。親戚來看，都不識是誰，强效其土音應對支吾，然絕不敢談本來面目。如是享用者首尾十三年，還與婦生一子矣。

忽一日，伍伯輪解編戍人之嶺表，偶至其地。盜於市中邂逅之，撲地下拜，感謝甚殷。伍伯茫然不知所謂，言語若深交而素未相識。從容推訊姓名，乃大駭。盜便邀過其家，鋪設酒肴，備極豐膴。酒酣，盜乘間問曰：「感君再生，真某大恩人也。但不知當時實用何方便，使某得至於此。」伍伯曰：「汝莫管前頭公案，我雖有口，決不爲汝説破也。」留連三日，苦詰其由。伍伯被纏逼不已，無奈之何，因婉辭以告曰：「卿當日市曹之戮，初未嘗免，何不尋思？」盜默然良久，忽蹶倒而死。家人奔救無及。伍伯遂具述事狀始卒，大小驚慚，若無所措。

乃知借屍還魂之説，自古有之。獨此盜以一念之祈免，偷生數千里外十有三年，生前貫盈，死後網漏，地下主者安在？豈其命絲未絕，冥府不得而制之耶？兹理之所難明者。壬辰春，太原中表吳生所説。

武夷山詩夢

蘇州近竹老人袁洪志，三十年前夢游武夷山，題詩石壁云：「地僻紅塵遠，人閒白晝長。鳥啼春雨霽，花落野泉香。近竹老人題。」凡二十五字。其後隨弟觀察使洪愈之官福建，還經武夷山，登絕頂，見石壁上委有此二十五字，宛然手跡，是夢中飛神所題者。老人自異，既歸，一疾不起。沈顥話其事。

車中女子

山東新城王氏家有世德，開科以來，登進士第者二十七人，衣纓之盛，罕有加也。相傳其家始祖王翁，少未有婚。一日天忽大風，埃霧蔽空，白日晝晦。及暮風定，門外忽有輜車一輛，車中坐一女子，烟鬟霧鬢，舉止端莊。家人共驚視，莫敢近者。王翁詣而詰其故，女子曰：「父姓初氏，兒家相距五百里外矣。偶探親而還，不知何由，忽然至此。」訊之亦未字人，王翁以爲天錫之耦也。又「初」者起家之徵，遂諧秦晉。今之子孫，皆其出焉。往年以民部員外郎出譏吳關，名之都者，即初氏雲仍也，親爲余述先世事如此。

小黄旗

嘉興祝以豳，爲吳江令，多異政。時有居民東西二鄰，皆少年，且相善。其東鄰夜娶婦，朝出行賈，既去，西鄰徑詣行竊，見房扉尚開，即突入之，僞爲東鄰語言，擁其婦而語曰：「天尚未明，我眷戀卿，不忍别耳。」復就寢。婦不辨其夫也，欣然交合，任其輕薄。頃之漸曉，匆匆别去，起視奩中簪珥之屬，蕩盡矣。婦泣語其姑，慚恚縊死。母家陳狀於官，誣其舅姑殺婦。舅姑亦出論訴，使人通息耗於子，趣棄賈遄歸。既歸，遂併執婿到官。祝反覆鞫訊，略無情實，還衙與夫人共憂之。時會天大旱，請雨城隍之神。夫人教祝詣廟焚香，默禱此事，祈神於夢中開示疑獄。其夜，祝遂宿神廟中，夢神降而告曰：「明日路上有祈雨小兒，可自問之。」既覺，未審云何。早起拜神畢，行至市中，果遇群兒執旗伐鼓，引龍神而來。祝命吏捕逐群兒，群兒迸走，適遺一小黄旗於地，遂令收取還衙，以示夫人。夫人曰：「奸婦者是黄旗無疑矣。」

祝便託以他事，過東鄰境中，謂嗇夫、亭長有民丁户口册，可送一本至。既賫册至，按之，委有王騏名字。乃傳令某日點役，合境民丁，宜集縣門以候。騏亦未知緣由，與諸人旅於庭下。諸人皆應聲而去，最後始詰王騏，訊其居止，與訴鄰止隔一壁。於是慚懼失色，具服其辜，所盜之物咸在。祝令梏往其家，檢出贓物，乃置於法，斃之獄中。

梁裂

數年後，又有山陰某乙，是富家子弟，娶婦入門。其兄某甲，戲以相賭，謂乙今夜能不進新人房，即輸金一餅。乙曰：「易耳。」竟不果入，與甲同寢於外舍。其夜忽有男子入婦房與偶。明日婦聞兄弟相賭之言，大驚，逆知爲他人所狎，慚恚自經。母家訐訟，繫甲於獄，搒掠備至，不吐其實。

時爲山陰令者趙士諤，吴江人也。推按積時，終不能理，閉閤謝事，求禱於神。肸蠁之間，忽聞屋梁木作爆聲，仰視已裂。尋思久之，即從獄所召甲訊曰：「爾家有姓梁人乎？」曰：「家監掌典是姓梁人也。」趙遽命逮至，拷掠承服。蓋其夜潛於窗間，聽知主人戲賭，乃冒入婦房，遂其奸謀耳。趙因寘之重典。後以卓異推擇爲吏部郎。二事後先不同，適相懸合。

孔林聞金石聲

蘇州沙良著，嘉隆間以歲貢參選都門，念得補官近魯地，孔林一謁先聖，以慰仰止之懷。未幾，竟獲授曲阜縣丞。初下車，齋三日而後行禮。方跪拜俯伏，耳中忽聞金石之聲。意謂文廟所奏，拜畢登廟，闃無人焉。時論以爲至誠所格，御史爲之譔記，碑於澤宮。沙氏代禪臨池，良著有曾孫舜鳳，少年善書，嘗爲余言如此。

誤入蛇腹

上虞徐孝廉，計偕京師，與一千侯同舍。其人貌甚偉，而鱗文遍體，皴如青赤松皮，面有瘢痕隱起，類三當錢大，狀若癩風者。然徐而察之，步履言笑如故。久之，稍稍推訊。千侯具言：「某家本西蜀，少年肌體膩潔如美婦人，而性嗜酒，落魄不羈。一日從所親會飲野次，時天色漸暮，歸不及城，便醉臥道傍草積間。夜半宿酲始醒，覺鼻端絪縕有黃牙氣，又似蒙被然，展轉反側，不知身在何所也。已而捫之微濕，嗅之腥不可忍，尋思腰間佩有匕首，急抽而割之，得肉一臠，復嗅之，臊甚，棄去，旋割旋棄，如此者凡數十臠，漸漸漏明。於是悉其力以從事，俄而此竅漸廣，頃之如土穴矣。因踴身跳出，睨之，乃一大蛇也，遂驚仆地。明日家僮消息至其所，見主人與蛇並死於道，奔告鄰里，急舁而歸。稍稍營救復甦，而膚間癢不可耐矣。幸遇名醫進刀圭之劑，得不死，三月而癢止，乃起，則膚革變色，幾類漆身豫子。醫言所不死者，以腑受毒淺也。」孝廉每舉其事話於親昵之中，遞宜戒躭麯糵。

虎食斗

吳興山中人家，負山跨磵而居，虎狼出入，不分晝夜。東村偶負樵蘇，詣村頭易鹽米，借西村斗蓑而歸。其日天晚，家有六歲小兒，因命持斗還西村。小兒性儇巧，出門望西村行，竟將此斗戴於頭上而去。中途偶遇狂風一陣，頭上之斗欻失所在矣。歸告其父，不知何等。其父明日入山樵采，忽見黃斑老虎死於谷口，急呼同伴持械往視之，喉間一斗在焉。蓋虎性易怒，本欲食兒，不意銜斗觖望，遂嚙其斗以哽塞喉間，憤激至死。兒之獲免於虎口，非徼天之幸乎！

夢得畫錦堂句

常熟趙學士用賢，林居時曾遣人特詣閩中九鯉湖，祈夢於九仙神。夢神以歐陽公《畫錦堂記》中首二句告之曰：「仕宦而至將相，富貴而歸故鄉。」其人還以白學士，學士喜不自勝。適坐客有秀才李喬新者，忽起而對曰：「我朝無出將入相，豈公將拜而不果乎？」學士怫然不悅。

後起用，超遷至天部侍郎。時方推擇閣臣，凡擬進御前者七人，而趙與焉。命未下，明日爲吳侍御之子鎮伏闕上疏，論訴侍郎負婚姻約，改嫁其女。禮部奉敕推勘，學士謝病還鄉，竟不果拜。偶合李生一時之言。

葉和尚

二十年前有葉和尚者，不知何所人，或云是江南潦倒書生也。行乞吳市，垢面赤脚，狀貌魁梧，逢人但云「乞我一杯酒」。常於市中扮十八尊羅漢，妍媸老少，無不畢肖。其兩眸踰時不瞬，儼然應真模樣也。觀者歎以爲神。扮畢，便索酒飲，飲罷復向人取紙墨置地上，盤礴揮毫，寫作水墨蘭竹，妙絶一時。或作狂草，天真爛熳，得懷上人意外巧妙。兼善使秃筆書。每遇氣焰子弟，便拂衣而去。後不知其所終。里人沈顥記其事。

場中魁星

萬曆壬子，南畿校士，以八月廿八爲終場。五更時見一青面鬼，自至公堂跳出，隆隆如雷聲。已從謄録所房前蓬轉而出，後復倚於貢院大門，忽失所在。場屋士子無不驚竄。明年，毘陵周延儒聯發會、狀兩元矣。

古長人

長洲縣東二十餘里有陽城湖，相傳陽城是古時一縣，陷没爲湖，其來久矣。漁人於湖水清時，往往見其下有街路，疑是此縣之故道也。

萬曆十七年大旱，湖濱水涸見底，忽露出大棺，長可三丈許。破之，見一長人巨首臥其中，衣皆灰燼糜爛，但存髑髏，巨如車輪。棺上朱漆片色尚鮮明，不知何代墳墓。有石碑二尺許，文字磨滅不可辨。時余讀書漁子沙上，異其事，往觀之，碑尚在土中未出。又一日再往，將磨洗碑文，則居民已毀碎其石，沉之湖心矣，恐爲郡縣所知，相與寢滅其事耳。遂歎息罷還。

書生造夢

閩中林某，家近九鯉湖。其年將赴科舉，託其門生數輩入山求夢，林齋戒俟之。數生相與之他所博戲，竟不去，届期無以報命，乃共設計，造成一夢，詣林門而誑曰：「某等爲先生籲夢，覺有不吉，如何？」林曰：「汝試言之。」衆書生曰：「夢至一處山谷中，有龍眼樹甚大，反縛一人其上，就視之，即先生也。連呼不應，於是某等白衣冠而哭於道傍，陡然驚醒。」林曰：「此夢大佳，我合當中榜眼，而汝輩皆白衣終身矣。惜哉！」是年林鄉試獲雋，明春果擢榜眼及第。而措大數人，並落魄無成，一如所造之夢云。司農尚書郎長樂陳訏謨説此。

毛面人

蘇州皋橋有何氏兄弟二人，世以販漆爲業。一日，大郎與二郎閒坐店中，見一長大漢子，其鬚自兩眶下虬然而起，滿面悉被長毛，不見其鼻。二郎大笑，謂此人何從下食。大郎便趨出長揖而進，其人曰：「與君風馬，何緣見接？」大郎曰：「見丈人狀貌非常，特欲一致殷勤，無他意也。」進以雞黍酒脯。其人袖中取出金鈎子一雙，左右分挂其鬚，從容飲噉，無異常人。既畢，謝主人曰：「某萍梗江湖，遨遊上國，落落無見知者。荷君兄弟置酒爲樂，又執禮最恭，某自慚無有，異日未知圖報於何地耳。」

自是別去數年，杳無聲跡。後大郎、二郎各挾資本，往嶺南販漆。既至海上，惡風漂泊，夜爲海賊劫至一寨中。兄弟相持而泣，自謂不知死所。寨主乃令擡頭，認是蘇州何大、何二，便下階親釋其縛。大郎潛窺視之，即昔年滿面長毛人也。其人問兄弟何以至此，答云販漆。曰：「漆不須買，荒寨所餘。」開筵設具，強留之半月，贈以金繒無數，因遺之漆四十簏，滿載還家。入門與母妻相慶，兄弟各分二十簏。

適新郭人來買漆，舁之一簏去。明日五更復來。大郎疑其中有物，覆之，每簏底置二元寶在。因秘而不言，盡出其橐中裝，託以他客，悉居二郎之溙而罟其金，二郎不知也。後稍稍覺露，二郎不勝忿爭，求索無厭。大郎便以毒藥酖殺之。二郎之婦訟於官，官論大郎抵死，獄已質成，無異詞矣。

後大郎亦使其婦出訴於御史臺。時邵天民按江南，見大郎婦妍冶上色，非人間有也，徑呼至案前，以眉語挑之。夜與指揮張建節謀，張取食籮，鑿空其底，坐婦於中，舁而進，駕言於送領給。伴御史宿三夜後，便更男子衣，夜混執燈者入，無忌憚矣。御史卒釋其夫之罪而出之。

里人皇甫司勳汸，撰《淫史謠》云：「暫收寶髻與羅蓑，結束吳兒兩不分。夜夜臺中陪御史，朝朝門外候將軍。」指此事也。王徵君於虎丘舟中説之。

三秀才異夢

徐秀才道登，於秦淮逆旅舟中夢長干寺塔忽變成五座，皆有異色采雲冪歷其上，見二魁星如人間所繪者，自塔而下，掖徐同登。既覺，以語同舟友人劉博輩。家僮看榜回，云：「中矣中矣！」沈秀才應明，夢老樹上落一大鵲巢於地，沈入而坐焉，遂符登科之兆。熊秀才秉鑒亦夢登天，未幾捷第二。

孝陵龜瑞 已下皆紀物瓌。

高皇帝開孝陵，劉文成伯溫曰：「此地有寶玉氣，鑿其穴，僅可容梓，不宜深尺寸也。」上不信其説，故命深之，未二寸許，得小白龜九枚，皆從坎中飛出而去。力士以牙杖撲其一，墜地化爲美玉，至今函以朱匣，供寢廟前。亡兄世揚爲太學生時，親從守陵中貴人索看。中貴人云：「昔有築陵將作，偶劚地，忽見金龜徑三寸許者遊息地中，獲之，共得十三枚。急取出置掌上，猶能運動，頃之化爲石矣。聖祖急命祀而匣之於廟。中外臣工交慶，咸謂天錫之瑞焉。明日啓視，又失其十二。今寢廟香案前貯供者，即所存石龜之一也。」其説與余所聞小異。

溫涼指

京師某中官，藏有寶石一條，長如指大，名曰溫涼指。以酒兩罌試之，投於寒酒中則熱，投於熱酒中則寒。因其傍微有破損痕，以非全玩，遂不敢供御用。黄州牧記其事。

石作雲霞

有方士持二寶石，一紅一白，欲售千金。試之水碗中，先投白者，則水面上冉冉浮出白雲，其氣如烟。須臾以紅者投之，滿盤中泛作紅霞瀲灧矣。不測是何琛異。

石中兔

福清縣鄉村化南里中，有童子入一石洞，洞中有石，無故自動。持歸鑿開，見一白兔在焉，取視乃活者，置之地，能走數步，有頃僵仆，爲見風也，漸漸如石而後化成。閩人何璧所說。

石中蟹

平昌黃家，營室於文里山下，遇一石礎，可高二三寸。工不忍鋸，欲截其柱轃之。主人曰：「寧斲石而薄，無斲木而短。」趣令工鋸焉。鋸開則中有一玉蟹走出，不知所之，而石之上下宛然具蟹形在，其理難曉。按《筆談》，婺州金華山有朽石，又如桃核、蘆根、蛇蟹之類，皆有成石者。其地本有之物，不足深怪。又云石蟹之類，蛇蜃所化。恐未必然。

石中金鯉魚

平昌黃家，初卜文里山新居。相其地在山之麓，約二十餘畝，鑿之皆五色土，土細如麵，絕無砂石。深之，得一石板，長三尺許，仿佛如玉圭形。匠石異之，發其下，有泉一勺。泉中養金色鯉魚一頭，長不踰尺，忽躍而起，鱗甲爛然，涓涓之流亦僅及其脊耳。衆以爲祥，欣然定宅。及堂成，主人名之曰瑞鯉。宅之中央，即魚所窟處也。未久魚亦化去，不知所在。趙石勒時，途中有大石二丈許自立。勒命斷之，有魚羊之文。唐杜綰剖石鎮紙，内得小魚。鄜縣河灘上有亂石，隨手碎之，得魚二三寸。五代陶穀破李後主研上圓石，内亦有小魚。是皆有是事而無是理者，以古證今，何足怪哉。

石中松色水影

見一扇墜，不知何石，中有古松夭矯，翠色隱起，而松根有水一池，顛倒之，水皆含飛動勢。黃禹州記楊百隆言。

石中山川人物鴛鴦海馬

平昌黃左卿兄弟，葬其先人於江山縣之尹墅里。鑿穴僅二尺餘，纍纍皆鵝子石，石之中有山川人物。其族人黃州牧九鼎所親見焉。一石中有緋裳碧衣人。一石中有朝衣冠而執笏拱立者。一石中有紅鴛鴦一對，顧影自憐，羽毛如縷。一石中有海馬二匹，蹀躞怒濤中，宛具奔逸絕塵之勢。如此石卵數十擔，而後見土，乃成窀穸。

故知山林皋壤之間，何所不有。昔白樂天嘗以石中物問胡僧，胡僧云：「此皆空劫時石，其質未成，物混其中，火盡生風，而後成石，遂孕其中，無足怪者。」乃知石木諸異，皆空劫中事也。此論最大。

醉　石

程君某好畜奇石，因以「醉石」署其齋。一石質理瑩澤如玉，上有老猿，手攀枯松根，而以一足挂下，濯於滄浪；其松蒼色，其猿白色。一石洞赤，下有大海，日出其中，三人相倚而觀之，仿佛金支翠旂，其人衣飾各别，而質理奇峻，色微碧。一石有白虎斑斕踞其上，尾若動摇。齋中又有瑪瑙絲、赤霞紋諸石，磷磷滿牀，不可校數。黄九鼎親見之。

相思石

海上有碎石片如杏仁瓣，取一雙後先投酪中，浮而不沉，相偎成偶。人故離之，須臾復作合矣，名曰相思石。黄翁嘗出以贈余。

松花石

浙江布政使後樂亭前西偏有松花石，龍鱗隱起如皴，枝榦與枯松無異，捫之乃知是石。辛亥冬，吴左丞用先邀讌，與陳祼、費元禄秉燭同觀。《録異記》載婺州永康縣山亭中有松化石。

白公石

白居易爲蘇州刺史，得太湖奇石，賦詩美之。劉禹錫、李紳同和。石不甚高而肉好勻停，質韻兼美。流轉到張氏曲水草堂中。相傳張燕翼載石進蛇門，內不得達，運者方疲於役，其夜驟雨通宵，及明水漲三尺許，石船已抵岸矣。人以爲有神助焉。楚人江盈科令長洲時，賦《白公石歌》，刻於壁。今廢。

洞庭石公

西洞庭有石公山，山岸一石，類傴僂丈人狀，山所以名。呼「石公」則應「石公」，如人共語，然稍遠則應，近之反不應，此理之不可解者。《拾聞記》載南嶽岣嶁峰、南州商河縣丹溪並有響石，呵笑皆應。

琥珀影

平生所見琥珀最多，惟三者尤異。一琥珀置文几上，其質理色澤，與尋常無二，遇天放晴，映日而照，則其中儼然一鍾離仙人像在。鬚眉衣飾、樹葉葫蘆之屬，種種精細分明。時吳人客於燕京所得，賈胡見而傳玩，請以重價購，吳人不欲也。一琥珀中有白鶴形，羽毛如雪，玄尾朱頂，若舞罷而凝立狀。客琢以爲扇墜，觀者無不稱奇。一琥珀中有吹笛仙女，腰繫花籃，貯蟠桃花實，窮極緻雅，雖畫工莫能繼色焉。余往從一金閶少年手中傳玩，愛而攘之，以他長物與易。俄而失去，不知落何處矣。

案《神農書》，松脂入地千歲而成茯苓，茯苓千歲而成琥珀。意是窮崖絕壑之中，仙人野鶴時相往來，琥珀方孕精毓秀其下，遇有所見，則而象之，融結成形，故多幻異。天地間理應如此，其在木石亦然，曷駭乎？

穴中飛鶴

山陰人高鶴，甲午解元。其祖葬時，形家點穴，約掘地不得過四尺。衆不聽，深之，得石板，啓焉，忽有一白鶴飛鳴而去。既畢葬，形家曰：「違吾言，發科在六十年後矣。」後果六十年，其歲以葬地之日時生一子，因名曰鶴。後發解，與先司馬同榜進士，司理吳中。

雙紅鼠

建寧舉子黃應槐，嘗爲人言其曾祖貧而好客。一日大雪，江右堪輿過其家，止之宿，款遇甚洽。語次方欲擇地葬親，此人感激，思得覓一吉地相報。後經義冢山下過，堪輿忽蹶而仆地。家人救甦，歎曰：「此地却奇，必發科第無疑，然其下有生氣，若取葬穴，不得過二尺也。」後待此人不至，復命他堪輿開穴，竟過二尺。掘之，有小石竇，下得紅鼠一雙，初鼠目矇矇未視，後漸能開，竟竄去，無可跡矣。葬後亦無他，四世而應槐始舉於鄉。

五色土

平昌黃家新居在文里山下，方可二十畝。其中土皆紫泥也，又有黃如蠟色者，白如雪可爲粉者，蒼如麋鹿文者，碧如玉屑者，翠如空青者，青如靛可作墨者，紅如丹砂者，種種不同，而質更澤膩。其家牆壁悉取紫泥堊之。吾吳近來用紫花布色泥塗壁，蓋取山黃泥與細灰三七分和合而成，不及江夏天然。所謂瑞鯉之異，即其地矣。

鐵沙

王家宰國光家，有山地一區，每遇大風過，則其土結爲鐵沙，使數十人掃簸之，一度可得百石，以鬻於市。蓋世藉其利非一日矣。王公，山西陽城人也。

沙化水精鹽

鹽出產各不同，有煮海潮而成者，有晒海水而成者，有鹽池，有鹽井。山陰王文端公家，每遇大風刮起沙泥，澄之皆水精鹽也。

帝女化松

密縣山中有白松，相傳爲黄帝之女所化。黄禹州以問楊百隆，百隆曰：「西邊多松，葉翠而身碧。」然與帝女所化枝葉株榦俱白者又少異矣。

梅梁

會稽縣禹廟中有梅梁，其上老梅一枝，是木理中生成者。槎牙盤屈，若鏤若畫。每天將陰雨，則枝骨中水出，青苔鱗互，歲以爲常，而木不腐爛，斯爲奇矣。

鳳皇梁

處州遂昌縣學宫，十年前燬於火。縣議鼎新，功將成矣，而明倫堂後穿梁一根不稱，苦無巨木。或言孫秀才家山中有老杉，適可爲梁。令遣吏致值三金，命工師伐取。伐後鋸而分之，中有朱鳳一隻在焉，首尾貫於木杪，苞采燦然，毛分縷悉，世之刻畫者莫能及也。惜其尾爲工師所斲，減却一二寸，不見其綽約之勢耳。至今猶在。

木中吹笛人

會昌中，含元殿壞，盩厔縣百尺異木中藏十年巨蟒，鋸之，殷然血流。山陰禹廟梅梁，遂昌縣學鳳皇梁，皆不足異。最奇者，宋元間小説載：桂州僻境，有林木蓊鬱數十里，每月滿之夜，笛聲發於林中，甚清遠。後有人尋聲，自一老柏樹中出。伐取爲枕，如期而發。凡數年，家人欲窮其怪，命工鋸視之，但見木之文理，有一人月下吹笛之像，雖善畫者莫能名狀焉，其夜絶響。

雙頭牡丹

豫章胡生，善候氣。一日過平昌城北吳氏宅，謂公家瑞氣甚王，貴徵不遠矣。吳氏子喜不自勝。明年欄中牡丹果發雙頭，益喜之。又明年，而以訟鬻其宅，轉售項氏。項氏故居遭火，遂徙焉，二子連發科第於此宅。

盆蓮作品字

黄禹州言：楊百隆家盆中植蓮花一株，本單葉種也，二年不開。一夕開而並頭，瓣中有「品」字。

甘棠樹

甘棠樹，今在河南府陝州治東。其地有伯甿祠。棠樹枝葉無存，僅老榦一株，高約三丈餘。其色如鐵，紋理堅密。相傳歷代有帝王興則發新枝。我高皇帝起兵之年，曾發頂上一枝。

杭州四異

有紀物異凡四種，而不及杭州。天下桂花皆無子，獨杭州桂花有子。余嘗於貢院中拾得數枚，翠而香可愛，乃知宋學士「桂子月中落」之句非漫筆也。天下菊花皆不落，獨杭州菊花有落英，益徵《騷經》爲實録。又西湖之上週遭皆緑楊掩映，夏月如青帷中行，而晝絕無蠆，夜亦少蚊，故世謂斯湖爲「明聖」矣。

大榕樹

廣西會城中有大榕樹一株，上造關壯穆廟。其地寬可三畝，下環石爲洞門，可容商車官騎往來其間，絡繹不斷。

桂子

黃陝州家於平閶門外，有小池，其先君子植桂樹環之，歲結子如小棗而色翠。掃之可得數升。故老謂桂粒可種，種之三年始萌甲。後黃君試之，果然。

松花菌

蕈似釘蓋者曰菌，爲類至繁。獨西湖諸山中有松花菌一種最佳，色紅潔可愛，味更鮮美。九月間生，其年山中松花盛，地即産菌，蓋芬芳鬱積於地下者，一遇秋雨，其氣輒蒸，而有回風處更多，不可得耳。余憶數年前，與僧行九溪十八磵中，共摘而煮食，見者無不驚走。今久不知此味矣。俗名胭脂蕈。

蒟蒻

草食之物曰蒟蒻，狀類南星，葉剛而色殷，結於根上如碩果，摘之，用新瓦磨其汁，釜中煮之，即凝成膏，瑩澤清美，消痰之上藥也。此物性畏癢，人以爪爬搔其枝，則葉自舞。黄禹州家有之。

白楓

台州有白楓樹，身葉俱碧，風拂之，廻翔如雪。

木蕈

浙人言山中有木名拍昔，伐其根，同斧碎斷之，如鱗皴然。三年後，木腐生蕈，而不盡在木。凡雪霰所薄之地，一霰一蕈，或在地，或在葉，或濺於山阿，高下數十丈，俱成蕈矣。余又聞閩人言，蕈生最易，凡陰厓雪磵中，有老樹株橛，用洿池之水灌之，三日後纍纍叢生其上矣。摘而食之，又灌如初，至三度後乃始曝乾作香蕈，蓋蕈之最下者。與三年之説不同。

甘露降

萬曆壬寅冬九月内，紹興蕭山縣有甘露降於冠山松樹，彌漫數里，遍樹如雪。居民採而食之，其氣芳，其味甘，耀日舞風，十餘日乃止。

芝異

吳縣殿學申公時行，及第時，其堂前一柱忽生瑞芝。觀察使劉弘道聯捷之秋，園中産子母芝。常熟陸封君父爲泉州郡丞，有二子崇禮、問禮，後先成戊戌、甲辰進士，其年堂屋柱上産五色芝，經月乃萎。壬子秋，南濠徐文衡家忽有芝生於糖箭上，未幾捷至。城西熊秉鑑家門樓上忽生絳芝，摘下浮水盎中，盎水洞赤，是科領薦第二。

蔗火

常州武進縣蔣孝，字惟忠，應試南都。未捷之前一日，其父置酒留客。酒酣，相共噉蔗。座人擲查於地，輒便熒熒然火起，青緑有光，再擲亦如之。衆咸驚覩，少頃捷至。

桂兆

熊秉鑑秀才，别駕之孫。余昔嘗與别駕會飲，知其人長者。壬子秋，秉鑑家有老桂，六十年矣，其花本黄色，是歲忽變爲丹。徐道登秀才，家住長洲葑門之村落。辛亥除夜，中庭桂花盛開，有白鼠常游走其下，家人跡之不及。是秋報捷者至，見而擊死之。兩人並聯捷。

雙麟冢

閩人王郡公應麟，守鎮江，廉介自持。民家牛將生子，走匿山中，吼如雷，既産，視之，麟也。祥光燭天如火，烈焰所過之地，廬舍俱焚。衆怒，因斃之，舁而獻諸公。公歎息而瘞焉。其明年，是牛復産麟，又爲人所擊死。公令復瘞於前庭，因題其冢曰「雙麟」，在今北固山下。而王公名應麟，瑞之偶協若此。

米倉龍

關西戚畹劉氏未遇時，米倉中有物，類大蛇而有四足，鱗甲如鏡，長僅四尺許，家人莫敢近焉。後漸長至五六尺，一日風雨中化去。未幾而西宫應聘。説者謂爲倉龍之祥矣。

龍藏雞腸

吳興某鄉有村媪，畜一伏雌於牀下，爲霹靂所擊，雞死庭中。媪之子以食雷擊之物，令人膽壯，持刀後門燖治之。門外有小菱蕩，鑾刀一下，光怪燭天，忽見小青蛇從雞腸中出，蜿蜒入水。才離二丈許，地彌空，火焰復震，一聲霹靂，蒼龍上騰於天矣。箏弦指甲，種種皆龍蛻窟，視此益不足奇。

鹿有命

有一典善談星術，嘗與曹偶候太守出堂，適堂上鹿乳一子，其曹偶戲之曰：「君善看命，何不爲此小鹿試布算之？」其時守猶未出，典遂按年月日時支干戲成一八字，歎曰：「賴是禽獸，不足憑耳，若生人值此，不出三日，犯水厄死矣。」衆笑而罷。越三日，小鹿失脚堂下井中而死。

異魚

南海人常從城上望見海中推出黑山一座，高數千尺，相去十餘里，便知爲大魚矣。此魚偶困而失水，蜿蜒海島。星居者數百餘人，咸來分割，其脂爲膏，經月不盡。又有貪取魚目爲燈，相與攀援騰踏而上。其目大可數石，計無能取，失足溺死於中者同時七人，乃止。王徵君穉登言。

魚鱗屋

《楚辭》有魚鱗結屋，讀者或以爲騷人引喻之辭，未敢遽信。先年武進縣令，忘其姓名，是閩海人，嘗詣一士夫家，見中庭醬瓻所覆者何物，問焉。士夫曰：「竹葉所織成也。」便推問：「父母仙鄉亦有之乎？」縣令曰：「敝處只一小魚鱗爲之耳。」士夫驚謂曰：「魚鱗有若此大者乎？」縣令曰：「其大者可結爲亭子，斷其骨作柱以支之，居然屋也。」乃知萬斛舟、千人帳，南北兩不相信，亡怪其爾。如斯之類，可以審推。亦王徵君言。

井中魚

希言舊居城北種花池上，是顧氏外舍。入門有巨井在檐下，井中時時水溢，浮出金色大硃魚，長徑尺許，俯而取之，輒引去，少時復來。居四年餘，僮子時時下鬮，或用鉤餌探入，終不可得。或云此井通婁子江也。

鼠啣錢

通州孫秀才，母死家貧，無以襄大事。方在憂戚中，忽一夜，有大鼠十餘輩，啣錢數貫，置其牀下而去，遂獲卧勷。人以爲孝感所致云。

蟲耳

城東馮時中，業小兒醫。少年時耳中飛入一蟲，百方灌治，終不能遣。後或朝出暮還，或睡中飛去，寤後乃返，久之驅逐無策，亦漸相安。後享年八十而終。

食榧可治蟲

丁千侯少年生寸白蟲，友人勸食榧子，每炙數枚。食可三四斤後，一日腹中急作大痛，洞下如指大者一蟲，長丈有半，餘細者如麯縷成結，又下無數，宿疾遂除。

泥丸子治蟲

有人患腹楚，從市口乞方士泥丸子，水磨服之，吐出翠色蟲一尾，長尺餘，細鱗巨目。眾皆見之，病從此差。

酒能生蟲

賈人程甲，嗜酒縱飲，遂病痔。一日遍體發癢難忍，醫用藥汗之，汗皆黃水。又處一貼下劑，所下悉細寸蟲，投之水中，如小鰕如蟣子者不下數十萬。如此下者數度，痔瘡乃除。醫云：「少不治，立發麻風矣。」

腹蟲有鱗角

盧參將分署磐石，其夫人病如瘵，而色萎黃。加劇矣，地僻無醫，思有方士遺紅白丸子，試與之服。服後腹作楚，下蟲大者百頭，悉有鱗角，背緑腹紅，雙眸炯然；小者數頭，未成鱗角，而肉蠕蠕動矣。自是疾除，後與參將偕老。並黃州牧九鼎所記。

湖山二異

閶門外女墳湖中，俗名沙盆潭。獨無蛟。南距釣橋，北接因城湖，俗誤陰澄，又訛應澤。其地即不然矣。虎丘山延袤數里外，獨無蠆。土人云：有甘草生其地，能辟蠆毒。然不識何者是甘草。

宋襄公墓鏡

山陰陳半刺，在宿州時，有盗發郊外宋襄公墓，得舊鏡一枚，黑漆古，奇文異質，莫可名狀。半刺珍藏，後以置交際篚筐中，爲一粤西貴人所受。

大勞山鏡

山陰祝良柱，家近一小山坎頭，數年來時有紅光燭天。後戊申歲，大勞山坎徙出溪上，鄰人見水面奇光，循之而得一舊鏡，亦黑漆古，背後鑄成麟鳳龜龍之象。至今良柱之弟收藏。

硃砂牀

希言舊藏有硃砂牀一座，色如榴房乍裂，純是硃砂，而微露砂石痕，名曰「丹山映雪」，不知落誰手矣。後見徐郡倅家一塊，則長徑寸許，赭色奪目可愛。近見范參議齋頭生銀一片，則硃砂歲久而化者，金燦霞流，亦奇物也。千歲成金之説，豈不信然！唐僧皎然有《題盧明府道室詩》「砂牀不遺世人聞」，李贊皇言「光明砂生雪牀之上」，謂此矣。

雕工

吳中雕工凡數十家，余所見昔有陸子需，一名小賀。今有顧師雲之子小顧，名未詳；沈其材子宗彝，字子序，兩人並有巧思，皆名工也。其所刻檀梨、烏木、象齒、犀角，以爲卮盂罍缶諸器，備極精巧，有得心應手之妙矣。

此不足奇也，曾見沈生刻桃核作小舸子，大可二寸許，篷檣舵櫓綷索，莫不悉具。一人岸幘卸衣，盤礴於船頭，銜杯自若。一人脱帆，袒臥船頭，横笛而吹，其傍有覆笠。一人蹲於船尾，相對風爐，扇火溫酒，作收舵不行狀。船中壺觴飣案，左右皆格子眼窗，玲瓏相望。窗楣兩邊有春帖子一聯，是「好風能自至，明月不須期」十字。其人物之細，眉髮機棙，無不歷歷分明。

又曾見一橄欖花籃，是小章所造也。形製精工，絲縷若析，其蓋可開合，上有提，當孔之中穿條，與真者無異。

又曾見小顧雕一胡桃殼，殼色摩刷作橘皮文，光澤可鑑。揭開中間，有象牙壁門雙扇，復啓視之，則紅勾欄内安紫檀牀一张，羅幃小開，男女秘戲其中。眉目疑畫，形體畢露，宛如人間横陳之狀。施關發機，皆能搖動如生，雖古棘刺木猴無過。此巧豈物之妖者乎？

沈生又取桃核刻作競渡龍舟，爪牙鱗鬛，狀欲飛舉。龍口銜夜光珠。一人執小旗立於龍首，一人荷關刀立於龍尾。兩旁據舷而坐者各四人，細槳輕撶，運動如駛，其舟像水中行也。

又於蒲桃殼上鏤出「草橋驚夢」一段。屋宇人物精絕無論，間以疏柳藏鴉，柴門臥犬，悠然夜景，亦思致之最妙者。

又用橄欖核上雕「碧雲天」一段，描寫出圉夫持鞭整鐙，崔、張兩人作徘徊顧盼之態，奇幻出於意表矣。其景即「車兒投東，馬兒向西」兩句也。

又用文犀雕百花籃爲酒杯，種種花草具備，工緻尤極。又橄欖核上鏤出貢寶波斯四人，褰鼻捲髮，襖子裲襠，形飾無不畢肖焉。如斯之妙，能於燈月下成之，皆若自然，巧奪造化。二子之技，今古罕儔。

古磁器

關、洛、周、齊間，有人耕地，常掘出古磁器、栝棬、錠柎之屬，於形萬變，並是彩繪男女秘戲之狀。耆老相傳，是五胡亂華時，元魏、北齊懼其地有王氣，瘞此爲厭勝之具。皆供御物，非民間造也。苕上吳徵君夢暘家，藏有古磁杯一隻，直是婦人坤户，形如偃月，纖悉具備。物之妖者，信有之焉。

孟河口烟火

萬曆乙酉春，吳人陳旃，因訪舊金陵，還經孟河口。夜繫船月色中，鄰船是新都大賈，曾許江神，酬願造大烟火一架，累月而成，費數百金。衆不知其奇也，相共聚觀。其所構架，悉用檣竿豎起。初點藥綫，徐吐出金菊、芙蓉、四季百花。吐畢，復放小紙爆及流星、賽月明之屬。俄而現出樓閣亭臺之狀，挂下大珠簾，逡巡有兩人捲起，次第粧出戲劇，《虎牢關》、《斬貂蟬》、《蟠桃會》、《十二寡婦征西》、《雪夜訪趙普》、《伯魚泣杖》、《楊妃舞翠盤》，若此等總百餘勢，皆如生無異。看至夜半，呈技將畢，最後發霹靂一聲，忽墜一大珠於江，躍出五采金龍一條，追逐此珠，掠於水面而去，鱗甲燦然，波濤震沸。於是咸駭其神，自有火樹銀花已來，無過此麗也。

鬼工毬

華亭宋維簡先生坤，所藏多奇琛異寶。其孫孝廉懋澄，爲兒時嘗見有鬼工毬者，形類一大胡桃，面文質理，宛然相似。揭開其中，重疊如殼相包。宮室人物器玩服飾戲具，一切人間有形之物，纖悉具備。位置巧密，宛轉自然。驗諸史傳，皆所未有。詳其命名，則知西域鬼工之所作也。先生歿後，不知所在。

玉陶令

宋維簡先生又藏有白玉陶令像，高可徑尺，瑩澤無瑕，是「採菊東籬下」詩句。柴桑公著葛巾幅衣，眉目鬚髮衣摺種種精細。通身白玉鏤成，惟手中所把之菊，葉緑花紅。緑如瓜皮，紅如血點，顔色精彩，超於世表，亦希代之寶也。莫知爲何工所製。懋澄兒時見之。

白玉觥

秀水縣項墨林家，寶器充積，不計其數。而最奇古者曰玉觥，是漢代物。色勝脂肪，光照一室。其形如斝，三足有蓋。足、蓋上並刻鬼面，旁有環爲當，肉好停匀，滿身絕細臥蠶紋。爲楚人夏崇謙以千金買之而去。

兩古玉杯

李都御史古玉杯，有兩仙人作把手，衣褶皆是樹葉繩結，非今所製。其足如砥，滿身文藻，又若雙魚之狀。大可當季雅。玉質雖不甚瑩潔，而古色逼人，細紋碾法精工，是三代間物，價直二千。又一古方玉杯，如碗大，碾法尤精。純是朱緑侵蝕，翡翠丹砂，斑斑點點，其色美於脂肪。然説是漢器，其值亦不倫矣。二物並徐長君傳玩，命余志焉。

玉魚

武林張觀察振先，奉旨籍没江陵，得三玉魚，一紅色，一黄色，一白色，貯之水碗中，並能自然浮沈，相序而戲，有魚貫之象焉。後燬於火，亡存。其時有宋板書籍一船，脱帆塘栖，船遭覆没，淪於水中，無一紙存者。

玉豬

曾見太原徵君家藏玉豬，長近五六寸，高半指大，滿身毛色並作烟霧氤氲。鏤法精工，玉質蒼潤，皆絶品也。十五年前，與趙居士宧光同過松院見之。是日出古玉玩一小箱，不下數十種，未能盡記。如此奇者，亦不多得。

玉樓臺

長安有知名老玉工，失其姓字。平生止造奇玩二種，巧奪造化。其一已入大内矣，其一是玉樓臺。提起綵繩，中有樓閣臺榭數層，東西南北通爲四窗，玲瓏相望。鈎欄網綴，繡拱珠簾，輝映耀日。每間上有仙人美女，機關運動，行走自然。其狀具如芙蓉寶塔，闔之則一方羊脂玉也。雕鏤之工，窮奇極妙。姚江鍾都憲公子出二千金購得之，歸路爲盜所刼。絕妙尤物，遂落僂羅巢穴中。相傳公子叩請盜居，盜言某年月日至某處來尋，遂失重器，深以惆悵。其後推覓經歲，備歷間關，果到其地。地在周秦之間，離隔九河故道，窮山絕谷，別成一島聚也。求通姓名，主人倒屣出見，儼然王者威儀。公子伏地參謁，不敢仰視。主人笑謂公子曰：「而父與吾同籍，請以通家子之禮見耳。」便張宴留公子飲，海陸畢陳，管弦遞奏。酒半，公子具述情事。傳呼侍衛，舁出珠玉琛玩無數，隨所辨認。公子見玉樓臺於衆寶中，的的分明，且悲且喜。主人立撤以還，復贈五百金而出。既出行，未三十里，忽有壯士挾快駿追公子，手執利刀來擬其面，非常勢燄，厲聲駡公子曰：「吾邦之物，有入無出，豈容卿懷璧歸乎！」從槖中搜取玉樓臺，置之道旁，解黄皮袴褶，提鐵金剛杵搥之，碎如雪，曰：「此雖非主人意，然五百金足以償值矣。」公子大慟而還。姚江管仙客説。

瑪瑙簪

内家一長瑪瑙簪，中有角巾仙人在焉。立簪席上，而此仙人旋轉不定。後嫌太長，命工稍截其足，仙人遂止不動。徐卿麟談。

梅花琥珀

昔嘗見江南豪貴家藏一琥珀，中有半開梅一枝，其踈影横斜之致，如人鏤成。

水銀琥珀

有一琥珀，照見無數水銀，搖蕩其中，有聲汩汩然。斯則流注於松柏根而相融結者，理或然爾。

石中龍戲

梁溪周雲來家藏一石，中有雙龍戲海。映日而觀，則金鱗搖漾，島紋澒湧，旋轉不定。其精妙難以言述矣。宋先輩懋澄見之。

石屏風王維詩意

北地李大司農，博物嗜古，收藏有大理石屏風，高可三丈〔一〕，廣倍之。其畫是王維「雲裏帝城雙鳳闕，雨中春樹萬人家」一聯詩意。烟林如黛，宮闕巍然，如水墨南宋人畫，是曠代之奇玩也。徐卿麟見之。

石屏風元人畫幅

李大司馬征播酋，獲大理石屏風四扇，高三尺五寸，其畫皆元人筆意也。一幅黃大癡，一幅黃叔明，一幅徐幼文，一幅倪雲林。層巒疊嶂，斷烟殘渚，無不各極其致。而皴法點染，纖悉畢具。蓋石之奇妙，世人終莫得而解矣。大司馬以轉贈都御史李公，請董學士題贊，鐫入上方。

〔一〕「丈」，疑是「尺」字之誤。

小研山

曾見婺州破瓢道人吳孺子藏一英石小研山，長徑三寸，峰巒洞壑，畢具目前。其色玄，叩之，聲清越。若在米家石數，亦當具體而微。道人既老且貧，四明董秀才以五金詭得之，今不知何在。

銀橘杯

曾見元人朱碧山製銀橘杯，杯形宛似洞庭霜樣，空其上爲圓口，周遭斑紋隱起，如芝麻雨點皴法，而把手橘葉一枝，若新摘下，蟠屈鈎連，森勁蒼古，後代銀工所不能及也。杯底略凹，有篆文「碧山」二字，是雲間顧中翰汝和家物。太原徵君得之，常用以浮坐客。

玉厭勝

嘉定陳太學德甫家，藏古玉厭勝，長三寸，闊一寸，厚如指大，宛似剛卯。其中有一人形，穿淺紅衣裳，眉目皆具，圓頂赤脚，頗類胡僧狀貌。索價甚高。

獅蠻帶

武宗時逆瑾用事，南閩楊文莊榮玄孫某舍人將乞恩於朝，鬻其賜第，得六百金，裝之京。見京城有老人賣璞，遽捐四百金買之，還邸舍，命工剖焉。識是獅蠻玉也，造帶二束，次第並獻於瑾。瑾立出數千金酬其直，因與奏上乞恩，舍人得授中書。事瑾益恭，瑾益愛幸之。中外欲請謁者，多因舍人，前後復得居間金數萬。陰知瑾逆謀將敗，乞差南還。瑾既伏誅，二帶並籍歸御府矣。

張騫乘槎

朱碧山製張騫乘槎銀盃，一仙人臥老樹槎枒上，瀉酒入空腹中飲之，精巧非常。

竹蟾蜍

吳中有巧人朱雪松，善取老竹蟠曲根鞭，雕琢爲蟾蜍，摩弄如玉，與真者無二。